百年智慧

季羡林的110个故事

梁志刚 著

北京联合出版公司
Beijing United Publishing Co.,Ltd.

图书在版编目（CIP）数据

百年智慧：季羡林的110个故事/梁志刚著. —北京：北京联合出版公司，2022.5
　ISBN 978-7-5596-6048-0

Ⅰ.①百… Ⅱ.①梁… Ⅲ.①散文集—中国—当代 ②季羡林（1911-2009）—生平事迹 Ⅳ.① I267 ② K825.5

中国版本图书馆 CIP 数据核字（2022）第 042026 号

百年智慧：季羡林的 110 个故事

| 作　　者：梁志刚
| 出 品 人：赵红仕
| 选题策划：北京时代光华图书有限公司
| 责任编辑：张　萌
| 特约编辑：太井玉
| 封面设计：郝薇薇

北京联合出版公司出版
（北京市西城区德外大街 83 号楼 9 层　　100088）
北京时代光华图书有限公司发行
北京晨旭印刷厂印刷　　新华书店经销
字数 285 千字　　880 毫米 ×1230 毫米　　1/32　　12.75 印张
2022 年 5 月第 1 版　　2022 年 5 月第 1 次印刷
ISBN 978-7-5596-6048-0
定价：49.80 元

版权所有，侵权必究
未经许可，不得以任何方式复制或抄袭本书部分或全部内容
本书若有质量问题，请与本社图书销售中心联系调换。电话：010-82894445

序言
PREFACE

一介布衣的精神财富

2021年，是扭转乾坤的一年。无论对世界还是对我们每一个人，都是非同寻常。出生于清末的季羡林先生（1911—2009），将迎来他的第110个诞辰。作为季先生的受业弟子，梁志刚学长三年前就开始在各地宣讲季先生的故事。今年，将以《百年智慧：季羡林的110个故事》之名正式出版，并嘱我写序。这是我首次为学长的书作序，心中不免惶恐，但同时又觉得是责任所在。

季先生的弟子中，俊杰之士甚多，志刚师兄是我十分敬重的一位。他是季先生的爱徒之一，大学毕业后去了新疆部队，百万裁军时从部队转业，季先生曾派人去人事部门交涉，希望他能回北大工作而未能如愿。后来，梁志刚被任命为国家档案局中央档案馆行政财务司司长，由于远离了所学专业，他感到愧对恩师。季先生却勉励他说："好钢使在刀刃上，行政后勤工作总要有人做，不能人人都当专家。都当专家，专家岂不要饿死！"梁志刚谨遵师命，爱岗敬业，干净干活，在行政财务司司长的岗位上一

干就是13年,受到广泛好评。更让人称羡的是,他退休之后独自或与人合作,撰写了《季羡林大传》《季羡林全传》《我的老师季羡林》《人中麟凤:季羡林》等十多部著作,获得了更广泛的赞誉。

季羡林先生身上有许多光环和桂冠。除了曾任北京大学工会主席、副校长、全国人大常委,以及他坚辞的"国宝""国学大师""学术(界)泰斗"三项桂冠之外,还有五六十个他想辞也无法辞的重要学术兼职。可是,在季先生心目中,他只是一介布衣。社会大众也都认同他的这个自我定位。2007年2月,中央电视台隆重推出2006年度"感动中国"人物颁奖典礼。组委会的评语说:"心有良知璞玉,笔下道德文章。一介布衣,言有物,行有格,贫贱不移,宠辱不惊。"评委评价说:"季老不仅学贯中西,融汇古今,而且道德品德上同样融合了中外知识分子的优秀传统","所以,他能够做大学问,成大事业,有大贡献,他是中国现代知识分子的一面旗帜和榜样。"

多年身受亲炙的我,在和朱璇博士合著的《季羡林评传》中,将他总结为"九家一世界",即当代中国的首席印度学家、彻悟真谛的佛学家、开宗立派的东方学家、不可或缺的翻译家、名副其实的比较文学大家、独树一帜的学者散文家、文化交流的伟大重镇、胸怀世界的敦煌吐鲁番学家、笃信马克思主义的大学问家。而"一世界"说的是传主的情感世界,其中他的爱国情怀最让人感动。他说:"即使把我烧成了灰,我的每一粒灰也是爱国的,这是我的肺腑之言。"

我认为:"人类有两个世界,一是物质世界,一是精神世界。物质世界最辽阔的是海洋、天空和宇宙;精神世界比海洋、天空、宇宙更宽广、深邃。了解、把握物质世界是难的,了解把握精神世界更难。一个学者能熔铸古今、汇通东西,是说他对物质世界和世俗社会有足够和深刻的认识与把握,是世俗世界中的智者。如果能经过证悟,对精神世界的真谛了然于心,能预流并揭示人类的发展大势,就从世俗社会的智者升华成为圣人。季羡林经过一辈子的努力,在晚年证悟到了精神世界的真谛,从大学问家发展到了大思想家,成为'人中麟凤'。"

这一评价是基于我对学即精神财富和季羡林先生毕生贡献的理解。唐代魏徵说:"容体不足观,勇力不足恃,族姓不足道,先祖不足称。然而显闻四方,流声后胤者,其唯学乎?"清代张之洞对学的体认又进了一步,说:"世运之明晦,人才之盛衰,其表在政,其里在学。"这说明学(学问、学识、学风)是一个民族和国家的底盘和最后防线。

当代中国,从立国、富国到强国,可谓人文荟萃、贤达云集,钱学森、季羡林为其自然科学和人文科学的杰出代表。季羡林为我们留下的不仅是卷帙浩繁的论著,更是一笔无价的精神财富。

季先生以百岁之身谢世。生前,他身教、言教将自己的学问、思想与学生、读者分享。在他身后,我们有责任、有义务将其发扬光大,和更多人特别是年青一代分享这笔精神财富。梁志刚深知"君子赠人以轩,不若以言",所以多年来除了著书立说之外,还在各地宣讲季羡林的故事。

世界上,最好的传播方法就是讲故事。希腊艺术令人神往,然而马克思说:"希腊艺术的前提是希腊神话。"人类的所有学说、教义和思想的传播,和艺术一样,都必须依靠讲故事。听人讲故事,是人类的天性。世界三大宗教佛教、基督教、伊斯兰教的传播,哪一家能离开故事?印度著名故事集《五卷书》被誉为"王

子教科书",据说学了之后就"能通晓治国安邦之术",甚至连"神王因陀罗也奈何不得"。梁志刚在写了近二十部著作之后,又出版《百年智慧:季羡林的110个故事》,对广大读者,真是一个巨大的福音。

《百年智慧:季羡林的110个故事》中其实不止110个故事,因为许多大故事中套着小故事,颇有印度"故事连串插入式"的写作风格。全书分家住山东、清华学子、旅欧十年、执教北大、学术成就、游历天下、人中麟凤七章,从季羡林的青少年一直写到老年和身后,用故事生动地记录了一个农家少年到人中麟凤的成长历程。有奋斗有成功,有欢乐有泪水,更有倔强与坚持。季先生总结人生得出结论说:"积七八十年之经验,我得出了下面这个公式:天资+勤奋+机遇=成功。"这三者中,他最看重勤奋。没有天资的人,只要肯"笨鸟先飞",就能奋发有为。季先生并不认为自己的天资有多高,他的成功和及时抓住机遇有关,但最重要的是坚持不懈的勤奋。季羡林成长的故事,对于我们的读者,尤其是纠集于"起跑线"争论之苦的广大青少年及他们的家长,一定会有禾苗久旱遇甘霖之感。

是为序。

郁龙余
二○二一年一月十一日

(本文作者系中国印度文学、中印文化关系研究专家,曾任中国中外关系史学会副会长,中国印度文学研究会副会长,北京大学东方文学研究中心研究员、学术委员。)

百年智慧：季羡林的110个故事

目录/CONTENTS

第一章
家　　住　　山　　东

拾麦穗　/003

官庄季家　/005

三个小伙伴　/006

学识字　/009

济南的家　/011

夜来香花开　/013

蝙蝠脸老人　/017

一师附小　/021

三只兔子　/024

新育小学　/029

珠算课"造反"　/032

路经刑场　/033

游开元寺　/036

正谊中学　/039

父亲不再来　/044

北园高中　/046

六连冠　/051

五三惨案　/055

邻居彭家　/058

省立高中　/061

回到母校　/065

第二章
清 华 学 子

进京赶考 /071
南下请愿 /076
古都寻绿 /078
清华剑客 /081
选修课 /086
课堂内外 /089
结交文坛前辈 /092
终生之悔 /096
作家梦 /100
荷尔德林 /105
清华园日记 /109
走出国门 /113

第三章
旅 欧 十 年

波兰女孩 /119
柏林趣话 /121
来到哥廷根 /124
好友章用 /128
房东太太 /133
学梵文 /137
吐火罗文 /141
哈隆先生 /144
"二战"烽火 /146
博士论文 /151
论文答辩 /155
博士后研究 /159
伊姆嘉德 /163
青田商人 /168
张维和陆士嘉 /169
纳粹末日 /174
途经瑞士 /178

第四章
执 教 北 大

滞留江南　/187

初进红楼　/191

虎落平川　/195

浮屠与佛　/200

开学了　/204

隔辈亲　/206

师生情　/208

工会主席　/211

朗润园安家　/214

忙碌的一天　/217

虎子和咪咪　/221

课堂上　/223

清塘季荷　/226

泰戈尔缘　/230

中国文化书院　/233

大钟上的经咒　/236

坐拥书城　/240

布衣泰斗　/244

谈档案　/248

女书　/249

月是故乡明　/251

第五章
学　　术　　成　　就

五卷奇书　/257
迦梨陀娑　/259
翻译《罗摩衍那》　/262
比较文学　/266
散文名家　/268
校注《大唐西域记》　/272
佛学研究　/275
蔗糖的历史　/281

《弥勒会见记剧本》　/286
参与大百科编纂　/288
古籍整理　/292
评价胡适　/295
治印度史　/299
《东方文化集成》　/302
翻译大家　/306

第六章
游　　历　　天　　下

首次出访　/313
三访泰姬陵　/316
在塔什干　/318
在非洲采红豆　/320
重返哥廷根　/322
三下瀛洲　/326
两次到新疆　/328

把心留在敦煌　/331
去洛阳　/335
访问尼泊尔　/336
延吉行　/342
曼谷十日　/344
宝岛行　/347

第七章
人中麟凤

奥运会抬出孔子 /353

天人合一 /355

力倡和谐 /359

"河东河西"论 /364

"拿来"与"送去" /368

提倡"大国学" /374

南饶北季 /377

成功三要素 /379

辞三顶桂冠 /383

长寿之道 /387

感动中国 /389

|第一章|

家住山东

拾麦穗

话说一百多年前,在鲁西平原上,有一个叫官庄的小村子。村南住着两户人家,西边这家姓季,有个四五岁的男孩,小名叫喜子。东边这家姓宁,有个十几岁的姑娘,喜子叫她"宁大姑"。农历五月初,芒种节气刚过,麦子地里一片金黄,该开镰割麦子了。小喜子家是村里最穷的一家,不多的一点地种的全是高粱。宁家也很穷,没有种麦子。可是这天一大早,宁大姑就来叫喜子:"喜子,快走!跟人姑捡麦穗去!"喜子赶紧拎着一个小竹篮,跟着宁大姑跑向刚割过麦子的地里,去捡拾被遗落的麦穗。太阳晒得他小脸通红,满脸是汗;嗓子干得又痒又痛,可是他顾不上这些。当他把满满一小篮麦穗拎回家的时候,已经过了中午。此后七八天,天天如此,一个麦秋就算过完了。妈妈把麦穗搓成麦粒,成绩不小,十几斤总是有的。麦粒磨成白面,这可是给孩子解馋的好东西!

喜子馋"白的"可是有些日子了。因为家里没有麦子,饭桌

上一年到头全是"红的"——高粱面饼子、高粱面糊糊,还有用土盐腌的咸菜。喜子两三岁的时候,就爱往大奶奶家里跑,目的就是让大奶奶给口"白的"吃。大奶奶是喜子父亲的伯母,老人家的亲孙子不幸夭折了,就把满腔的慈爱倾注在喜子这个侄孙身上。大奶奶家境较好,家里人常给老人家蒸几个白面馒头。一见喜子来了,老人家会眉开眼笑,变戏法似的从袄袖里掏出半个馒头来:"乖孙子!快来!你看这是什么?"小喜子接过馒头,迫不及待地享受着难得的美味。他后来回忆说:"这是我童年最快乐的时光。"

现在喜子可以享受自己的劳动成果了。妈妈烙了白面饼,切成小块,摆在喜子面前。她自己一口都不舍得吃,还叮嘱喜子:"慢慢吃,一天只许吃一块。"喜子狼吞虎咽吃完一块,情不自禁又拿起了一块。妈妈一看,急了:"不行!快放下!"喜子哪里肯听。他怕妈妈来抢,拿着饼子拔腿就跑。妈妈在身后紧追不舍。屋后就是一个大苇坑,喜子常在那里玩水,摸鱼虾。夏天,一丝不挂的喜子跳进了苇坑,站在水里一边嬉皮笑脸地看着母亲,一边小口细品白面饼的美味。妈妈站在岸边,望着儿子笑了。

俗话说,穷人的孩子早当家。不仅仅夏天拾麦穗,秋收时节还要拾谷穗、拣豆子。他还是跟着宁大姑满地跑。再稍大一点,也就是五六岁的样子吧,他就"独立"参加劳动了。他钻进高粱地里掰高粱叶子,或者拿把小镰刀割青草,打成捆背到二大爷家,二大爷家有牛,高粱叶和青草都能喂牛。这时二大妈就发话了:"来吃饭吧!"二大爷家伙食比自家好多了,经常是"黄的"——玉米面饼子,还有小米粥。这在自家是吃不到的。

小喜子出生在这样的家庭里,按说他长大了应该是一个不识字或者识字不多的庄稼汉。可是，事实并非如此。这个小喜子不是别人，他就是20世纪名满天下的大学问家，本书的主人公季羡林。为什么会这样呢？请听我慢慢道来。

官庄季家

季羡林1911年8月2日出生在山东省清平县官庄村。这里地处鲁西平原，曾经是黄河故道，京杭大运河自北向南流过县境。1956年清平县被撤销，官庄划归临清县，如今隶属于临清市康庄镇。因为临清有个同名的村子，于是季羡林家乡的村名前面加了一个"大"字，被称为大官庄。

清平季氏家族原来住在王里长屯，在季羡林祖父那一代搬到附近的官庄。季家不算名门望族，甚至说不上是书香门第，却也是耕读传家。季羡林的祖父名叫季秀，号老苔。季秀夫妇有三个儿子，老大季嗣廉是季羡林的父亲，行七，老二季嗣诚是季羡林的叔父，行九，因为家里穷，老三生下还没来得及起名，就送给一户刁姓人家做养子。三个儿子还没有成年，季秀夫妇就故去了。季秀这一辈兄弟三人，老大季汝吉曾经考中举人，在一个县里做过教谕，相当于教育局长，是方圆数十里最有学问的人。季嗣廉和季嗣诚小的时候，跟他们的伯父读过书，有些文化。季汝吉兄弟共有子侄十一人。随着举人去世，家道中落，遭遇灾荒，无法维持生计，十一个兄弟中有六人去闯关东，只有老八曾经返回山东探亲祭祖，其余都杳无音信。举人有两个儿子家境殷实，每家有几十亩地。季嗣廉和季嗣诚兄弟在父母死后，成了孤儿，只好

投奔到伯父门下,过着寄人篱下的日子。伯父母虽然很可怜小哥儿俩,可是家里人多,是非也多,所以也很难照顾他俩周全。兄弟二人过着饥一顿饱一顿的日子,有时候饿得实在难受,就到村边枣树林里去捡拾掉下来的烂枣子充饥。

季嗣廉兄弟长到十几岁的时候,也想效法几位堂兄弟外出谋生。山东省会济南离官庄不算太远,约200华里。兄弟二人步行两三天来到济南。他们两手空空,举目无亲,身无长物,只能靠出卖劳动力维持生活。他们当过警察,扛过大件,拉过洋车,做过苦力,经历了无数艰难困苦,弟弟季嗣诚终于考取了武备学堂,学习测绘。学校的行当虽属行伍,毕业后谋的差事却是文职,在黄河河务局得到一份差事,留在济南,挣些钱补贴家用,哥哥季嗣廉回到家乡,打理父母留下的半亩多地。回乡不久,季嗣廉娶了邻村王里长屯赵家的姑娘,以后就生了小喜子。

季羡林出生在辛亥年闰六月初八。这正是中国历史上最后一个封建王朝行将灭亡的时候。这一年10月10日爆发了武昌起义,全国各地纷纷响应。第二年2月12日,清朝最后一位皇帝宣告退位。因为当了清朝皇帝几个月的"臣民",季羡林戏称自己是"满清遗小"。

三个小伙伴

季羡林小时候是个贪玩的孩子,在官庄老家,杨狗和哑巴小是他形影不离的玩伴。杨狗大名杨继发,1910年出生,属狗,比季羡林大一岁,因属相而得此乳名。他人很本分,一辈子当农民,一辈子没有上过学,一辈子没有离开过官庄。哑巴小姓马,因为他的父亲是个哑巴,人们管他叫"哑巴小",意思是哑巴家的孩子。

季家住在官庄村南,当时离村口还有一段距离,这里算是村外。现在村子扩大,季羡林的故居已经是在村里了。当年季家东边是一片枣树林子,西边不远处一株大杨树下是季羡林爷爷奶奶的坟墓,后来他的父亲母亲也长眠在那里。房后是一个大水塘,水塘边长满了茂密的芦苇。水里有青蛙,有小鱼小虾。树上有鸟窝,鸟儿在树枝上鸣唱,夏天还有一天到晚尖叫不止的知了。那时候,季羡林要找小朋友玩,只能进村去找那两个和他要好的小伙伴。季羡林不进村的时候,他俩必定到村外来找他。三个小伙伴天天在一起。在一起玩什么呢?没有玩具,村里村外,枣树林里、苇子坑边、庄稼地里都有无限的乐趣。春天,在路旁、田埂采野花、挖野菜,还可以到水塘边掰苇芽、挖芦根。苇芽嫩嫩的,味道像鲜竹笋,芦根有点甜味,可以嚼着吃,也能泡水喝。夏天上树摘杏子,采桑葚,捉蜻蜓,逮知了。树林里知了很多,他们就找来一把麦粒,放进嘴里嚼出面筋来。这东西很黏,粘在一根长竹竿的顶端,双手举着,对准树上的知了,一粘就是一只。晚上,逮知了就更容易了,只需在树下点一堆篝火,使劲摇动树干,那知了就噼里啪啦掉下来了。这种把戏,他们往往要玩到深夜。村子周围有好几个大水坑。他们在苇坑里摸小鱼小虾,捉蝌蚪,钓青蛙。如果早晨起得早,还可以在芦苇丛里捡到又大又白的野鸭蛋。最高兴的是玩水,他们经常在水塘里嬉戏、洗澡、打水仗,无师自通地学会了游泳。秋天苇塘芦花一片银白。他们在苇丛中捉迷藏,在枣树林子里打枣子,在地里偷点地瓜、毛豆烤

着吃,还可以在豆子地里捉到肥胖的蝈蝈和蚂蚱。冬天,他们打雪仗、堆雪人,在结了冰的水面上抽陀螺。在没有雪的时候,他们会到树林里拣拾被大风吹落的枯树枝,拿回家当柴烧,身手敏捷的哑巴小还爬上高高的大树去掏鸟窝。那年月虽然日子过得苦,但是孩子自有孩子的快乐。

三个小朋友长大以后,走上了完全不同的人生道路,而他们的心始终是息息相通的。季羡林六岁去济南读书,从上小学到大学毕业只回过官庄四次,其中三次是奔丧。一次是为疼爱他的大奶奶,一次是为父亲,最后一次是为母亲。每次都来去匆匆,心情很坏,儿时的朋友再也没有机会相聚。有一段时间,季羡林因为反对北大那个不可一世的造反派头头"老佛爷",被关进"牛棚","专案组"为罗织罪名,两次派人去官庄调查,企图把季羡林打成地主分子。杨继发和乡亲们仗义执言,说:"如果让全官庄的人诉苦,季羡林应该是第一家。他们家比贫农还穷,连贫农都够不上。""专案组"的人只好悻悻而归。

1973年8月,季羡林带着老伴和儿子季承、孙子季泓、孙女季清回到官庄,对仗义执言保护过自己的乡亲们表示感谢。他与杨继发久别重逢,两人十分激动。让季羡林感到意外的是,哑巴小的父亲八十三岁的马洪宝老人也来看望他。季羡林连忙站起来给老人让座敬茶。1982年季羡林再次回到官庄,带着礼物去看望杨继发,杨继发已经是一位七十三岁的老人了。当年的小兄弟如今成了名副其实的老兄弟。世事沧桑,白云苍狗,令人唏嘘不已。他们不约而同地谈起了共同的朋友哑巴小。哑巴小当年为生活所迫,成了一名绿林好汉。他练就了一身飞檐走壁的好功夫,蹿房越脊如履平地。用手指抓着椽子,把身体悬空,可以在大庙顶上

"走"一圈。他打家劫舍,劫富济贫。可是,"盗亦有道",他懂得兔子不吃窝边草的道理,从来不在家乡作案。后来被官府捉住,打得皮开肉绽,十冬腊月,被扒掉衣服,泼上凉水,倒吊在外边,过了一夜,居然还活着。真是一条好汉!最终还是被砍了脑袋。说起老话来,他们都为有这样的朋友而自豪。

学识字

当年季家院子里有两棵杏树,长得高过屋顶。夏天,杏树上结的杏子又大又圆,味道却是酸的。喜子和杨狗、哑巴小他们上树摘杏子,主要是为了玩杏核儿。他们在泥地上挖个小坑,丢一粒杏核儿在里头,轮番用另外的杏核把它砸出来,每天玩得不亦乐乎。村里别的孩子有时也爬上房顶偷杏子,曾经有个孩子一不小心,从房顶上跌落下来,摔断了腿。大人们很少有喜欢酸杏子的,可也有个例外,那就是马景恭。

马景恭的名字又写作马景功,是官庄的一位小知识分子。因为喜欢酸杏子的缘故,他常来季家摘杏子,和喜子混得很熟。喜子的父母让喜子管他叫"马先生"。既没有正式拜师,也没有学堂,甚至连纸笔课本都没有,可是马景恭却成了季羡林的第一位老师。马景恭教喜子认字写字,从未教过什么《三字经》《百家姓》之类,只是在院子里、土地上,拿根芦柴棒随心所欲写几个字,供学生辨认和临摹。小喜子对识字很有兴趣,脑子又很聪明,虽然不能说过目不忘,但学得很快。没过多久,常用的汉字喜子就能认会写了。马景恭对季羡林的父母说:"这孩子是个读书的料

儿，如果能有好的老师教他，将来可不得了。"可是家里穷得吃饭都成问题，哪有条件送他上学读书呢？

恰好这时叔父季嗣诚从济南回来了。季嗣诚在黄河河务局当小职员，已经娶妻成家，有了一个女儿，小日子过得不错。这次回来，他惊奇地发现，哥哥嫂嫂家里没有一本书，甚至连一片带字的纸都没有，可是侄儿小小年纪居然能读会写不少字。这孩子天分不错，如此待在家里就被埋没了，而季家将来正是要靠他顶门立户的。怎么办？季嗣诚陷入了沉思。

季家曾经人丁兴旺，季嗣诚这一代，堂兄弟就有十一人。可是，到了季羡林这一代，原来他有个堂兄季元林，被土匪绑票杀害了，现在只剩他这一个男孩儿了。自然，传宗接代、光宗耀祖的希望就寄托在他身上。季嗣诚认为，要实现这个愿望，唯有让侄儿好好读书，将来方能出人头地；而他现在有责任也有能力帮助哥哥嫂嫂，把侄儿培养成才，光耀门庭。于是，他提议带侄儿去济南读书。季嗣廉完全同意弟弟的意见，兄弟俩一拍即合，做出了一个重要的决定。但季羡林的母亲压根儿也没想到会有这种事儿，她觉得孩子还小，从来没有出过远门，每天晚上都要在妈妈怀里才睡得着。她着实舍不得、放不下。怎奈家里大事小情，向来都是当家的说了算，她是无权参与意见的。至于小喜子，就更没人管他愿意不愿意了。

1917年春节刚过，喜子就跟随父亲骑着毛驴上济南了。一个六岁的孩子依依不舍地告别了母亲和妹妹，告别了亲切而又贫困的故乡，走上了一条艰辛的漫漫求学之路。现在临清到济南的柏油马路宽阔而平坦，从官庄到省城不过两个小时的车程。可那时候，喜子骑着一头毛驴在崎岖不平、尘土飞扬的黄土路上，跋涉了整整两天。当从来没有见过山的季羡林见到济南的南山近在眼前的时候，叔叔家到了。

济南的家

1917年早春，季羡林跟着父亲来到了济南。进入市区，父子二人穿过迷宫似的大街小巷，走到老城南关佛山街柴火市对面一个有石头台阶的古旧大门前，进了大门，看见一株很大的枸杞树，凌乱的枝条上长出了米粒儿大的小芽。这里就是九叔季嗣诚的家。

季嗣诚没有儿子，只有一个女儿叫惠林，小名秋妹，比喜子小十天。季羡林在九叔家不算过继，而是兼祧，就是俗话说的"一子担两门"。如果季羡林是个乖巧的孩子，管叔婶叫爹叫娘，他的境况可能会好些。可是，这孩子倔，认死理，始终没有改口，让他的叔婶有些"见外"。

喜子在九叔家天天可以吃"白的"，生活比在老家强多了，可是一个小孩子离开母亲，来到一个陌生的环境，终究不是一件快乐的事儿。叔父和婶母毕竟不是亲生父母，童心的发展在无形中受到了阻碍。谁会相信，一个小孩儿能躺在非母亲的人的怀抱中打滚撒娇呢！因为想娘，季羡林经常在夜里偷偷地哭。少年时代的生活环境，对人的性格形成影响极大。从官庄来到济南，随着年龄的增长，季羡林的性格悄然发生变化，由外向一点点变得内向了。

季嗣诚，号化斋，在济南黄河河务局当工程师，在当地治黄的技术人员中小有名气。在季羡林看来，"叔父是一个非常有天才

的人。他并没有受过什么正规教育，在颠沛流离中，完全靠自学，获得了知识和本领。他能作诗，能填词，能写字，能刻图章。中国古书也读了不少。按照他的出身，他无论如何也不应该对宋明理学发生兴趣，然而他竟然发生了兴趣，而且还极为浓烈，非同一般"。季羡林记得，季嗣诚写过一首七绝诗，是描写济南北园白鹤庄的：

> 杨花流尽菜花香，弱柳扶疏傍寒塘。
> 蛙鼓声声向人语，此间就是避秦乡。

季嗣诚对侄子的教育十分重视，是对季羡林影响最大的人之一。叔父不许季羡林读"闲书"，但对他学习英文、补习古汉语是坚决支持、舍得花钱的。也许是由于生活的压力大，他脸上难得看到笑容。吃饭的时候，女眷不许上桌子。如果侄子在一个盘子里连搛三次菜，那他的筷子就会被打落在地上。守旧、严厉而刻板的管教，对季羡林性格形成的影响是显而易见的。

另一个对季羡林影响最大的人是婶母。婶母名叫马巧卿，是季嗣诚当年在武备学堂读书时一位教官的女儿。季家在佛山街住的房子，就是马家的房产。所以，马巧卿在济南这个家里的地位，比季羡林母亲在官庄那个家里的地位高多了。马巧卿对季嗣诚兄弟寄予厚望的这个侄儿，一点儿也不娇惯。季嗣廉不善经营，却喜欢结交朋友，把好端端的一个家挥霍殆尽，依旧靠济南的弟弟接济，这令马巧卿十分不满。马巧卿偏心自己的女儿，在日常生活中对侄儿有明显的区别对待。比如说，做衣服，给女儿做的是府绸的，而给侄儿做的是粗布的，有时干脆就不给做。还有，孩子该种牛痘了,给女儿种,却没有侄儿的份儿。结果是,季羡林染上天花,大病了一场,差点儿死掉,脸上还落下几颗浅白麻子。这些事情积累多了,久了,季羡林在潜意识里对婶母有些发怵,就连向婶母张口要早点钱,也成了难题。夏天的晚上,全家人在院子里铺上席子,躺在上面纳凉。他想要早点钱,但是不敢张口,几次欲言又止,最后快到深夜了,才鼓起最大的勇气,说要几个小制钱。钱拿到手,他心里踏实了,立即躺下,进入梦乡,一觉睡到天亮。

叔父和婶母养育了少年季羡林,给他吃的、穿的,还给了他受教育的机会,对此,季羡林终生心存感激。他认为自己人生的第一次机遇是九叔给的。但是,他也的的确确饱尝了寄人篱下的滋味儿。少年季羡林写了一首十七言诗,活脱脱勾画出他当时的心境:

> 叔婶不我爱,
> 于我有何哉?
> 但知尽孝道,
> 应该。

夜来香花开

王妈是季羡林叔父家的保姆,她无微不至地照顾季羡林的生活,与季羡林结下了母子似的情谊。

王妈是乡下人,干了半辈子庄稼活儿,后来丈夫死了,儿子

逃荒到关外。她孤苦伶仃，只好到济南谋生，季嗣诚把她请到家里来料理家务。季羡林后来回忆说："我不知道她什么时候到我们家里来的。当我从故乡来到这个大都市的时候，我就看到她已经在我们家里来来往往地做着杂事。那时，已经似乎很老了。""她特别注意到我衣服寒暖。在冬天里，她替我暖，在夏夜里，她替我用大芭蕉扇赶蚊子。"总之，季家做饭、洗衣服、扫地、擦桌子那些琐琐碎碎的活儿，全给王妈一个人包了。在初秋的暴雨里，她提着篮子出去买菜；在严冬大雪的早晨，她点着油灯起来生炉子，冷风把她的手吹得红萝卜似的开了裂，露出鲜红的肉来。王妈还有一些季节性的工作。每到夏末秋初，当院子里夜来香开花的时候，她就像孩子似的，手忙脚乱地数那些盛开的花朵。当然，在夏夜里，她的主要活计是搓麻线，准备纳鞋底，给主人家做鞋，干这活儿都是在晚上。吃过晚饭，一家人坐在院子里乘凉，在星光下、黑暗中，随意说着闲话，这也正是王妈搓麻线的时候。她那一双长满了老茧的手，看上去拙笨得很，十个指头又短又粗，像老的树枝子，但每当这时，借着从窗子里流出来的微弱的灯光，但见她的手指显得异常灵巧美丽。那些杂乱无章的麻在它的摆布下，服服帖帖，要长就长，要短就短，一点儿也不敢违抗。这一双手左旋右转，只见它搓呀搓呀，一刻也不停，仿佛想把夜来香的香气也搓进麻线里似的。王妈的这一双手，季羡林是熟悉的，它同自己母亲的那一双手多么相像啊！他总想多看几眼，看着看着，不知道什么时候就睡着了，王妈就把他抱到屋里去。半夜醒来，季羡林看见她手里拿着大芭蕉扇给自己驱赶蚊子，在蒙蒙眬眬中，扇子的声音好像是从很远很远的地方传来似的。有时，季羡林从飘忽的梦境里醒来，看到窗纸上微微有点儿白；仔细一听，就有嗡嗡的纺车声，混着一阵阵夜来香的气味飘进屋来；倘若走出房门，就可以看到一盏油灯放在夜来香花丛的下面，昏黄的灯光照彻了小院，把花的高大支离的影子投在墙上，王妈坐在灯旁纺着麻线，她的影子也被投在墙上，和着花的影子晃动。

人是需要倾诉的。在季家能听王妈倾诉的只有一个小喜子。闲下来的时候，王妈总爱跟他说话。她告诉他，她的丈夫是村里唯一的秀才，但没能捞上个举人就死去了。她被家里的妯娌们排挤，不得已才出来当佣工。她有一个儿子，因为在乡里混不上饭吃，便到关外做买卖去了，有个媳妇还住在这城里。她又说，她年轻的时候怎样刚强，怎样有本领，但谁知道，在垂老的时候又被迫出来谋生。同样，在季羡林看来，王妈也是家里唯一可以听他倾诉的人，他向王妈述说他的老家官庄、他的母亲和小伙伴们。

王妈把暮年的希望都放在儿子身上。季羡林替她写过几封信。有一年夏天，王妈的儿子来信了。信里说，他在关外辛苦几年挣的钱都被人骗走了；他因为生气，现在正病着。信的末尾说："倘若母亲还要儿子的话，就请汇钱给我回家。"听季羡林读完信，王妈连叹了几口气，没说什么话，但脸色却更阴沉了。后来有一个星期日，季羡林从学校回家，看到一个个头儿很高的黄瘦中年汉子在家里帮着搬家具。这就是王妈的儿子。几个月以前王妈把积蓄了多年的钱都汇给他，现在他从关外回来了，带回来的除了一床破棉被以外，就剩了一个病身子和一双连霹雳都听不到的耳朵。但他终究是个活人，终于回到家里来了。不久，媳妇也不知从哪里找了来，于是一个小家庭就组成了。儿子显然不能再干重活了，但是，想吃饭除了出卖劳力之外又没有第二条路可走。季羡林第二个星期日回到家里的时候，看到她的儿子咳嗽着，说话打着手

势,一出一进地挑着满桶的水卖钱。可是,儿子常生病,又聋得很,虽然每天拼命挑水,却连肚皮也填不饱,结果呢,旧病没好又添了新病。媳妇又学上了喝酒抽烟的毛病,丈夫自然不能满足她,她竟跟着别人跑了。王妈早起晚睡侍候别人挣来的钱,以前是锁在一个箱子里的,现在却换成米面,填充儿子的肚皮。她为儿子的病焦躁不安,又生媳妇的气,但是没有办法,只好终日叹息。儿子病的次数多起来,而且越来越厉害,几天不能挑水,家里没了柴米,王妈只好以泪洗面。没过多久,她也病了,眼睛蒙上了一层白膜。但她并不想死,请来了巫医,供神水,喝符,用大葱叶包起七个活蜘蛛生生吞下去。为了治病,她几乎什么办法都用上了。几个月以后病是好了,她却只剩下了一只眼睛,而且更衰老了,腰佝偻着,剩下的那只眼睛似乎也没有什么大用,走路时只能用手摸索着,干活也十分吃力。

1930年夏天,季羡林离开济南到北平求学。在大学里,他时常想到王妈,日记里也常提到王妈。王妈怎么样了?后来他才知道老人已经回老家了。原来,她正要带着儿子回老家去养病的时候,儿子竟然经不起病的摧折死去了。在严冬的大风雪里,在灰暗的长天下,一个风烛残年的老人,坐在独轮小车上,带着独子的棺材回故乡去。车走上一个小木桥的时候,忽然翻下河去,老人掉进水里,被人捞上来的时候,浑身都结了冰。王妈在那穷僻的小村里孤独地活着,剩下的一只眼睛也哭得失明了,房子卖给了别人,借住在亲戚家里,处在贫病的煎熬中。1933年9月23日,季羡林在清华收到秋妹的信,信中说王妈死了。季羡林怀着满腔的悲哀,回忆起那闷热的夏夜,夜来香悄悄地绽放,小小的院子里弥漫着醉人的幽香。王妈在昏黄的灯下纺着麻线,她的影子伴着夜来香花的影子在晃动……她是那样辛勤劳作,然而命运多舛,凄惨悲怆,与鲁迅笔下的祥林嫂有何两样!季羡林怀念王妈,他写了一篇散文《夜来香开花的时候》,发表在1935年10月2日的《益世报》副刊上。文中写道:

> 第二年暑假我回家的时候,就听人说,王妈死了。我哭都没哭,我的眼泪都堆在心里,永远地。现在我的眼前更亮,我认识了怎样叫人生,怎样叫命运。——小小的院子里仍然挤满了夜来香,黄昏里我仍然坐在院子里的竹床上,悲哀沉重地压住了我的心。我没有心绪再数蝙蝠了。在沉寂里,夜来香自己一闪一闪地开放着,却没有人再去数它们。半夜里,当我再从飘忽的梦境里转来的时候,看不到窗上的微微的白光,也再听不到嗡嗡的纺车的声音,自然更看不到照在四面墙上的黑而大的影子在和着历乱的枝影晃动,一切都死样的沉寂。我的心寂寞得像古潭。第二天早晨起来的时候,整夜散放着幽香的夜来香的伞似的黄花枝枝都枯萎了。没了王妈,夜来香哪能不感到寂寞呢?

蝙蝠脸老人

说来也巧,季羡林初到济南的家,第一眼看到的既非叔父,也非婶母,而是一个颇为怪异的老人。这个老人和季家非亲非故,可是看起来好像和季嗣廉早就认识。季羡林发现他与父亲谈话蛮亲热的。老人灰白稀疏的胡子,谈话时不停地上下抖动,头顶上

同样是灰白而更加稀疏的头发,在胡子和头发中间夹着一张黧黑的脸膛,如同一只黑色的蝙蝠。这副模样在一个六七岁的孩子看来十分可怕,尤其晚上做梦时看见这样一张脸,季羡林被吓醒了。

第二天早晨起来,季羡林第一眼偏偏又看到了他。他仿佛很高兴,朝季羡林笑了笑,算是打招呼。他那鲇鱼似的大嘴一咧,露出残缺不全的牙齿,那样子更加恐怖。鲇鱼须似的胡子朝后抖着,眼睛和鼻子之间的距离就扯得更近了,中间再耸起几道皱纹,那脸就更像一只跃跃欲飞的蝙蝠了。季羡林感到实在可怕,不敢去看,只好转过身面对着那棵刚刚发芽的枸杞树。这时,耳边传来街上小贩的吆喝声,因为初来乍到,他不知道是卖什么的。老人似乎并不介意,他在院子里忙活自己的事儿。

日子久了,季羡林从别人的嘴里渐渐知道了这老人的一些情况:他的家在济南南边的山里,家里很穷,所以一直是光棍一条。几年前他到济南来做工,人很勤快,又能吃苦,还是个手艺不错的泥瓦匠,但始终没有挣到什么钱。现在老了,情况就更加艰难,只好借住在季家后院的一间草棚里,帮助房东修修房子,干点杂活儿。季羡林发现,老人那微笑后面隐藏着一颗为生活磨透了的悲苦的心。就是这个发现,使他同老人亲近了起来。

老人邀请季羡林到自己屋里去。其实这并不是一间屋子,而是靠着墙搭起的一个低矮的棚子。没有窗户,里头黑洞洞的,一股潮湿的霉味儿熏得人透不过气来。四壁烟熏火燎,顶子上挂着蜘蛛网,屋里只有一张床和一张三条腿的桌子。当季羡林正要抽身出来的时候,忽然发现墙龛里有一个肥白的大泥娃娃。老人见他对泥娃娃感兴趣,就拿下来送给了他。这泥娃娃成了季羡林不会说话的玩伴儿,带给他无限的乐趣。他渐渐觉得,那张蝙蝠脸不仅不可怕，反而变得可爱了。

闲下来的时候，老人常带季羡林到附近去玩。他带他登上圩子墙，眺望云彩一样的青黛色的南山；带他到护城河边，看清清的河水里游动的小鱼和岸边碧绿的野草。他们最常去的地方是离家不远的一座古庙。古庙院子不大，里头有许多高大的柏树，浓荫匝地。阴暗的大殿里列着几尊泥塑的神像，神像的油彩已经斑驳，两廊站着面目狰狞的鬼卒，气氛阴森恐怖。庙里早已没有了香火，到处布满尘土，柱子和屋顶挂着蜘蛛网，梁间有燕子垒的窝。季羡林很乐意跟老人到古庙里玩。老人在柏树下给他讲故事，说有一个放牛的小孩儿，怎样在山里遇见一只狼，小孩儿如何同狼斗智斗勇，终于脱险。季羡林听得津津有味。

一年夏天，季家搬了一次家。从柴火市搬到佛山街的南段。在搬家过程中，季羡林从别人那里听到了一些关于老人的趣闻逸事。也是机缘巧合，老泥瓦匠认识了一个不安心单调生活的有夫之妇。老人为她发狂了，不顾一切了。但不久，一天夜里，两个人被那女人的丈夫堵在屋里。老人从窗户跳出，又翻过一堵墙，逃脱了。这比放牛的小孩儿遇见狼又脱险的故事有趣多了，人们津津乐道。从此，季羡林再看见那蝙蝠脸的老人就想发笑。看他那强作笑容、一本正经的样子，看他那撅着胡子、一脸严肃的样子，季羡林再也无心听他讲放牛孩子的故事。他真想问一问，那天晚上他逾窗逃走是怎么回事儿，可是又张不开口，终于没问，只是把这个秘密埋在心底，暗自玩味，偷偷地乐。

日子一久，老人的处境更加狼狈了。他已经不能继续在那个棚子里居住，只好搬出来。他没有别的地方可去，就栖身在那座破旧的古庙里。庙里没有和尚道士，他孤零零一个人和那些泥塑

的神像鬼卒为伍。一个夏末的黄昏，季羡林到古庙来看望他。庙仍然同先前一样衰颓，柏树仍然遮天蔽日。季羡林看见老人的身影在大殿的角落里晃动，立刻走上前去。见季羡林来了，他显得很高兴，忙着搬来一条板凳，又倒水给他喝。从他那蹒跚的脚步和佝偻的身躯看，他老了许多。老人絮絮叨叨地述说着几个月来的情况。季羡林一边听着，一边环顾庙里的环境，青面獠牙的鬼卒让他感觉鬼气森森，连汗毛都竖起来了。老人告诉季羡林，他已经不能再做泥瓦匠，几个好心的街坊邻居经常送饭给他吃。最近他的身体越来越弱，他真想壮壮实实再活几年。昨晚他做了个梦，梦见自己托着一个太阳。梦见太阳就是好兆头嘛，所以他非常高兴，觉得自己的身体会慢慢好起来的。说到这里，他的脸上出现了奇异的微笑，眼睛也闪出神秘的亮光。季羡林被惊呆了，他不知道该和老人谈些什么，就告辞回家去了。

  进入秋天的时候，老人大病了一场。在挣扎着活过来之后，老人的背驼得更厉害了，脸上像涂了一层黑灰，而且嘴里不停地哼哼。除了哼哼和吐痰之外，他已经做不了任何事情，只能依靠乞讨度日，苟延残喘。季羡林一年年逐渐长大，老人则越来越老、越来越弱了。

  等到季羡林要去北平上大学了，老人知道后特地到季家来看他。人还没有到，就听到了他的哼哼声。坐下来喘息了一阵儿，他才断断续续迸出几句话来，接着是一连串剧烈的咳嗽，蝙蝠形的脸缩成一个奇怪的形状。季羡林怀着怜悯的心情同他说话，心想，这老人恐怕活不了多久了。可是，他惊奇地发现，老人似乎很镇定，眼睛里依然闪着一种神秘的光。

  季羡林寒假回到济南，以为老人肯定不在人世了。没有想到的是，他又听见了窗外传来的熟悉的哼哼声。他简直惊愕得不知所措了。老人进屋坐下，又从断断续续的哼哼中迸出几句套话来，接着又是连珠炮似的咳嗽。季羡林问及他生活的近况，他说因为受到本街流氓的欺侮，已经不能在古庙住了，就在圩子墙附近找到个地方，搬了过去，不过仍然有好心人送饭给他吃，其中包括季家。他觉得身体比先前好些了，希望能壮壮实实再活几年，说罢拖着蹒跚的脚步离去了。

次日下午，季羡林去看他，走近圩子墙的时候，已经没有了人家，只见一片坟场，找了半天，发现坟场边的土崖下有一个洞，洞口有个秫秸扎的门。季羡林轻轻把门拉开，一股带烟味儿的土腥气直冲鼻孔。老人蜷缩在铺着干草的地上，看见季羡林急忙想站起来，被季羡林劝住了。季羡林一边跟他说着话，一边看着"门"外边一个连着一个的坟头，心想，这个僵尸似的垂死老人不就"生活"在坟墓里吗？他的心冷得颤抖起来，可是这个老人看上去却从容淡定，神秘的目光里仿佛包含着不可思议的希望。

从六七岁到二十几岁，季羡林同这个蝙蝠脸的老人没有断过来往。他目睹了一个孤独无助的劳动者悲惨的晚年，引起他对人生和社会问题的许多思考。他们不是亲戚，甚至不能算是邻居，可他们是忘年交。

一师附小

季羡林到济南是来求学的。叔父先是把他送进曹家巷一所私塾，并给他起了学名。按照季家的家谱，喜子属于林字辈。林

什么呢?叔父十分仰慕宋代那位梅妻鹤子的诗人林逋,于是为他取名羡林,字希逋。塾师是婶母的远房亲戚。上了不久,就因为他太顽皮,要求家长"另请高明"。私塾读不成,那就上学堂吧。1918年,季羡林进入一师附小。学校全名是"山东省立第一师范附属小学",地点在南城门内升官街西头。所谓"升官街",与升官发财毫无关系。"官"是"棺"的同音字,这一条街上棺材铺林立,大家忌讳这个"棺"字,所以改称升官街,图个吉利。

附小校长由一师校长王士栋兼任。王士栋,字祝晨,绰号"王大牛",是山东教育界的名人。民国初年,他担任过教育界的高官,同鞠思敏等同为山东教育界的元老,学习蔡元培办北京大学的精神,新旧共蓄,兼容并包,因而在学界享有盛誉。在一个七八岁的小学生眼中,校长宛如在九天之上,可望而不可即。可是人生变幻莫测,过了16年,1934年季羡林清华大学毕业后,回到山东省立济南高中教书,王士栋也在这里教历史,他们成了平起平坐的同事。季羡林对他执弟子礼甚恭,他则再三逊谢。季羡林一想到竟和自己当年的校长同事,心里就憋不住直乐。

季羡林在一师附小待了不到两年。两年初小学习生活,没有给他留下多少记忆。唯一残留在脑海中的一件小事,就是认识了一个"盔"字,但并不是在国文课堂上,而是在手工课堂上。老师教他们用纸折叠东西,其中有一个头盔,知道学生不会写这个字,就用粉笔写在黑板上,写完了这个字回头看学生,戴着近视眼镜的脸上露出一丝笑容。

那时季羡林迷上了玩推铁环。他找来两根铁条,把一根撅成一个圆圈儿,另一根撅成曲尺状,这样就可以推着滚了。他上学也不忘带着铁环。南关大街上人多车多,铁环推不成,可是一走到僻静的升官街,青石板铺就的路面光滑平整,他推着铁环轰隆隆地跑过,一口气跑到学校门口,心里别提有多美了。

李长之是季羡林在一师附小的同班同学,后来他们在清华大学又成了同学,彼此的友谊保持了几十年。

那时候,季羡林野性未驯,性格外向得很。他喜欢打架,欺负人,也被人欺负。有一个男孩子,比他大几岁,个子比他高半头,总好欺负他。最初季羡林有点儿怕他,时间久了,忍无可忍,就同他干了一架。他个子高,打季羡林的上身;季羡林个子矮,打他的下身。后来两人搂抱着滚在双杠下面的沙土堆里,打得难解难分,没有决出胜负。这时上课铃响了,他们各回自己的教室。从此,天下太平,这个同学再也不敢欺负季羡林了。

季羡林有时也欺负别的孩子。有一个名叫刘志学的小学生,比较懦弱,被季羡林选中,成了他欺负的对象。季羡林让他跪在地下,不听就拳打脚踢。他如果敢于反抗,季羡林就会收敛一些;如果逆来顺受,季羡林就变本加厉。有一次,刘志学受了欺负,回家向家长诉苦。刚巧,他家同季羡林的婶母是拐弯抹角的亲戚,他父母便找上门来,季羡林免不了挨婶母一顿臭骂,这一出闹剧终于落幕。

上初小的时候,季羡林还做过几次"小生意"。在他上学的路上,位于新桥的一家炒货店,门面不大,但这里的五香花生米——济南话叫"长果仁"——咸香脆,赫赫有名。有一次季羡林突发奇想,用买早点的钱买了半斤花生米,拿到学校用纸包成几个小包。同学们都想尝尝新桥花生米的美味,纷纷掏钱购买。第二天,他仍然照此办理。几天下来,季羡林居然赚到了几个小钱。如果这生意一直做下去,说不定季羡林还会发点儿小财。可

惜他见好就收，财运也就与他无缘了。

季羡林离开一师附小并不是因为毕业，而是因为转学。王士栋是个新派人物，"五四运动"一来，积极赞同新文化运动，很快就把文言文的国文教材换成了白话文。课本中有一篇著名的童话《阿拉伯的骆驼》，内容是：在沙漠大风暴中，主人躲进自己搭起来的帐篷里，而把骆驼留在门外。骆驼忍受不住风沙之苦，哀告主人说："让我把头放进帐篷行不行？"主人答应了。过了一会儿，骆驼又哀告说："让我把前身放进去行不行？"主人又答应了。又过了一会儿，骆驼又哀告说："让我全身都进去行不行？"主人答应后，自己却被骆驼挤出了帐篷。谁知，课本被季羡林的叔父看到了，这位守旧的家长大为不满，说："骆驼怎么能说话？荒唐！转学！"于是季羡林就转学了。

三只兔子

季羡林每天从家到学校，从学校到家，过着单调的日子。在高大的灰色的砖墙内，他只能听到闹闹嚷嚷的车马的声音，这哪里像故乡那清脆悦耳的牛羊的嘶鸣声呢？在鳞次栉比的楼房的空隙里，他只能看见一线蓝天，这哪里像故乡那广阔湛蓝的天空呢？他看不到远远的笼罩着轻雾的树，看不到天边上飘动的水似的云烟，嗅不到泥土的芬芳的气息，小小的心灵充满了寂寞和悲哀。他是大地的儿子，渴望着再回到大地的怀抱里去。对故乡的每一点儿记忆，都是那样的珍贵，其中最使他不能忘怀的，是关于兔子。那时候，季羡林喜欢到邻居家院子里看兔子，那有着宝石似的红眼睛的兔子,深深地印在他的脑海里。

有一年秋天,叔父要到望口山去,临走时问侄儿想要什么,季羡林要他带几只兔子回来。叔父从望口山回家的时候,仆人挑着一担东西,上面是用蒲包装的有名的肥桃,下面有一个木笼。季羡林正在猜测木笼里会装些什么东西,仆人已经把木笼举到他的眼前——战栗似的颤动着的嘴,透亮的长长的耳朵,红亮的宝石似的眼睛……这不正是他梦寐以求的兔子吗?他仿佛一下子回到了故乡,怎么能不欢喜若狂呢?笼里一共有三只兔子:一只大的,黑色,像母亲;两只小的,白色,像儿子。季羡林顾不上美味的肥桃,忙着找白菜,找豆芽,喂它们,又去给它们张罗住处,索性安顿在自己的床下。

在官庄的时候,季羡林看到邻居家的兔子,羡慕得不得了;现在自己居然也有三只兔子,而且就在床下边,这简直像做梦一样。兔子刚从笼里放出来的时候,立刻就有猫凑过来,兔子胆怯,伏在地上不敢动,耳朵紧贴在头上,只有嘴颤动得更厉害;等到把猫赶走了,它们才慢慢地试着跑,一转眼,大的早领着两只小的躲在花盆后面了,再转眼,又跑到床下面去了。有了兔子的第一个夜里,季羡林躺在床上,辗转着睡不踏实,听着兔子在床下嚼豆芽的声音。这一夜,他仿佛浮在云堆里,已经记不起做过什么样的梦了。

一下子有了三个小伙伴,给季羡林带来了无限的乐趣和惆怅。每当他坐在靠窗的桌子旁边读书的时候,兔子便偷偷地从床下面跑出来,没有一点儿声音。他从书页上面屏息看着它们——先是大的一探头,又缩回去,再一探头,走出来了,一溜黑烟似的。紧随着的是两只小的,白得像一团雪,眼睛红亮,比玛瑙还光莹。

它们用小小的红亮的眼睛四面看着,走到从花盆里垂出的拂着地的草叶下面,嘴战栗似的颤动几下,停一停;走到书架旁边,嘴战栗似的颤动几下,停一停;走到小凳下面,嘴战栗似的颤动几下,停一停。忽然,季羡林觉得有软茸茸的东西靠上了他的脚,原来是小兔正伏在脚下,于是忍耐着不敢动。不知怎的,他的腿忽然一抽,再看时,一溜黑烟,两溜白烟,兔子都藏到床下面去了。他伏下身子去看,在床下面黑暗的角落里,只见晶莹的宝石似的一对对眼睛。

院子里有猫。季羡林时时提防着猫会袭击兔子。窗前有一棵海棠树,门关严了的时候,这棵海棠树就成了猫进屋的路。自从有了兔子,在冷寂的秋夜里,季羡林常常蓦地惊醒——窗外风吹着落叶,窸窣地响,他疑心是猫从海棠树爬上了窗子;连绵的夜雨打着落叶,窸窣地响,他又疑心是猫爬上了窗子。他静静地等着,不见有猫进来,再低头看看,兔子正在地上来回跑着,在微明的灯光里,更像一溜溜的黑烟和白烟了,眼睛也更红亮得像宝石了。季羡林正要蒙眬睡去的时候,恍惚听到"喵"的一声,抬头看见窗子上破了洞的地方,两颗灯似的眼睛正在向里张望。

第二天早晨起来,季羡林第一件要做的事情,就是低下头去看兔子丢了没有。当他看到两只小兔如同两团白絮似的偎在大的身旁熟睡的时候,心里仿佛得到点儿安慰。过了一会儿,再回到屋里来读书的时候,又可以看到它们在脚下来回地跑了,虽然没有什么声息,屋里总仿佛充满了生气与欢腾似的,连周围的空气也仿佛变得甜美了。兔子同季羡林混熟了,渐渐胆壮起来,看见他也不再躲避了。当一只小兔第一次很驯顺地让他抚摸的时候,他高兴得流出了眼泪。

这样的颇有诗意的日子过了半个秋天，快要入冬的时候，在一个天蓝的早晨，季羡林又照例伏下身子，去看兔子丢了没有——奇怪，床下面空空的，仿佛少了什么东西似的，再仔细看看，只见两只小兔凄凉地互相偎着睡。它们的母亲跑到哪里去了呢？季羡林慌了，出了一身汗。他想，这几天大兔子的胆子更大了，常常自己偷跑到天井里去，这次恐怕又是自己偷跑出去了吧。他把屋里屋外都找了一遍，也不见踪影。回头他又看到两只小兔子偎在自己的脚下，一种莫名的凄凉袭上心头，两眼含着泪珠。两年前他离开了家，无时不想念母亲，感到凄凉和寂寞，要想倾诉只好在梦里。眼前这两只小兔子也同自己一样凄凉和寂寞吧！小兔子没有了母亲，又向谁倾诉呢？

起初，季羡林还幻想着大兔子会自己跑回来，蓦地给他一个惊喜，但是一天一天过去了，希望终于成了泡影。他更加怜爱这两只小兔子，他想拿自己的爱抚来弥补它们失掉母亲的悲哀。但这哪里办得到呢？它们渐渐消瘦，在屋里跑的时候也不像以前那样欢快了，时常偎在主人的脚下，被主人抱在怀里时也驯服地伏着不动。每当他看到它们踽踽地走开的时候，小主人心里充满了莫名的悲哀。

又过了两三天，季羡林忽然发现在屋里跑着的只剩一只兔子了，那个同伴到哪里去了呢？他又慌了，又在墙角、桌下、天井里四处寻找，低声唤着，落叶在脚下索索地响，可是不见兔子的踪影。当他看到这仅剩下的一个小生命孤独地似乎在寻找什么的时候，再听檐边呼啸的秋风，眼泪流了下来。它在找它的母亲吗？找它的兄弟吗？为什么连叹息一声也没有了呢？它那宝石似的眼睛里仿佛含着晶莹的泪珠。夜里，在微明的灯光下，它不在

床下沉睡,只是不停地在屋里跑着。这冷硬的土地,这漫漫的秋的长夜,没有母亲、没有兄弟偎着,凄凉的冷梦萦绕着它,它怎能睡得下去呢?

第二天早晨,天更蓝了,蓝得有点儿古怪。小屋里照得通明,小兔在眼前跑过的时候,季羡林看见洁白的绒毛上仿佛有一点红,一闪一闪的;再看,就在透明红润的耳朵旁边,发现一点血痕——只一点,衬了雪白的毛,更显得红艳,像鸡血石上的斑。他真的担心了!听人说,兔子只要见血,无论多少都会死的。这剩下的一只,没有母亲没有兄弟的孤独的小生命也要死去吗?他不敢相信,然而摆在眼前的却就是那一点红艳的血痕,怎能否认呢?他把它抱起来,它仿佛知道有什么不幸要降临到它身上,只伏在主人怀里不动,放下也不跑。就在这天黄昏的微光里,当他再伏下身去看床下的时候,除了一堆白菜和豆芽以外,什么也看不到了。他各处找了找,什么也没找到。

季羡林早就料到有什么事情要发生,现在终于发生了。他想:这样也好,不然,小兔子孤零零的一个活在这世界上,得不到一点儿温暖,凄凉和寂寞的一生怎样消磨呢?他没有哭,眼泪都流到肚子里去了。悲哀沉重地压在心头,他想到了故乡,想到了母亲。三只兔子和季羡林相伴相守了半个秋天,如今一只也没有了。有时候,他半夜从梦中惊醒,外边的秋风秋雨声,让他误以为猫爬上了窗台。此时,他总是下意识地往地上看,寻找兔子。这当然是徒劳的,除了在梦里,他是无缘再见到他的兔子了!

季羡林曾经怀疑是猫袭击了兔子,其实并不是。兔子在房子的后墙挖了一个洞,不知道跑到什么地方去了……

| 第一章 | 家住山东

新育小学

季羡林进入济南第一师范附小读了两年初小，上高小则是在新育小学。当年的新育小学，就是现在的山东省实验小学。20世纪这个学校出了三位名人：王尽美、季羡林、巩俐。王尽美是无产阶级革命家，中国共产党"一大"代表；巩俐是家喻户晓的电影明星；季羡林则是名满天下的东方学家、教育家，他在98岁的时候，给自己母校的题词是"桃李无言，下自成蹊"。意思是桃树和李子树不会说话，可是它们的果子吸引人，所以树下踩出了小路。

季羡林上小学的时候很贪玩，成绩是中上等，没有考过第一。可是，他有两点与众不同，第一点，他喜欢看"闲书"。"闲书"就是课外书，主要是旧小说。那时候，叔父管得严，"闲书"是不敢公开读的。叔叔的女儿惠林，比季羡林稍小一点，兄妹俩经常偷偷看"闲书"。有些古典文学名著，例如《红楼梦》，他们看不懂，不感兴趣；他们看得最多的是《水浒传》，对于发生在自己家乡水泊梁山的故事，百看不厌，他们还喜欢看《西游记》《说唐全传》和《彭公案》《施公案》之类公案小说，还有《七侠五义》《小五义》之类武侠小说。他们识字有限，看书经常遇到"拦路虎"，念错别字是家常便饭，比如把"飞檐走壁"，念成"飞dǎn走壁"等等。事后，他们互相开玩笑，哥哥问："你是用笤帚扫，还是用扫帚扫？"妹妹答："不认识的字少了，就用笤帚，多了就得用扫帚。"不过这类小说内容通俗易懂，即使有些字不认识，意思还是能看明白的，况且有些小说还有插图。季羡林看"闲书"的瘾头极大,那时家里没有电灯,晚上把煤油灯吹灭,在被窝里用手电筒照着看,一看大半宿。白天如果有时间,他也偷偷看,一口大缸盖上一个高粱秆做的盖帘就是他的书桌,上面摆着四书五经,而他读的却是小说。每当听见叔父的脚步声,他就掀起盖帘,把"闲书"藏进大缸里,拿过四书五经装模作样地读几句。他还把闲书带到学校去,偷空就看上一段。校门外空地上正在施工盖房子,很多红砖摞在那里,中间有空隙,坐在里面谁也看不见,放学后他就搬几块砖下来,坐在上面,掏出闲书大看特看。看得入了迷,忘记回家,到家后已经过了吃饭的时间,经常要挨一顿数落。季羡林看了数量极大的"闲书",学到了课堂上学不到的东西,增强了他驾驭语言文字的能力。

如今的新育小学

第一章 家住山东

第二点是季羡林坚持学习英文。他学英文是从新育小学开始的。班主任李老师为人和善，很受同学们喜欢。他教学生记英文字母很有一套办法，比如草书的英文字母 f，他说像只大马蜂，两头长，小细腰，学生一下子就记住了。英文与汉语完全不同，引起了季羡林极大的好奇心。他原以为，方块字是天经地义的，天下所有的文字都应该是方块字，可这像蚯蚓爬出的痕迹似的英文，也有读音，居然还有意思，简直不可思议。越是神秘的东西，就越有吸引力。这时，恰恰有位英文老师，要利用课余时间教英文，当然要收一些学费。季羡林告诉了叔父，叔父坚决支持。于是，季羡林就和十几个同学一道，晚上学起英文来了，而且一学就是八年。在考初中的时候，正谊中学要考英文，题目是翻译一段话："我新得了一本书，已经读了几页，不过有些字我不认识。"季羡林因为有英文基础，没有费多大劲儿就交卷了。他被录取了，不是一年级，而是一年半级，从一年级下学期开始，占了半年便宜。上中学的时候，季羡林继续课余学习英文，地点是在济南城内按察司街南口附近的尚实英文学社。这是一个私人办的学社，创建人冯鹏展是一个英文水平相当高的中学教师，办学社算是他的副业。上课时间是在晚上，每月学费三块大洋。学社还有两位老师，一位钮威如，一位陈鹤巢。他们教书很认真负责，学生有七八十人。当时英文教学流行图解式教学法，季羡林感到很新鲜，也很有收获，打下了扎实的英文根底。他的英文成绩年年全班第一。

季羡林为求学天天马不停蹄。他每天早晨穿过济南城到大明湖去上学，晚上五点走回南关吃晚饭，饭后立刻进城去尚实英文学社上课，晚上九点下课回家，天天如此。1926 年季羡林上高中

时,他的英文水平已经能阅读和翻译英国作家原作,英文作文也可以写出相当长的篇幅了。语言是人类思维的工具,学好一门外语,就等于开启了一扇通向域外的窗口。季羡林多年苦读积累了丰富的学养,为他日后成为一代语言学大师打下了坚实基础。

珠算课"造反"

在新育小学,并非所有的老师都像班主任李老师那样和蔼可亲,有一位教珠算的老师简直是个"迫害狂",对学生从来没有笑脸。他的脸长得像知了,学生送他一个外号"稍迁","稍迁"是济南土语,就是蝉的意思。"稍迁"先生对初学珠算的小孩子制定出既残酷又不合理的规定:打错一个数,打一板子。如果在算盘上差一行,那就差十个数,结果就是十板子。打手板可比打算盘的声音大多了,远远地便可听到课堂上噼噼啪啪的板子声。一堂课下来,几乎每个学生都挨过板子。偶尔有错几十个到一百个数的,那板子不知要打多久,直到老师打累了,才"板下开恩"。老师作威作福,学生苦不堪言,于是乎学生告诉家长,家长管不起;学生反映给校长,校长不理睬。小学生求告无门,被逼到穷途末路,自然就要造反,要把"稍迁"先生赶走。

几个大一点儿的男孩带头提出了行动方案:上课前把老师的讲桌翻倒过来,让它四脚朝天。学生们都不去上课,躲到假山附近的树丛中。花园里大树上结满了黄色的豆豆,大家把豆豆采下来装进口袋里,准备用这些"子弹"打"稍迁"先生的脑袋。"稍迁"先生丢了人,教不下去了,就得卷铺盖走人。季羡林觉得这主意不错,又喜欢凑热闹,便随着那几个大孩子,离开教室躲在乱树丛中。

但是,过了半个多小时,当他们回到教室,准备用口袋里的"子弹"袭击"稍迁"先生时,却傻了眼。他们发现,四脚朝天的讲桌也早已翻过来了,大约有三分之一的学生乖乖地坐在教室里,正在听老师讲课。原来,这次"造反"没有经过周密的动员和组织,贸然行事,本来的统一战线彻底崩溃了,结果一个班的学生分成了两类:"良民"与"罪犯",造反的人当然属于后者。"稍迁"先生满面怒容,威风凛凛地坐在讲台上,手握竹板戒尺,等候着一批小罪犯自投罗网。

"你们竟敢跟我作对!简直要翻天了!"他看"造反"学生的个子大小,就知道谁是主犯,谁是从犯。他先把主犯叫过去,他们自动伸出右手,只听到重而响的啪啪的板子声响彻教室,没有人敢喘大气。那几个男孩也真有"种",被打得龇牙咧嘴也不哼一声。轮到季羡林了,他也勇敢地把右手伸出去,啪啪十声,算是从轻发落,手掌立即红肿起来,刺骨地热辣辣地痛。下课了,他用红肿的手掏出那些黄色的豆豆,悄悄地扔掉了。这次"造反"就这样以失败告终。

路经刑场

新育小学在济南朝山街的北端。当年,出圩子门向右是一条通往齐鲁大学的大道,大道中段经过山水沟,右侧有一座小小的龙王庙,左侧是一大片荒滩,对面土堤很高,这里就是当时的刑

场。每当犯人被押赴刑场,就从城里院东大街路北的警察厅监狱出发,出大门向右走一段路,再左拐至舜井街,然后出南城门,经过朝山街,出南圩子门,就到了这里。朝山街是季羡林上学的必经之路。有时候,他看到街道两旁挤满了人,就知道要杀人了,立即兴奋起来,把上学的事儿忘到九霄云外,挤在人群里,伸长脖子,等候着。此时,只见街道两旁人山人海,而街道中间既无行人,也无车马。不久,一个衣衫破烂的人,喝得醉醺醺的,右肩背一支步枪,慢腾腾地走过去,这就是刽子手。再过不久,大队警察簇拥着待决的囚犯走过来,囚犯五花大绑,背上插一根木牌,上面写着他的名字,名字上面用朱笔画一个红"×"。犯人过去以后,街上的秩序立即大乱,人群纷纷挤向街中间,摩肩接踵,跟着警察大队挤出南圩子门,抢占有利地形,以便看得清楚些,但又不敢离得太近。犯人被警察押到刑场,面向南跪在高崖下面,枪声一响,大事完毕,警察撤走。这时,人群又拥向前去,观看躺在地上的死尸。季羡林和其他几个顽皮的孩子当然不甘落后,也随着大家往前拥。等到看罢这一切,他们才想起上学的事儿,急忙往学校赶,结果免不了受到老师一顿斥责。然而,他们不思改悔,下一次碰到这样的事儿照看不误。

有一天,季羡林放学走到刑场附近,看见很多人聚集在那里,知道又要杀人了。他一打听,说是今天要处决土匪。"土匪"二字,让季羡林联想到了绿林好汉,就是他在公案小说里看到的那些英雄豪杰、侠门剑客,他们一个个飞檐走壁,武艺高强,是他崇拜和向往已久的。他曾经为了练习"铁砂掌",背着家人在盛大米和绿豆的大缸里用手掌去插,直插得手指红肿破皮,疼痛难忍;他曾经为了练"隔山打牛",在蚊帐顶上放一个纸球,每天起床以前朝纸球挥拳几十次，挥得胳膊酸痛。可是，现实中的土匪是什么样子呢？他们的武功怎样？又是如何练成的？他怀着强烈的好奇心，准备好好看个究竟。

过了没多久，刽子手走过来了。他身上背的不是大枪，而是一把大刀，裹着一块血迹斑斑的破布。紧跟着的是警察的步枪队和马队，押着一个犯人。那犯人面色蜡黄，双手被反绑着，由两个警察架着，显然已经瘫软，无法正常行走。人们纷纷议论："此人好生没种！""怎么会有这样的土匪？"

季羡林看着犯人，觉得有些面熟；再仔细观察，原来是那个他上学时几乎每天都会遇到的卖小米和绿豆的小贩。他怎么会是土匪？！

季羡林每天清晨上学的路上，人很少，但他经常会碰上一个挑着担子沿街叫卖的汉子，约莫四十来岁，头发开始花白，穿着普通的粗布裤褂，表情很和善，看上去是地地道道老实巴交的乡下人。有一天早晨，他从家出来的时候，看见王妈同他讨价还价。原来，家里每天吃的小米和绿豆，就是从他手里买来的。一来二去，季羡林就跟他认识了。以后每次见面，那汉子都朝他笑一笑，或者打个招呼，间或问一句："你们家的小米绿豆吃完了没有？"季羡林开始并不言语，后来看他很和气，没有恶意，就逐渐地和他说起话来。

那汉子见季羡林挺招人喜欢，就编出一些荒诞不经的故事来哄他开心，说什么他某年某月看见一只老鼠，有大象那么大，这并没有让季羡林惊讶，因为他从来没见过大象。他还说某某地方有一只花母鸡，下的蛋有西瓜那么大，某某地方有一个穷小子，娶了一个仙女等等，这也难使季羡林相信。不过，季羡林寂寞时

也乐得听他胡说八道,最有意思的是,他说某地有户人家蒸了一个大馒头,馒头皮有四里厚,一家人啃了几年才吃到馅儿。季羡林听了乐得咯咯的,那汉子也孩子似的笑了。

从春天到夏天,从秋天到冬天,季羡林几乎天天都能看到那汉子,他们混得很熟很熟了,他还听他讲过什么剑侠、剑仙之类的故事,只是最近两三个月没有见到他了。怎么回事?难道他去当了土匪?

季羡林一边看着那汉子,一边仔细听人家议论,这才大体明白了这人的身世:他原来是乡下的农民,因为遭了灾,没有饭吃,就铤而走险,当上了土匪。前几年他就洗手不干了,躲到济南走街串巷做起了小生意。不久前他被人告发,坐了大牢……啊,原来如此!

季羡林远远望着那个汉子,只见他老老实实跪在那里。忽然,刽子手手里的大刀一挥,一股股殷红的鲜血喷涌而出……

自从那天从刑场经过,有好长一段时间,季羡林无论看什么东西,都仿佛蒙着一层恐怖的红颜色。1934年7月,刚刚从清华大学毕业的季羡林将他的这段经历写成散文《红》,发表在《文学》杂志上。

游开元寺

有一年秋天,新育小学组织学生游开元寺。开元寺曾经是济南名胜之一,坐落在千佛山东群山环抱之中。寺上面的大佛头尤其著名,是在一面巨大的山崖上雕凿而成的。据说,那佛头的一个耳朵眼里能够摆一桌酒席,其规模虽然比不上四川的乐山大佛,但也颇有一点儿名气。从山坡往上爬,路并不难走,不到半个小时就到了佛头下。从大佛头再往上爬,山路崎岖,山石亮滑,爬起来就吃力了。山顶上,有一座用石块垒起来的塔状建筑,从济南城里看去,好像是一个橛子,所以这座山叫作"橛山"。在济南南部群山中,橛山鹤立鸡群,登上山顶,望千佛山顶如在肘下。可惜这里一棵树都没有,只有遍山蓑草,显得光秃秃的。从橛山山顶,经过大佛头下行,地势渐低,树木渐多,走到一个山坳里就是开元寺。这里松柏参天,柳槐成行,一片浓绿。绿树丛中可见红墙,院内佛殿宏伟,佛像庄严。院中有一座亭子,名曰"静虚亭"。最难得的是一泓泉水,流自东面石壁的一个不深的圆洞中。泉水从上面石缝中滴下来,积之既久,遂成清池,名曰"秋棠池"。水池的东面岸上长着一片青苔,栽着数株秋海棠。泉水甘甜清冽,用来煮开泡茶,味道极佳。寺里的僧人和络绎不绝的游客,都从泉中取水喝。季羡林喜欢这个地方,以前曾来过多次。这一次随小伙伴们来游,兴致极高。回校后,老师出了一个作文题目《游开元寺记》,举行作文比赛,把优秀的文章张贴在教室西头走廊的墙壁上,季羡林的作文也在其中。出游本来符合季羡林的天性,而大量"闲书"的阅读又增强了驾驭语言文字的能力,因此他在作文方面开始崭露头角了。

2019年深秋,笔者来到泉城济南寻访季羡林当年的足迹。我兴冲冲登上佛慧山,即当年的橛山,参拜过大佛头,顺着山路下至"开元圣境"的时候,才知道这座古寺早已成了遗迹。昔日辉煌的佛殿,只留下两小段残墙,秋棠池不见了踪影,所幸那股甘冽的山泉仍在流淌。季羡林关于开元寺的回忆,被印在遗址的说明牌上。我同几位老年游客交谈,谈及古寺的兴衰,大家都不胜感叹。他们得知了我此来的目的,纷纷围过来和我合影留念,表达他们对季羡林的崇敬和怀念。

济南开元寺如今已成为遗址

新育小学每学期考试一次,高小三年一共考试六次。季羡林得了两次甲等第三和两次乙等第一,名次总是徘徊在甲等三四名和乙等前几名之间。甲等第一名被一个叫李玉和的同学包了,而季羡林却从来没有争第一名的念头。他对名次不感兴趣,最大的兴趣还是玩。季羡林认为,小学考试的名次对学生一生没有多大影响,家庭出身和机遇的影响要大得多。又说,那一个"考"字宛如如来佛的掌心,让你落在这张密而不漏的天网中。笔者以为,季羡林的话很有警示作用,今日小学生因考试成绩不佳,断送生命于家长之手的例子也偶尔见诸报端，令人痛心。

小学毕业由于家庭出身和个人机遇不同，往往会走上完全不同的人生之路。季羡林见过丰子恺先生的一幅漫画，题目是《小学同学》。画面上一副吃食担子，旁边站着两个人，不用说，一个是摊主，另一个是食客，耐人寻味。季羡林还亲历过一件小事，比丰子恺那幅画更抢眼，更耐人寻味，他说如果自己会画画，一定要把它画下来。事情是这样的：有一天晚上，他雇洋车从济南院前街回佛山街，黑暗中没有看清车夫的模样。到了家门口下车付车钱时，他蓦地一抬头，发现车夫竟是自己新育小学的同班同学，这让他既惊讶又尴尬。这个画面清晰地印在季羡林的脑子里，七八十年后依然历历在目。家庭出身和机遇的不同，往往就造成了这种结果。

正谊中学

1923年至1926年，季羡林在济南正谊中学读初中。严格地说，是从初一下学期读到高一上学期。这是他生命历程中重要的三年。那时候在济南，正谊中学算不上好学校，绰号"破正谊"，和"烂育英"齐名，大概只能算是个二三流的学校吧。

正谊中学坐落在济南大明湖南岸阁公祠即阎敬铭的纪念祠堂内。阎敬铭（1817—1892），陕西大荔人，晚清名臣，曾署理山东盐运使、山东巡抚，办过许多有利民生的好事。1867年阎敬铭离职后，山东百姓在大明湖南岸为他建祠堂。1913年，山东教育家鞠思敏、王祝晨等在此创办私立正谊中学。校名取自董仲舒的名

句"正其谊而不谋其利"。校内景色非常美,特别是北半部靠近原阎公祠的那一部分,绿杨撑天,碧水流地,一条清溪从西向东流,尾部有假山一座,小溪穿山而过。登上阎公祠的大楼,可以看到很远的地方,向北望,大明湖碧波潋滟,水光接天,夏天则是芦苇丛生,荷香十里,绿叶千顷。

正谊中学创办人和校长是鞠思敏先生。他是民国初年山东教育界的领袖人物之一。季羡林十二岁到正谊中学上学,鞠先生已经有六十来岁了。季羡林每次见到他,就油然生出敬仰之情。他身材魁梧,走路极慢,威仪俨然,穿着极为朴素,夏天布大褂,冬天布棉袄,脚上穿着一双黑布鞋,袜子也是布做的。机器织的袜子,当时叫作洋袜子,已经颇为流行了,可鞠先生脚上仍然是布袜子,可见他俭朴之一斑。

鞠先生每天必到学校里来办公。在军阀统治下,时局动荡,民不聊生,要维持一所有几十名教员和上千名学生的私立中学,谈何容易?鞠先生身上的担子十分沉重。然而,他极关心青年学生的成长,特别在道德方面倾注了全部的心血,想把学生培养成有文化有道德的人。每周的星期一上午八时至九时,全校学生都集合在操场上。鞠先生站在台阶上讲话,内容无非是怎样做人,怎样爱国,怎样讲公德、守纪律,怎样严于律己、宽以待人,怎样孝顺父母,怎样尊敬师长,怎样与同学和睦相处……他俨然一个絮絮叨叨的老太婆。当时没有扩音器,他的嗓门并不洪亮,站的地方也不高,但他讲的那一些普普通通做人的道理,都是金玉良言,经年累月,学生们受到了潜移默化的影响。

刚进正谊中学的时候,季羡林同在小学时一样,并不喜欢念书,每次考试好了可以考到甲等三四名,坏了就是乙等前几名,但在班上还算是高小生。他是班里年龄最小的学生,贪玩惯了,主要兴趣在大楼后的大明湖。每到夏天,湖边长满了芦苇,芦苇丛中到处是蛤蟆和虾,它们都是水族中的笨家伙。季羡林从家里拿一根针,把针尖砸弯,拴上一条绳,顺手拔一根苇子,当成钓竿。他又抓一只苍蝇,穿在针尖上,把钓竿伸向端坐在荷叶上的蛤蟆,抖上两抖,它就一跃而起,想捕捉苍蝇,却被针尖钩住,捉上岸来。但是季羡林并不伤害它,又把它放回水中。最笨的就是那种长着一对长夹的虾,对付它们不费吹灰之力,他顺手拔一根苇子,看到虾就往水里一伸,它便用长夹夹住苇秆,死不放松,于是便被拖出水来。季羡林也把它放回水中,他只是为了戏耍,消磨时间。每天上午上完课,匆匆在小吃摊子上买点儿东西吃,他就来到大明湖边,一直玩到下午上课。

季羡林上初中的时候,有位徐金台老师,是正谊中学的资深教员,很受师生的尊敬。徐老师古文很棒,他在课外办了一个古文补习班。愿意学习的学生,只要交上几块大洋,就能够随班上课。叔父听说了这件事很高兴,立即让季羡林报了名。上课时间是下午放学以后,地点是在阎公祠大楼的一间教室里,念的是《左传》《史记》《战国策》一类的古籍。叔父对季羡林学习古文非常重视,他还曾心血来潮,亲自选编并用毛笔正楷手抄了一本厚厚的《课侄选文》,然后又亲自给他讲解。选文中都是程朱理学文章,唐宋八大家的一篇也没有。季羡林并不喜欢这类文章,只好硬着头皮听下去。好在叔父只讲过几次就置诸脑后,再也不提了。徐老师采用"开小灶"式的古文学习方法,让季羡林受益匪浅,为他后来在高中研读古文打下了基础。

随着年龄逐渐增长,季羡林的玩心也逐渐淡化,学习的兴趣

逐渐增强。读高一的时候，有两位老师给他留下了深刻的印象，一位是教国文的杜老师，绰号"杜大肚子"，另一位是教英文的郑又桥老师。

杜老师是饱学之士，熟读经书，精通古文，一手小楷写得俊秀遒劲，听说前清时还有过什么功名。可惜他生不逢时，命途多舛，毕生浮沉于小学教员与中学教员之间。季羡林1923年考入正谊中学，录取的不是一年级，而是一年级下学期，由秋季始业改为春季始业，只用了两年半初中就毕业了。毕业后又留在正谊中学念了半年高一。杜老师就是在这个时候教他的，时间是1926年，季羡林十五岁。杜老师出了一个描绘风景抒发感情的作文题目，季羡林突发奇想，写了一篇带有骈体文味道的作文。那时候作文都是文言文，没有写白话文的。季羡林第一次尝试写骈体文，当然期待老师的评判。作文簿发下来，他看到杜老师在上面写满了密密麻麻的字，等于又重新写了一篇文章，批语是："要做花样文章，非多记古典不可。"短短一句话正中要害。季羡林读过不少古文，骈体文却只读过几篇，仅仅凭着自己脑子里记的那几篇古文和有限的几篇骈文就想写"花样文章"，怎能办得到呢？看了杜老师批改的作文，他心中又是高兴，又是惭愧。杜老师已年届花甲，竟不嫌麻烦这样修改自己的文章，批语一语中的，他怎能不高兴呢？惭愧的是自己根底太浅，学养不够。从此，他学习更加刻苦。季羡林当年学习的一些古文名篇，到老年还能流利背诵，许多典故，写文章时信手拈来，自然贴切，恰到好处，这都是中学时打下的基础。

郑又桥老师是南方人，英文非常好，专教高年级。当时高一正是正谊中学的最高年级，用的英文课本是现成的《天方夜谭》

《泰西五十轶事》,语法书是《纳氏文法》(Nesfield Grammar)。郑老师教书的特点。突出地表现在批改作文上。季羡林清楚地记得,他的英语作文郑老师一字不改,而是根据原意另写一篇,这种做法是相当高明的。语言是思维的工具,学生作文使用的思维工具当然是母语,就是汉语,而根据汉语思维写成英文,难免受汉语的制约,结果就是中国式的英文。这种中国式的英文,所谓chinglish(中国式英语),一直到今天还是英语初学者的普遍毛病。季羡林虽然在尚实英文学社补习过英文,英文成绩在全校名列前茅,但这类毛病也在所难免。郑老师另写的是地道的英文,是多年学养修炼而成的,并非每个人都能企及。季羡林拿自己的作文和郑先生的改作细心对比,悟到了许多东西,简直可以说是心扉洞开,获益匪浅。季羡林就是从郑老师那里得到了一把金钥匙,学到了地道的英文。

那时,季羡林每天要穿过整个济南城,才能到大明湖畔的学校,中午不能回家。他正在长身体的时候,一顿最简单的午饭也需要三个铜圆,婶母却每天只给两个铜圆。他花一个铜圆买一块锅饼,另一个铜圆买一碗豆腐脑或一碗丸子汤,站在校门外的担子旁边,狼吞虎咽地吃下去。当他再看到路旁小铺里卖的一个铜圆一碟的小葱拌豆腐时,就只有咽口水的份儿了。济南有一种小吃,叫作"油旋",季羡林十分喜欢,但只有他考了好成绩,叔父高兴了才会赏他一两个铜圆开开斋。至于饭馆里的炒菜,他连想都不敢想。有一次学校开庆祝会,季羡林和几个同学帮助布置会场,每人获得一张奖励午餐券,可以到附近小饭馆吃一顿。平日可望而不可即的地方,季羡林终于可以进去,于是饱餐一顿,撑得连晚饭都没吃。

父亲不再来

季羡林上小学的时候,父亲季嗣廉有时从老家来,就在北屋和他睡在一张床上。婶母马巧卿对这个大伯哥常来"打秋风"十分不满。因为在季羡林出生之前,季嗣诚买彩票中过大奖,得了四千大洋。兄弟二人用这笔钱建房买地,建起了不错的家当。可是季嗣廉不善经营,又喜欢仗义疏财,不久就破产,变回一个贫农。自己不得温饱,还不时需要弟弟接济。这次季嗣廉又来了,马巧卿在西屋大声指桑骂槐,一阵数落。这等于下了逐客令,季嗣廉好没面子,悻悻离去,从此再不来济南。

1925年夏天,官庄老家有人捎信来,说季羡林的父亲病重。恰好他正在放暑假,立刻准备回乡看望。叔父季嗣诚惦记自己的哥哥,又担心侄儿年龄小,万一有个三长两短应付不了,就请了假和侄儿一道回乡。

叔侄二人赶回老家,发现季嗣廉果然病得不轻。他直挺挺地躺在土炕上,不能动也不能说话,但是面色红润,两只眼睛也很有神,看样子还不至于出大事。季羡林的叔叔大爷们急着要给病人看病。可是那年月,在清平这样的穷乡僻壤,一无医,二无药,附近十里八村,别说医院,就连医生也没有。只听说官庄北面十几里外有个大地主庄园,庄园主懂些医道,给人看过病。病急乱投医,他们决定去请那个地主来给病人瞧瞧。

去请"先生"——当地老百姓对医生尊称为"先生",必须有交通工具。季羡林去二大爷家借来一辆牛车,求二大爷赶着和自己去请医生。十几里路,坑坑洼洼,牛车摇摇晃晃要走差不多两个小时。中间路过一个村庄,有一家做点心的作坊,他们拐进村去买上一木匣点心,给"先生"做见面礼。到了地主家,说明来意后,"先生"面有难色,主要是担心自己的安全。因为连年军阀混战,民不聊生,有些农民铤而走险,当上了土匪,这一带很不太平。时值盛夏,"青纱帐"笼罩四野,经常有土匪出没。每到这个季节,地主为了安全,都蛰居不出家门。季羡林为救父亲,跪地相求;二大爷也说了一车好话。"先生"受了感动,说:"难得城里来的洋学生有一片孝心,我就冒险去试一试吧!"

他们扶着"先生",坐着牛车,穿过田野赶回官庄。路经高粱地时,季羡林警惕地东张西望,他知道,说有土匪绝非空穴来风,他的堂兄季元林就是被土匪绑了票,虽然交了赎金,可还是被撕了票,死得很惨;眼下如果土匪劫了自己,那就听天由命,如果劫了地主,麻烦可就大了!到了家,他赶紧给"先生"沏茶备饭,请"先生"按脉处方,最后请"先生"上车,提心吊胆,恭恭敬敬送回府去。回来时他又绕道去另一个村子,找药铺抓了药,当晚,他便给父亲煎药、喂药、翻身、擦洗。三五天后他又去请一次"先生",还算运气好,并没有遇上土匪。

可是,父亲的病情仍然没有好转,但也没有加重。过了几天,学校要开学了,叔父也该上班了,叔侄二人只好离开官庄回到济南。

然而,开学没有几天,父亲竟然去世了,季羡林再次回到官庄,安葬父亲。

从此,家中只剩下母亲一人了,等待季羡林的,将是永久的悔……

北园高中

1926年秋,季羡林考入山东大学附设高中,在这里读了两年书。山大附设高中分文科和理科,文科校坐落在济南北园白鹤庄,又称"北园高中"。从此,他那十五六岁的青春年华,就同风景如画的白鹤庄紧密连在一起。泉城济南的地势,南高北低,七十二名泉的水流出地面,一股脑儿都向北流来。就连泰山北麓的泉水也通过黑虎泉、龙洞,汇入护城河,最终流向北园,一部分注入小清河,流向大海。因此,北园成了水乡泽国,到处荷塘密布,碧波潋滟。风乍起,吹皱一塘清水,无风时则如一片明镜,可以看到二十里外的千佛山的倒影。塘边绿柳成行,夏天杨柳绿叶葳蕤,铺天盖地,如烟如雾,即使不能"烟笼十里堤",也把天地之间染成了绿色,自是风光旖旎,赏心悦目。

白鹤庄就在杨柳深处,是一个荷塘环绕的小村庄。虽然不见白鹤飞来,可确实是一个念书的绝妙的好地方。校址设在村中的一处大宅院,大到住了二三百学生也一点儿不显拥挤。当时学校共有六个班,三年级一个班,二年级一个班,一年级四个班,季羡林在一班。这两年他一直担任班长,座位排在教室第一排左首第一个位子。

这是一所公立高中,教师待遇较好,师资队伍可谓极一时之选。正谊中学校长鞠思敏应聘担任该校的教员,教伦理学课,课本用的是蔡元培的《中国伦理学史》。鞠先生衣着朴素如故,威仪俨然如故,讲课慢条斯理,但是句句真诚动听。他这样一个人本身就是伦理的化身。1947年,季羡林回国后回到济南,去母校拜访鞠先生，他早已作古。但是，人们并没有忘记他，他在日寇占领期间，大义凛然，不畏威胁利诱，誓死不出任伪职，穷到每天只能用盐水泡煎饼果腹，终至贫病忧愤而死。鞠先生为中华民族留正气，为后世子孙树楷模，他的言传身教深深地影响了季羡林。

讲授历史和地理的祁蕴璞先生是山东教育界的名人。他原是第一师范的教员，后来到山东大学教书，在附中兼课。在历史和地理的教学中，他堪称状元。祁老师不是一个口才很好的人，说话有点儿口吃。他的讲义每年都根据世界形势的变化和考古发掘的最新成果，以及学术界的最新学说，加以补充修改。所以，他教给学生的知识都是最新的知识。这种做法不但在中学绝无仅有，即使在大学中也十分少见，其原因就在于他精通日文和英文。自从明治维新以后，日本最积极最热情最及时地吸收欧美的新知识。而祁先生订有多种日文杂志，还随时购买日本新书，有时候他还把新书拿到课堂上给学生看，生怕手上沾的粉笔末弄脏了新书，战战兢兢地用袖子托着，从那细微的动作可见他对书籍的爱护。祁先生的言传身教也深深地影响了季羡林。祁先生还在课外举办世界新形势讲座，学生中愿意听者可以自由去听。他讲演时只有提纲，没有讲义，届时指定两个文笔比较好的学生作记录，然后整理成文，交给他改正，再油印成讲义，发给学生。季羡林是被指定的两个记录人之一。当时没有什么报纸，祁先生的讲演让学生了解了外面的世界，开阔了视野，增加了知识。

国文教员王昆玉是山东莱阳人，他父亲是当地有名的文士，王先生家学渊源，从小受过良好的教育，特别是古文写作方面更为突出。他为文遵循桐城派义法，结构谨严，惜墨如金，逻辑性

很强。王先生有自己的文集,是他手抄的,从来没有出版过。王先生上课,课本使用现成的《古文观止》,不是每篇都讲,而是挑选出来若干篇加以讲解。文中的典故当然在必讲之列,而重点则在文章义法上。《古文观止》里的文章是按年代顺序排列的,不知什么原因,王先生选讲的第一篇文章竟是比较晚出的明代袁宏道的《徐文长传》,讲完后出了一个作文题目《读〈徐文长传〉书后》。在此之前,1924年,臧克家在山东省立第一师范读书时,曾向林兰女士主编的《徐文长的故事》投去三篇稿子,都被采用,可见徐文长其人其事引人注目。季羡林从小学起作文都用文言,到了高中仍然未变。他驾轻就熟地写了一篇《书后》,不意竟获得了王先生的青睐,定为全班压卷之作,评语是"亦简劲,亦畅达"。季羡林当然很高兴,老师的夸奖激发起他的学习兴趣。于是,他又拿来韩愈、柳宗元、欧阳修和三苏的文集,认真研读,其中不少名篇他老年时仍能背诵如流。王先生把学生的作文簿批改完亲手发给每个人,把差的排在前面,好的放在后面。作文后面他都写上批语,有时候还会当面说上几句。季羡林的作文簿总是最后发下来。那时候高中学生全都住校。季羡林喜欢自然风光,春秋时节,吃过早饭以后到上课之前,他经常一个人到校舍南面和西面的小溪旁散步,看小溪中碧水潺潺、绿藻漂浮。晚间下课,他又走出校门在小溪旁徘徊流连,只见月明星稀,柳影洒地,草色离离,荷香四溢。他最喜欢看的是捕蟹,附近的农民每晚来到这里,把苇箔插在溪中,水能通过苇箔流动,可是螃蟹则过不去。农民点一盏马灯,放在岸边,螃蟹只要看见一点儿亮,就从芦苇丛中爬出来,爬到灯边,农民一伸手就把它捉住了。间或有大鱼游来,被苇箔挡住,游不过去,又不知回头,只在箔前跳动,这时农民站起身来，举起带网的长竿，想把鱼网住。但是，鱼大劲儿也大，它不会束"手"待捉，奋起抵抗，往往斗争很久，农民才能把它捉住。这是季羡林最爱看的一幕。王昆玉先生有时也来这里散步，他还出了一个作文题目：夜课后闲步校前溪观捕蟹记。季羡林喜欢写抒情或写景的散文，这个作文题目正中下怀，他的"生活"积累足够，写起来得心应手，酣畅淋漓，又一次在全班夺魁。

教英文的刘先生个子矮矮的，是一中的教员，来这里兼课。他毕业于北大英文系，水平非常棒，季羡林非常钦佩。由于有尚实英文学社的底子，季羡林在班上英文成绩首屈一指。刘先生有一个特点，每当学生在课堂上提出问题，他自己先不回答，而是指定学生回答，指定的顺序按照英文水平高低排列。每个学生的水平在他心里都有一本账，他指定回答的学生当然要比提问的学生水平高。如果回答不了，他再依次向上指定学生，最后往往就要指定季羡林。一般问题季羡林都能够回答，如果实在回答不了，那就由刘先生亲自出马了。那时候，季羡林已经不满足于课堂上老师教授的那一点儿英文，他开始购买和阅读原版英文小说，并尝试着翻译。他节衣缩食，每年能从生活费里省出两三块大洋，就用这钱买英文书。买书是通过日本东京的丸善书店，办法很简便，在一张明信片上，写下书名，再加上三个英文字母 COD（cash on delivery），日文叫作"代金引换"，意思就是书到了以后，拿着钱到邮局去取。在两年之内，他共买过两三次书。他接到丸善书店的回信，就像过年一般欢喜，立即约上一个要好的同学，午饭后沿着胶济铁路，步行走到十几里外的商埠，从邮政总局把书取回来。虽然不过是薄薄的一本，他内心却充满一种无可

言状的幸福感。

那时候,季羡林开始学习第二门外语——德语。胶东半岛曾被德国强占,特别是青岛,当时有不少德国人。所以,当地知识分子中有很多人多多少少懂一些德语。北园高中开设德语选修课,季羡林对外语兴趣浓厚,于是就选修了这门课。

那是新旧交替时期,济南处于北洋军阀统治之下。军阀当局提倡读经,经学在当时是一门重要课程。教经学的先生是一位清朝遗老,可能得过什么功名。他在课堂上,张口就是"你们民国"如何如何,"我们大清国"如何如何,于是得了个"大清国"的诨号,真实姓名反被人忘记了。四书五经他都能背诵如流,据说还会倒背,所以上课从来不带课本。《诗》《书》《易》《礼》他也能讲一点儿,完全按照注疏讲。还有一位教诸子的先生姓王,北大毕业,戴一副深度近视镜。王先生读了很多书,很有学问,他曾写了篇长文《孔子的仁学》,把《论语》中讲到"仁"的地方全部搜集起来,加以综合分析,然后得出结论。此文曾印成讲义发给学生,季羡林的叔父读了以后,大为赞赏。经学、诸子这些功课,季羡林当时虽然不能全懂,但每堂课都不落下,为他日后研读国学打下了基础。由此可见,季羡林从小接受的是中国传统文化知识,经过长期的熏陶和积累,以至对国学经典烂熟于心,运用自如;他大学读的是外国文学专业,出国留学学习的是南亚、中亚的古文字。这些看起来风马牛不相及的知识,成就了他非凡的学术本领。若干年后,他从欧洲回国,途经瑞士,一位历史学家请他将《论语》和《中庸》译成德语,这种难度很大的工作,他却驾轻就熟,这是后话。

| 第一章 | 家住山东

六连冠

季羡林经常说，自己幼无大志，小学毕业后就连报考著名的一中的勇气都没有。确实，季羡林上小学和初中的时候，并不喜欢念书，只是贪玩，他虽然应试能力很强，成绩不错，名次相当靠前，可他从来没有要当第一名的野心，对那玩意儿一点儿兴趣也没有。相反，钓虾、捉蛤蟆对他的诱惑力更大。他对自己这一辈子究竟干什么，从来也没有认真考虑过，只是朦朦胧胧地觉得，家里的经济状况固然不算好，按理应该长点儿志气，可自己毕竟是个上不得台盘的人，一辈子能混上一个小职员当当，也就算不错了。但是，人的想法是能够改变的，有时甚至会发生180度的大转弯。季羡林在北园高中就经历了这样的改变，而这一改变却是由一件偶然的事情引起的。

北园高中附属于山东大学，当时山大校长由省教育厅长王寿彭兼任。王寿彭（1875—1929），字眉轩，号次篯，山东潍坊人。光绪二十九年（1903），他参加会试，文章写得漂亮。据说，殿试时恰逢慈禧老佛爷七十大寿，因为他的名字中包含"王者寿比彭祖"的意思，慈禧以为吉兆，非常高兴，他被点了状元。王寿彭还是有名的书法家，他的字遒劲潇洒，俊美隽秀，颇有二王之风，很受藏家追捧。

就在一年级第二学期考试结束时，状元公忽然要表彰学生了。高中学生表彰的标准是：每班的甲等第一名，平均分数达到或超过95分。奖品是状元公亲笔书写的一个扇面和一副对联。王寿彭的书法极有名，他的墨宝极具经济价值和收藏价值。高中共有六个班，便有六个甲等第一名，但是其中五名的平均分数都没有达到 95 分，只有季羡林平均分数为 97 分。因此，他就成了全校唯一获得状元公褒奖的学生，这当然是极高的荣誉。

王寿彭手书的扇面是抄录厉鹗的一首七言诗，全文是：

> 净几单床月上初，主人对客似僧庐。
> 春来预作看花约，贫去宜求种树书；
> 隔巷旧游成结托，十年豪气早销除；
> 依然不坠风流处，五亩园开手剪蔬。
>
> 录《樊榭山房诗》，丁卯夏五

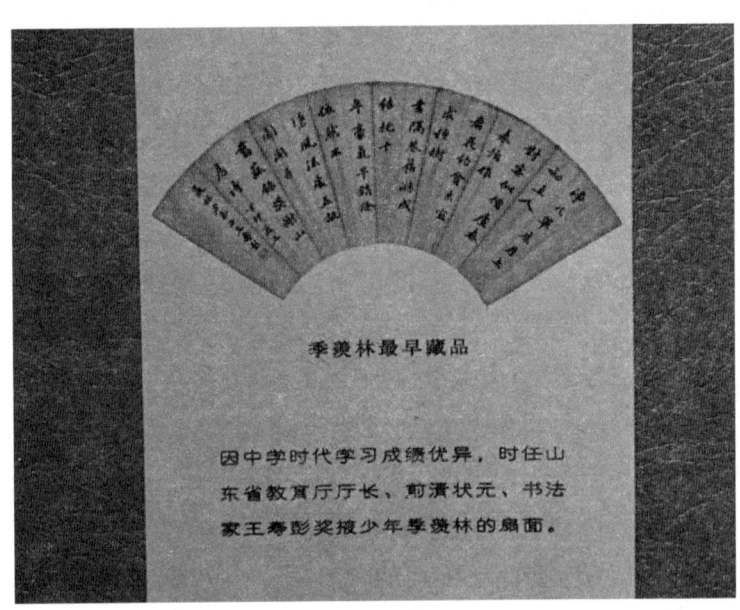

王寿彭题写的扇面

落款是"羡林老弟正　王寿彭"。

厉鹗（1692—1752），号樊榭，浙江杭州人，康熙时举人，清代著名文学家，有《樊榭山房集》传世。

那副对联是漂亮的馆阁体，内容是：

才华舒展临风锦，
意气昂藏出岫云。

这珍贵的奖品对季羡林产生了戏剧性的影响，它看似出乎意料，却自在情理之中。荣誉感人皆有之，尤其青少年，一旦得到表扬，就会激发他们的荣誉感，增强他们的自尊心，可以大大释放争强好胜的潜能。话说回来，季羡林屡次讲自己幼无大志，自贱自卑，可是眼前的事实说明，这其实就是一种荣誉感的表现。试想，如果一点儿荣誉感自尊心都没有，真的得过且过满不在乎，哪还会有什么自卑呢？

上了北园高中，季羡林的学习态度，乃至对自我价值的追求，发生了根本变化。说到变化，这里面有三层意思。第一层意思是，97分这个平均分数给了季羡林许多启发和暗示。因为，分数与分数是不相同的，像历史、地理等课程，只要不懒不笨，考试前临时抱佛脚，硬背一通，得个高分并不难。但是，像国文和英文这样的课程，必须有长期的积累，还必须有一定的天资，才能有所成就，得到高分。如果没有基础，临时无论怎样努力，也是无济于事。季羡林在国文和英文方面有比较坚实的基础，非其他五个甲等第一名可比。他们的国文和英文虽然也绝不会太差，但是

同季羡林相比,自然要稍逊一筹。这件事儿使季羡林心中有了底气,倒觉得过去的自卑实在有点儿毫无道理,甚至有点儿可笑了。

第二层意思是,季羡林从未得到这样的荣誉,它确实来之不易,现在既然于无意中得之,就不能让它再丢掉,如果下一学期考不到甲等第一名,这一张脸又往哪里搁呢?这是最原始最简单的荣誉感,然而就是这一点儿荣誉感,促使他改弦易辙,开始埋头读书了。就在不到一年前,在正谊中学时期,虾和蛤蟆对他的诱惑力还远远超过书本。眼前的北园,荷塘纵横,并不缺少虾和蛤蟆,他却视而不见。俗话说:"浪子回头金不换。"季羡林现在成了回头的浪子、勤奋用功的好学生了。他在高中读书三年,每学期都考第一,拿到六次甲等第一名,成了"六连冠"。

第三层意思是,季羡林曾经想到,中学毕业后只能当上一个小职员,抢到一只饭碗,平平安安地过上一辈子。他认为自己只是一条小蛇,无论如何也成不了一条大龙。这一次褒奖却改变了他的想法,自己即使不是一条大龙,也绝不是一条平庸的小蛇。他从此不甘落后,力争上游,勇攀高峰,在崎岖的求学道路上拼搏不息,直至耄耋之年依然如是。最能说明问题的是,高中毕业后他到北京报考大学,从山东来的几十名考生大都报考六七个大学,唯独他信心十足,只报考北大和清华,对那些二流三流的大学不屑一顾,这同小学毕业时不敢报考一中形成了鲜明的对比,好像变成另外一个人。

以上三层意思说明,季羡林从自贱、自卑到自尊自信,从不认真读书到勤奋学习,关键因素是荣誉感使然。而这荣誉感正是由于王寿彭的一次褒奖激发起来的。王状元的举动可能出于偶然,他也许不会想到一个被他称为"老弟"的十六岁的孩子,竟因为这个偶然而变得判若两人。

五三惨案

在山东省会济南趵突泉公园东侧马路旁,矗立着一座醒目的"五三惨案"纪念碑,记录着一段不应忘记的历史。

"五三惨案"纪念碑

1928年,蒋介石与汪精卫合流以后的国民党,仍然打着孙中山先生的旗号继续"北伐"。4月初北伐军逼近济南,奉系军阀败退。日本人担心会失去在山东的特权,4月30日,日军福田彦助部借口保护侨民开进济南。5月1日,国民党军队进入济南。5月

3日，日军寻衅开枪打死中国军民多人，并向济南大举增兵，重炮轰击济南城。蒋介石下令不准抵抗，北伐军撤出济南。日军占领济南以后，大肆烧杀抢掠，无恶不作，中国军民数千人被日军杀害，制造了骇人听闻的"五三惨案"。国民政府派出蔡公时等前去交涉，竟被侵略军割耳剜鼻，同其他16名外交人员一起被残忍地杀害。济南城遭到严重破坏，在日军占领下变成恐怖的地狱。爱国学生成了日军迫害的重点对象，学校办不下去，北园高中的老师和同学全部疏散。从此，季羡林失学了，蜷伏在家中，心里极其郁闷。

有一天，表兄孙襄城来到季羡林家。他们不但是表兄弟，而且是同学。两人聊着聊着，很自然地谈到了学校。好久没学可上了，他们都很怀念上学的日子。现在日本人来了，学校不知道怎么样了。他们决定去北园看看。两人步行十多里，来到北园，只见偌大的校园静悄悄的，仅剩下一个工友看门。他们向工友打听学校的情况，才知道还有一位英文老师没有走，就是尤桐老师。他们来到尤老师的宿舍。尤老师是南方人，不知什么原因还留在学校。他见学生来看他，很受感动。师生一起谈时局，谈日本兵的残暴，抱怨国民政府无能，接着又谈学校，相互打听老师和同学的下落。他们看不到希望，心情十分凄凉。尤老师鼓励他们坚持自学，别荒废了功课，说学校早晚有复课的一天。那天，师生交谈了许久，从此季羡林便再没有见到尤老师。

在日本军队铁蹄下，济南老百姓战战兢兢，毫无人身安全和尊严。季羡林亲尝了当亡国奴的滋味儿，心里苦闷极了。1993年，他写了一篇回忆文章《我的心是一面镜子》，在谈到这一段经历时写道：

第一章 家住山东

日寇占领了济南,国民党军队撤走。学校都不能开学,我过了一年临时亡国奴生活。此时日军当然是全济南至高无上的唯一的统治者。同一切非正义的统治者一样,他们色厉内荏,十分害怕中国老百姓,简直怕到风声鹤唳、草木皆兵的程度。天天如临大敌,常常搞一些突然袭击,到居民家里去搜查。我们一听到日军到附近某地来搜查了,家里就像开了锅。有人主张关上大门,有人坚决反对。前者说:不关门,日本兵会说:"你怎么这样大胆呀!竟敢双门大开!"于是捅上一刀。后者则说:关门,日本兵会说:"你们一定有见不得人的勾当;不然的话,皇军驾到,你们应该开门恭迎嘛!"于是捅上一刀。结果是,一会儿开门,一会儿又关上,如坐针毡,又如热锅上的蚂蚁。此情此景,非亲身经历者,是决不能理解的。

我还有一段个人经历。我无学可上,又深知日本人最恨中国学生,在山东焚烧日货的"罪魁祸首"就是学生。我于是剃光了脑袋,伪装是商店的小徒弟。有一天,走在东门大街上,迎面来了一群日军,检查过往行人。我知道,此时万不能逃跑,一定要镇定,否则刀枪无情。我貌似坦然地走上前去。一个日军搜我的全身,发现我腰里扎的是一条皮带。他如获至宝,发出狞笑,说道:"你的,狡猾的大大地。你不是学徒,你是学生。学徒的,是不扎皮带的!"我当头挨了一棒,幸亏还没有昏过去,我向他解释:现在小徒弟们也发了财,有的能扎皮带了。他坚决不信。正在争论的时候,另外一个日军走了过来,大概是比那一个高一级,听了那个日军的话,似乎有点不耐烦,一摆手:"让他走吧!"我于是死

里逃生,从阴阳界上又转了回来。我身上出了多少汗,只有我自己知道。

这是多么恐怖、多么屈辱的日子!在一个十七岁的青年心中,种下了仇恨的种子,同时激发了他的爱国热情。季羡林的屈辱和愤怒只能靠一支笔来宣泄。不久,他的第一篇短文《文明人的公理》写成了,发表在1929年2月天津《益世报》上。这篇文章描写了日本侵略者制造"五三惨案",在占领济南期间横行霸道、抢夺中国老百姓财物的悲惨一幕,表现了作者对日本侵略者的无比憎恶和辛辣讽刺。"愤怒出诗人",愤怒也同样可以造就作家。《文明人的公理》是季羡林的处女作,他成为当代著名作家,应该是从那时发轫的。

邻居彭家

1929年,季羡林十八岁了,已经成年。这时候,叔父和婶母认为他该娶妻生子,为季家接续香火了,就为他娶了媳妇。正在求学的季羡林本不愿意有家室拖累,况且长辈给他娶的并不是他心仪的女孩儿,可那时是"父母之命,媒妁之言",婚姻当事人是无权提出意见的,季羡林只能服从,没有别的选择。

按照旧时的风俗习惯,像季羡林这样"兼祧"的男孩,为了延续家族的香火,叔父婶母和父亲母亲可以在济南和清平老家各自为他娶一房媳妇。由于父亲去世早,母亲没有能力,季羡林的媳妇只有济南这一房。

第一章 家住山东

季羡林的妻子叫彭德华,生于1907年,比季羡林大四岁。彭家是一个大家族,彭德华家有爷爷、父亲、继母、一个大哥和一个弟弟,还有二大爷、二大娘,以及他们生的兄弟姐妹。彭德华的父亲彭如山行四,号希川,和季嗣诚是好朋友,也是黄河河务局的同事。早年两家住前后院,共走一个大门,前院住的是季家,后院是彭家。彭家的人出出进进,都要经过季家的院子。彭家的小孩儿和季家兄妹,从小就在一块儿玩,堪称青梅竹马。那时候,彭家的弟弟妹妹称季羡林为喜子哥,称彭德华为胖姐。后来季嗣诚在佛山街南段买了个四合院,从柴火市搬走了,但两家离得不远,仍然常有来往。

彭家共有五个男孩儿,最小的弟弟彭松生于1916年,比季羡林小五岁。季羡林喜欢这个小弟弟。别人在院子里疯玩,他就把彭松带到自己屋里。那时季羡林住北屋东头,靠窗搁一书桌,挨里放一张床,他从书桌里拿出一本有插图的英文书,给彭松讲故事,讲的是《鲁滨逊漂流记》,每天讲一段,什么鲁滨逊、星期五,小彭松听得入了迷。北屋西头存放粮食,季羡林在那儿练"铁砂掌",院里有棵槐树,季羡林在那里练功夫,脚倒钩在树枝上,头朝下,小彭松看了惊羡不已。季羡林跟彭松的四哥也要好,俩大孩子常带彭松出去玩,嫌他人小走得慢,就一边一个架着,让他双脚悬空,拖着往前跑。

彭家的女孩儿有堂姊妹四人,季羡林认为二姑娘彭冠华最漂亮,花容月貌,心地善良,称得上是他心目中最美的美人。她年龄比季羡林大些,季羡林管她叫"小姐姐"。可是漂亮归漂亮,季羡林知道自己的分量,一个乡下来的小土孩儿,貌不出众,语不惊人,配不上这天仙似的美女,不敢有非分之想。四姑娘小荷,

大名彭蓉华,聪明伶俐,活泼可爱,虽然没有她姐姐那般花容月貌,但也挺耐看,年龄比季羡林稍大,季羡林管她叫"荷姐"。而这俩孩子最要好,自认为十分般配,朦朦胧胧中憧憬着将来能够结为夫妻。可是,荷姐的娘——彭家二大娘看不上季羡林这个乡下来的"土小子",把闺女许配给了有钱的刘家;季家二老显然也不喜欢活泼好动的四姑娘,在他们看来,勤快、孝顺、文静、寡言的三姑娘——彭德华,才是最理想的媳妇。就这样,从定亲到过门,两家老人一手包办,季羡林和他媳妇成了任人摆弄的活道具。结婚那天,小彭松倒是过了一把坐轿子的瘾——他给三姐"压轿",脚底下摆块黄年糕,取"步步高升"之意。小彭松后来师从戴爱莲,成为杰出舞蹈家。这是后话。

彭德华没有读书的天分,只读了几年小学,认识千把字。她不像季羡林和他的堂妹爱看"闲书",什么书都不看,整天帮着父母做家务,带弟弟妹妹玩,学过的那些字渐渐生疏了,提笔写字很困难,结婚后长期两地生活,给丈夫写信都是由弟弟代笔。由于文化水平和性格、爱好方面的差异,季羡林的婚姻生活谈不上美满。他感到妻子和叔父、婶母同自己格格不入,家庭不能成为他的一个避风港。

于是,季羡林对家庭采取消极的态度:逃避和妥协。一方面,他和家庭始终保持一定的距离,能躲则躲;另一方面,他不回避对家庭的责任。尽管受到明显的偏心对待,可是他终生感谢叔父婶母的养育之恩和给予自己受教育的机会,认为报答他们,对他们尽孝,是自己的责任。季羡林的婚姻实际上是为"孝顺"而存在,以传宗接代为目的。在相当长的时间里,代他为叔父婶母行孝的正是妻子彭德华,且如愿为他生下了后代。因此,如同他对家庭既厌烦又非背叛一样,他对自己的婚姻也始终怀有一种矛盾的心态。爱情是没有的,他也没有试图培养爱情,像有的夫妻那样先结婚后恋爱。然而,季羡林心知肚明,彭德华并没有任何对不起他的地方,代他孝敬长辈、抚育子女、含辛茹苦、绝对忠诚、绝对服从……尤其季羡林留学德国的时候,由于战争,有数年同祖国和家庭完全断了联系,季羡林说是"烽火连八岁,家书抵亿金"。此时,家乡流传着各种谣言,彭家的一个远房亲戚还打过彭德华的歪主意,彭德华却毫不动摇。事实也同样证明,季羡林虽然对妻子没有爱,但绝没有背叛她。季羡林"执子之手,与子偕老",对妻子终生不离不弃。而且,爱屋及乌,有相当长一段时间,彭德华的大哥生活困难,是依靠季羡林和彭松的接济才得以维持。

省立高中

1929年,日军撤出济南,国民党军队开了进来。旧日的山东大学附设高中和济南一中合并为省立高中,校址迁至城西杆石桥一个清代衙门的旧址。这是全省唯一的高中,原来北园高中的学生也来这所学校继续学习。学校校长换了人,掌权人变了,教师队伍也有很大的变化。国文课本从文言文改为白话文,学生不再学习经学,作文也改用白话,季羡林感觉耳目一新。教国文的老师也不再是什么前清的翰林、进士,而是清一色上海来的青年作家,他们是胡也频、董秋芳、夏莱蒂和董每戡,其中前两位是季羡林的业师,对他的影响很大。

　　省立高中的校园里崇楼峻阁，雕梁画栋，富丽堂皇。校门坐北朝南，校门左侧是一个很大的传达室。校内院子很大，东西两侧有许多房子。东边有一间教员游艺室，里头摆放着乒乓球台。从院子西侧再向前走，上几个台阶，就是单身教员宿舍，南北各有一排房子。院里栽着一排木槿花，夏季开花时显得生机盎然。小院西边有个大圆门，进门是一个很大的花园，有荷塘、假山和花坛，虽然有些破败，但树木依然青翠，花草繁茂，是个读书、休憩的好地方。胡也频老师的居室就在花园门口旁边，常见他走过花园到后面的教室去讲课。校长办公室、教务主任办公室、教务处、训导处、庶务处占着正对大门的一排高大的北房。这排房子后面是全校最大的一个院子，西侧是几排学生宿舍，借一条又长又宽的风雨走廊连在一起，东侧是一大排教室，最东边和省立一中（只有初中部）相连，教学楼由两校平分。

　　教国文的就是胡也频老师。胡也频（1903—1931）福建福州人，左翼作家，曾任"左联"（中国左翼作家联盟）执行专员。同以前的老师完全不同，他不但不讲《古文观止》，连新文学作品也不大讲。每次上课，他都在黑板上大书"什么是现代文艺"几个大字，然后用浓重的南方口音侃侃而谈，滔滔不绝地讲起无产阶级革命来，只讲得眉飞色舞，学生听得入了迷，"现代文学""普罗文学"，一下子变成了他们的兴奋点。别看胡老师年纪轻轻，个子不高，眉清目秀，一副文弱书生的样子，可他不愧是革命作家，意气风发，大义凛然，视敌人如无物，勇敢无畏。当时济南是国民党的天下，学校也掌握在他们手里，可是胡先生不仅在课堂上大讲革命文学，而且在课下组织成立"现代文艺研究会"，公开在学生宿舍的走廊上张贴海报，摆上桌子，发放表格，招收会员。

"革命啦！"学生欢呼雀跃，奔走相告，热闹得像过节一样。在胡老师的鼓动下，市面上流行的几本普罗文学理论的译文——作者叫弗理契，原文是俄文，中文译本是从日文转译的，佶屈聱牙，简直如读天书——都被学生抢购一空。大家生吞活剥地读着，革命热情空前高涨。胡老师还准备办一个刊物，季羡林是积极追随者，帮助招兵买马，并为刊物的创刊号写了一篇稿子，《现代文艺的使命》，通篇鼓吹革命。季羡林那时虽然稚嫩，对革命知之甚少，但积极性颇为可嘉。

那一年，胡也频的夫人丁玲女士从上海来济南探亲，大多数学生成了她的"追星族"。上海滩大名鼎鼎的革命女作家来了，仿佛从南方飞来一只金凤凰，他们怎么能不兴奋呢？丁玲身材丰满，个子比胡也频略高，还穿着挺高的高跟鞋，这般时髦的服饰引起学生的关注。看着胡老师和夫人手拉手走在坑坑洼洼的马路上，大家感到既新鲜又羡慕，于是议论纷纷：胡老师真是一位好丈夫！因此对他更加尊敬了。

可是好景不长，自从1927年蒋介石背叛革命，国民党反动派建立了反动的黑暗统治，在文化方面也同样发动了残酷的反革命围剿。1930年，胡也频遭到国民党当局的通缉，连夜秘密潜回上海。1931年1月17日胡也频被捕，2月7日同柔石、冯铿、殷夫、白莽等左翼作家一道，被国民党当局秘密杀害于龙华警备司令部，年仅二十八岁。鲁迅先生写了一篇杂文《为了忘却的记念》，怀念自己的战友，愤怒声讨反动派的暴行。胡也频虽然像夏夜里的流星一样一闪而逝，但在中国现代文学史上留下了光辉的一页。

接替胡也频的是董秋芳老师。董秋芳（1898—1977），笔名冬芬，毕业于北大英文系，也是一位小有名气的左翼作家。当时，

有一本颇为流行的苏联小说《争自由的波浪》就是他翻译的,鲁迅先生作的序,不少学生都读过,对他可谓神交已久。董老师个头儿不高,相貌也毫无惊人之处,一只手似乎还有些毛病。

董老师在课堂上不讲什么"现代文学",也不宣传革命,而是老老实实地教书,认认真真地为学生批改作文。他以浓重的绍兴口音,给学生讲解鲁迅翻译的红极一时的日本作家厨川白村的《苦闷的象征》《出了象牙之塔》。他出作文题很特别,往往在黑板上大书"随便写来",意思很明白,想写什么就写什么,想怎么写就怎么写。季羡林从前虽然写文言文,但是他自小好读闲书,中小学看了许多志怪、公案小说,大学又看了"五四"以来的新文学作品,鲁迅、胡适、茅盾、周作人、郭沫若、巴金、老舍、郁达夫等人的作品几乎都读遍了。从《庄子》《史记》到唐宋八大家,从明代公安派、清代桐城派到现代作家,好文章他读多了,潜移默化中就自然形成自己的一些看法。他认为,写好文章一要感情真挚、充沛,二要词句简练、优美、生动,三要布局紧凑、浑然一体,三者缺一不可。不过,当时这些想法还只是形成于不知不觉之间,他自己并没有清醒地意识到。

有一次,在董老师"随便写来"的启示下,季羡林写了一篇记述回故乡为父亲奔丧的悲愤心情的文章。此文感情真挚,自不待言,但在谋篇布局上,他并未觉得有何特别之处。等到作文簿发下来,看到董老师的批语,他大吃一惊。在每页的空白处,董老师都写了不少批注,有些地方批道"一处节奏",有些地方批道"又一处节奏"。季羡林有点儿疑惑:"这是说自己的作文吗?"没错,就是自己的!原来他完全没有意识到的东西,如今却给董老师注意到了,而且一语道破。"知我者,董先生也!"季羡林受到鼓励，怎么能不感激呢！在另一篇作文后面，董老师又批道："季羡林的作文，同理科一班的王联榜一样，大概可以说是全班之冠，也是全校之冠吧！"季羡林本来就爱好作文，受到董老师如此褒奖，他的写作积极性被充分调动起来。

继《文明人的公理》之后，季羡林又在天津《益世报》上发表了《医学士》《观剧》两篇文章。"小荷才露尖尖角"，这些文章爱憎鲜明，文笔流畅，紧贴现实，虽然稚嫩但清新可爱。几乎与此同时，季羡林开始发表译作，主要发表在山东《国民新闻》和天津《益世报》副刊上，作品有印度大文豪泰戈尔的《小诗》、俄国著名作家屠格涅夫的《老妇》《世界底末日——梦——》《玫瑰是多么美丽，多么新鲜啊……》以及《老人》等。

回到母校

上高中时就多次发表文章的季羡林，考入清华大学以后，仍然不断在报刊上发表文章，这引起了他的母校济南高中的校长宋还吾的注意。1934年，季羡林大学毕业了。那时候，"毕业就是失业"。因为东北沦陷，时局动荡，民生凋敝，毕业生找个饭碗十分不易，即使名牌大学如清华的毕业生也不例外。季羡林几经努力，工作却没有着落，他几乎陷于绝境，一筹莫展，到了食不甘味、寝不安席的程度。就在他走投无路的时候，毕业于北大历史系的梁竹航忽然来找季羡林，问他愿意不愿意回济南母校教高中国文。因为一位教国文的老师被学生轰走了，要有人来接替，校长宋还吾便想到了季羡林。在一般人看来，会写文章肯定会教国

文，所以，宋校长想让季羡林补缺。饭碗有着落了！季羡林心里一阵狂喜。可是，他继而一想，自己学的是外文，如果教英文，还差不多，教国文并不对路，而且会写文章的人未必会教书，高中学生可不是好教的。他感到自己一无本钱，二无信心，不敢贸然接这块烫手山芋。梁竹航见他犹豫不决，就让他再考虑考虑。季羡林思来想去，无别的路可走，只好把心一横：你敢请我，我就敢教！于是这一年秋天，季羡林回到了济南高中。

宋还吾是北大毕业生，为人豁达，喜交朋友，绰号"宋江"。他是山东教育厅长何思源的好朋友，曾在曲阜、青岛、济南等地多所中学当过校长，在山东教育界很有些名气。季羡林应聘来任教，他十分高兴，在济南铁路宾馆设宴为季羡林接风。当时山东教育界山头林立，主要是北大派与师大派明争暗斗，宋还吾想借季羡林壮大自己的势力。可惜季羡林对拉帮结派很反感，所以宋还吾放出话来："季羡林很安静。"季羡林预感到饭碗难保，只教了一年便离开了。

季羡林离开济南高中四年了，这里发生了巨大的变化。行政领导已经全盘更换，教职员中的多数老面孔也杳如黄鹤。有意思的是，季羡林小学时期的校长王士栋也在这里执教，昔日师生今天成了同事，季羡林对这位为培养人才"俯首甘为孺子牛"的师长，仍然执弟子礼甚恭。在同事中，季羡林很快结交了一些新朋友，有训育主任张叙清，教英文的顾寿昌、张友松，教物理的周老师，教国文的冉性伯、童经立等，他们在小饭馆相互请客，一道骑自行车去济南以南群山中郊游，一直跑到泰山脚下。1934年中秋，季羡林约上两个朋友，一起乘火车到泰安，登泰山。他们走过斗母宫、快活三里、中天门，攀上十八盘，经南天门登上绝顶。从下边看,泰山并不很高,此时终于领略到"一览众山小"的意境,他们才切身感受到泰山的伟岸。

高中三个年级共12个班,每个年级4个班。原来的三位国文老师,每人包一个年级3个班,他们都是地地道道的国文系毕业生,教课驾轻就熟。而季羡林就不同了,留给他教的3个班,一个年级一个班。人家备一次课可以讲三次,他备一次课只能讲一次,工作量之大可想而知,后来经过交涉,校方同意他教高二两个班、高三一个班。季羡林虽然没有教国文的经验,但有别人教学国文的经验,正谊中学的杜老师,高中时代的董秋芳、胡也频,还有大学时代的刘文典,都可以作为他的借鉴。再说当时教育当局和学校领导,对国文教学又没有什么具体的要求,教师成了"独裁者",想怎么教就怎么教。不过,季羡林知道,他的前任王老师就是被学生轰走的,足见这些学生是难对付的。他虽然有些战战兢兢,如履薄冰,但还是作了充分的准备。要和学生搞好关系,首先就要把书教好。他认真地编选教材,选了一些中国古典文学作品,有唐宋散文、明人小品、李商隐的诗歌,还有几篇外国文学名著。他在课堂上着重讲解教材中的典故和难懂的语句,为了弄明白一些典故的来源,《辞源》和《辞海》等工具书快被他翻烂了,查阅速度也达到了出神入化的程度。有一次,他讲错了一个典故,第二天在课堂上马上加以改正。他对学生既不敷衍,也不阿谀奉承,课堂提问、批改作业都实事求是,绝不随意夸奖和批评。除了教课之外,他还喜欢和学生闲聊天儿,天南地北侃大山,或者在一起打乒乓球,一打就是半天。他比学生年龄大不了多少,有些农村来的学生比他还大,有的甚至大五岁。他从不摆老师的谱儿,没有架子,同学们都把他看作老师兼伙伴。

因为季羡林在文坛小有名气，一回济南就有一家报社——山东《民国日报》主编找上门来，请他编一个文学副刊，季羡林愉快地答应了。副刊名叫《留夷》，取自《楚辞》上一个香花的名字，据学者考证，就是芍药。他把学生的优秀作文发表在这个副刊上，每千字可得一元稿费，当时一元钱能买不少东西，对穷学生不无小补。季羡林也精心撰写了一篇游记《游灵岩》，发表在上面，学生都为他叫好。季羡林的学生中有个叫牟善初的男生，作文成绩全班第一，写的文章不但通畅流利，而且有自己的风格，这对一个十六七岁的孩子来说难能可贵。季羡林想，如果他能考上名牌大学，将来可以成为一个出色的作家。谁知过了差不多半个世纪，牟善初来看望自己的老师时，他已经是一位出色的军医了，担任解放军总医院副院长。九十多岁的季羡林来到这所医院住院时，牟善初和他的同事们为老先生提供了一流的治疗和服务。季羡林教书育人大半生，弟子遍布天下，牟善初这样的例子不胜枚举。

那时季羡林的月薪是一百六十块大洋，比大学助教高出一倍，一家老小的吃饭问题解决了。他真的成了全家的顶梁柱，每月交给家几十块钱，婶母的脸上也有了笑容。可惜好景不长，季羡林参加工作没多久，他的婶母马巧卿就病故了。

|第二章|

清华学子

进京赶考

1930年7月,季羡林和大约80名山东高中毕业生一起进京赶考。1928年6月20日北京已改为北平,因为1927年8月25日,国民党政府将首都定在南京。北京历来是历史文化名城,也是高校云集的地方。那时大学虽然没有现在多,但也不算少,有官办的、私立的、教会办的,总共十几所,还有若干专科学校。顶尖的大学当然只有清华和北大。在高中获得"六连冠"的季羡林,此时雄心勃勃,自知有能力和那些王谢人家、书香门第的子弟一争高下,非考个名牌大学不可。

当时中国实行"大学独立、学术自由、教授治校"的原则。大学独立按照自己的要求考核学生,采取自主选拔和考试的方式;学生可以同时报考几所大学,最后自己决定上哪所大学。招生考试由学校自行命题,考试时间也不统一。有的二三流大学一个暑期竟招考三四次,一为捞报名费,二为挣学费。那时的考生一般都报考七八所学校,而且几乎没有不报北大、清华的,即使没有

太大希望,也想侥幸试一试,下边再报一个或几个保底的学校。全国考生有七八千人,清华招生二百来人,北大招生不到清华的一半,竞争之激烈可想而知。

季羡林第一次来到北平。他在前门站下了火车,坐上了黄包车,不是三轮车,是一种两轮人力车,就是骆驼祥子拉的那种。进入前门楼子下面的城门洞,他看到木屋似的有轨电车正向北行驶,心想"电"这东西不是挺危险吗?应该躲远一点儿。可是,车夫在电车前面慢悠悠地跑着,电车在后摇铃催促,季羡林心里十分着急,还有几分慌乱。长安街到了,他看见了红墙黄瓦的皇城和高耸的天安门城楼。黄包车顺着红墙一路向西,经过西单,把他拉到大木仓胡同里的一套小公寓。他住进一间北屋客房,窗前有一株高过屋檐的老枸杞树,院子里摆着一缸荷花和一盆开着白花的仙人掌,还有几盆叫不出名字的花草。第二天天下着雨,季羡林静下心来,躲在客房里温课备考。看书累了,他就在院子里走走,和公寓的主人闲聊几句。他似乎胸有成竹,决定只报考北大和清华两所名校,别的学校不报。

北大的考场在沙滩,清华因离城较远,就在城内借用北河沿大街北大三院作考场。北大和清华各考三天,把人考得精疲力竭、焦头烂额。季羡林白天去沙滩和北大三院应考,晚上回到小公寓里,还要对付臭虫的围攻。特别可怕的是臭虫的"空降部队",这种讨厌的虫子极其狡猾,会爬上天花板,"空降"到床上,极难对付。这些山东学生也会苦中寻乐。黄昏,他们结伴去西单逛街。虽然那时候北平街灯不明,马路不平,"无风三尺土,下雨满街泥",并不令人愉快,可是他们光顾老字号的店铺,品尝京味小吃,欣赏北海和中南海的美景,耳听铿锵清脆、悠扬有致的京腔京韵,如闻仙乐,鼻子也能享受到路边小摊子上的栀子花和茉莉花散发出的沁人肺腑的幽香。晚上回到寓所,胡同里传来悠扬的叫卖声:"驴肉!驴肉!""王致和的臭豆腐!""硬面儿饽饽!"虽有几分凄凉但还好听,伴随着他们进入梦乡。

关于试题的情况,清华的党议试题(相当于政治)是:孙先生民生史观与马克思唯物史观差异何在?国文试题(二选一)是:(1)将来拟入何系,入该系之志愿如何?(2)新旧文学书中,任择一书加以批评。这些试题规规矩矩、平平常常,没有什么特别之处,季羡林得心应手,成绩不错。至于作文题,可能他做过就忘记了,2001年他回忆说是"梦游清华园"。其实这个作文题确由陈寅恪出过,非常有名,但并非1930年而是1932年的试题。显然,是季羡林记错了。北大的试题非同凡响,季羡林印象极深,几十年后他回忆说:

> 国文题就非常奇特:"何谓科学方法?试分析详论之"。这哪里像是一般的国文试题呢?英文更加奇特,除了一般的作文和语法方面的试题以外,还另加一段汉译英,据说年年如此。那一年的汉文是:"别来春半,触目愁肠断,砌下落梅如雪乱,拂了一身还满。"这也是一个很难啃的核桃。最后,出乎所有考生的意料,在公布的考试科目以外,又奉赠了一盘小菜,搞了一次突然袭击:加试英文听写。我们在山东济南高中时,从来没有搞过这玩意儿。这当头一棒,把我们都打蒙了。我因为英文基础比较牢固,应付过去了。可怜我那些同考的举子,恐怕没有几个人听懂的。结果在山东来的举子中,只有三人榜上有名。我侥幸是其中之一。

由于国文和英文的考试成绩优异,季羡林被清华和北大两所顶尖的大学都录取了。当年同时考中这两所名牌大学的,虽然是凤毛麟角,但每年都有个把人。无独有偶,1930年同时考中北大、清华两所名牌大学的,还有何其芳(1912—1977),他比季羡林小一岁,选择了北大,后来成为著名文艺理论家、诗人。在选择哪所大学上,季羡林又遇到了鱼和熊掌的问题。论师资和办学条件以及生源和名气,北大、清华难分伯仲,各有优势,都是高中毕业生高考的首选志愿,至今依然如是。若干年后,早已从清华毕业,而在北大教了大半辈子书的季羡林,用杜甫的诗句概括了这两所大学的风格:北大是"沉郁顿挫",清华是"清新俊逸"。季羡林斟酌再三,考虑到清华的前身是"清华学校"即"留美预备学堂",专门培养和派遣赴美留学生,上清华将来出国留学的机会多。当时正在盛行"留学热",季羡林也想有机会出去,镀一镀金,回来容易抢到一只好的饭碗。所以,他最终选择了在清华,将其作为出国留学的"跳板"。他来到清华园报到,首先遭遇到清华特有的捉弄新生的"拖尸",然后开始了四年求学生涯。关于"拖尸",季羡林后来说:

这个从美国输入的"舶来品",是不是表示旧生"虐待"新生呢?我不认为是这样。我觉得,这里面并无一点敌意,只不过是对新伙伴开一点玩笑,其实是充满了友情的。这种表示友情的美国方式,也许有人看不惯,觉得洋里洋气的。我的看法正相反。

这里简要介绍一下清华大学的历史。清华大学的前身清华学校，与季羡林同龄，是清政府于1911年使用美国退还的"庚子赔款"建立的一所留美预备学堂，1925年起逐步改建为大学，1928年改名为国立清华大学。当时的清华国学研究院赫赫有名，因为有梁启超（1873—1929）、王国维（1877—1927）、陈寅恪（1890—1969）和赵元任（1892—1982）四大导师，承袭了中国古代书院的优良传统，因材施教，虽然只办了几年，却取得了了不起的成就，造就了一批学界精英。在季羡林入学的时候，留美预备学堂已经不复存在，国学研究院也因梁启超、王国维相继去世而停办。早在建校初期，清华大学就明确提出，比学习知识更重要的是造就健全的人格。要有独立的思考能力，思想独立，既不受制于人，也不强加于人；要有理性思考能力，要讲逻辑，不能情绪化；要有尊严，有廉耻；要懂得自重，懂得法制和尊重他人等等。清华这个校风一直延续至今。季羡林成为一代学术宗师，清华良好校风的熏陶至关重要。当时清华的规定是新生报考时不必填写志愿，入学以后再选专业，选择文科、理科或者工科，悉听尊便。选学专业一度成了季羡林犹豫不决的问题。他高中学习文科，高考数学成绩不佳，百分制才4分。季羡林却曾想入数学系，以弥补自己理科知识的缺陷，后来经过反复思忖才决定上西洋文学系，后来更名为外国文学系。季羡林之所以做出这样的决定，一是因为这是当时大学里响当当的一个系，二是因为这个系同他的留学梦想密切相关。

1930年西洋文学系入学的学生，只有一个班18人，其中江苏籍的最多，有5人，山东和四川籍的各有3人。全班分三个专修方向：英文、法文和德文。季羡林的专修方向是德文，起初和季羡林一起学德文的，有本班的，也有外系的，人数颇多，以后逐年减员。三年级选德文的只剩下两人，四年级选德文的就他一个人了。

季羡林同时考取了北大和清华，这在他的故乡引起了极大的轰动，是一件人们闻所未闻的大喜事。季羡林为父老乡亲争了光，清平县政府决定，为这个全县唯一的考中清华与北大的家境贫寒的学子每年资助五十块大洋。

南下请愿

1930年秋季开学，季羡林来到北平西郊的清华园，成为西洋文学系德语专业的一名新生。不久西洋文学系改名外语系，这个系在以培养留学生见长的清华大学赫赫有名，教授多数是外国人，为数不多的中国教授有吴宓、叶公超、王文显，都是名噪一时的"海归"，讲课一律用英语。学生里有钱锺书、万家宝（曹禺）这样的佼佼者。他们俩比季羡林高一个年级。季羡林学习的课程除了德文、英文、法文之外，还有国文、欧洲文学史、欧洲古典文学、中世纪文学、文艺复兴文学、现代文学、近代戏曲、文艺批评、莎士比亚、英国浪漫诗人、近代长篇小说、文艺概论、文艺心理学、西洋通史等等。他还选学了俄文和希腊文。季羡林求知如饥似渴，除了必修课和选修课，他还旁听了一些课程。其中朱光潜的文艺心理学和陈寅恪的佛经翻译文学课让他受益不浅。朱先生的课在季羡林的内心深处埋下了研究比较文学的种子，让他在20世纪80年代我国比较文学学科重建中成为扛旗人物；而陈先生的课则确定了他把印度学研究作为终生从事的事业。

第二章 清华学子

季羡林并不是"两耳不闻窗外事,一心只读圣贤书"的人,他是一个心系家国的热血青年。就在他入学的第二年,1931年9月18日,日本关东军炮轰沈阳北大营,爆发了"九一八事变",中国军队不抵抗,短短四个月日军就侵占了中国东北全境。日本的大规模侵略行动强烈震动了中国社会。各界爱国人士看到大片国土沦丧,政府屈辱退让,无不痛心疾首,一个群众性的抗日救亡运动迅速兴起,青年学生勇敢地走在运动的前列。清华学生召开全校大会,决定到南京向蒋介石请愿,要求出兵抗日。季羡林积极参加了南下请愿活动,因为日军1928年5月占领济南,他当了一年亡国奴,他恨透了日本侵略者,痛苦的经历驱使他不惜冒死一搏,他积极参加了南下请愿团。

清华、燕京等院校学生共同组成的南下请愿团,从前门火车站登上一列火车,左等右等,车子硬是不开。他们派人交涉,站长说:"我没有得到指令,这样不明不白的,我怎么负得起责任?"于是,大家下车卧轨,把脑袋搁在枕木上,切断交通线。学生真是舍生忘死,万一火车开动,那就立刻人头落地。经过斗争,站长终于答应开车。路上,大家讨论什么时候开始绝食,那时候火车开得很慢,如果上车就绝食,到了南京人都饿晕了,还请什么愿?最后决定到浦口绝食。到了浦口,乘轮渡过江,大家开始绝食,徒步走到总统府。那里全是学生,人山人海,上海来的居多,北平学生受到热烈欢迎。蒋介石不肯出面,派清华老学长钱昌照出面斡旋,他劝大家先吃饭,否则蒋委员长不见。大家反对,他就让跟他走,说蒋介石在中央军校接见。到了中央军校,来了很多说客,都是清华老校友,劝他们先吃饭。大家硬挺着不吃,坚持到9月29日夜里12点,蒋介石终于出来了。他说:"你

们从北方来,没看到沿途络绎不绝的军车吗?那都是我派的,到北方去抗日。"蒋介石花言巧语说了一通,答应抗日。蒋介石走后,大家开始吃饭,然后登上火车返回北平。后来季羡林和同学们发现,他们被蒋介石欺骗了。

第二年,到了纪念"九一八"一周年的时候,季羡林对国民党政府的信任已经降到了冰点,对形式主义的纪念活动毫无兴趣。尽管如此,他仍然时刻关心国家民族的命运。1933年,日本侵略者的魔爪继续伸向华北,承德、古北口相继陷落,国民党军队撤至密云、通州一线。"华北之大,已放不下一张平静的书桌",季羡林心如刀割,他无心上课,痛恨自己不能上战场杀敌报国。

古都寻绿

季羡林从湖光山色的济南来到灰头土脸的北平,城墙是灰色的,街巷也是灰色的,难得见到绿树,他感到很不习惯,很不舒服,有些窒息。他找到比他早一年来到北平的小学同学李长之诉苦。

李长之(1910—1978),本名李长植,山东利津县人。他1929年上北大预科,1931年考入清华,起初读生物学,后改学哲学。他酷爱文学,长于文学评论,上学时出过诗集,写过《〈红楼梦〉批判》《王国维文艺批评著作批判》《鲁迅批判》等,在后一本书中,他说:"鲁迅在情感上是病态的,在人格上是全然无缺的。"这话很有见地,颇有剑客味道。请读者诸君注意,在20世纪30年代早期,李长之使用"批判"一词,是从日文借用的,其

第二章 清华学子

意思无非是"评论"。这个词在中文中的含义后来发生了较大变化。于是这成了李长之的"罪状"之一,这是后话。上清华时,李长之是《清华周刊》文艺副刊的主编。1934年5月17日的《清华周刊》上发表了李长之的一篇《清华园的绿》,记述了他与季羡林1930年古城寻绿的往事:

> 我记得,那是我刚到北平不过一年,人既是已被灰色的古城窒息惯了的缘故了。我就没想到我生命上有着缺陷。却是在这时候,希逋来北平了,他因为住的日子还浅,而且究竟他的诗人的锐感,似乎比我强太多了。一天同我说:为什么北平没有绿东西?在哪里可以看看绿东西的吗?我才忽然惊醒了,原来在灰色的古城中,除了灰色,还是灰色,委实是没有绿东西呵。我提议到城外去,我们就没有目的地出了西门,却折而向南,进了阜成门,多少看见点绿东西,而欣然,而多少以为把生命滋润了一点,而回来了。

季羡林与李长之都是文学青年,都立志成为作家。李长之对德国文学很感兴趣,他建议成立德国文学研究会,请杨丙辰教授作指导,这显然是受了季羡林的影响。季羡林写作遇到困难,喜欢找李长之商量,有新作品脱稿,也往往找李长之看,征求他的意见。季羡林写文章主张惨淡经营,追求完美,有时候陷于不知如何是好。李长之鼓励他说,不要管那么多,想好题目,捉笔就写,让灵感推着走,逢山爬山,遇水涉水,随弯转向,顺风扯篷,见好就收。按照长之的建议,季羡林一挥而就,写了散文《枸杞树》,长之看了,直接寄给沈从文。沈从文很快就编发了这篇文

章,还来信邀季羡林见面。季羡林受到极大鼓励,很快《黄昏》《回忆》《寂寞》《老妇人》等散文相继问世。

季羡林也并非事事都听李长之的。文稿《年》,季羡林自认为写得好,不料被《现代》杂志退稿,他颇有些不平,拿给李长之看,想让李长之说几句公道话。谁知李长之也不看好这篇文章,而对季羡林认为不理想的《兔子》大加赞扬。季羡林这次没听他的,就去找自己的英文教授叶公超。叶公超很欣赏季羡林的作品,还指点他"文章要坚持朴实,写扩大的意识"。经叶先生推荐,《年》发表在《学文》杂志上。这篇文章的结尾写道:"当我们还没有到达以前,脚下又正在踏着一块界石的时候,我们命定只能向前看,或向后看。向后看,灰蒙蒙,不新奇了。向前看,灰蒙蒙,更不新奇了。然而,我们可以做梦。再要问,我们要做什么样的梦呢?谁知道——一切交给命运去安排吧。"这被当时的左派刊物抓住了辫子,遭到嘲讽,说是"发出了没落的教授阶级垂死的哀鸣"。其实季羡林只是一个穷学生,连伙食费都是靠家乡的县政府资助的,说他是教授可真是抬举他了。

1935年夏天,季羡林去德国留学,临行前林庚、李长之、王锦第、张露薇等在北海公园为他饯行,李长之还在《益世报》上发表长文为他送行。十一年后,季羡林从欧洲回来,在南京住不起旅馆,就在李长之的办公室里住了一段时间。那时李长之在编译馆工作,还介绍季羡林结识了梁实秋先生。李长之为季羡林详细介绍国内情况,特别是国民党接收大员中饱私囊的情况。他还提醒季羡林,济南一中的某某同学是军统特务,同他说话要格外小心。季羡林说,一回国,李长之就当了自己的政治指导员。

新中国成立后李长之曾任西南土改工作团副团长、北京师范大学教授，1957年被错划为右派，后来虽然"摘帽"，李长之害怕连累老朋友，从不敢到北大来。"四人帮"垮台后李长之彻底平反，他才到燕园看望老朋友。1978年12月李长之与世长辞，此时季羡林随友协代表团出国访问，没能见老朋友最后一面。

清华剑客

在清华大学，和季羡林最要好的同学除了李长之还有吴组缃和林庚。当年有部电影《三剑客》曾引起轰动，一时"剑客"一词风行校园，于是这四位情投意合的文学青年便被称为清华四剑客了。

吴组缃（1908—1994）原名吴祖襄，字仲华，安徽宣城泾县人。早年先后在安徽省立宣城八中、省立芜湖五中和上海求学。在芜湖五中念书时曾编辑学生会创办的文艺周刊《赭山》，并开始在《皖江日报》副刊发表诗文。1923年在上海《民国日报》副刊《觉悟》上发表短篇小说《不幸的小草》，1925年3月在《妇女》杂志上刊出的短篇小说《鸢飞鱼跃》，都具有鲜明的反封建色彩。1927年回茂林当小学教员。1929年秋进入清华大学经济系，一年后转入中文系。

季羡林的经历与吴组缃有些相似。在济南上高中的时候，在胡也频、董秋芳等老师的鼓励下开始文学创作，由于经历了"五三惨案"，亲身感受到日本侵略者的野蛮和残暴，他写了短篇小说《文明人的公理》，发表在天津《益世报》上，接着陆续发表了《医学士》《观剧》。共同的兴趣爱好，使他和吴组缃成了好朋友。

在清华大学时期,是吴组缃文学创作的高峰阶段,1932 年创作小说《官官的补品》,获得成功。1934 年创作《一千八百担》。作品结集为《西柳集》《饭余集》。他创作的小说《一千八百担》《天下太平》《樊家铺》等,以鲜明的写实主义风格享誉文坛。本科毕业以后,吴组缃考入清华研究院,1935 年中断学习,应聘担任了冯玉祥的家庭教师及秘书。1936 年与欧阳山、张天翼等左翼作家创办《小说家》杂志。1938 年作为全国文艺界抗敌协会发起人之一,与老舍共同起草《中华全国文艺界抗敌协会宣言》,任协会常任理事。1943 年 3 月出版长篇小说《鸭嘴涝》(又名《山洪》),描写抗日战争中农民民族意识觉醒的曲折历程,塑造出章三官这个质朴善良,坚韧勇敢的农民形象,是抗战文艺园地中的一朵奇葩。

吴组缃和季羡林性格相投,有许多共同语言。他看了季羡林发表在《文学季刊》上的《兔子》后,大加赞赏,认为写得好极了。受到老大哥的赞许,季羡林很是感激。他们一起旁听朱自清、俞平伯教授的课,一起偷听冰心、郑振铎先生讲课,季羡林还曾造访吴组缃在西柳村的临时住所。吴组缃家境较富裕,夫人带着女儿小鸠子来京伴读,吴组缃搬出宿舍,一家人租房住在清华附近的西柳村。

"四剑客"经常在彼此的宿舍相会,更多的时候是相聚在风景如画的荷塘边或者幽静的工字厅。那块有名的"水木清华"匾额就悬挂在工字厅后墙。如同毛泽东诗词所说,当时"恰同学少年,风华正茂,书生意气,挥斥方遒",一帮不知天高地厚的小伙子,指点文坛,臧否人物,高谈阔论,他们侃大山,吹牛皮,"语不惊人死不休"。连胡适、鲁迅、茅盾这样的大师级人物也要月旦一番，意见一致的时候似乎不多，有时争得面红耳赤，却不伤和气，通常是谁也说不服谁。例如茅盾的《子夜》出版以后，季羡林与吴组缃就发生过激烈争论。季羡林认为茅盾的文章机械、死板，没有鲁迅那种灵气；而吴组缃却认为《子夜》结构宏大、气象万千。这样的争论虽然没有什么结果，却对他们的文学创作大有帮助，无论是吴组缃还是季羡林，大学时代都是他们文学创作的第一个高峰期。这种争论让他们的命运与中国文坛紧紧连在了一起。

抗战胜利以后，吴组缃任清华大学教授、中文系主任。1952年高校院系调整，调入北大。季羡林与这位当年好友成了同事。吴组缃还担任全国文联和作协的理事、《红楼梦》研究会会长，季羡林也承担着繁重的社会工作，他们再也没有时间像学生时代那样，聚在一起高谈阔论了。但走在燕园的湖边，偶然相遇，相互问候一下，心里总是暖暖的。1993年下半年，季羡林去看望吴组缃，看到女儿从四川回来陪伴父亲，就叫了一声："小鸠子！"吴组缃笑着说："现在是老鸠子了。"

季羡林的这位老朋友，同他一样，虽为文人，但铁骨铮铮，敢讲真话。"文化大革命"中，吴组缃被打成牛鬼蛇神，整得死去活来，夫人也被整得精神失常。他们一度成了"棚友"。就这样，吴组缃敢于在军工宣队面前说：这场大革命令人"毛骨悚然"。有好心人怕他继续挨整，劝他承认说错了话。他却说：这是我的原始感觉。

林庚，字静希，是当代著名诗人，原籍福建。他1910年出生，1929年考入清华大学学习中文，1943年毕业留校，担任朱自清教授的助教。如果不是他去世的消息被媒体报道，林庚似乎已

被人们遗忘了。2006年中秋节的前两天，这位九十七岁的老人在睡梦中辞世，人们这才又记起早年与吴组缃、李长之、季羡林并称"清华四剑客"、后来又与吴组缃、王瑶、季镇淮并称"北大中文四老"的林庚。北大名教授袁行霈、钱理群都是他的得意门生。钱理群曾告诉自己的每一个学生，要去接触林庚，去燕南园拜访林庚，因为这位老人有着老一代知识分子身上最深厚、最值得传承的精神财富。

据听过课的人们回忆，林庚讲课，有时着白衬衣、背带西裤，有时身着丝绸长衫。他腰板挺直，始终昂着头，大多时间垂着双手，平缓地讲着，讲到会心关键处，会举起右手，辅以一个有力的手势，他从不用讲稿，偶尔看看手中卡片，但旁征博引，堂下鸦雀无声，仿佛连"停顿的片刻也显得意味深长"。林庚退休之前，中文系特意为他安排了一堂"告别课"。尽管从1933年在清华大学给朱自清当助教开始，林庚已经执教半个世纪，但他的讲课题目还是几经更换才定下，讲课内容也斟酌再三，教案足足准备了一个多月。这一课，讲的是"什么是诗"。讲课那天，林庚穿一身经过精心设计的黄色衣服，配黄皮鞋，头发一丝不乱。照钱理群的说法，"美得一上台就震住了大家"。然后，他款款讲来，滔滔不绝。但是，课后当钱理群送他回家时，他一进门便倒下，大病一场。晚年，燕南园里这位坐在藤椅上的老人，已经少问世事，不接受媒体访问，淡出公众视野，功利、名望，仿佛已经完全从他的心里消失了。

据季羡林回忆，在清华上学的时候，一日早晨林庚从梦中醒来，看见风吹帐子动，灵感来了，写了两句诗："破晓时天边的水声，深林中老虎的眼睛。"得意极了，当天就拿给几个"剑客"朋友欣赏。林庚 1933 年出版了一本诗集《夜》,请俞平伯作序、闻一多题签。林庚说,这就是他的毕业论文。1952 年院系调整。吴组缃和林庚从清华来到北大,和季羡林在燕园又聚首了。三位中年人经历了多少家事、校事、国事、天下事,早没有了当年那种少年豪气,但清华园开始的友谊一直珍藏在他们心里。这位曾经的北平现代派诗人、后来的古典文学研究者,一生追慕的是"寒士文学"和"布衣感"。这种脾气秉性很对季羡林的心思,所以他们终生互为知己。他推崇不在权贵面前低头、"贵者虽自贵,视之若尘埃。贱者虽自贱,重之若千钧"的骨气。他的学生袁行霈至今记得先生的一句话:"人走路要昂着头,我一生都是昂着头的。"

1957 年反右斗争,中文系的党团员几乎全军覆没。那些被划为"右派"的青年教师,一个个成了"不可接触者"。林庚不信这个邪,他在家里安装了一个乒乓球台,邀请这些"右派"陪自己打球。"文革"开始,林庚被打倒,批斗之余,被分配到 19 号楼(许多年轻教职员工居住在此)打扫厕所。林庚把厕所洁具擦拭得一尘不染。后来,被"解放",吸收到"梁效"写作组,可谓"一步登天"。据说江青派人送来一束花,说是"转交夫人",这在当时可是难得的殊荣。只见林庚不卑不亢,悄悄接过,放在桌上。还有一次,江青邀请他参加一个小型文艺活动,他干脆谢绝。别人问他为什么,他说"羞于为伍"。"文革"结束之后,清华老同学胡乔木到北大参加一个活动,活动结束以后,极少串门的季羡林陪他到燕南园看望林庚。2005 年初林庚过生日,季羡林从医院写来一封贺信:

静希兄：

祝贺九六大庆。从我们友谊之久、之笃来看，克家一走，唯兄独占鳌头矣。在清华时，你写过一首诗：破晓时天边的水声，深林中老虎的眼睛。

又随便说了一句话：感觉进化论，未加解释。我却至今难忘。你不以文艺家自命，但是从你这些简短语言中，我深受影响，至今70年未曾忘记。值此庆寿之际，我却想再提了出来，不知你自己还记得否？你我都是老实人，不喜作惊人之谈。

弟季羡林乙酉春　301医院

信的结尾两句颇耐人寻味。不知这是对当年朋友们年少轻狂的调侃呢，还是对数十年风雨人生的感悟？季羡林和林庚心有灵犀，自然是没有疑问的。

选修课

在清华大学外文系，季羡林觉得几门主课乏善可陈，而选修课却异彩纷呈。于是他将相当多的精力投入选修课的学习，为他日后成为大学问家打下了基础。

一门选修课是旁听陈寅恪教授的"佛经翻译文学"。虽然这门课与别的课时间冲突而没有听全，但对季羡林终生从事梵文教学与研究产生了不可估量的影响。陈寅恪，江西修水人，晚清湖南巡抚陈宝箴之孙，爱国诗人陈三立（散原老人）之子。早年他游学日本和欧美，精通多种语言，兼治历史和佛学，学贯中西，博大精深。据说陈先生讲课，听课的教授比学生还多，所以被称为"教授的教授"。陈先生原是清华大学国学研究院的四大导师之一，季羡林上清华前国学研究院已停办，陈先生在历史系任教，并应傅斯年之邀，担任中央研究院历史语言所历史组研究员兼主任，此时正是他学术研究的极盛时期。季羡林身为外文系学生，却有机会旁听他的课，当然喜出望外。而与季羡林同在外文系的钱锺书却未选陈寅恪的课，虽然这一老一少一直被认为是文史研究之大家。陈先生讲课没有讲义，用的参考书是《六祖坛经》，季羡林特意进城到王府井北边的大佛寺请回一本。上课时，陈先生一句废话都不说，先在黑板上抄写资料，抄得满满的，然后逐条分析讲解，对一般人所不注意的地方总是提出崭新的见解，有如石破天惊，让人茅塞顿开。他的分析细如毫发，如剥蕉叶，愈剥愈细愈深，而且恰如其分，不武断、不夸大、不歪曲、不断章取义，令人信服得五体投地。季羡林觉得，听陈先生讲课有如夏季饮冰，简直是最高最纯的享受。他不仅爱听陈先生讲课，而且如饥似渴地阅读陈先生的文章，还曾站在王国维纪念碑前仔细研读陈先生写的碑文，感受颇深。1929年梁启超逝世后，留美归来正在东北大学任教的梁思成，赶回北平为父亲造墓，同时还为父之好友、自沉昆明湖的王国维设计纪念碑。碑文曰："士之读书治学，盖将以脱心志于俗谛之桎梏，真理因得以发扬。思想而不自由，毋宁死耳。斯古今仁圣所同殉之精义，夫岂庸鄙之敢望?！先生以一死见其独立自由之意志，非所论于一人之恩怨，一姓之兴亡。"这种追求真理，舍生忘死的精神，深深感动和激励着季羡林。

另一门选修课是朱光潜教授的"文艺心理学"即美学。朱光

潜(1897—1986),字孟实,安徽桐城人,当代著名美学家,也是一位在季羡林心里播撒种子的人。他毕业于香港大学,1925年赴欧洲留学,先后在英国爱丁堡大学、法国巴黎大学、斯塔拉斯堡大学获得硕士和博士学位,回国后担任北大教授,在清华兼课。季羡林选修了朱先生的文艺心理学课,听了一个学年,感到受益匪浅。当时朱先生的著作《文艺心理学》还没有出版,讲课也没有讲义,他认真地讲,学生认真地记笔记。朱先生不是一个口才很好的人,他讲一口乡音浓重的蓝青官话,而且上课时眼睛不直接看学生,老是望着天花板。但是,他从不说一句废话,慢条斯理,娓娓道来,把抽象玄虚的美学原理讲得学生入耳入心。正因为朱先生课讲得好,拜访者趋之若鹜,"谈笑有鸿儒,往来无白丁",于是大家一致同意成立一个"读诗会",入会者群英荟萃,包括朱自清、沈从文、冰心、林徽因、俞平伯、冯至、卞之琳、萧乾、何其芳、周煦良等人。朱先生既精通西方哲学和西方流行的美学流派,又对中国的旧诗词十分娴熟,因此课堂上旁征博引,触类旁通,头头是道,毫无牵强附会之感。季羡林觉得,朱先生"是一个有学问的人,一个学术上诚实的人,他不哗众取宠,他不用连自己都不懂的'洋玩意儿'去欺骗、吓唬年轻的中国学生",那些欧美来的洋教授根本无可与朱先生相比,因此听他讲课如沐春风,成了一种乐趣。二十世纪三四十年代,朱先生才是真正的比较文学和比较诗学的积极倡导者。看来,比较文学的这颗种子,正是通过朱光潜先生深深地播进季羡林的心中,成为他终生从事的研究领域之一。

季羡林在他的学术自传《学海泛槎》一书中写道:

陈、朱二师的这两门课，使我终身受用不尽。虽然我当时还没有敢梦想当什么学者，然而这两门课的内容和精神却已在潜移默化中融入了我的内心深处。如果说我的所谓"学术研究"真的有一个待"发"的"韧"的话，那个"韧"就隐藏在这两门课里面。

课堂内外

季羡林入学不久，便结识了来自江苏盐城的历史系新生胡鼎新，此人就是后来的胡乔木（1912—1992）。胡乔木当时虽然还不是共产党员，但已经积极参加共产党领导的革命活动了。他和一些左派学生创办了一个工友子弟夜校——民众学校，约季羡林去上课，季羡林答应了。每周五晚上，他就到那一座门外嵌着"清华学堂"的高大的楼房内去讲课，即使胡乔木一年后离开清华担任共青团北平市宣传部长也没有停止。季羡林讲课用的教材是自编的《农民千字课》。学生虽然程度不齐，但是活泼可亲，季羡林想故作严肃也做不到。季羡林出身贫苦，为人正直，憎恶国民党反动统治，有一颗炽热的爱国心，用他自己的话来说，政治表现是中间偏左。胡乔木自然心里有数，于是，季羡林就成了这位青年革命家动员的对象。有一天夜里，胡乔木摸黑坐在季羡林床头，劝他参加革命活动。无奈，季羡林虽然痛恶国民党，但把主要精力放在求学上，又考虑到自己有家室之累，怕担风险，所以尽管胡乔木苦口婆心，反复劝说，他愣是不点头。最后，胡乔木只好叹了一口气，悻悻地离开。

这里,笔者对胡乔木再提上一笔。据报载,"九一八事变"后不久,正是在他的指示下,东北抗日义勇军著名将领李兆麟从北平返回家乡辽阳,发动群众,联合各路抗日力量,成立了第24路义勇军。看来,"时势造英雄",胡乔夫与季羡林走的并非一条路。

季羡林是一个用功的学生。读外文本来是一件枯燥的苦差事,可是他乐此不疲,正课之外还自学俄语。须知,对付英、法、德、俄四门外语可不是闹着玩的,季羡林却胜任愉快。1932年8月22日,虽然还没有开学,季羡林已经提前回到了学校,他在当天日记中写道:

> 早晨读点法文、德文。读外国文本来是件苦事情,但在这时候却不苦。一方面读着,一方面听窗外风在树里面走路的声音,小鸟的叫声……声音无论如何嘈杂,但总是含有诗意的。过午,感到疲倦了,就睡一觉,在曳长的蝉声里朦胧地爬起来,开始翻译近代小品文。晚上,再读点德国诗。我真想不到再有比这更好的生活了。

季羡林就是这样,一面刻苦攻读外语,一面尝试着进行翻译,并在《华北日报》副刊上发表了几篇译作,如美国幽默作家、诗人D.Marquis(唐·马奎斯)的《守财奴自传序》和英国散文家、文艺批评家L.P.Smith(洛根·P.史密斯)的《蔷薇》等。

然而,季羡林绝不是两耳不闻窗外事的人。他喜欢听名家演讲,梅贻琦、胡适、温德、朱自清、郭彬和、萧公权、金岳霖、顾毓秀、燕树棠等人的演讲,他都听过。朱自清在演讲中说:"欧洲人简直不知道有中国,总以为你是日本人。说了是中国人以后,脸上立刻露出不可形容的神气。"这话深深触痛了季羡林,他把它记在日记里,并写上"真难过!"。听胡适演讲"中国文明和西洋文明",他听后肯定胡适眼光远大,但同时评论说:"观点浅薄。"可见,季羡林并不盲从大人物,自有主见,或者说他是一个有独立思想的人。

季羡林的课余生活是丰富多彩的。尽管当时没有电视,连收音机都没有,可他仍然像今天的大学生一样,星期天进城,去北大或师大、朝阳会见老同学,到琉璃厂或者王府井的旧书店淘书,有时看场电影,还和同乡同学徐家存一起到开明剧院看过梅兰芳演的《黛玉葬花》,梅先生饰林黛玉,姜妙香饰贾宝玉,精彩极了!春秋两季,他和师友一道逛海淀,游燕大校园以及蔚秀园、颐和园、圆明园遗址。喜欢"带历史臭味的东西",在劫后圆明园的瓦砾中寻找宫殿的影子,在荒芜的湖水边想象当年水榭、画舫的豪华……有时,他租辆自行车,独自去香山赏红叶,登玉泉山,游碧云寺、卧佛寺,古寺里的松树高大繁茂,四季常青,那是他的最爱。

季羡林在春夏秋三季经常打喷嚏、流鼻涕,以为是感冒,其实是过敏所致。所以,他重视体育锻炼,三四年级时几乎每天都出现在操场上,跑步、打篮球,玩得最多的是手球和网球,直玩得大汗淋漓,不亦乐乎。他还喜欢看球赛,学校有篮球、排球,或者足球比赛,他是忠实的观众,逢球必看,即使临近大考也不例外,有时甚至为看球而逃课。那时候季羡林正年轻,看女生赛球,眼睛免不了多瞟几眼人家的大腿,看是黑是白,还在日记里评论一番。

结交文坛前辈

季羡林作为一个文学青年,当时许多作家的作品他都读过,不少著名作家和他们的作品,还是他与李长之、吴组缃、林庚等同学谈论、评论的话题。在清华大学,他结识了几位文坛名宿。笔者以为,季羡林登上文坛,固然由于自己的天分和勤奋,但也离不开文学前辈的提携。因此,季羡林是幸运的。

季羡林结交了哪些文坛名宿呢?

首先是郑振铎(1898—1958),笔名西谛,原籍福建长乐,时任燕京大学中国文学系教授,在清华兼课。季羡林很喜欢旁听郑先生的课,还记得,他戴一副高度近视眼镜,课堂上挤满了听课的学生,由于他学识渊博,掌握大量的资料,口才又好,讲起来口若悬河,滔滔不绝。那时候,教授一般都有"教授架子",高不可攀,社会上论资排辈风气严重,学生同教授交往,简直难以置信。可是同郑先生一接触,季羡林就发现他和别的教授截然不同,在他身上,看不到一点儿架子,也没有论资排辈的习惯。他以完全平等的态度对待学生,说话非常坦率,有什么想法就直说,既不装腔作势,也不故弄玄虚。他从来不教训别人,态度总是亲切和蔼。总之,从郑先生那里,季羡林和同学们就想到了一个有名的人物,《水浒传》中的及时雨宋公明。那时候郑先生除在燕大、清华讲课之外,还兼着城里几所大学的课,他或坐人力车,或乘校车,或骑毛驴,夹一个鼓鼓囊囊的大包,风尘仆仆地来往于各大学之间,急匆匆走路的样子好像一只大骆驼。季羡林既景仰郑振铎学识渊博,又敬佩他为人亲切平易,所以很愿意同他接触,只要有机会总是去旁听他的课,还曾经约上几位好友到郑先生家中拜访。郑先生住在燕园东门里的平房,外边有走廊,室内有地板,屋子里排满了书架,都是用珍贵的红木做成的,整整齐齐摆着难得的古代典籍,都是人间瑰宝。其中明清小说、戏剧的收藏在全国首屈一指。郑先生爱书如命,他认识许多书商,买书从不讲价钱,只要有好书,他就留下,什么时候有钱,什么时候付款,实在没钱就用别的书籍对换。他自己也印了一些珍贵图书,如《插图本中国文学史》《玄览堂丛书》等。有时候他就用这些书还书债。

那时候郑振铎同巴金、靳以一起主编大型文学刊物《文学季刊》,季羡林等文学青年也应邀担任编委或者特别撰稿人,看到自己的名字和那些文化名人的名字一起出现在杂志封面上,他们确实有受宠若惊之感,心里怎么能不既感激又兴奋呢!尤其是《文学季刊》1934年4月第2期上,登出了季羡林的散文《兔子》。季羡林深受感动,认为郑先生对青年的爱护,除了鲁迅先生外,可说并世无第二人。季羡林大学毕业之后回到济南教书,郑先生去上海主编《文学》,他们通过信。季羡林寄了散文《红》给郑先生,郑先生立即予以刊登。郑先生还准备给季羡林出一本散文集,后来因为他赴欧洲留学,文集没有出成。

吴宓(1894—1978)对季羡林的帮助也很大。吴先生是陈寅恪在哈佛的同学,回国后陈寅恪是清华国学研究院导师之一,吴先生是国学研究院主任。他学问好,为人耿直,虽然貌似古板,却不是一个不好接近的人。那时候,吴先生追求清华校花毛彦文,尽人皆知,季羡林和同学们常拿他恋爱的"绯闻"开玩笑。季羡林在清华读高年级时,经常和其他文学青年被吴先生邀请做客他

的"藤影荷声之馆",季羡林还协助他编辑《大公报》文学副刊,经常在上面发表一些关于文艺动态的文章,能领到几元稿费,这对一个穷学生来说不无小补。吴先生堪称20世纪20年代末30年代初中国比较文学学科的代表人物之一,讲授"东西诗之比较"课,季羡林受其比较文学理论的启发,写过一篇论文,把陶渊明同一位英国浪漫诗人加以比较,这是他向比较文学研究迈出的第一步。

老舍(1899—1966),本名舒庆春,北京人。季羡林上高中的时候,就喜欢读他的作品,《老张的哲学》《赵子曰》《二马》都读过。后来老舍先生每有新作发表,季羡林都要先睹为快。1933年他的小说《离婚》发表,季羡林在第一时间写出书评,以"窘羊"的笔名发表在《大公报》文学副刊上。季羡林觉得,老舍先生和别的作家不同,他的作品语言生动幽默,是地道的北京话,偶尔夹杂一点儿山东俗语。总之,老舍先生称得上是季羡林毕生最喜爱的作家之一。他和老舍先生相识,是老同学李长之介绍的。那年暑假,季羡林回到济南,老舍先生正在齐鲁大学教书。李长之告诉季羡林,他要在家里请老舍先生吃饭,让季羡林作陪。季羡林喜出望外,但又不知老舍先生是否有"教授架子",心里还是忐忑不安。见面后季羡林发现,老舍先生完全不是他想象的那样,一点儿架子都没有,同他一见如故。老舍先生人如其文,谈吐自然,和蔼可亲,特别是他那一口地道的京腔,铿锵有致。季羡林觉得,跟老舍先生交谈就像听音乐一样,是一种莫大的享受。

沈从文(1902—1988),湖南凤凰人,这位出生于湘西、靠自学成才的苗族作家,把神秘的故乡介绍给了广大读者,其作品深受读者的喜爱。沈先生是季羡林学生时代最喜欢和崇拜的一位作家，他认为在所有并世作家中，文章有独立风格的并不多见，除了鲁迅先生，就是沈从文先生。他的作品只要读上几行，立刻就能辨认出来，绝不会搞错。尤其，季羡林从沈从文先生的作品中，深切地感受到他所欣赏、所追求的人与自然和谐的理想境界。1933年9月9日，沈从文与张兆和女士结婚，在前门外大栅栏撷英番菜馆设盛大婚宴，胡适先生证婚，出席者名流云集，群星璀璨，季羡林居然也收到请柬。一个二十岁刚出头的年轻人的身影，出现在一群大人物中，说明此时的季羡林已被这个圈子接纳。丁玲的短篇小说集《夜会》出版以后，季羡林写了一篇书评，发表在1934年初的《文学季刊》创刊号上。后来他听说，早在1928年就曾与丁玲共事、过从甚密的沈从文先生对此文有些意见，于是立刻给沈先生写了封信进行解释，很快便收到沈从文的回信，对他的诚恳表示钦佩，还劝他文艺批评要从大处着眼。谁知这样一来，一位大作家和一个文学青年竟成了朋友，并结下了终生友谊。

巴金（1904—2005）也是季羡林结识的一位名声显赫的大作家。1932年9月23日，季羡林的老师杨丙辰请巴金先生吃饭，季羡林应邀作陪，这是他同巴金先生第一次见面。巴金先生一点儿架子也没有，不多言语，给他留下一个老实巴交的印象，直感到相见恨晚，巴金先生的《家》《春》《秋》这些名著，季羡林都读过不止一遍，1933年8月他还在《大公报》文学副刊上发表《家》的书评。季羡林自从读了巴金先生的《灭亡》就对他很留心，虽然1934年3月下旬《文学季刊》再版时，巴金撤掉季羡林的一篇稿子，曾引发一时的不快，可季羡林一直认为他是自己老师辈的作家。新中国成立后巴金先生是全国作协主席，季羡林

是顾问,交往中季羡林认为巴金先生真正是一个敢于说真话的人,与官场上的人物不同。2005年10月17日巴金先生逝世后,季羡林在《悼巴老》一文中说:"在学习你的作品时,有一个人决不会掉队,那就是95岁的季羡林。"

季羡林确实是幸运的,他和那么多的文坛巨匠相识,而且成为数十年的好朋友。他们共同经历了风风雨雨,在政治上互相勉励,在事业上互相支持,在学术上互相切磋,在生活中互相关心,展现出文坛一道亮丽的风景。

终生之悔

1933年上半年,季羡林忽然收到从清平老家寄来的信,信里说母亲身体不大好。因为这是母亲给他的第一封信,他收到以后异常兴奋,便没有太注意信的内容。本来他打算暑假回老家去看望多年未见的母亲,可是,暑假一回到济南就赶上婶母得了重病,叔父又不在家,他着实手忙脚乱了一阵子。后来一叔从清平来济南,商量香妹出嫁的事儿。香妹是季羡林的二妹妹,1919年出生,父亲去世不久也来到济南叔父家中。一叔告诉季羡林,他母亲生病了,可是他已经没有时间回官庄去了。

秋季开学,季羡林回到北平不久,就接到从济南家中打来的电报,只有四个字:"母病速归"。他仿佛当头挨了一棒,脑筋迷糊了半天,急忙买好车票,登上开往济南的火车。自从六岁那年离开了故乡,离开了母亲,季羡林就无时无刻不在想念母亲。1925年,他曾回故乡为父亲奔丧,从此家里没有了男主人,只有

第二章 清华学子

半亩地。母亲的日子怎么过,心情怎样,季羡林当时只有十四岁,是难以理解的,但他仍然必须到济南去继续上学。在这万般无奈的情况下,但凡母亲还有不管是多么小的力量,她也绝不会放儿子走的。可是,她连一丝一毫的力量也没有。她一字不识,一辈子连个名字都没有。如今男人一走,她养活自己都不容易,再把儿子留在身边,那不更惨了吗?母亲内心的痛苦和忧愁,季羡林后来都感觉到了,正如他在日记中写道:"当我死掉父亲的时候,我就死掉母亲了,虽然我母亲比父亲晚八年死的。"母亲当时只能眼睁睁地看着最亲爱的孩子离开自己。谁会知道,这是母亲最后一次看到自己的儿子,也是季羡林最后一次见到母亲啊!

季羡林由初中升入高中,从济南到北平上大学,八年过去了,他由一个小孩子长成了一个青年人,知识增加了,对人生了解得也多了。虽然他对母亲仍然是不断地想念,但在暗中饮泣的次数少了,想的是一些切切实实的问题。他梦想着,再过两年大学就毕业了,自己念完一所名牌大学,抢一只饭碗应该不成问题。到了那时候,自己手头有了钱,第一件事儿就是把母亲接到济南。她才四十来岁,今后享福的日子还长着哩。可是,季羡林的美梦被一纸"母病速归"的电报打得支离破碎。他坐在火车上,心惊肉跳,忐忑难安,暗自思忖:母亲是病了,还是走了?他不会求签占卜,可又偏想知道个究竟,于是就想出了一个占卜的办法。他闭上眼睛,如果一睁眼就能看到一根电线杆,那母亲就是病了;如果看不到,就是走了。当时火车速度极慢,从北京到济南要走十四五个小时。就在这样长的时间内,他闭眼又睁眼反复了无数次,有时能看到电线杆,心中一喜,有时又看不到,心中一惧,始终也没能得出一个肯定的结果,就这样到了济南。

回到济南家中,季羡林从叔父婶母那里知道,母亲不是病了,而是走了。这消息真如五雷轰顶,他昏迷了半晌,躺在床上哭了一天,水米不曾沾牙。他陷入了深深的悔恨和自责:在长达八年的时间内,难道你就不能在任何一个暑假内抽出几天时间回家看一看母亲吗?二妹在前几年也从家乡来到了济南,家中只剩下母亲一个人,孤苦伶仃,形单影只,而且又缺吃少喝,她日子是怎么过的呀!你经济上虽然没有自立,但每年挤出几块钱帮助母亲,并不是办不到的,你为什么没有这样做,甚至连想都没有想呢?你的良心和理智哪里去了?你还能算得上是一个人吗?季羡林找不到一点儿原谅自己的理由,他甚至想自杀,追随母亲于地下。但是,只有等儿子回来,母亲才能入土为安;他现在自杀了,在乡亲们看来,那真是大逆不道!在极度痛苦中,季羡林为母亲写了一副挽联:

一别竟八载,多少次倚间怅望,眼泪和血流,迢迢玉宇,高处寒否?

为母子一场,只留得面影迷离,入梦浑难辨,茫茫苍天,此恨曷极!

挽联道出了儿子锥心刺骨的永久的悔恨和歉疚——八年未见,甚至母亲的面容他也记不起了!叔父婶母看着苗头不对,怕真出什么问题,派马家二舅陪季羡林还乡奔丧。到了家里,母亲已经成殓,棺材就停放在屋子中间。只隔着一层薄薄的棺材板,却不能再见到母亲,季羡林如万箭钻心,痛苦难忍,想一头撞死在棺材上。他被别人死力拽住,昏迷了半天,才醒过来,抬头再看屋中的情况，真正是家徒四壁，除了几只破椅子和一只破箱子以外，什么都没有。在这样的环境中，母亲这八年的日子是怎样过的，不是一清二楚了吗？他又不禁悲从中来，痛哭一场。

现在家中已经没有了女主人，也就是说，没有了任何人。白天，季羡林到二大爷家去吃饭，商量安葬母亲的事宜；晚上，二大爷亲自送他回家。那时村里不但没有电灯，连煤油灯也没有，家家都点豆油灯，用棉花条搓成灯捻，只是有点儿微弱的亮光而已。有人劝他睡在二大爷家里，他执意不肯，要陪母亲住上几天。人生在世，他在母亲身边只住过六年多时间，现在仅仅剩下最后几天，再不陪就真正抱恨终生了！二大爷手里提着一个小灯笼送他回家，此时万籁俱寂，宇宙笼罩在一片黑暗中，只有天上的星星在眨眼，闪出一丝光芒。全村没有一点儿亮光，没有一点儿声音，只从大坑里芦苇的疏隙闪出一点儿水光。他走近破篱笆门，看见门旁地上有一团黑东西，原来是一条老狗，静静地卧在那里。狗有没有思想，谁都说不清楚，但感情还是有的。它白天到村里什么地方找一点儿东西吃，然后又回到家里来，静静地卧在篱笆门旁。见了季羡林，它似乎感到他也是家里的主人，同女主人有点儿关系，见了他也不吠不咬，还摇摇尾巴，做出亲昵状来。

季羡林孤身一人走进屋内，守着母亲的棺材。夜深了，他躺在里面一间屋子的大土炕上，炕上到处是跳蚤，它们勇猛地发动进攻。季羡林本来就毫无睡意，跳蚤的骚扰更加使他难以入眠。此时，他陪伴着那口棺材，是不是害怕呢？不，棺材看起来可怕，可里面躺着的却是自己的母亲。母亲永远爱她的儿子，是人是鬼，都不会改变这种爱。季羡林无论如何也睡不着，虽然两只眼睛蒙上黑暗，但仿佛能感到眼睛在发光。他想了很多很多八年来从来

没有想到的事儿。父亲死了以后,济南叔父的经济资助几乎完全断绝,母亲就靠那半亩地维持生活,她能吃得饱吗?她一定是每天夜里躺在自己现在躺的这铺土炕上想念着儿子,然而儿子却音信全无。她不识字,写信也没用。听说她曾对别人说过:"如果我知道他一去不回头的话,我无论如何也不会放他走的!"母亲的想法他为什么一点儿也没有想到过呢?古人说:"树欲静而风不止,子欲养而亲不待。"这两句话现在恰恰当当应在自己的身上,他也确确实实感受到了。还差一年他就大学毕业了,就有能力奉养母亲了,可没想到母亲竟这样早地撒手人寰。晚了,太晚了,逝去的时光再也不能追回来了!"长夜漫漫何时旦",他切盼天赶快亮。

这时候,宁大叔突然来了。他要季羡林立刻到自己家来一趟,还说:"你娘叫你呢!"到底怎么回事?季羡林懵懵懂懂地来到宁家,看见宁大婶坐在炕上,两眼直勾勾地望着他,说:"喜子啊,娘好想你呀!"听那声音和口气,好像真的是母亲在说话!原来,宁大婶"撞客"了,这种"鬼魂附体"的事情,季羡林平时无论如何也不会相信,可是此时此刻又不由他不相信。他是多么希望能有机会再和母亲说上哪怕是一句话啊!八年了,娘想儿想得好苦啊!后来,宁大婶清醒过来时,又对他说了母亲生前说过的那句话:"早知道他一去不回,当初无论如何不放他走。"无可奈何,季羡林只有终生的悔恨和自责。

作家梦

办完母亲的丧事,季羡林来到了一个人生的十字路口。再过半年多就要毕业了，选择什么职业呢？出国留学的夙愿如同海上仙山，如何实现？家里添了女儿，经济负担越来越重，如何支撑？这些问题实实在在地摆在季羡林的面前。当时他正处于第一次散文创作高峰，自然而然想到了当作家。1933年11月25日，他在日记中写道：

> 我最近很想成为一个作家，而且自信也能办得到。说起来原因很多，一方面我受长之的刺激，一方面我也想先在国内培植起个人的名誉，在文坛上有点地位，然后再用这地位到国外去，以翻译或者创造（应为创作——笔者），作经济上的来源。以前，我自己不相信，自己写出好文章来，最近我却相信起来，尤其在小品文方面。你说怪不？

这段话表达了以下几层意思：第一，出国留学依然是季羡林追求的远期目标。去哪个国家呢？当然是德国。11月17日，他又在日记中写道："最近又想到，非加油德文不可，这大概也是因为留学而引起的刺激反应。昨天晚上我在纸条上写了几个字：'在漩涡里抬起头来，没有失望，没有悲观，只有干！干！'然而干什么呢？干德文。我最近觉到，留美实在没意思，立志非到德国去一趟不可。我在这里自誓。"第二，出国留学的经济支撑何在？靠家庭肯定不行，只有自力更生。季羡林一介书生，身无长物，只有一支笔，他决心靠这支笔在文坛上打拼出一席之地。所以，他的近期目标是成为一个作家，靠小品文——散文的创作和翻译养活自己，并作为赴德国留学的经济支撑。第三，这个计划有没有可行性？他认为是有的，所以才有信心。信心从何而来？首先，

信心来自李长之的"刺激"。这一年暑假,李长之写了《我对现代文艺批评的要求与主张》,并在《现代》杂志8月号上发表。季羡林认为这篇文章写得好,是一件很有意义的事。11月12日,季羡林在李长之的宿舍看到他的另一篇新作《梦想》,文中表达了他的所思所想,季羡林大有同感,暗自思忖:"李长之能做到的,我季羡林为什么不能做到?"他产生了一种强烈的"效颦冲动"。其次,信心来自前辈老师王力的榜样。11月24日,吴宓先生请几位文学青年在清华西餐厅吃西餐,季羡林应邀参加。第一次面对一大堆刀叉,他有点儿手足无措。好在他善于观察,顾左右而模仿之,虽然动作笨拙,但不至于出丑。同席有从法国留学归来的王力先生,王先生1932年获得巴黎大学文学博士,回国后被清华大学中文系主任朱自清先生聘为该系专任讲师,相当于副教授。他告诉季羡林,他出国留学一无公费,二无私费,全靠自己为商务印书馆翻译书稿挣钱,维持在国外的学费和生活费。季羡林听了,佩服极了,以为王先生为自己树立了一个好榜样。他想:"事在人为,经济条件不好,照样可以出国留学,王先生可以做到,我季羡林为什么不能做到?"

  当时,季羡林确实是一个小有名气的文学青年了,创作欲望和状态都很好,差不多每月都有一两篇文章问世。除《大公报》文艺副刊以外,《文学季刊》《文艺月刊》《现代》《学文》《文学》《襄中》等杂志接连发表他的作品,有些文章还得到沈从文、叶公超等前辈师友的鼓励和好评。据叶新教授统计,季羡林在大学期间共发表文章27篇,其中译文4篇,书评10篇,散文9篇,论说文4篇。他的散文主要是1933年、1934年创作的。前几年,钟敬文先生评论道:"季先生的散文创作开始于30年代,那时他二十多岁，就已经初有文名了。"在这里，我们不妨作个横向比较：季羡林在清华的开山之作、第一篇散文《枸杞树》，1933年12月27日、30日在沈从文、杨振声、吴宓主编的天津《大公报》文艺副刊上发表，同年萧乾在该刊上发表了第一篇小说《蚕》；季羡林创作的散文《母与子》发表在上海著名文学杂志《现代》1934年第6卷第1期上，而茅盾1932年创作的著名短篇小说《春蚕》也发表在该刊第2卷第1期上；季羡林创作的散文《红》发表在当时很有影响的上海《文学》月刊1934年第3卷第1期上，而巴金的《一个女人》是在1933年发表在该刊上的，在此前后，鲁迅、郭沫若、茅盾、闻一多、臧克家、何其芳等人也都在该刊发表过作品；季羡林创作的散文《年》发表在闻一多、叶公超主编的《学文》杂志1934年5月2日创刊号上，而钱锺书、李广田、何其芳、卞之琳、陈梦家、李健吾、曹葆华等人也经闻一多、叶公超之手，借《学文》《新月》扬名文坛。

　　季羡林以散文创作见长，尤其酷爱抒情散文。他所以能在大学期间发表这些散文作品，首先在于他有争文坛一席之地的勇气，其次取决于他的深厚的读书功底。季羡林对古代的一些散文名篇，例如司马迁的《报任安书》、陶渊明的《桃花源记》、李密的《陈情表》、韩愈的《祭十二郎文》、欧阳修的《泷冈阡表》、苏轼的《前赤壁赋》和《后赤壁赋》、归有光的《项脊轩记》等，都百读不厌，经常背诵。他的散文创作也自然而然受到这些优秀作品潜移默化的影响。而且，他是一个完美主义者，一篇文章从构思到定稿，再到誊清，不知道要修改多少遍。当时他还要准备各门功课的结业考试，经常利用夜间从事写作。在宿舍熄灯以后，他秉蜡烛继电灯，鏖战到深夜。季羡林这个时期的散文作品，是他

的真实思想的自然流露,创作出了一些批判现实主义的作品,如《红》《夜来香开花的时候》《父与子》等,但由于看不到祖国和人民的前途,看不到个人的前途,作品调子低沉,情绪幽凄。他虽然注重文学创作的艺术性,强调文学功利观与审美追求的统一,但在遣词造句方面,时而可见一些不规范的、自造的词语,透着一种初生牛犊不怕虎的气概。他的不少作品表现抽象的观念,一些难以表达、难以捉摸的东西,在他笔下颇有几分意识流的味道,这也是他早期散文创作的一个显著特点。说到此,笔者可以做出这种推测,假如季羡林毕业后,不去德国抠那种死文字,专心从事文学创作,那他经过长期磨炼,一定会成为中国文坛的佼佼者。

季羡林写文章并不完全是出于兴趣爱好,撇开上面说的出国留学的动机,在很大意义上说,是家庭经济压力使然。那时候,家里已经无钱供他继续读书,他经常处于囊中羞涩的窘境。在创作《年》的时候,只抄了一页就没有了稿纸,又没有钱买,只好放下数日。1934年年初,《文学季刊》编委会在前门外撷英番菜馆举行大型集会,季羡林与吴组缃、林庚、俞平伯同车前往。那天到会的有巴金、沈从文、郑振铎、靳以、沈樱、杨丙辰、梁宗岱、朱光潜、郭绍虞、刘半农、徐玉诺、徐霞村、孙伏园、朱自清、台静农、容庚、刘廷芳等人,中国文坛群贤备至,少长咸集,好不风光。开完会回到清华,付了车费,季羡林口袋里只剩下六角钱了。

季羡林除了散文创作,还写了一些书评。巴金的《家》、丁玲的《夜宴》、老舍的《离婚》、臧克家的《烙印》出版后,他都要评论一番。书评这玩意儿见仁见智,意见很难一致。季羡林的批评也招来一些反批评,闹得不大愉快,可见作家之路,绝非坦途。

叶公超先生认为季羡林没有资格写"我怎样写文章"之类题目，着实给他头上浇了一瓢凉水。因此，季羡林在做"作家梦"的同时，也不得不考虑其他的出路。1934年2月26日，他在日记中写道：

> 我最近有个矛盾的心理，我一方面希望再入一年研究院。入研究院我并不想念什么书，因为我觉得我想从事的事业现在才开头，倘离开北平，就不容易继续下去。一方面我又希望真能回到济南作一作教员，对家庭固然好说，对看不起我的人，也还知道我能够饿不死。

怎样才不至于饿死呢？当个作家，还是当个教书匠？季羡林又一次陷入了两难的选择。

荷尔德林

1934年3月，季羡林完成了毕业论文。论文是用英文撰写的，题目是 *The Early Poems of Hölderlin*，翻译成汉语就是《荷尔德林的早期诗作》。季羡林为何选了这样一个题目？荷尔德林又是什么人呢？

荷尔德林（Johann Christian Friedrich Hölderlin，1770—1843），德国诗人，吐宾根神学院毕业。青年时代他受席勒影响，其诗作《自由颂歌》《人类颂歌》表现了古典主义和浪漫主义精神，渴望德国统一，同情法国资产阶级革命，并把古希腊政治理想化，但

带有悲观情绪,著名诗作还有《致德国人》《为祖国而死》等。他的书信体小说《许佩里昂》描写 1770 年希腊人民反抗土耳其压迫者的斗争,流露出对古希腊文明的向往,同时通过主人公在德国的见闻,对当时德国社会有所批评。

荷尔德林在沉寂了若干年之后,被人重新发现,名声大噪,红极一时,这自然引起季羡林的关注。德国老师艾克言必称荷尔德林,对荷尔德林情有独钟,这对季羡林很有影响。根据《清华园日记》,季羡林阅读和研究荷尔德林的生平和作品,始于 1932 年 11 月。他从日本邮购了《荷尔德林生平》,晚上熄灯之后点上蜡烛,读到夜间 12 点才上床休息。他在 11 月 22 日的日记里写道:

> 刚才我焚烛读 Hölderlin——万籁俱寂,尘念全无,在摇曳的烛光中,一字字细读下去,真有白天万没有的乐趣。这还是我第一次亲切地感到。以后我预备做的 Hölderlin 将打算全部在烛光里完成。每天在这时候读几页所喜欢读的书,将一天压迫全驱净了,然后再躺下大睡,这也是平生快事罢。

1933 年,他又设法购到了德文版《荷尔德林全集》。因为日军侵略华北,占领热河,北平战云笼罩,6 月清华就提前放了暑假。季羡林回到济南,每天看一点书,其中就有荷尔德林的诗作和小说《许佩里昂》。季羡林喜好诗歌,喜好抒情作品,这篇小说尽管是书信体,但季羡林感觉他是用写抒情诗的手法写小说的,因而很感兴趣。

开学后,德国老师石坦安讲授德国抒情诗课。为了听课,开学前季羡林提前在琉璃厂淘到一本 *Germen Lyric Poetry*(《德国抒情诗》)和一部古罗马诗人维吉尔的史诗《埃涅阿斯纪》,开始从头到尾仔细研读荷尔德林的作品,并尝试把一些作品翻译成中文。这些一个多世纪以前的作品,有许多生僻字,而且作者当时的处境和环境也很模糊,尤其荷尔德林的作品一般都不容易读懂,读起来如对符咒、读天书。季羡林一边读着,一边告诫自己,不要贪多,一定要弄明白。那时候,因为提前放假,开学后要补考上个学年的功课,还要听新课,相当紧张。季羡林坚持每天一早一晚啃荷尔德林的书,下了一番苦功夫。他还找来一些参考书,如麦克雷德、韦特科普等人的书籍,对照这些名家对荷尔德林作品的评论,他感觉荷尔德林的《致异教徒》曲调回环往复,优美极了。尽管读荷尔德林的作品拦路虎一个接一个,可是季羡林有一股犟劲儿,非把它拿下不可,最后决定把对荷尔德林早期诗作作为自己毕业论文的论述对象。由此可见,季羡林为了做毕业论文,进行了充分的准备。9月21日,他在日记中写道:"我毫不消极,非要干个样子不行,连这个毅力都没有,以后还能做什么呢?"

9月下旬,各门功课一股脑儿都堆上来了。季羡林仍然每天挤出一个小时,继续啃荷尔德林的书,后因回故乡安葬母亲,耽误了一个多月时间。回到学校,他把写毕业论文的打算告诉了石坦安教授。教授赞成季羡林的想法,并答应给他找一些参考书。这时,季羡林又拿起荷尔德林的诗集。10月底,清华大学图书馆购进一批德文版新书,有荷尔德林的,还有席勒的、赫尔德的。季羡林兴奋地读着这些德文新书,读着读着一些观点逐渐形成。他还就遇到的问题,多次同艾克教授和石坦安教授讨论。常言道诗无达诂,况且对文学作品见仁见智,歧见屡见不鲜,两位老师的意见往往也不一致,一个对荷尔德林的诗赞不绝口,另一个则

认为他的诗里并无音乐元素。季羡林也大胆地发表了自己的观点，这说明他对荷尔德林作品的研究已经达到了较深的层次。

寒假时季羡林回济南，随身带着那本德文版《荷尔德林全集》。1934年春天，他的多篇优季散文相继发表，数门功课正在结业考试，可这本书始终不离他的左右。季羡林在后来数十年间，写作、翻译与科研并举，"辗转于几张书桌之上"，这种不同于常人的工作方式和精神，就是从那时起慢慢形成的。

3月5日，季羡林开始动笔撰写毕业论文，由于经过一年多的构思和酝酿，水到渠成，第一天就写出了一半初稿。说实在话，就季羡林当时的德语水平，并非能完全读懂荷尔德林的晦涩的诗句，当然也不是完全不懂。可是，他有浪漫和丰富的想象力，借助几部《德国文学史》的助推，把学术与幻想融为一体，到3月27日终于完成了论文。这篇论文成绩为"E"（优），这是公平的，因为这里包含着季羡林至少一年多的心血和艰辛。但严格说来，它是应试之作，季羡林称之为"应制之作"，并不满意，认为没有多少学术价值。他在这天的日记中写道："论文虽然当之有愧，毕业却真的毕业了。"

大学毕业之后，季羡林到中学教国文，也就和荷尔德林"拜拜"了，但过了一年，他又奇迹般地来到荷尔德林的国度。关于毕业论文的指导老师究竟是艾克还是石坦安？季羡林晚年回忆中有矛盾。据北京印刷学院叶新教授考证，应该是石坦安。石坦安是季羡林大四德语授课老师，当时艾克不在清华。当然，季羡林选择荷尔德林的早期诗作作为论文的研究对象，是受了艾克教授影响的。

第二章 清华学子

清华园日记

1999年是季羡林米寿之年，24卷本的《季羡林文集》出版之后，江西教育出版社的吴明华发现有些重要的文稿尚未收录进来，打算收集一些文章继续编纂。季羡林交给他一篇十几万字的学术回忆录《学海泛槎》。如果单独编为一卷，显得有些单薄。季羡林原想把自己在清华四年的求学生涯写一写，凑成一卷。其实，他并没有认真考虑过要写什么"自传"，只是曾想如果写的话，自己一生可以分为八个阶段。《留德十年》和《牛棚杂忆》均已成书，各为其中的一段。清华求学这四年，可算另一段。

于是他找出了在清华读书时写的4本日记。这些写于七十多年前的日记，曾跟着他乘火车远赴欧洲，又乘海轮回到北京；"文革"期间被造反派抄走，后又发还。季羡林打开日记仔细阅读，感到"面生可疑，好像不是出于自己之手"。他把这些日记与自己近期的日记加以比较，发现这些当年的日记，除了每天的"流水账"，间有写自己的感情或感觉的地方，"写得丰满，比较生动，心中毫无顾忌，真正是畅所欲言"。因而，他开始喜欢这些70年前所写的东西了。他想到，当年自己在全国一流的文学期刊和报纸上发表了不少散文和书评，在文坛上已经小有名气，可那些东西是写给别人看的，难免忸怩作态。而写给自己看的日记，则是"有感即发，文不加点"，文字上虽"有披头散发之感，却有一种真情流贯其中，与那种峨冠博带式的文章迥异其趣"。它写出了一个真实的大学生时代的季羡林。于是，他改变了主意，不想再用现在的笔去写当年的季羡林。干脆把日记的原文原样奉献给读者，

让读者看一看自己写文章的另一面。他的这个想法得到了责编吴明华和助手李玉洁的支持，这更增加了他的信心。

可是，新的问题又来了。清华四年，日记只有两年的。季羡林开始写日记是十七岁，即日军占领济南，他失学在家的1928年。第二年上高中到后来上大学的头两年没有写日记。现存的日记从1932年9月13日到1934年8月11日，其中1934年9月28日至10月23日，因为母亲病故，回乡奔丧中断数日。这样的日记，如同一只没有脑袋的蜻蜓，无法完整展示大学四年的情况，怎么办呢？作为补救措施，季羡林写了一篇"引言"，交代了决定影印出版《清华园日记》的经过，还简要回顾了1930年至1932年的求学情况，逐一介绍了清华西洋文学系的老师。

2001年11月的一天，清华大学教师徐林旗来访。当他得知季羡林的《清华园日记》的情况时，表现出极大的兴趣，当即表示愿意在清华大学出版社出版。季羡林十分高兴，他说："我是清华出身，我的研究工作发轫之地是清华，送我到德国留学的也是清华。回国后半个多世纪以来，自己虽然不在清华工作，但是始终保持着密切的联系。我的《清华园日记》能由清华人帮助出版，还能有比这更恰当的吗？"

《清华园日记》最早的版本有两种，一种影印本，一种排印本。排印本是根据敬忠和高鸿的转写稿发排的，将字迹潦草的手稿誊写工整，还要纠错补漏，转写工作绝非易事，高鸿还为日记中的外文、人名等进行了注释。出版工作进展很快，不到五个月时间，季羡林已经校完了排印稿，还写了一篇简短然而十分重要的《后记》。他明显感受到"神化"的压力，直截了当地指出：

> 日记是写给自己看的,什么样的思想,什么样在人前难以说出口的话,都写了进去。万没想到今天会把日记公开。这些话是不是要删掉呢?我考虑了一下,决定不删,一仍其旧,一句话也没有删。我七十年前不是圣人,今天不是圣人,将来也不会成为圣人。我不想到孔庙里去陪着吃冷猪肉。我把自己活脱脱地暴露于光天化日之下。

就是季羡林的这份率真、这份坦荡、这份洒脱赢得了广大读者,特别是青年学子的爱戴和尊敬。笔者与大学校园里的青年朋友探讨季老的为人为学,他们提的问题有许多是关于《清华园日记》的,不少同学认为此书是最喜欢的励志书。有位朋友说:"以前我对季羡林老先生的印象就是'国宝''国学大师'之类自带光环的称号。直到看到这本《清华园日记》,一位有热血,有叛逆,爱打牌,好吃瓜,逼急了会爆粗口,伤心时会痛哭流涕的小年轻儿才如此鲜活地出现在我的眼前。"一位笔名老愚的评论家分析说:

> 一字未改的《清华园日记》,是季羡林二十一到二十三岁之间的记录,当时,他是清华大学西洋文学系的学生。他从三年级开始写日记,他这样表述日记的价值:"日记是最具体的生命的痕迹的记录。以后看起来,不但可以在里面找到以前的我的真面目,而且也可以发现我之所以成了现在的我的原因。"
>
> 怨天尤人似乎是这一阶段的主要心理特征。他把一切苦难都归结于他人。他陷在泥潭里,孤芳自赏,寻找着生命的

出口。虽然成家了,但他依旧是个少年,无助,孤傲,寂寞,压抑,唯一看得见的出口在那里:写作,扬名立万。支撑季羡林的是文人的情怀,博得功名再计较。他心里郁积着一腔怨气,困兽犹斗。内有看不见人生路的苦闷,外忧异族侵扰。家庭的双重痛苦压在心头:叔父婶母的期许与怨言,经济的拮据,懒得沟通的妻子。无爱无性的人生,与母亲八年不得相见的苦痛吞噬他脆弱而敏感的心。可以说,这是他一生黑暗焦虑的日子,他化解的途径唯有交友,写作,读书,眺望彼岸——德国。

浪漫主义诗学,天生属于不甘于寂寞的年轻人,是他们精神的安慰剂。逃避现实卑琐而艰难的日子,以心灵主宰身体生命的高歌猛进,只能属于一茬又一茬年轻人。苦难的土地孕育了一批这样的人物。季羡林一生的密码全在这本日记里。他是孤独的,外面再热闹,内心是寂寞的,吝啬于感情,他处于严重的压抑中,内心奔放却冷面孤傲。

笔者认为,这种分析是到位的。也许正因为如此,许多同学喜欢摘抄日记中的"金句",相互传观。这日记无论对研究当年的清华大学还是研究当年的季羡林都是很有价值的。自2002年以来,到底有多少家出版社出过此书,已经难以统计。印数保守估计,当以数十万计。2018年8月,北京印刷学院叶新教授,利用五年时间,对照季羡林日记的原件进行了仔细的校对,改正了转写中的若干讹误,对日记所记载的人物、事件来龙去脉进行了认真的考证和注释,推出《清华园日记》(全本校注版),在各高校,掀起了阅读《清华园日记》的新热潮。

第二章 清华学子

走出国门

前面说过,季羡林在山东省立高中教了一年书,宋校长对他并不满意,眼看续聘无望。就在季羡林欲进无门、欲退无路的时候,机会来了。清华大学文学院院长冯友兰教授与德国方面洽谈,促成了清华大学与德国的大学建立交换留学生制度。双方交换研究生,为期两年。路费和制装费由学生本人承担,食宿费相互由对方负担。德国留学生在华每月三十元,中国留学生在德每月一百二十马克。这种待遇虽然比公费留学生差远了,但对季羡林来说简直是天赐良机。季羡林得到消息,立刻向母校报名。他在清华主修德语,四年成绩全优,完全符合条件。1935年快放暑假的时候,季羡林收到了母校清华大学的通知,他已经被录取为赴德国的交换研究生,可以去德国学习两年。多少年的留学梦想就要变成现实了,他怎么能不兴奋呢?出国留学是他多年的梦想,一年前,在清华毕业前夕,他曾经在日记中写道:

> 最近我一心想去德国,现在当然不可能。我想做几年事,积几千块钱,非去一趟,住三年四年不成。我今自誓:倘今生不能到德国去,死不瞑目。

可是,真的要走,困难又确确实实摆在面前:家庭经济濒临破产,叔父年老,已经失业,两个小孩儿,女儿两岁,儿子才出生不久,他这一走就等于抽去了顶梁柱,天都要塌了。怎么办呢?季羡林踌躇了,然而出乎他的意料,叔父和全家对他出国留

学表示坚决支持。他们说:"不就是两年吗? 我们咬咬牙, 勒一勒裤腰带, 很快就过去了。只要饿不死, 以后日子就好过了。"他们指望季羡林能出人头地, 为祖宗门楣增光, 不惜做出牺牲。有了全家的支持, 季羡林开始紧张的出国筹备, 最困难的是筹措路费和制装费。出国以后那点儿津贴只够吃住, 没有余钱添置衣物, 要在国内置办四季服装, 需要花不少钱。一去万里迢迢, 除了火车票之外, 还有路途花销, 也需要钱。季羡林教了一年高中, 多少有点儿积蓄, 但是还差得远。他求亲告友, 东挪西借, 碰了不少钉子, 饱尝了世态炎凉, 甚至一度想知难而退。终于, 在几个好朋友的帮助下, 凑足了路费, 制作了几身衣服, 准备工作告一段落。

济南高中的同事得知季羡林要出国, 都对他刮目相看, 羡慕之情溢于言表。学校飞出了一只金凤凰, 那位宋校长也觉得脸上有光。他殷勤热情, 亲自带他去找教育厅长, 想争取一点儿赞助, 无奈空手而归。宋校长热情不减, 又是勉励, 又是设宴饯行, 相邀回国后继续合作。

到了"割慈忍爱, 离邦去里"的时候了。8 月 1 日, 季羡林辞别一家老小, 去北平办理出国手续。妻子抱着不足百天的儿子, 拉着两岁的女儿把他送出家门。面对一家老的老, 小的小, 季羡林眼含泪水, 不敢看自己的亲人。他把心一横, 上洋车走了。

其实, 季羡林去北平办手续的时间是有富余的, 他早早离开家, 有一个不便明说的原因, 在他逝世前不久, 跟儿子季承讲了: 他的婶母马巧卿 1934 年已经去世, 在他离家之前, 叔父正准备"续弦"。此时季嗣诚已经五十来岁, 而准备迎娶的陈绍泽还不到四十岁。季羡林对此颇不以为然, 不愿意参加这对老夫少妻的婚礼,就借口办理出国手续躲了出去。十几年后季羡林从欧洲回来,得知这位陈氏婶母是维持季家生存的"大功臣"时,心中懊悔不已。陈绍泽后来成了季羡林终生爱戴和尊敬的四位女性之一。

再说季羡林在北平下了火车,把两大箱行李寄存在沙滩附近的一家小公寓里,回到清华大学,住进了工字厅招待所。此时学校正放暑假,绝大多数师生已经离校,偌大一个清华园,虽然柳绿花红,但显得冷清清、静悄悄的。工字厅位于清华园的中央,四年的大学生活,季羡林在这里留下了不少足迹,此时旧地重游,心生许多感慨。吴宓老师的"藤影荷声之馆"就在这里,此时吴先生已经离校,季羡林不能进去和老师高谈阔论,只能隔着玻璃窗看一看屋里的陈设。还有不远处那间临湖大厅,里头摆着高雅的红木家具,当年他和李长之、吴组缃、林庚经常在此聚会,月旦文坛人物,评论文学作品,海阔天空,旁若无人,现在却冷冷清清,睹物思人,不禁伤感起来。一日晚饭后,季羡林信步来到朱自清先生在《荷塘月色》中描写的荷塘边,只见新月初现,倒映塘中,月光下,荷花荷叶皆呈灰色,而清清荷香直冲鼻官,塘边柳树上蝉声不断,低空中流萤点点,忽隐忽现,季羡林不禁又想起官庄和济南的家。

招待所同屋住的是一位清华老毕业生,在一家保险公司当总经理。他得知季羡林准备出国,就劝他出去学习保险专业,这是一只金饭碗,回来工作不成问题,收入绝对一流。无奈,季羡林对经商、发财毫无兴趣,辜负了这位学长的一片好心。季羡林还拜访了朱光潜先生和蒋廷黻先生,他们同德国方面谈判也出了不少力,给了季羡林出国深造的机会。两位先生叮嘱季羡林说,德国是法西斯国家,在那里一定要谨言慎行,免得招致灾祸。季羡

林还拜访了敬仰已久的闻一多先生,但何曾料到,当他十一年后从欧洲回来时,这位著名学者和诗人已经被国民党特务暗杀了。

当时北平没有外国领事馆,办理出国护照签证必须到天津去。季羡林和乔冠华一起坐火车去了天津,到德国和俄国使馆办理签证。手续办得很顺利,回到北平几位好友在北海公园为他饯行,李长之、林庚、王锦弟、张露薇都来了。北海公园蓝天碧水,荷叶田田,红花映日,几个年轻人租了两条小船,在湖上泛舟,又去仿膳吃饭,议论时政,臧否人物,兴高采烈,高谈阔论,玩了一整天,兴尽而散。

那时候去欧洲没有飞机,坐轮船路途遥远而麻烦,最便当的是乘坐火车,取道苏联,通过西伯利亚大铁路。1935年8月的最后一天,季羡林和乔冠华、王竹溪、谢家泽、敦福堂、梁祖荫等清华赴欧研究生,结伴在前门车站登上火车,经过半个月的长途跋涉,来到了他向往已久的德国柏林。

| 第三章 |

旅欧十年

波兰女孩

火车离开苏联,大概快到波兰首都华沙的时候一个年纪很轻的波兰女孩儿悄无声息地走进了车厢。她细高身材,圆圆的面庞,淡红的两腮,一对晶莹澄澈的大眼睛,天真无邪。她环顾了一下四周,看见中国学生座位中间有个空位,就径直走了过来,从包里掏出一个精致的椅垫,铺在座位上,坦然坐了下来。她刚巧坐在季羡林的对面。

在中学学习世界地理的时候,季羡林对波兰有点儿印象,只觉得那个国家十分遥远、抽象又模糊。现今他来到了波兰的土地上,而且有一个美丽的波兰姑娘坐在他的对面。要是在国内,遇到这种情况,几个二十出头儿的小伙子,肯定会没话找话,"吃豆腐",说得姑娘脸红,以便看看女孩儿娇羞而嗔怪的模样。可现在,身在异国他乡,又有语言障碍,他们谁都不敢造次。那女孩儿用水灵灵的大眼睛把几个中国小伙子挨个打量了一番,看得他们都有些害羞了,仿佛变成了在课堂上答不出问题的小学生,一个个低着头不语。

终于,那女孩儿开口了。她估计他们不懂波兰语,就用德语问:"你们会说德语吗?"六个中国学生有一半不会德语,学习德语专业的也只有季羡林一人。大家都盯着季羡林。季羡林只好硬着头皮说:"我会。"既然能够沟通,那就聊一聊吧。话匣子一打开就热闹了,几个人七嘴八舌,季羡林的那点儿口语水平哪里应付得了?虽然谈话内容并不深奥,有时也难免"卡壳",他只好以一笑代替回答,仿佛这一笑可以表达许多难以表达的意思。有的同学等不及季羡林翻译,就说起了英语。谁知那女孩儿也懂英语,可以大大方方用英语作答。于是乎,德语加英语,天南海北,叽里呱啦,聊得好不热闹。有个中国同学问:"What is your name?"(你叫什么名字?)女孩儿伸出手来,示意要笔和纸,随即在递过来的本子上写下自己的名字:Wala。谢家泽念道:"哇—啦——哇啦?"接着大笑起来。这一笑把女孩儿笑蒙了,她瞪着两只充满疑惑的大眼睛死盯着谢家泽,意思是:"你笑什么?有什么好笑的?"这下子倒让小谢发窘了!

在满洲里上车之前,中国学生买了几瓶饮料,看上去像是啤酒。一路上,他们用铁皮壶打开水喝,饮料就没有开瓶。现在他们找了出来,打开瓶子,第一杯当然让给客人。女孩儿接过杯子,没有喝,她问季羡林:"这是什么?"季羡林也没有喝过这种饮料,满以为是啤酒,但他只会一个"酒"字,便用德语回答:"酒。"女孩儿抿了一口,立刻抬起含笑的大眼睛,仿佛责备似的问:"你说这是酒?"季羡林望着她那玫瑰花似的微笑和又圆又亮的大眼睛,感到既不能也没有必要再作什么解释了。女孩儿拿出随身携带的饼干分给他们吃,他们大家也不客气,边吃边聊。女孩儿又从包里掏出许多照片给他们看,他们也拿出画册、护照,甚至毕业证给她看。大家已经忘记这是在火车上萍水相逢,本来素昧平生的异国男女,仿佛是相交多年的朋友了。就连女孩儿坐的椅垫,也神不知鬼不觉地跑到中国学生的屁股底下了。季羡林发现,坐在他旁边的一位大鼻子先生似乎对 Wala 很不满意,一个劲儿地朝他皱眉头、挤眼睛。季羡林愣了半天,终于弄明白了,那先生不满意的是,女孩儿戴着一顶红红绿绿的小帽子——季羡林竟然没有注意到。可是,这也没啥呀,配上她那圆圆的脸蛋,挺俏皮,挺可爱嘛!

夜深了,季羡林在座位上打了个盹儿。当他重新睁开眼睛的时候,Wala 已经下车了。从此,他们无缘再见面了。可是,那个波兰女孩儿美丽的大眼睛、可爱的面庞、大方的举止、爽朗的笑声,却时不时地出现在他的记忆中。在德国哥廷根大学学习的时候,季羡林亲眼见到法西斯对犹太人和波兰人的残酷迫害。有一天,在一个细雨萧索的晚上,有人告诉他,在附近的一个菜园子里,新来了一个波兰女孩儿在干活儿,是被希特勒士兵装进一列火车里运到德国来的。听到这里,季羡林的眼前立刻浮起 Wala 的面容。第二天早晨,他鬼使神差地直奔那个菜园子,但没见到那个女孩儿。以后他又去了几次,还是没有见到,终于失去了信心。他想这女孩儿不会是 Wala 了,可是 Wala 的命运还不是与这个女孩儿一样吗?于是,季羡林陷于极度的痛苦中。

柏林趣话

1935 年 9 月 14 日当地时间早上 4 时,季羡林他们乘坐的

火车进入德国境内,16日上午8时,季羡林一行到达旅行目的地——德国首都柏林。清华老同学赵九章前来接站,带领他们办妥了必要的手续。清华老同学汪殿华和他的德国夫人在下罗腾堡区魏玛大街帮助季羡林租到了一间房子,房主名叫罗斯瑙,看长相像是犹太人。

　　来到柏林这座盼望已久、然而十分陌生的城市,季羡林既兴奋又好奇,既兴会淋漓又忐忑不安。从经济文化落后的旧中国,一下子来到西方现代化的大都会,置身高楼大厦之中,季羡林有明显的压抑感,他感觉自己就像大海里的一滴水,沙漠中的一粒沙。季羡林在此人地两生,他能很快适应环境吗?万事开头难,举个小小的例子——修表的故事,即可见一斑。季羡林出国之前买了一块新手表,不料在斯托尔扑塞换车搬行李的时候,手表的"蒙子"碰破了。他把破表小心翼翼地装在一个盛茶叶的小瓶子里,带到柏林。没表实在不方便,季羡林赶紧去修,在一位早两年到德国的留学生带领下,来到康德街一家表铺,修表匠是个老头儿,说换一个玻璃罩第二天就能取,然后递给他一张纸条。他也没有细看,以为上面写的是店名和地址,只要有地址取表不成问题。

　　第二天下午季羡林去取表,他不想再麻烦别人,就自己拿上那张纸条出了门。初来乍到,他路不熟,掏出那张纸条仔细一看,只有"收到某某牌手表一只"一行字,并无店名和地址。没有办法,他只好凭着模模糊糊的记忆,沿着康德街一家一家店铺去找。奇怪,走到了尽头,他也没有看见表铺,又只好折回来继续找,好不容易在一大排招牌里找到了一家表铺,因为门面太小,刚才走过去时没有发现。季羡林一脚跨进去,立刻发现似乎不大对头:

昨天主人身后有一个摆着钟表的小橱柜，怎么不见了？他没来得及细看店里的陈设，主人出来了，也是个老头儿。他接过条子，立刻就去找表，找了半天也没有找到。老头儿搔了搔光亮的头皮，显出很焦急的样子，说："表可能被我老婆放在什么地方了，她今天出门了，你明天来吧。"说完再三表示抱歉，还把地址用铅笔写在条子背面。季羡林拿起那张纸条，踏着暮色走回去。

次日，季羡林又去取表。因为昨天那家铺子实在没有把握，他一路留神注意路过的每一家店铺。终于，他发现了一家更小的表铺，进去拿出纸条问人家，是不是这里的，回答说不是。最后，他终于找到了昨天那家表铺，但老头儿不在，老太太接过纸条，看见丈夫写在上面的字，立刻开始找表。她打开每一个抽屉，找遍每一个角落，始终没有找到。老太太非常着急，只好让季羡林下午再来，问一问老头儿到底怎么回事儿。快到黄昏的时候，季羡林又来到这家表铺，里头黑洞洞的。老头儿和老太太似乎有些惊慌，他们打开电灯，又里里外外翻箱倒柜仔细找了一遍，还是没有表的影子。这时候，老头儿搔着发亮的头发，问："表是你送来的吗？"季羡林回答说："是的。"可是，他并无把握就是这家铺子，因为自己刚来到柏林四天，对这里的环境不熟悉。他问老头儿："这条子是你这里的吗？"老头儿立刻打开抽屉，取出一叠自己店铺的条子来，一对比差别太大了。他说："我的条子是绿色的，不是白色的，而且面积要大一倍。"这下子该季羡林表示歉意了，他竭力用了德语中表达歉意的词儿。老头儿笑了笑，告诉他不远处还有一家表铺，可以去看一看，老太太则找来一块橡皮，使劲儿擦去丈夫写在纸条上的字。最终，还是那位陪他修表的中国同学，帮他找到了那家修表的店铺，把表取回来。这家铺子在

康德街西段,离季羡林刚才去过的那家至少有一公里。

无独有偶,季羡林在吃东西上又出了洋相。德国人每天只在中午吃一顿热餐,晚饭只吃香肠、面包和奶酪,佐以热茶。入乡随俗,有一天,季羡林到肉食店买了一些香肠,准备回家吃晚饭。晚上,他兴致勃勃泡了一壶红茶,想美美吃上一顿,可是一咬香肠,发现味道不对,原来里头的火腿肉全是生的。他大为恼火,愤愤不平地说:"德国人这样捉弄外国人,真太不像话,简直岂有此理!"他咽不下这口气,第二天便去肉店同人家"理论"。一位女店员听完他的申诉,又看了看他手里的香肠,起初还有些大感不解,接着就"咯咯"地笑了起来。她解释说,在德国,火腿都是生吃的,有时候肉也生吃,而且只有最新鲜的肉才可以生吃。季羡林少见多怪,他还有什么话好说呢!

修表、买香肠之类的喜剧,预示着季羡林在德国的学习生活将会不断地遇到麻烦。可是,他既已来到梦寐以求的德国,无论遇到何种困难,都不能退缩,必须迎难而上。事实果真是,他原计划学习两年,谁知天有不测风云,先是由于中国抗日战争全面爆发,济南沦陷,有家难归;接着爆发了第二次世界大战,交通阻隔有国难投,不得已在欧洲待了十年之久……

❦ 来到哥廷根 ❦

2001年季羡林九十岁,德国驻华大使馆代表哥廷根大学,向他颁发毕业六十年杰出贡献金质奖章;2008年9月,哥廷根大学向他颁发杰出校友荣誉证书。对于母校给予的嘉奖和荣誉,季羡林万分感激。他在这里不仅结识了栽培过他、帮助过他的恩师和挚友,而且哥廷根小城的山山水水、草草木木都给他留下了美好的回忆。

1935年深秋,季羡林在柏林强化了一个多月的德语口语练习,又面临着一次选择。当学术交流处最后决定把他派到德国中北部小城哥廷根时,他立刻欣然同意了。因为此前他已经从学长乐森璕那里听说了哥廷根大学的一些情况,知道这是一所有200年历史的名校,而且语言学科十分了得。在他的内心深处,他还是喜欢语言学科。10月31日,季羡林来到堪称第二故乡的哥廷根,在亲如父母的房东欧朴尔夫妇家安顿下来。

虽然已是深秋时节,但从踏上哥廷根的第一步起,季羡林并没有感觉到一丝凉意。那里自然景色之美,人文环境之优,学术氛围之浓,人们之热情诚恳,都在温暖着这个远离故乡的青年学子之心。哥廷根位于德国下萨克森州境内,濒临威悉河。公元953年建城,1211年设市,14世纪中叶与德国北部卢卑克、汉堡、不来梅等城市,一起加入欧洲著名的商业和政治同盟——"汉萨同盟",在此后的百余年间一直保持着重要的政治、经济地位。正因为具有这种日耳曼文化的背景和基因,哥廷根才呈现出自然与人文的双重底色。

哥廷根的自然景色闻名全德国。威悉河在城西缓缓流过,河水卷着清凉的风,驱走夏日的酷暑,带来冬日的暖意。城东南的山林,山有山的雄姿,林有林的秀气。群山之巅的俾斯麦塔巍然耸立,层云中冒出的塔顶,有如蓬莱灵山般的意境;山下有一望无际的"席勒草坪",终年绿草茵茵,四周古木参天。山中的林木和草地郁郁葱葱——春天处处开满了鲜花,一片锦绣天地;夏日

丰沛的雨水洒满山林,抹上层层绿色,绵绵的雨丝与浓浓的绿意织成一张神奇的网;秋季又变成各种黄色,浅黄、深黄交织着抹在树梢上,间或夹杂着灌木的浓绿;冬天虽然皑皑白雪覆盖着绿草,但绿草依然青翠欲滴,诉说着大自然的生命永远不会停止……

哥廷根的建筑别具一格,古色古香。这里有古代石砌的城墙,上面长满参天的橡树;有尖顶直刺云霄的哥特式教堂,不时地传出清脆的钟声;有14世纪宏伟壮观的市政大厅,地面由晶莹的大理石铺装。这一切都给人一种恍如隔世的古朴之感。最惹人注目的是,市政厅广场上矗立的那尊"牧鹅女郎"雕塑,聪慧俊俏的女郎左手捧着一个花盆,右手提着一只白鹅,高傲地站在高台上,一股股泉水喷洒在她身上。一群群鸽子经常在她周围盘旋,有时亲昵地落在她身上,忽而被人惊动,一声呼哨飞上附近大教堂的尖顶。这尊雕塑已经成为全城的标志性建筑,人逢喜事都来亲吻这位美丽的少女,其中有许多获得博士学位的青年学子。哥廷根非常清幽洁净,喧声无起,尘埃不染,一些老年人甚至用肥皂来洗刷人行道,条条街路光鲜照人,家家户户临街的窗台都摆满鲜花,成为一道道亮丽的风景线……

再看哥廷根的人文环境。自从公元18世纪上半叶哥廷根大学创办后,这里便逐渐形成了德国资产阶级进步文学迅猛发展的"狂飙突进"思潮的一个流派——"哥廷根林苑派"。该流派的创建者、哥廷根大学学生F.L.施托尔格贝(1750—1819)、J.H.福特(1751—1819)、M.克劳迪斯(1740—1815)等人,以德国近代启蒙运动的重要代表人物I.赫尔德(1744—1803)、F.G.克洛普施托克(1724—1803)为旗帜,进行诗歌创作,冲破洛可可的传统,摆脱理智和理性的束缚,使感情和感觉释放出来。他们的作品别具一格,语言清新,人物形象鲜明,感情充沛,表现出18世纪德国资产阶级反对封建主义的爱国精神。18世纪后期,哥廷根大学成为浪漫主义先驱诗人们集会的中心。这种流派或者思潮影响了哥廷根几代人。季羡林虽然自幼受中国传统文化的熏陶,但他大学时毕竟在西洋文学系读书,学的是德国文学专业,而且由外籍老师授课,他的学士学位论文是对近代德国诗人荷尔德林早期诗的研究。而荷尔德林又深受克洛普施托克、席勒(1759—1805)等人的影响,写出了一些讴歌自由、和谐、友谊、爱情、青春的诗歌,被誉为德国少有的积极浪漫派诗人。季羡林虽然没有写过多少诗,但他有诗人般的情怀,有读诗、爱诗的情趣。他到哥廷根来,刚好与其兴趣不谋而合,"哥廷根林苑派"以及荷尔德林的影子会不时在他脑海中出现。

与欧洲其他国家相比,德国建国的时间并不太长。19世纪初叶,德国出现了资本主义大变革。19世纪中叶以后,普法战争(1870—1871)中普鲁士国王威廉一世和首相俾斯麦率兵打败了拿破仑三世,统一各邦,建立了德意志帝国。从此,德国在欧洲大陆独占鳌头,处于显赫的地位,与英法两国一起对世界产生了巨大的影响。此时,德国在自然科学和人文社会科学方面也取得了长足进步。哥廷根大学创建于1733年,在全欧乃至世界都称得上最古老的大学,产生了一些自然科学的大师巨匠。19世纪中叶,德国最伟大的数学家高斯在该校任教。从19世纪末叶起,这里与柏林大学并称世界数学中心。当代最伟大的数学家希尔伯特1899年在《几何基础》一书中,创立了几何的形式公理系统,奠定了公理化的基础,此人在季羡林来到时还健在,对中国留学生特别友好,有一次季羡林在书店里见到他时,他主动上前打招呼。其

他方面如化学、天文、气象、地质等等，这里的教授阵容也极其强大，其中有好几位诺贝尔奖获得者。

在人文社会科学领域，18世纪70年代德国"哥廷根林苑派"异军突起。他们主张破坏旧制度，建立新制度，反映了新兴市民阶级与封建势力的斗争，促进了文学艺术的发展。季羡林就读哥廷根大学时，那里一共有五个学院：哲学院、理学院、法学院、神学院、医学院。不是有"所谓大学者，非谓有大楼之谓也，有大师之谓也"的说法吗？这在哥廷根大学正好得到了验证。那里并没有我们想象中的摩天大厦，一般也就四五层高，可是大师迭现，著名的童话大师格林兄弟就曾在此任教。五个学院分散在全城各个角落，因此又称"大学城"。哥廷根是一个小城，人口只有10万，可是时进时出、川流不息的国内外大学生则通常保持在二三万人。平时，在各条街道上大学生们摩肩接踵，比比皆是。

季羡林来了，正在哥廷根大学学习生物学的乐森璕学长，到火车站迎接，并给他安排了住处——明希豪森街20号，欧朴尔夫妇家。他在这里一住就是十年。

好友章用

季羡林来到哥廷根不久，就结识了一位好朋友章用。1935年深秋，季羡林走在一个陌生城市里长长的街道上，头顶着白花花的阳光，见不到一个熟悉的面孔，他感到从未有过的孤独。学长乐森璕看出了季羡林的心思，特意带他拜访了一位"老"留学生，这就是章用。季羡林在1935年11月3日的日记里写道："同乐先生去访章士钊的儿子,见到他的母亲,老太婆因为爱儿子,不远万里来陪儿子同住。我想到自己的母亲!章人非常好,说话非常痛快,他把哲学院的情况告诉我,他劝我只读希腊文,因为再读拉丁文,时间来不及,他又把《希腊文法》同 *A Short-History of Classical Schoiarship*(《古代学者简史》)借给我。"

章用和母亲租住一栋小楼的顶层,四周是花园。此时秋风劲吹,小路上铺满了落叶。章用到这里七八年了,正在攻读数学博士学位。初次见面,章用没有说几句话,季羡林发现他的目光老是从眼镜片边上流出,神秘地注视着虚空的某个地方。倒是章用的母亲吴若男老太太,可能是因为寂寞得太久,话匣子打开就关不住。吴若男堪称旧民主主义革命时期的巾帼英雄,是李大钊先生的好友。年轻时在日本待过四年,又留学英国三年,当过孙中山先生的秘书,英文很好,可是一句德语都不会,又不愿意学。她一个人抛家舍业来德国陪儿子读书,照顾他的穿衣吃饭,这使过早失去母爱又多愁善感的季羡林感动不已。见到章伯母,他自然而然想起自己长眠在故乡荒草下的母亲,他到章家串门的次数就多了起来。根据季羡林的留德日记,他们每周见面有三五次之多。

章用的父亲章士钊当过大官,曾经是北洋政府的司法总长兼教育总长。吴若男老太太说话颇有意思,张口"我们官家",闭口"你们民家"。不过,这并不影响草根出身的季羡林与"官家"子弟章用成为知心朋友。章用陪季羡林办理入学手续,在林间小路散步,欣赏哥廷根秋日的美景;冬天,他们在壁炉边天南海北地闲聊。季羡林把国内朋友寄来的《吴宓诗选》和《文学时代》送给章用,章用送给他德文版的《浮士德》。季羡林选学什么课程,

也乐意征求章用的意见,季羡林原想同时学习两门古代语言,章用帮他分析说,两年时间太短,应当集中力量,攻下一门。章用虽是官宦子弟,性情孤高,却不持门户之见。他学的虽是数学和哲学,可他酷爱中国的旧体诗文,作诗也经过名家指导,近体诗写得颇具功力。所以季羡林与他谈诗论文,谈得十分契合,相见恨晚。章用说,到这里几年时间,已经很少写诗。遇到季羡林,算是找到了知音,他为季羡林写了几首诗,有两句季羡林印象深刻:

　　频梦春池添秀句,
　　每闻夜雨忆联床。

"联床风雨"是一个成语,意思是好朋友在风雨日聚会畅谈,出自王实甫的《西厢记》。还有一首诗是工整地抄在一张硬纸片上的,季羡林一直保存着:

　　空谷足音一识君
　　相期诗伯苦相熏
　　体裁新旧同尝试
　　胎息中西沐见闻
　　胸宿赋才徕物与
　　气嘘史笔发清芬
　　千金敝帚孰轻重
　　后世凭猜定小文

第三章 旅欧十年

"空谷足音"是个成语,意思是在空旷的山谷里听到人的脚步声,比喻十分难得的事物或者音信。典出《庄子·徐无鬼》。这首诗形象生动地记述了这对好友海阔天空地谈诗论文的情景,以及驰骋文坛的远大抱负。

一年以后,由于章家经济来源发生困难,章用不愿接受德国友人资助,遂决定回国,在回国途中,还不断有信和诗作寄给季羡林,得知他在学习梵文,又寄来了相关资料的剪报。章用回国后,先是在山东大学教数学,后来到浙江大学。杭州沦陷,又随大学迁至江西。不久,因病去香港就医,不幸病逝于香港。章用生病期间,抱病抄好自己的诗作,寄给好友季羡林保存。2008年7月,季羡林从医院回到家中,在书房寻找章用的诗集未找到,嘱咐身边人一定要找出来送到医院。这位九十七岁的老人,依然惦记着朋友所托。

这两位志趣相投的好友,共同相处不足一年,临别时还相互称"先生"。不经意间,季羡林失去了一位难得的知己。章用走了,他感到格外地孤凄与空虚。1946年回国途中,他写了散文《忆章用》,寄托自己的哀思。季羡林晚年住院期间,护工在病床下的箱子里发现了章用回国途中写给季羡林的信件和两首诗:

一首是:

> 八年未见海,一见心开悟,
> 连波何处止,极目没飞鹭。
> 昔我从所来,今作彼岸渡,
> 一帆自往还,往还人非故。
> 呼吸谢新陈,阴阳伴哀娱,

> 区区方寸间,纷纷胜败数。
> 胜败亦何常,人生有奇遇,
> 未夸历世深,已觉频散聚。
> 苦忆竹马年,莱衣同孺慕,
> 时失方为得,自新且自讦。

第二首是:

> 越鸟南枝剧自伤,未能反哺累萱堂。
> 巢倾铩羽归飞日,客树回看成故乡。

这两首诗把章用离开德国时矛盾伤感、愧疚和依依惜别的心情描述得淋漓尽致。章用回国后,季羡林仍然常去看望章伯母。得知她手头拮据,立刻送去二百马克。那时候季羡林的助学金每月只有一百二十马克,刚够付房租和伙食费。为了省出这笔钱,他一连几个月一天两顿啃黑面包。后来他还与别的留学生一道,帮助章伯母办理手续,收拾行李,订购船票回国。

关于章士钊的儿女,今天无人不知章含之,有几人记得英年早逝的章用呢?近查相关资料,竺可桢先生日记有如下记载:

> 行严(章士钊字)兄二公子(章用,字俊之)曾在浙大教代数,于民国二十七年患肺病死于香港。死后其用书捐与浙大。其人渊博、精深两者有之。去世年仅28岁。可痛也。

从这个记载可知,章用和季羡林是同年出生的。

第三章 旅欧十年

房东太太

那是1935年10月31日——哥廷根的一个迷人的秋日,季羡林带着美丽的梦想来到了明希豪森街20号。五十来岁的欧朴尔太太把他领进早已安排好的卧室——三楼的一个房间。欧朴尔先生是个工程师,在市政府工作,像普通的德国人一样,老实憨厚,少言寡语。他家有一个儿子,在外地念大学,就把儿子的卧室租给了这位中国房客。欧朴尔太太是家庭主妇。看起来,她并没有多少惊人之处,相貌和装扮平平常常,说起话来也平平常常。没过多久,季羡林就发现,欧朴尔太太并非平平常常,而是非常诚恳、善良、和气、勤劳的人,与她相处根本用不着玩心眼、费口舌,一切都自自然然,像一家人一样。季羡林刚来时,自己的母亲才去世两年,从欧朴尔太太那里,他看到了母亲的影子。

中国有一句老话:女人围着锅台转。这里没有锅台,用的是煤气灶。每天一早起来,欧朴尔太太先做早点,给她丈夫一份,给季羡林一份。然后,她把季羡林的房间打扫得干干净净,接着擦地板,擦楼道,擦外面的人行道。地板和楼道必须打蜡,直弄得油光锃亮,人行道要先扫干净,然后用肥皂水洗,就是在上面打个滚儿,也不会沾半点儿尘土。德国人这种爱清洁的习惯,让季羡林印象深刻。欧朴尔太太在季羡林的伙食上很动了一些脑筋。德国人每天都要吃上几顿饭,分正餐和副餐,而季羡林是个穷学生,一无时间,二无金钱,无法摆这个谱儿,仍然是一日三餐。早晨,欧朴尔太太给他沏上一壶热茶,烤上面包片,吃得还挺惬意。中午,他在外面吃馆子或者学生食堂,用不着欧朴尔太

太操心。晚上,如果按德国人的习惯,只能吃冷食,泡一壶茶或咖啡,吃凉面包、香肠、火腿、干奶酪,可季羡林却享受了"特殊待遇"——欧朴尔太太特意把午饭留下一份,重新热一热,这样他就能吃上热饭热菜了。

季羡林晚上在家的时间最长。约莫10点钟,欧朴尔太太准时来到他的房间,把被子铺好,把被罩拿下来放到沙发上。季羡林有时感到过意不去,要自己做,但欧朴尔太太却非做不可,嘴里还叨叨说:"我儿子在家时,我就是这样做的。"铺好被子,她又站在那儿同季羡林聊一会儿天,把她一天干了什么、买了什么东西、见了什么人、碰到了什么事儿、到过什么地方,事无巨细,一一道来。季羡林对此虽然不太感兴趣,但也只好洗耳恭听。刚来那阵子,季羡林的德文听力并不强,欧朴尔太太说的话,有很多他都听不懂,这样一来二去他就能听懂了。所以,欧朴尔太太成了他的真正的德文口语老师。欧朴尔太太每天"汇报"完了总是说一句:"夜安!祝你愉快地安眠!"季羡林也照样回应一句,然后她便回到自己的房间去了。季羡林脱下皮鞋放在门外,然后上床休息。第二天早晨他出门时,会看到自己的皮鞋擦得锃亮,这当然也出自欧朴尔太太之手。十年间,季羡林生活中杂七杂八的活儿,比如买东买西、跑来跑去、缝缝补补、洗洗涮涮,全由欧朴尔太太一手包办下来。难道这还不是一位可敬的母亲吗?

欧朴尔太太是一个平凡的人,她没有过分的奢望和企求,为季羡林所做的一切,她总觉得是自己应该做的。实际上,季羡林留学期间所取得的喜人成绩,其中也有欧朴尔太太的一份功劳。由于她的细心照料,解除了后顾之忧,他才能全身心地投入学习和研究。当他获得博士学位,把这一消息告诉欧朴尔太太时,她是多么高兴啊！她笑着说："从今以后我该叫你'博士先生'啦！"季羡林连忙说："不，不，完全没必要！"老太太从来不把季羡林当外人。季羡林也入乡随俗，逢年过节，或者欧朴尔太太的生日，他总不忘献上一束鲜花或买上一盒巧克力表示祝贺。

"二战"爆发前的几年，季羡林在欧朴尔太太家生活得很安稳，很幸福，留下了许多美好的回忆。可是，当战火燃起，而且越燃越烈，季羡林就只好与欧朴尔一家同甘共苦，相依为命了。季羡林知道，欧朴尔太太的一生颇为坎坷。"一战"结束，德国发生通货膨胀，她家里存的一点儿黄金也"膨胀"光了，生活越来越吃紧。谁知"二战"又来了，等于雪上加霜，日子过得更加艰难。对于这场战争的罪魁祸首，她从来没说过好话，但也不知道如何去反对。她虽有一些偏见，说过犹太人的坏话，但也只是人云亦云。在那挨饿的日子，她在乡下没有关系户，仅靠供应的一点儿食品，长期忍饥挨饿。欧朴尔先生终于挺不住了，他原本是个大胖子，最后饿得皮包骨，没过多久便饿死了。儿子已经结婚，住在另外一个城市，父亲去世也没回来。那天深夜，是季羡林亲自去找大夫来的，但无济于事，回天无力，只能眼睁睁看他死去。季羡林陪欧朴尔太太守在尸体旁度过一夜，第二天又一起把尸体送到殡仪馆。每逢祭奠日，季羡林陪着欧朴尔太太去扫墓……从此，季羡林便成了欧朴尔太太身边唯一的亲人，承担起照顾她的责任，因为她儿子是不管她的，很少回家。1942年10月，季羡林完成学业决定回国，欧朴尔太太听到这个消息，极力挽留，甚至急得哭起来，季羡林也不禁热泪盈眶。当他回国未成又回到哥廷根时，欧朴尔太太喜出望外，仿佛捡回了一只金凤凰，季羡林也有游子回家之感。

"二战"快要结束时,德国老百姓的日子更加难过,不但食品严重短缺,而且燃料也成问题,既缺米又缺柴,到了山穷水尽的地步。有一次,市政府为解燃眉之急,许可市民到山上砍树,季羡林作为欧朴尔太太家的唯一男劳力,与她上山砍了一天树,然后运到一个木匠家,用电锯锯成劈柴。那个木匠的态度很不好,季羡林气得同他吵了一架……这时,季羡林真正感觉到,他已是这个家的成员了,欧朴尔太太就是自己的母亲。"二战"刚结束,有一天,季羡林和张维闯进一个未遭盟军轰炸的仓库,冒着随时都会被卫兵打死的危险,带出来一大包牛肉罐头。回家后,他将这些罐头分给了老师和朋友,剩下的就给了欧朴尔太太。对尝过饥饿地狱滋味的人,这些罐头就是救命的仙丹。看着欧朴尔太太吃着罐头开心的样子,季羡林心中苦辣酸甜一起涌来。他回想起与欧朴尔太太一起度过的岁月,真想扑到她的怀里,尽情享受慈母的亲情和温暖。

1945年深秋,哥廷根天清气爽,艳阳高照。那天清晨起来,欧朴尔太太还像往常一样,把季羡林的床榻收拾得整整齐齐、干干净净,然而,她红肿的双眼无精打采,步履沉重得像背着千斤重负。是呀,昨夜她几乎没有合眼,季羡林的影子时隐时现,多么可爱的孩子,就要离她而去了,何时再能见到呢?而季羡林一早起来也呆呆地坐在沙发上,一动不动,惺忪的双眼透出血丝,昨夜他也压根儿没睡,望着天花板出神。那是三千六百个日日夜夜呀,他一直没有离开过欧朴尔太太,如今一旦离开,偌大的五间房子只剩下她孤身一人,冷冷清清,让她如何忍受呢?如何生活下去呢?此刻,他又想起当年离开官庄,离开生母时的情景……欧朴尔太太从厨房里端来热腾腾的红茶和烤面包片,季羡林还是一动不动地呆坐在沙发上。欧朴尔太太终于忍不住了,呜咽着说:"孩子,吃点儿东西吧,省得路上挨饿。"季羡林只好勉强地吃下一点儿。这时,外面传来吉普车的喇叭声。季羡林站起身来,一把搂住欧朴尔太太,将头埋在她怀里。欧朴尔太太顿时放声大哭。季羡林也流着热泪,安慰她说:"欧朴尔太太,您就是我的母亲,儿子很快就会回来看您,望您多保重。"

季羡林压根儿没想到,这竟是与欧朴尔太太的最后别离。回国后,他给欧朴尔太太寄过几封信。有一次还费了很大劲儿,搞到一罐美国咖啡寄给她。自从20世纪50年代起,季羡林便与欧朴尔太太中断了书信往来。三十五年后,季羡林重返哥廷根,首先去看的便是他的故居,那座房子依旧整洁如初,三楼屋子的窗台上依旧摆着红红绿绿的花草。他看着看着,眼前一亮,那不是欧朴尔太太栽种的吗?他头脑一阵恍惚,仿佛昨天才离开这里,今天又回家来了。他推开了大门,大步流星地跑上楼去见母亲,然而在下意识地掏钥匙的一瞬间,他突然明白了:此刻他的那位异国慈母,应该是长眠在郊区的某处墓地里。

学梵文

季羡林在德国学习了十年,有多位外国老师。而给他帮助最多,让他终生感恩不尽的有三位,他们是:瓦尔德施密特、西克和哈隆。

1935年12月季羡林看到学校贴出的通告,下学期瓦尔德施密特教授开梵文课。瓦尔德施密特是刚从柏林大学调来的,接替已经退休的西克教授。季羡林知道，瓦尔德施密特是陈寅恪的大学同学，能有机会跟他学习，季羡林自然喜出望外，他下定决心，抓住这个机会。什么是梵文呢？这是印度古代知识分子使用的一种语言文字，有点类似中国的文言文，印度古代的不少书籍和碑刻，就是使用这种梵文。中国佛寺里僧人们念的佛经，有许多也是从梵文翻译成汉语的。季羡林在清华上学的时候，听过陈寅恪讲的佛经翻译文学课，他认为中国文化受印度文化影响太大了，需要对中印文化关系作一番彻底研究，也许能有所发现。梵文太重要了，回国以后再想学就没有机会了。他决定在 1936 年春季开始学习梵文。

季羡林留学期间究竟学什么，经过半年时间的摸索，终于确定下来了。哥廷根大学有悠久的研究梵文的传统，许多大师级梵文学者曾在这里任教。在东方研究所高斯－韦伯楼上，临街的一面墙挂着三四十位德国梵文学家的照片，图书馆里的梵文藏书在德国首屈一指。1936 年 4 月 2 日季羡林第一次上梵文课，年轻的瓦尔德施密特教授课堂上只有季羡林一个学生。学生虽少，老师讲课却一丝不苟。从第三学期开始，增加了两名德国同学，一个是历史系学生，另一个是乡村教师。他们有一定的梵文基础，所以从第二学年插班。尽管有一定基础，因为梵文语法十分复杂烦琐，那位历史系的同学经常被老师问得张口结舌。季羡林学习也不是一帆风顺，但他横下一条心：一定要迎难而上，非跳过龙门不可。梵文语法的复杂程度令人叹为观止，因为这种语言从来就不是民间交流使用的，而是经过"整理的"，专供上层如婆罗门、官府使用的。以名词为例，就分别有阳性、阴性、中性，单数、双数、复数，以及主格、宾格、用格、与格、来格、属格、位格、呼格等八种格，一个词有 24 种变化，形容词和动词的变化更比名词高出许多倍，学习梵文的难度可见一斑。在瓦尔德施密特 1936—1939 年授课的七个学期，季羡林主要攻读包括印度古代语言在内的印度学专业课程，还选修了多达 20 种与专业有关的课程。为了这些功课，季羡林要做大量的课前准备，下一番常人无法想象的苦功夫。

因为季羡林的专业方向是佛教梵文，他还要学习与佛教语言密不可分的巴利文。这也是一种印度古代文字。起源于北印度的中古印度-雅利安语，与古印度-雅利安吠陀语和梵语等方言关系密切。公元前 3 世纪，佛教口传至锡兰，就是今天的斯里兰卡，公元前 1 世纪用巴利文记录下来，成为标准的佛教国际语言，与上座部佛典《三藏》一起传入缅甸、泰国、柬埔寨、老挝和越南。巴利文在印度 14 世纪就停止使用了，而在其他地区延续使用至 18 世纪。佛教分为大乘和小乘两大派，大乘佛经主要用梵文，而小乘佛经主要是巴利文。所以，要想进行佛教梵文研究，必须熟练掌握和运用古典梵文和巴利文。季羡林攻读的专业课程，除巴利文、佛教梵文典籍如《普耀经》外，还有《梨俱吠陀》、《奥义书》、公元 4 世纪前后的古典梵文艺术诗、公元 7 世纪的梵文文法体系等等，这些课程都是先由瓦尔德施密特选出原著，季羡林课下准备，上课就翻译，其难度可想而知。总之，季羡林阅读之广，钻研之深，为他日后从事梵文古典文学作品的翻译以及佛教经典和佛教梵文的研究打下了坚实的基础。

瓦尔德施密特的教学方法是类似教游泳的"推人下水法"：第一堂课老师先教字母发音，虽然梵文字母有 47 个，不像英文字母那样简单，但季羡林却没有感觉多大困难；第二堂课，却给了他

当头一棒,老师对梵文的"拦路虎"即非常复杂的连声规律根本不加讲解,词形变化——名词有24种,形容词有72种,动词甚至有成百上千种变化——也一律不加讲解,只带他做《梵文基础读本》里的例句练习,这就等于把他推下了水。由于字母刚刚学过,语法概念一点儿没有,他只能结结巴巴地读,莫名其妙地译,直弄得满头冒汗,心中发火。于是,下课后他就拼命预习,一个只有五六个单词的例句,查连声,查语法,需要一两个小时;一周两小时的课程,需要准备一两天。这样一来,他的主观能动性被大大地调动起来了,不久就适应了"在游泳中学会游泳"。从1936年4月2日到6月30日不过三个月时间,他已经学完了全部梵文语法,做了几百个例句练习。这时,瓦尔德施密特满意地笑了,问道:"你是否决定以印度学为主系呢?""是的。"季羡林毫不犹豫地回答。

第二学期,瓦尔德施密特便讲授新疆出土的印度早期佛典残卷,使用的仍然是德国式的教学方法,主要是季羡林课前充分准备,上课先由他译出,再由瓦尔德施密特纠正。实际上,这种训练对季羡林日后从事研究工作极为有益,使他掌握了整理、阐释那些断简残卷的真本事。从1936年夏到1939年夏,整整三年时间,师生是在战前相对平静的日子里度过的。在季羡林看来,瓦尔德施密特的家庭十分美满,夫妇俩有一个十几岁的儿子,恩爱和睦,温馨快乐。老师家是一幢漂亮的三层新楼房,坐落在城边山下的树林里。季羡林帮助老师翻译汉文佛典,常常去老师家,同全家人一起吃晚饭,然后工作到深夜。吃饭时全家都不多说话,气氛严肃有余,活泼不足。有一次,父亲对儿子说:"今天家里来了一位中国客人,明天你大概要在学校里吹嘘一番吧!"说得大家都笑了起来。第二次世界大战爆发后,瓦尔德施密特被征从军。不久,年幼的儿子也应征入伍。1941年冬季,苏德战争处于僵持阶段,最后德军在"莫斯科保卫战"中彻底失败。此时传来不幸的消息,瓦尔德施密特的儿子在北欧战场阵亡了,这给瓦尔德施密特夫妇带来极大的悲痛。不过,瓦尔德施密特并没有把内心的痛苦向季羡林倾诉,只是家庭气氛从此变得更加冷清寂寞了。

吐火罗文

瓦尔德施密特被征调入伍以后,接替他教学任务的是已经退休几年的西克教授。西克不仅精通梵文,还掌握一手绝活:他用二十余年的精力,与西克灵、舒尔策教授一起,对20世纪初在中国新疆发现的吐火罗文残卷进行研究,终于解开谜团,译读成功。这种语言分两种方言,一种是吐火罗文A,又叫焉耆语,一种是吐火罗文B,又叫龟兹语,都是一千多年前新疆境内库车、焉耆、吐鲁番等地居民的语言。这种语言属于印欧语系,与英、德、法、俄、西等语言同归一大类。所以,吐火罗文残卷的发现和译读成功,对于印欧语系比较语言学、新疆古代民族史、世界民族迁徙史、佛教在中亚的传播史以及佛教传入中国史的研究,提供了新的重要材料。

西克那时已是古稀老人,却雄心勃勃,决定将自己的独门绝技传授给这位用功的中国学生。而季羡林呢?因为第二次世界大战,他同当地德国百姓一样陷入饥饿的地狱,"失掉了饱的感觉,大概有八年之久"。况且那么多必须要学的课程和语种,已使他这

部机器超负荷地运转,他没有立即答应。他又一想,这是老师的一片苦心,自己不能错过这千载难逢的良机,他下决心接受了老师的安排。1940年6月,西克开设的吐火罗文特别班开学了。说它"特别",一是没有列入大学课程表,二是只有两个学生,而且都是外国人:季羡林与比利时学者沃尔特·古勿勒。回忆起西克的教学情景,季羡林感觉就像被带到一个莫名其妙的神话王国。

西克教学所用"道具"有三个:一是《吐火罗文残卷》原文影印本,二是由他和西克灵教授合著于1921年出版的《吐火罗文残卷》拉丁字母转写本(影印、转写同在一书中),三是他与西克灵和舒尔策教授于1931年合作出版的《吐火罗文文法》。开始上课,西克既不教残卷上的婆罗米字母,也不讲吐火罗文文法,他只给学生讲解残卷原文。这种方法令人摸不着头绪,如堕五里雾中。这种"推人下水法",季羡林在跟瓦尔德施密特教授学习梵文时已经领教过。但困难远非到此为止。因为那些残卷每一张都被焚烧过,残缺的面积有大有小,没有一张是完整的,甚至没有一行是完整的。这样"残"的残卷怎么读?一开始,主要就是由老师讲,学生也绝不轻松,要翻文法书,学习婆罗米字母。这一部文法并不是为初学者准备的,简直像是一片原始森林,一走进去,立即迷失方向。老师讲过课文以后,学生要跟踪查找文法和词汇表。由于原卷残破,中间空白的地方很多。老师根据上下文或诗歌的韵律加以补充。季羡林认识到必须尽快由被动变为主动。他同古勿勒在课前充分预习,根据老师要讲的残卷原文阅读文法,检查索引,翻译生词。上课时,他们先由德文译出,再由老师纠正。老师既要纠正他们的译文,又要用更多的时间将课文的空白补上,才能译出完整的意思。就这样,季羡林凭自己的努力,先走到"山重水复疑无路"的境界,再请老师指引,抵达"柳暗花明又一村",尝到了学习的乐趣,兴趣日益浓烈。每周两次上课,他不但不觉得苦,而且充满盼望和期待。

俗话说"无巧不成书",季羡林正在跟西克啃这块硬骨头的时候,他突然发现所读的第一篇吐火罗文残卷——《佛说福力太子因缘经》,恰好在中国《大藏经》里有几种平行的异本,其中有一部连名字都一模一样。除了汉译佛经异本外,他还发现在藏文、于阗文、梵文中,也有吐火罗文《佛说福力太子因缘经》的异本。季羡林的这一发现,给老师带来了惊喜。原来,在译读吐火罗文残卷时,西克也是通过与其内容相近且又能读懂的其他文字的译本,解决了一些难题。可是他不通汉文,对诸多汉译佛经异本只能望洋兴叹。西克高兴地请季羡林将发现的汉译佛经诸异本择要译成德文。季羡林把与吐火罗文残卷《佛说福力太子因缘经》最为接近的几种汉译佛经异本收集起来,译成德文,并参照汉文、梵文、巴利文佛典进行详细注释。实际上,这就等于对残损严重的吐火罗文《佛说福力太子因缘经》重新进行了检校和勘正。通过对照汉译佛经异本,一些原来没有读懂之处迎刃而解了。在与西克教授共同解读吐火罗义残卷的过程中,季羡林完成了在德国的第一篇学术论文《吐火罗文的〈佛说福力太子因缘经〉诸异本》。经西克推荐,1943年发表在国际东方学界颇有影响的《德国东方学会会刊》第97卷第2册上,季羡林在国际学术研究史上留下了深深的脚印。

俗话说"名师出高徒",季羡林的确是老师引以为傲的学生。哥廷根大学的教授们有个习惯,周六下午结伴去郊区森林中散步。有一次,季羡林恰巧遇到老师和其他几位教授。西克特意把季羡林叫到跟前,向自己的同事介绍说:"这个中国学生刚通过博士论文答辩,是最优等的。"脸上颇有点儿得意之色。在那饥饿难耐的日子,季羡林想方设法为年迈体衰的老师补充一点营养。他从自己少得可怜的配给食品中挤出一点儿奶油,又弄来一点儿面粉、鸡蛋和白糖,到点心铺里烤了一个蛋糕。他高高兴兴地捧着这盒蛋糕来到老师家里,西克惊喜得双手颤抖,竟然忘记说声"谢谢",赶紧喊来师母,一起把它接过去。季羡林与西克感情之深,胜似亲人。

哈隆先生

季羡林在德国的第三位恩师是古斯塔夫·哈隆教授。这位哈隆教授不是季羡林的授课老师,而是季羡林人生中的一位贵人。1937年夏天季羡林原定的两年学习期满,国内刚好爆发了"七七"事变,不久他的家乡济南被日军占领。此时德国的希特勒下令关闭国门,季羡林有家难归,被困在哥廷根。奖学金没有了,季羡林吃饭住宿都成了问题。正在前进无路,后退无门之时,哈隆主动介绍他到哥廷根大学汉学研究所担任汉文讲师。这样,虽然他每月一百二十马克的留学生奖学金拿不到了,但却能拿到每月一百五十马克的讲师工资,这一百五十马克薪水,解了季羡林的生存之困。

哈隆当时是汉学研究所所长,但一直不受校方重视,只是个副教授。他的祖籍在毗邻德国的捷克西北边疆苏台德区,感情上与其说是德国人,不如说是捷克人。他对德国法西斯非常反感,

1938年德国侵占捷克,他愤然辞去工作离开德国,到英国去了。

汉学研究所的图书馆中文藏书有几万册,线装书最多,也有不少日文书籍,其中有一套《大正新修大藏经》,是季羡林做博士论文和进行博士后研究离不开的参考书,这书没有别人借阅,可供他一人使用。因为哈隆在国际汉学界广有名声,加上这里所藏汉文书籍闻名遐迩,一些欧洲汉学家常来此交流。英国汉学家阿瑟·韦利,德国汉学家奥托·冯·梅兴-黑尔芬等人都来过这里。季羡林与他们交谈切磋,开了眼界,长了知识;这些人也乐得与这位中国青年学者交流,还请季羡林帮忙查资料,搞翻译。

就这样,季羡林与哈隆结成了忘年交——哈隆比季羡林年长二十多岁,虽然不会讲汉语,但能读汉文书籍。他的汉学基础雄厚,对中国古代文献,如《老子》《庄子》等研究造诣很高,对甲骨文也有研究,讲起来头头是道,颇有一些精辟的见解。他对古代西域史地钻研很深,其名著《月氏考》在学术界颇有影响。这些正是季羡林尊重他的重要原因。为了丰富研究所的藏书,季羡林替哈隆写过许多信,寄给北平琉璃厂和隆福寺的旧书店,订购中国古籍,就这样,中国古籍源源不绝地越过千山万水,来这里安家。季羡林还特意从国内订购了虎皮宣纸和笔、墨,为每一部线装书写好书签,贴到上面,让读者一目了然。书架上那些蓝封套都贴上黄色小条,黄蓝相间,就像飞满了无数的彩蝶,不太明亮的大书库顿时充满盎然生气。

当汉文讲师,这对季羡林来说不过小菜一碟,因为他既有一年的高中国文教学实践,又有在哥廷根两年的德文训练。当他的开课通知贴在大学教务处的通知栏上,供全校上万名学生选择时,果然有许多人前来报名,但没过多久,听课的就只剩几个学生了。

但这对季羡林并无任何影响,他可以利用课时不多的机会,跟随西克教授学习吐火罗文和完成博士论文。这种情况一直持续到他离开德国。总之,从 1937 年到 1945 年的八年间,包括哈隆离开哥大之后,季羡林一直在汉学研究所工作,既有讲师工资满足生存的基本需求,又有足够的时间从事他的古文字研究,最终为他的学业画上了一个圆满的句号。

哈隆与季羡林在汉学研究所共事不过一年光景,但两人交情之深竟如几十年的老朋友。1938 年哈隆受聘担任伦敦大学汉文讲座教授,当他把这一消息告诉季羡林时,季羡林感到由衷的高兴,为他终于摆脱不得志不遂愿的窘境而庆幸。哈隆本想把季羡林带去英国,但这不可能,因为这样做便等于季羡林攻读博士的努力前功尽弃。哈隆到了英国后,曾劝说季羡林去英国,但因"二战"正酣,也不可能。"二战"结束后,哈隆又为季羡林在剑桥大学谋得一个职位,令季羡林怦然心动。因为他预感到回国后没有研究印度古代语言的条件,如果到剑桥,拿一个终身教授,搞一个名利双收,唾手可得。可是,他怎么能不顾苦难中的祖国和陷于困境的家人呢?季羡林的爱国心和对家庭的责任感促使他毅然回国,对哈隆教授的盛情,只好由心动变成心领了。

"二战"烽火

季羡林从 1935 年 8 月离开济南,到 1947 年夏天回家,中间整整相隔了十二年。其中,前四年,他与亲人还能保持正常的书信联系,互相寄过照片。"二战"爆发后,德国法西斯对外国留学生控制极严，他们对外写信只能用战时限制的 25 个单词。由于邮路隔绝，季羡林与亲人的书信联系中断了七八年之久。季羡林在《留德十年》中，将杜甫的诗句略作修改，拟定了一个标题——"烽火连八岁，家书抵亿金"，可见，在他心目中，"家书"之分量重如泰山。

季羡林出国前婚姻并非美满，但他毕竟已有一双儿女——那天，女儿牵着母亲的手，儿子酣睡在母亲怀中，将他送出大门。他要承担起为父、为夫的责任呀！尽管当时他的家庭气氛并不十分融洽，他或许也希望自己成为一个没有家庭羁绊的自由人，但他到底还是守住了这片家园。从他初到哥廷根时，怀念两位母亲的思乡之情，即可见一斑。后来，无论多么寂寞孤苦，或者忧伤悲痛，只要他一想起家，就会获得温暖和释怀。十年寒窗苦，一朝功名就，梵文、吐火罗文为季羡林开启了通向世界的大门，但是这个来自齐鲁大地的青年，从踏上异邦的第一天起，始终没有寻找一个真正理想的家，他心中仍然装着自己的家园——生他养他的两位母亲以及他的妻子儿女。随着"二战"的形势日益险恶，他的怀乡之情也日益腾涌，与刚来哥廷根时不可同日而语。这种怀乡之情并非受德国人的影响，相反，德国人对待轰炸和饥饿的超然泰然态度倒使他稳定了情绪，不至于过分紧张。

轰炸起初并不很严重，盟军飞机来时，德国人听到警笛声马上就钻进地下室或防空洞。他们表现得很有组织性，该干什么就干什么，一点儿也不紧张；东线德苏战争僵持下来时，德国四面受到包围，吹得神话般的防空能力几乎瘫痪，盟军飞机随时可以飞来，不论白天或夜晚，想投弹就投弹，不想投弹就用机关枪扫射，警笛也失去了作用，因为一天到晚都处于警报之中。但是，

德国人仍然不惊慌，出门随时观察天空，飞机来了就到街旁屋檐下躲一躲，飞机走了还是该干什么就干什么。

再说挨饿，德国人也泰然处之，不但不说怪话，而且有时还颇幽默。有一次，报纸上登出一幅漫画，画的是一家人正在吃饭，舅舅用叉子叉着一块兔肉，逗着小外甥说："太好吃啦！"小外甥则低头垂泪。显然，那兔子是小孩子饲养的心爱之物，舅舅只晓得兔肉好吃而不理解外甥的心情。德国人给人的印象不像福楼拜的《包法利夫人》和司汤达的《红与黑》所描写的那样开朗、活泼、外露，而是严肃、认真、淳朴，他们的彻底性有口皆碑。本来，他们缺少英国人的幽默，但挨饿时却意外地幽默起来。

德国人的沉着、冷静、乐观的态度，或许能给季羡林带来某种安慰。面对想象不到的轰炸和饥饿，与其悲观失望，唉声叹气，倒不如等闲视之，相信面包总会有的。季羡林坦言，在欧洲十年他成了无神论者。2006年年底，他接受《人民日报》高级记者卞毓方采访时说："我在欧洲待过十年，你知道，欧洲人的坟墓，是由大理石砌成，很干净，也很安静，居民常常选择墓地聊天，休憩，不存在恐怖的感觉；其次，我在欧洲深入接触了科学，成了无神论者，不相信天地有鬼神，自然就不怕。"据季羡林回忆，等到战争越过了高峰逐渐走向低谷的时候，从东线战场送回了大量的德国伤兵，一部分来到了哥廷根。这时，奔走于哥廷根大学各研究所之间的，除了"二战"刚爆发、男生即被征入伍而只剩下的那些女生外，就是缺胳膊断腿、拄着双拐或单拐，甚至坐着轮椅刚回来的伤残男生。在上课的大楼中，在洁净的走廊里，拐杖触地的清脆声，处处可闻。这种声音回荡在粉白黛绿之间，让人感到不是滋味儿。与德国伤兵差不多同时涌进哥廷根的是苏联、波兰、法国等国的俘虏,人数也很多,最初由德国人看管,后来由于人数多,看管人员有限,好多俘虏就在大街上自由地走动。季羡林曾看见一些苏联俘虏,在郊外农田里挖收割后剩下的土豆,放在自带的锅里煮,然后狼吞虎咽地吃起来。这些苏联俘虏的命运还算可以,最差的是波兰的战俘和平民,在法西斯眼中他们是亡国奴,可以任意侮辱和歧视。他们每人衣襟上都缝了一个写着"P"字的布条,就像印度的"不可接触者",让人一看就能识别出来。

然而,灾难是对人性的考验,其时满目疮痍又怎能不勾起季羡林对祖国和故乡的怀念?祖国和亲人也同样遭受战争之苦,八年未见家书,与他们相隔万水千山,德国人在一起尚可排忧解愁,而他又向谁倾吐呢?正如季羡林回忆,那时祖国抗日战争的情况几乎完全不清楚,偶尔从德国方面得到一点儿消息,由于日本是德国的盟国,德国与日本串通一气,因此都是谎言。他日日夜夜在想:祖国成了什么样子呢?家里又会是怎样呢?德华带着两个孩子,日子不知是怎么过的?叔父年事已高,家里的经济来源何在?婶母操持这个家,结果如何呢?他还特别想到了一双儿女,都说"可怜小儿女,未解忆长安",他盼着自己的儿女能知道有一个爸爸在很远很远的地方。他甚至想到家里的那条小狗"憨子",每次他从北京回家,一进门就听到汪汪的吠声,但一看到他,立即摇起尾巴,憨态可掬;他还想起了自家院子里的那两棵海棠花,为此,他于1941年5月29日写了一篇散文,名曰《海棠花》,他写道:

六年前的秋天,当海棠树的叶子渐渐地转成淡黄的时

候,我离开故乡,来到了德国。一转眼,在这个小城里,就住了这么久。我们天天在过日子,却往往不知道日子是怎样过的……到了德国,更是如此。我本来是下定了决心用苦行者的精神到德国来念书的,所以每天除了钻书本以外,很少想到别的事情。可是现实的情况又不允许我这样做。而且祖国又时来入梦,使我这万里外的游子心情不能平静。就这样,在幻想和现实之间,在祖国和异域之间,我的思想在挣扎着。不知怎么一来,一下子就过了六年。

真像一个奇迹似的,今天早晨我竟在人家园子里看到盛开的海棠花。我的心一动,仿佛刚睡了一大觉醒来似的,蓦地发现,自己在这个异域的小城里住了六年了。乡思浓浓地压上心头,无法排解。……乡思并不是很舒服的事情。但是在这垂尽的五月天,当自己心里填满了忧愁的时候,有这么一团十分浓烈的乡思压在心头,令人感到痛苦。同时我却又有点爱惜这一点乡思,欣赏这一点乡思。它使我想到:我是一个有故乡和祖国的人。故乡和祖国虽然远在天边,但是现在它们却近在眼前。我离开它们的时间愈远,它们却离我愈近。我的祖国正在苦难中,我是多么想看到它呀!把祖国召唤到我眼前来的,似乎就是海棠花,我应该感激它才是。

季羡林最想念的还是他的生身母亲。他初到哥廷根时的思母之情,前已提及,而这时愈加强烈。母亲入梦,司空见惯,但他最遗憾的是,母亲没留下一张相片,他脑海中的那点儿母亲的影子,还是十几岁离开她时留下的,如今在梦中难以见到母亲真实的面影。是啊,这既是季羡林的最大憾事,也是上天对他的最大不公!

下面,就来看看季羡林日夜思念的亲人到底怎样?他的一双儿女是否还能记得起他?季羡林后来说,那时他家中经济已经破产,靠摆小摊卖炒花生米、香烟、最便宜的糖果之类的东西,勉强糊口。季承也说,那时他和姐姐不知道什么叫父亲,也不知道谁是他们的父亲,更甭说感受父亲的关爱。亲友中有好事者常问他们"你有爸吗""你爸哪里去了""你爸是什么模样"……他们茫然不知如何回答。同千千万万平民百姓一样,战争给季羡林和他的一家带来了沉重的灾难。尽管如此,季羡林仍然完成了学业,奠定了一生从事科学研究的坚实基础。

博士论文

从1936年到1938年,季羡林跟瓦尔德施密特学习印度学课程,他认真刻苦的学习态度,给老师留下了深刻印象,老师发现了季羡林具备钻研学问的潜质。1938年冬季学期开学不久,瓦尔德施密特主动同季羡林谈起做博士论文的事儿,征求他的意见,问他有什么想法。季羡林说出了考虑已久的想法:论文题目绝不同中国有任何牵连,不做"两头唬"的文章。所谓"两头唬",是指有些留学生投机取巧的行为,他们凭着一知半解,在外国人面前大谈孔子、老子;回国后在中国人面前大谈荷马、莎士比亚。季羡林看不起这些人。瓦尔德施密特听了笑起来,他给季羡林出的题目是"《大事》(Mahāvastu)偈颂中限定动词的变位"。这是研究佛教梵文语法变化的文章。《大事》是一部什么书呢?这是产生于公元2世纪小乘向大乘过渡时期的佛典,据说是一部律的前

言,用混合梵语并夹杂许多俗语写的。所谓"乘",指运载工具,像车船,大乘和小乘是佛教的不同派别;"颂"又叫"伽陀",是佛典的诗歌部分。这篇论文探讨的问题是《大事》所反映出的语言现象,透过对其中伽陀部分动词变化的分析,可以观察这部佛典的起源,从而推断出原始佛典所使用的语言,这对印度佛教史的研究有重要的意义。

季羡林经过考虑,同意老师出的博士论文题目,因为他对研究佛教梵文产生了兴趣,他隐隐约约感觉到,它是打开印度佛教史研究大门的一把钥匙。接下来就是长达三年的看书、搜集资料和进行写作的时期,这是一段只争朝夕的艰苦奋斗的时期。

在德国大学里学生是绝对自由的,那里没有入学考试。德国学生自愿选择学校,学习期限也没有规定,只要拿到博士学位就算毕业。学生上课或者不上课,迟到和早退,教授不加干涉。除了最后的博士论文口试答辩以外,平时再无任何考试。开课前,学生只要请教授在"学习簿"上签个名,算是"报到",以后愿意听课就来听,不愿意听课就溜之大吉。有的学生"报到"后就消失得不见踪影。虽然有很少数的课程不但开课前要请教授签名报到,而且在课程结束时还要请教授签名注销,但学生中只"报到"不"注销"的大有人在。由于不规定结业年限,便出现了一类特殊人物——"永远的学生"。然而,德国教授并不真正让学生永远放任自流。一个学生在几所大学"游学"之后,最后选定了某所大学和某位教授,他便要跟教授做博士论文。教授接受学生是有原则的,经过选择、考验,认为是"可教之才",才给学生出论文题目,否则坦言谢绝。德国教授对博士论文的要求很严,在世界上有口皆碑。博士论文虽然也有水平高低之分,但起码要有新东西、新思想、新发现，这就是"学术训练的彻底性"。

季羡林要通过对《大事》的研究写出论文，这的确是一块硬骨头。千里之行，始于足下。季羡林要想完成这篇具有深远意义的论文，必须从零开始，一步一个脚印地扎实前进。从确定论文题目那天起，他就在既要上课又要到汉学研究所讲课的情况下，利用一切可以利用的时间，仔细阅读那三大本佛典《大事》。他的日程安排非常紧凑。早晨在家中吃过早点就去哥廷根大学梵文研究室上课，或到汉学研究所讲课。中午在外面饭馆里吃午饭，再回到研究所看书和查阅资料，从来没有午休过，直到下午6点回家吃晚饭。天天如此，单调刻板，但他全身心投入，感到其乐融融。《大事》这部佛典很不容易读，他要查几部梵文、巴利文字典，还要经常翻阅 R.Pischel（皮舍尔）那部著名的《梵文俗语文法》。他边读边把所有的动词形式写成卡片，按字母顺序排列起来，遇到困难问题，都是独自钻研，从未找过瓦尔德施密特，因为不到关键时刻，老师不会轻易发表自己的意见，目的在于培养学生独立研究的能力。《大事》中法国学者塞那校订的注释也可以参考，但他主要靠自己去解决，一时解决不了就放一放，等到类似的现象发现多了，集拢起来一比较，有的困难问题自然就能解决。他用了两年时间读完《大事》，还读了其他一些参考书。书读完了，卡片也做完了，他便开始分类编排，逐章逐段写文章；论文主体写完，又加上一篇附录《论词尾 -matha》和一个详细的动词字根表。至此，这篇论文就算基本完成了。

季羡林能写好这篇博士论文，首先得益于他博览群书，学习和掌握了大量的必需资料。高斯－韦伯楼的东方研究所图书室专业书籍齐全，环境非常安静，为他提供了良好的读书条件。在这

里,他从头到尾读了海德曼·奥尔登堡的《佛陀》以及他的论文中分析《大事》文体的文章;印度古代语言、宗教、文学、碑铭的书,虽然极为枯燥乏味,他却爱不释手;他还在汉学研究所图书室经常查阅《大正新修大藏经》,这是日本学者高楠顺次郎等人会同学者高僧三百余人,从1922年至1934年耗时十三年编纂的集佛典之大成的丛书,收录典籍、图像3360部,13520卷。丛书共有100卷,96652页,约一亿五千万字。其次,季羡林从德国梵文大师那里,学习了体现学术训练彻底性的考据学。这种考据学先被陈寅恪从吕德斯教授手中学到,后又被季羡林从吕德斯教授的弟子瓦尔德施密特手中学到,因此季羡林非常崇拜中外两位大师陈寅恪和吕德斯,他说:

这两位大师实有异曲同工之妙。他们为文,如剥春笋,一层层剥下去,愈剥愈细;面面俱到,巨细无遗;叙述不讲空话,论据必有根据;从来不引僻书以自炫,所引者多为常见书籍;别人视而不见的,他们偏能注意;表面上并不艰深玄奥,于平淡中却能见神奇;有时真如"山重水复疑无路",转眼间"柳暗花明又一村";迂回曲折,最后得出结论,让你顿时觉得豁然开朗,口服心服。

两位大师的学术研究方法,季羡林不仅学到了,而且运用自如。这说明,学习知识很重要,而学习获得知识的方法更重要。季羡林的论文没有长篇大论的背景介绍,没有点缀修饰的辞藻,更没有引人入胜的故事情节。论文用寥寥数语摆出希望解决的问题,然后直接进入其独特的研究领域。在整个论述过程中,不放过任何一个考察对象，经过剖析原始材料而找出规律。论文风格接近于自然科学的学术文章。季羡林早期的学术研究方法是考证式的。无征不信，这是德国治学精神的影响，结论必须建立在确凿可靠的证据之上。实事求是，朴实无华，形成了季羡林论文的鲜明的特点。

论文答辩

因为爆发了第二次世界大战，瓦尔德施密特被迫应征从军。季羡林一面听西克教授的吐火罗文课，一面继续完成论文写作。这个时期，虽然饱受中断家书的焦灼和忧伤，遭遇轰炸和饥饿的折磨，季羡林仍旧争分夺秒，终于在1940年秋把论文基本写好，准备参加研究所主持的博士论文答辩。事前，他将写好的论文送给回家休假的瓦尔德施密特一阅，不料出现了意想不到的插曲。

原来，由于虚荣心作怪，季羡林想以论文的"导论"来显示自己的才华，期望产生一鸣惊人的效果。在洋洋万言的"导论"中，他将搜集来的有关混合梵语的资料以及佛典由俗语逐渐梵文化的各家说法罗列在一起，巨细无遗，面面俱到，应该与不应该阐述的问题混杂在一起。他信心满满，扬扬得意，把论文交给教授看。没过几天，瓦尔德施密特就把他叫来，仍然像平日一样，面带笑容地把论文还给他。季羡林接过去一看，只见大部分都无改动，只在"导论"部分前面画了一个前括号，后面画了一个后括号，意思是这部分的内容必须全部删掉。瓦尔德施密特见季羡林还在发愣，便对他说："你讨论这个问题，费劲儿很大，引书很

多,但都是别人的意见,根本没有你的创见。你重复别人的意见又不完整准确。如果别人对你的文章进行挑剔和攻击,从任何地方都能下手,你是防不胜防,根本无还手之力。因此,我建议把导论通通删掉。"这席话宛如当头棒喝,让季羡林哑口无言,他惭愧地低下了头。此时,他思绪万千,心潮难以平静。过了好一阵子,他才平静下来,仿佛做了一梦。他重新写了一篇文字极短、论述精当的"导论"。

季羡林写作论文的这段往事让他终生不忘。他后来指导自己的研究生时,也以这种严格的标准要求。他主张:搜集资料要"竭泽而渔",没有新意不要写文章,我们要的是真正的谦虚,做学问更是如此。

1940年10月9日,季羡林把定稿的博士论文交给了文学院院长、年轻的戴希格雷贝尔教授,由他来安排论文口试答辩时间。在德国大学是教授说了算,学生经过几年努力写出论文,教授认为可以了,就举行论文口试答辩,但是通过却很难。一般先在系里或研究所内答辩,然后送到欧洲其他大学审读,经过几道关口,认为质量合格才能通过。大学的校长、院长和部长也不全是教授,他们无权干涉教授的决定。每个系或研究所一般只有一个教授,这个教授退休,另外一个才有机会晋升。12月23日,季羡林论文口试答辩的时间到了。瓦尔德施密特又刚好回家休假,但是英文教授勒德尔却有病住院,只好决定先口试梵文、斯拉夫语言学和进行论文答辩,以后再补英文口试。

在此前几天,季羡林心中一直忐忑不安。他想,还不知道教授们提出什么样的稀奇古怪的问题呢?他听别人说过,19世纪末德国医学泰斗微耳和口试学生时,将一盘猪肝摆在桌子上,问道:

"这是什么？"学生瞠目结舌，半天说不出话来，他哪里想到教授会拿猪肝来考学生呢？结果口试落第。微耳和说："一个医学工作者一定要实事求是，眼前看到什么，就说是什么，连这点儿本领和勇气都没有，怎么能当医生呢？"又有一次，微耳和指着自己的衣服问："这是什么颜色？"学生回答说："先生！您的衣服曾经是褐色的。"微耳和大笑，立刻说："你及格了！"原来，他平时不大注意穿着，一身衣服穿了十几年，已由褐色变成黑色。前事不忘，后事之师，季羡林暗自提醒自己，假如教授们也提出类似的问题，那就照实回答，科学最讲究实事求是嘛！

下面是几段季羡林当时的日记，我们来看看他当时的心情：

一九四〇年十二月二十三日

早晨五点就醒来。心里只是想到口试，再也睡不着。七点起来，吃过早点，又胡乱看了一阵书，心里极慌。九点半到大学办公处去。走在路上，像待决的囚徒。十点多开始口试。Prot.Waldschmidt（瓦尔德施密特教授）先问，只有Prof.Deichgraber（戴希格雷贝尔教授）坐在旁边。Prof.Braun（布劳恩教授）随后才去。主科进行得异常顺利。但当Prof.Braun开始问的时候，他让我预备的全没问到。我心里大慌。他的问题极简单，简直都是常识。但我还不能思维，颇呈慌张之相。十二点下来，心里极难过。此时，及格不及格倒不成问题了。

十二月二十四日

心绪极乱。自己的论文不但Prof.Sieg（西克教授）、Prof.Waldschmidt认为极好，就连Prof.Krause（克劳泽教授）也

认为难得,满以为可以做一个很好的考试,但昨天俄文口试实在不佳。我所知道的他全不问,问的全非我所预备的。到现在想起来,心里还极难过。七点前(下午七点前——笔者)到Prof.Waldschmidt家去,他请我过节(羡林按:指圣诞节)。飘着雪花,但不冷。走在路上,心里只是想到昨天考试的结果,我一定要问他一问。一进门,他就向我恭喜,说我的论文是Sehr gut(德文"优"——笔者),印度学(Indologie)Sehr gut,斯拉夫语言也是Sehr gut。这实在出我预料,心里对Prof.Braun发生了无穷的感激。

1941年2月19日,季羡林补上英文口试,瓦尔德施密特也参加了,又得了一个Sehr gut。就这样,他以四个"优"通过了博士考试,获得了博士学位。季羡林的博士论文通过后,立即引起轰动。无疑,这是他毕生从事印度古代语言学研究的开端之作,起点高、立意新、论证精,具有重要的学术价值。这篇论文中的观点,在其后数十年,不断被各国的梵文学者引用。其中,附录《论词尾-matha》的-matha是动词第一人称复数的语尾,不见于其他佛典,有的学者如《大事》的注释者——法国学者塞那对此也百思不得其解,并试图解释为-ma atha,但季羡林却证明它是一个完整的语尾。参加论文口试答辩的克劳泽教授,是一位蜚声世界的比较语言学家,掌握几十种古今语言,他认为这是一种非常重要的发现。因为同样或类似的语尾在古希腊文中也可见到,这种巧合对研究印欧语系比较语言学具有突破性意义。由此可见,这篇论文在堪称世界印欧语系比较语言学研究中心——哥廷根大学引起轰动,自在情理之中。

季羡林的博士论文，因为战争原因未能公开发表，呈缴的是打印本，直到1982年4月被收入他的《印度古代语言论集》一书，由中国社会科学出版社公开出版发行。而当时为季羡林的论文打字的，就是与季羡林一心相爱的德国姑娘伊姆嘉德。

博士后研究

季羡林获得博士学位后，急于回到处于抗战硝烟中的祖国。他在《留德十年》这本书里写道："现在多年的夙愿终于实现了，我立即又想到自己的国和家。山川信美非吾土，漂泊天涯胡不归？"可是，由于德国政府承认了汪精卫汉奸政府，国民党政府的使馆已经撤离德国，搬到瑞士去了。季羡林想先到瑞士，再想办法从那里回国。可是他到了柏林才发现，想去瑞士也办不到。万般无奈，季羡林只好于1942年10月30日回到哥廷根，继续当他的汉语讲师，同时进行博士后研究。他沿着博士论文开辟的道路，进行印度古代语言的研究工作，直到1945年10月6日最后离开哥廷根，他共写了三篇论文。

第一篇论文的题目是《中古印度语言中语尾 -am 变为 -o 和 -u 的现象》，由西克教授推荐，1944年发表于当时具有极高的学术地位的《哥廷根科学院院刊（哲学历史学类）》第6号上。这篇论文在印度古代语言学界，尤其在佛教梵文研究领域产生了巨大影响，引起了一些国际著名学者的高度重视和热烈反响；但反对的意见也为数不少。

季羡林研究佛教梵文即混合梵文，是将研究语言变化规律与

印度佛教史结合起来，从中探索一些重要佛教经典和佛教派别产生、流传的过程和特点。这篇论文就体现了他的这一研究宗旨和目的。首先，季羡林从用佛教梵文写成的佛典中，发现了许多语尾 -aṃ 变成了 -o 和 -u 的现象，他又逐渐发现，在印度阿育王石碑铭文、较晚的佉卢文铭文、Dutreuil de Rhins（杜特雷依·德·兰斯）写本残卷、中国西域出土的佉卢文文书（包括于阗俗语和尼雅俗语）、混合方言佛典写本、Apabhramsa 语、于阗塞种语、窣利语和吐火罗语中，都有 -aṃ 变为 -o 和 -u 的现象，这种现象延续时间长，流传地区广，很有研究价值。然后，季羡林采用吕德斯首创的研究方法，即利用印度阿育王石碑铭文来确定佛教梵文中所含俗语也就是地方方言的流传地区。在公元前 4 世纪晚期到公元 2 世纪早期印度北方有个强盛的孔雀王朝，国王阿育王公元前 272—前 232 年在位，统治的版图空前辽阔，这位国王信仰并大力宣扬佛教。他所颁布的敕令并不是用梵文，而是用古代半摩揭陀语刻在石碑上的。这种语言是印度东部方言，也是原始佛典使用的语言，流通的范围有限。为了使各地臣民都能读懂阿育王敕令，当时已把它译成了各地的方言。因此，如今梵文学者只要对阿育王在其统辖区域所立石碑的敕令铭文的不同方言进行比较研究，就能看出语法变化的规律。最后，季羡林按照上述方法搞清了语尾 -aṃ 变成 -o 和 -u 的地域分布情况，认为其中 -aṃ 变成 -o 的现象是古代印度西北部的一种方言，它的使用范围甚至延伸到与之接壤的中国新疆等地，这从西域的考古发掘以及部分佛典如《妙法莲华经》可以得到证明。季羡林得出的结论是：某些佛典正是由东部的古代半摩揭陀语向西北部的方言流传的，在流传过程中逐渐梵文化，从中可以判断出佛教经典和佛教派别产生、流传的过程和特点。

季羡林的这篇论文在国际学术界引起热烈的讨论,以美国梵文学者爱哲顿为代表的几个不同国家的梵文学者却提出了异议,不同意季羡林的说法。研究学问有异议,是一个非常好的现象。可惜爱哲顿的论证本身就不能自圆其说,矛盾层出。季羡林于1956年、1958年、1984年先后发表了三篇论文——《原始佛教的语言问题》《再论原始佛教的语言问题》《三论原始佛教的语言问题》,予以驳斥。季羡林并不是孤军作战,支持、鼓励他的世界著名梵文学者不少,日本东京大学原实教授就是其中一位。

第二篇论文题为《应用不定过去时的使用以断定佛典的产生时间和地区》,由瓦尔德施密特教授推荐,1949年发表在《哥廷根科学院院刊》上。这是季羡林继博士论文后发表的一篇最长的论文,瓦尔德施密特教授认为这样的文章难能可贵,非同寻常,亲自为其定题,并负责编校和出版。长期以来,季羡林在阅读许多混合梵文佛典时发现,不定过去时这个平时并非常见的语法形式,在同一部佛典早晚不同的文本中,出现了某些改动的现象,为此他做了大量的笔记和卡片。他认为这是具有研究价值的新材料和新问题并开始进行研究。他以海德曼·奥尔登堡关于《大事》的论文中明确提出混合梵文佛典有早、晚两种文本为依据,将《大事》等较晚文本与《大品》《长尼伽耶》等较早文本相比较,由此得出结论:不定过去时这一语法现象在较早文本中出现较多,在较晚文本中出现较少,或者根本没有出现。为什么会出现这种情况呢?季羡林认为,同一部佛典本来只有一种文本,后来为顺应"梵文化"的趋势,文字便有了改变,其中不定过去时有的被保留下来,有的则被替换掉,因此从早晚不同的两种文本中可以判断佛典产生的时间。接着，季羡林在吕德斯、瓦尔德施密特等人提出的存在一种"原始佛典"理论的基础上，认为这种"原始佛典"是释迦牟尼去世后，由其子弟整理的，记述佛祖在悟道成佛后讲的十二因缘、四圣谛一类的内容，最初是用东部方言即"古代半摩揭陀语"编纂而成，由此得出结论：在一些有东部方言特点的较早的混合梵文佛典中，不定过去时的语法形式多，反之，不定过去时的语法形式少，甚至逐渐被其他语法形式代替，从而说明不定过去时这个语法形式最初流行于东部方言纂成的接近"原始佛典"的一些混合梵文佛典中。

季羡林的这篇论文对判定许多佛典的语言特点和产生的时间、地区，提出了非常重要的意见。时过不久，这篇论文连同上一篇论文便在国际梵文学界引起了激烈的争论。季羡林在回国后三四十年岁月里，尽管研究条件极其困难，尤其经历了"文革"的生死劫难，但他仍然断断续续发表了进一步阐述自己学术观点的重要文章，使之更趋完善，受到国际学术界的高度重视。

第三篇论文题为 *Pāti Āsīyati*，1947年发表于辅仁大学的《华裔学志》上。这篇论文虽然较短，但也是一篇重要的论文。Āsīyati 是个巴利文词汇，关于它的来源，是一个长久以来争论不休的问题，此前的学者由于将目光只限于巴利文本身，一直没有能够解决问题。季羡林第一个突破这种研究方法，将目光不仅延伸到混合梵文，还利用了不少汉译佛典的材料，得出了正确的答案。这篇文章解决的不只是一个词的来源问题，而是在方法论上做出了贡献，展示了新的技术手段、研究思路。

除了这三篇论文，季羡林1943年在著名的《德国东方学会会刊》第97卷第2册发表的《吐火罗文〈佛说福力太子因缘经〉诸异本》，也是在博士后时期完成的。

这就是季羡林在当时有家难归、有国难投，困居德国的时候，在天上有飞机时来轰炸，腹中无食饥肠辘辘的困境中，努力拼搏，自强不息，攀上的第一个学术高峰。

伊姆嘉德

既然说到博士论文，就不能不说说帮助季羡林打字的德国少女伊姆嘉德。季羡林的儿子季承在《我和父亲季羡林》一书中说："这恐怕是父亲的第一次真正的恋爱，也可以说是初恋。可结果如何呢？伊姆嘉德一边替父亲打字，一边劝父亲留下来。父亲怎么不想留下来与她共组家庭、共度幸福生活呢？当时，父亲还有可能就聘去英国教书，可以把伊姆嘉德带去在那里定居。可是经过慎重的考虑，父亲还是决定把这扇已经打开的爱情之门关起来……"

其实，季羡林与伊姆嘉德之间，发生的仅仅是擦肩而过的凄美之恋，他们彼此从来没有海誓山盟过，只将那份真情实意悄悄地藏在心底。就连他们的相识也再平常不过了，那是清华的老学长田德望介绍的，时间大约在1938年。田德望是季羡林的清华同学，1937年，他在意大利佛罗伦萨大学获得文学博士学位后，又来到哥廷根大学进修，1939年便回国了。他虽然只在哥廷根待了一年，却无意间在季羡林和伊姆嘉德之间充当了牵线人。田德望的房东迈耶先生是一个老实巴交、不苟言笑的人，就跟季羡林的房东欧朴尔先生一样，但是他却有两个如花似玉的女儿，其中大

女儿伊姆嘉德——修长的身材秀美多姿,白皙的肌肤细腻柔嫩,金黄色的头发轻盈如云,碧蓝的眼睛晶莹似水,好一个聪明伶俐、活泼可爱的西方女性。而季羡林呢?虽然他那身"土气"不可能完全散去,但毕竟在清华受的是西方文学的熏陶,接触的是洋人学者;他来德国也已三年,风华正茂,倜傥洒脱,满腹经纶。都说"千里有缘一线牵",季羡林听说老同学田德望来了,便鬼使神差地去看他。于是,那一条爱情的红线便将本来是普普通通的季羡林与同样是普普通通的伊姆嘉德牵了起来。

那时,季羡林一方面饱受轰炸、饥饿和思乡之苦,一方面又被繁重的学业压得透不过气来,如果能够得到一点儿消闲的话,那就是和田德望等几位中国朋友在一起度过的欢乐时光。田德望离开后,季羡林又从伊姆嘉德那里获得了些许欢乐,以此来温暖这颗冰冷而寂寞的心。季羡林每次来到伊姆嘉德家,就仿佛感到这里是避风的港湾,难得的清静和温馨。迈耶先生憨厚朴实,总是默默地坐在那里听着他讲话,脸上一直挂着慈祥的笑容。迈耶太太性格开朗,热情大方,问寒问暖,体贴入微,就像母亲一样。那对千金小姐呢,当然是真心对待这个既说得一口流利的德语,又具有东方人特殊魅力的异域青年,他那高挑的身材,英俊的脸庞,斯文的举止,儒雅的言辞,令她们赏心悦目,觉得这便是自己心目中的"帅哥儿"。但是,季羡林更为倾慕的还是伊姆嘉德,她与自己的年龄相仿,意趣相投。是呀,这样的家庭,这样的姑娘,何尝不是他所追求和向往的呢?

说来也是缘分。季羡林的博士论文需要打出几份清稿。可是他不会打字,恰巧迈耶家有台打字机,伊姆嘉德乐意给他帮忙。1940年秋,季羡林把用心血写成的论文拿来请伊姆嘉德打字,这便为他们之间的频频接触提供了宝贵的时机。他几乎天天晚上到她家来。在她的卧室里,他就紧挨着她坐着。每当她把那些必须穿靴戴帽、点横分明的字母弄错的时候,他就手把手地教她改过来。这篇论文篇幅很长,季羡林又在上面改了又改,因此伊姆嘉德打字并非那么容易,但她却乐在其中。他俩每天都工作到很晚,季羡林陪着她,形影不离。直到夜深了,万籁俱寂,伊姆嘉德才醒过神来,稍微挪动一下身子,停下手中的活儿,柔声地说:"你该回去了。"季羡林摸黑走在路上,那颗激动的心久久难以平静……偶尔,季羡林急了,也会使出男人的性子来,指手画脚地挑毛病。这时,伊姆嘉德总是微微一笑,小声嘀咕几句,便又干起活儿来。事后,季羡林也会尝到后悔的滋味儿。就这样,整整一个秋天过去了,伊姆嘉德交到季羡林手中的,不仅仅是工工整整、清清楚楚的论文打字稿,还有那颗炽烈纯真的少女的心,或者说,季羡林最后收获了一张博士学位证书,也收获了一份沉甸甸的异国恋情。

事情还远不止于此。从这时起,一直到1945年10月季羡林离开哥廷根,整整五年,他几乎是与伊姆嘉德时相过从、亲密无间地走过来的。季羡林进入博士后研究阶段,陆续写了几篇重要的论文,也都需要伊姆嘉德打字才成。每次她都高高兴兴地把活儿接过去,认认真真地完成。季羡林很懂得感情,他深知伊姆嘉德绝非简单地帮他打字,而是真心地爱他,只是这种爱没有明确地表白出来而已。五年中,迈耶夫妇也把季羡林当作家人一样,每逢喜事临门,总是请他来一起庆贺,热闹一番。伊姆嘉德每过生日,季羡林都是座上客,迈耶夫人还特意安排他与自己的女儿坐在一起。此时他俨然成了一位"骑士",与心爱的人共度那甜蜜

的时光。伊姆嘉德参加社交活动,迈耶夫人也总是让季羡林陪着,就像寻到了一位护花使者,免得女儿受到半点儿伤害。至于他俩之间的个人交往,那更不必说,自然是越来越亲近。在那"二战"正酣,机声隆隆、饥肠辘辘的日子里,他们一起蹲过防空洞,吃过发出鱼腥味儿的劣质面包;在那"二战"结束的日子里,他们都松了一口气,一起高高兴兴地听贝多芬的交响曲《英雄》《命运》《田园》《合唱》。每当伊姆嘉德依偎在季羡林身旁,用她那独特的含蓄的目光深情地注视着他时,或者彼此变得十分默契、热烈,而她却欲言又止时,季羡林的心自然是非常矛盾的……1945年9月,季羡林正在作回国的准备。他就要离开迈耶一家,离开心爱的伊姆嘉德,心里是一种什么滋味呢?他是有家室的人,那些万里之外同样饱受离别之苦的亲人正在向他招手呢!季羡林终于把决定回国的消息告诉了伊姆嘉德。出乎意料,她并没有感到多么惊奇,只是稍微平静一下,劝他不要离开德国。从她那深情的眼神中,季羡林似乎意识到她想说:"假如在困难的时候,你愿意把我留在你身边,假如你允许我分担你生活中的重担,那你就是真正地认识我了。"然而,伊姆嘉德越是这样含蓄沉稳,季羡林越是局促不安。是呀,既然上天不来作美,那就让它成为抱恨终生的不了情吧!10月2日,季羡林又来到伊姆嘉德家,与她告别。伊姆嘉德照样没有说过多的话,只是依依不舍,嘱咐他回国后多加保重,相信迟早会相逢的。是呀,既然那颗少女的心留不住他,那就让他把它带走吧!

　　季羡林与伊姆嘉德的这份情、这份爱,完完全全地记录在他当时的日记中,不,永远铭刻在他心上。1980年深秋,季羡林率领中国社会科学代表团赴联邦德国访问。经过三十五年的岁月洗

第三章 旅欧十年

礼,他又踏上了哥廷根的土地。在从汉堡到哥廷根的列车上,季羡林眼前出现了昔日一长串的朋友,其中就有那个婉婉嘤嘤的女孩伊姆嘉德。他心中不停地喃喃自语道:"不想她,那不是真话呀!"她的影子随着急驰的列车在季羡林眼前晃动。他怀着一种惆怅而急迫的心情,直奔迈耶先生的房子而来。他一边回忆往昔那些美好的时光,一边徐徐放慢了脚步。尽管北风吹得很凉,但他身上仍然出着汗,那颗火热的心怦怦跳动。他是否会担心遇到熟人呢?而熟人又会指责他当年为什么不向伊姆嘉德求爱吗?为什么在她青春的花朵凋零时才来见她呢?季羡林终于来到迈耶家的房子前,他镇定一会儿,敲了敲门,心想一位白发苍苍、满脸皱纹的老人一定会出现在他眼前,这会给他带来多大的安慰呀!然而,开门的不是他想见的人,而是一个陌生的中年妇女。季羡林怔住了,急忙向她打听伊姆嘉德的消息,那人却摇了摇头,客气地说:"对不起,我不知道伊姆嘉德小姐。"季羡林乘兴而来,扫兴而去,他心中又喃喃自语道:"而今我已垂垂老矣,等到我不能想到她的时候,世界上恐怕就没人再想到她了!"

晚年的季羡林与伊姆嘉德恢复联系,得益于一位热心人的帮助,这个人就是在德国访问的中国学者陈洪捷。1999年陈洪捷费尽周折,终于在哥廷根找到了伊姆嘉德,并给她带去季羡林的消息。2000年,陈洪捷又带着香港电视台的女导演专程去了一趟哥廷根,采访了伊姆嘉德。据伊姆嘉德说,那天季羡林来到她家时,她正在原来住的房间的楼上,而她原来住的房间则换了新房客,她与新房客并不认识。就这样,季羡林与伊姆嘉德失去了宝贵的最后一次见面机会。

青田商人

季羡林在哥廷根求学的时候,接触到的中国人只有留学生,至于青田商人,只是听说过,并无交往。一个偶然的机会,他结识了一些青田商人,而且与之成为朋友。

有一天,季羡林突然接到临近哥廷根的卡塞尔法院的一纸通知,要求他某日出庭充当翻译。如果不去,罚款一百马克,去了,奖励五十马克。德国人办事认真,不开玩笑,季羡林不得不出庭。到了法庭,他才知道,被告是一位来自中国浙江青田的小商贩。他因为沿街叫卖,违反了当地法律,而且在商品上做了手脚,被一位爱管闲事的老太太告发了。此人只会讲青田话,连中国的普通话都不会讲。法庭找到会说普通话的青田人,又找来季羡林将普通话译成德语,这才能够开庭审问。

被告人在人证物证面前,坚决否认,坚称不是自己所为。理由是,外国人看中国人都是一个模样,弄错了。法官无奈,只好放人。事后法官对季羡林说:"我拿你们这些老乡真没办法。其实也没有什么大事,如果没有人告发,我才懒得管呢。睁一只眼闭一只眼吧!"季羡林说:"最好两只眼全闭上。"法官笑了,握了握季羡林的手,发给他五十马克。

季羡林一出法庭,就被青田商人包围了。他们认为季羡林帮了大忙,十分感激这位博士老乡。他们把季羡林带到他们的住地,煨好香喷喷的猪蹄款待他,那时候,季羡林已经数月不知肉味了。在青田朋友们那里大快朵颐。原来青田地方人多地少,生活艰难。许多人带着青田石雕一类的小玩意儿长途跋涉,外出谋生。他们都是小商小贩，走出国门，辗转数国，走过中亚、西亚，沿街叫卖，历尽艰辛，来到欧洲；也有人九死一生从海上偷渡过来。他们像吉卜赛人一样居无定所，人无定名。一本护照多人使用，今天姓张，明天姓王，过国境只走小路，被射杀时有发生，只不过是为了养家糊口。季羡林对这些吃苦耐劳淳朴善良的青田同胞寄予深深的同情。

此后一段时间，逢年过节，季羡林总能收到这些不知姓名的青田朋友寄来的礼物。一次是50条高级领带，季羡林将它分送给师友，还有一次寄来一大桶豆腐，德国人没有吃过这玩意儿，动员他们来品尝豆腐，季羡林可费了牛劲。

张维和陆士嘉

季羡林在德国学习时，结识了张维和他的妻子陆士嘉，他们成了十分要好的朋友。张维（1913—2001），北京人，固体力学家，教育家，曾任中国科学院、中国工程院院士，清华大学副校长、深圳大学校长。陆士嘉（1911—1986）原籍浙江萧山，生于苏州，流体力学家，教育家，曾任清华大学教授，北京航空航天大学创办人之一。三位学界巨子20世纪30年代在德国结下了深厚的友谊。

季羡林是1935年到德国留学的，在哥廷根大学追随瓦尔德施密特教授学习梵文。1937年"七七事变"后，哥廷根大学聘他担任汉学研究所讲师，他一边工作，一边继续自己的印度学研究。当时在哥廷根的中国留学生不多，人数最多时不超过十人，少的时候仅有三五人。虽然所学专业各不相同，但在学生食堂经常见面，他们经常互相串门，一起散步，在各自住处相互请客，一起吃饭，也是常有的事。

陆士嘉到哥廷根大学，追随流体力学大师路德维希·普朗特教授学习是在1938年10月。当时这位老先生已经决定不再收徒，陆士嘉的请求当初被他一口回绝。此时日本飞机对中国城市狂轰滥炸的消息频频传来。陆士嘉心急如焚，她一再恳求普朗特教授收下自己，普朗特终于答应让她参加考试。陆士嘉考试通过，成为普朗特教授唯一的女弟子。陆士嘉的导师大名鼎鼎，季羡林不仅认识，而且十分敬佩。且看他在《留德十年》中的描述："早起进城，听到大街小巷都是清扫碎玻璃的哗啦啦啦声。原来是英国飞机开了一个不大不小的玩笑：他们投下的是气爆弹，目的不在伤人，而在震碎全城的玻璃。他们只在东西城门处各投一颗这样的炸弹，全城的玻璃大部分都被气流摧毁了。万没有想到我在此时竟碰到一件怪事。我正在哗啦声中沿街前进，走到兵营操场附近，从远处看到一个老头儿，弯腰屈背，仔细看什么。他手里没有拿着笤帚一类的东西，不像是扫玻璃的。走到跟前，我才认清，原来是德国飞机制造之父、蜚声世界的流体力学权威普朗特教授。我赶忙喊一声：'早安，教授先生！'他抬头看到我，也说了声'早安！'。他告诉我，他正在看操场周围的一段短墙。他嘴里自言自语：'这真是难得的机会！我的流体力学实验室里无论如何也装配不起来的。'我陡然一惊，立刻又肃然起敬。面对这样一位抵死忠于科学研究的老教授，我还能说些什么呢？"

陆士嘉的本名首次出现在季羡林的日记里是在10月6日。季羡林在日记中写道："（中午）吃过面包，想回家，外面下起雨来，等到雨住了，才回家来。不久，王同高领了新到哥廷根城来念书的陆秀珍小姐来,稍坐就走。"这就是他们初次相识。10月10日的日记记载:"回家吃过晚饭,到田(德望)家去,今天是国庆纪念日,我们也要庆祝一下。在的有王、龙(丕炎)、陆(士嘉)、马、高(光世)、二黄(黄席椿、黄席棠兄弟),一共九个中国人,又请上了 Frau Pinks(苹可斯夫人),喝茶,吃点心,闲谈到十点半。我们九个又一块到街上走了走,送陆小姐回家,我们又胡乱在街上走了一阵。分手回家,已经快十二点,就睡。"此后,他们的交往多了起来,隔三岔五,在一起聚餐、喝茶、聊天。不过,这位陆小姐忙于学业,同学聚会的场合,她通常是到得晚,走得早。例如11月6日:"十点半黄来,坐了一会,就一同到王家去,今天王请我们吃饭,不久田也去了,我们就只等陆小姐,但她只是不去,一直等到十二点半,她才去,就开始大嚼起来。吃完喝了点茶,陆走。四点,张去,我们就出来散步。"11月27日:"今天陆小姐在龙家里请我们吃午饭,不久王等也去了。十二点吃过饭,喝茶闲谈半天。陆小姐先走。"这样类似的记载,还有多处。转眼到了年底,12月25日,几个中国同学在王家过圣诞节。他们在一起吃完烧鹅,就关掉电灯,点上陆士嘉带来的小蜡烛,在摇曳的烛光下,讲起了鬼的故事。这一年的除夕他们又聚在一起,陆士嘉请同学们吃饺子。大家切菜的切菜,和面的和面,包完就忙着煮。季羡林在日记里写道:"已经三年多没吃这东西。吃的时候,我自己也说不清心里是什么味道。我们一方面喝酒,一方面吃。吃完又点上小蜡烛,在摇曳的烛光中畅谈","我们的谈话也渐渐转到自己身上,谈到应该怎样充实自己。我于是就提议我们可以做成一个小团体的样子,在一起交换研究心得,共同练习写德文。因为我们写德文的机会太少了,他们都赞成,于是就决定

了。这新的一年的第一件事情就是工作,我们心里都很高兴"。说干就干,大约一个月之后,1939年1月29日他们在龙家聚会吃饭,陆士嘉也去了。"吃完饭,每个人都把自己译的《项羽本纪》拿出来传观。我们已经约好。每月译一段,月底缴卷,大家公评。看完我们就商量那个字应当怎样译,那句话译的不妥。还谈了许多文法上的问题。"看来,他们在一起,绝不只是吃吃喝喝而已。他们坚持每月一次的中译德评议,还请了苹可斯夫人担任评判与修正。苹克斯夫人是季羡林汉学研究所的学生,她又帮助老师和老师的同学提高德语水平,真正是教学相长。

　　季羡林第一次见到张维是在1939年3月5日。这又是一个同学们讨论译文的日子。据这一天季羡林的日记:"今天陆小姐在龙家请我们吃饭。一直到十二点她才同她的新从柏林来的未婚夫去。接下来便下手做菜。做到快两点才完,大嚼一通。"对初次见面的张维,季羡林写道:"这位张维,她的未婚夫,人还不坏。颇能谈一气。"此时的张维在柏林高等工业学院土木工程系师从特尔克教授从事壳体理论研究。他在1938年秋天完成了英国帝国理工学院的学业之后,来到德国学习。这次来哥廷根,是利用假期来探望未婚妻的。张维在哥廷根住了一个多月,和几位中国同学一起吃饭,一起在森林里游玩,一起观看复活节的篝火,到4月11日他返回柏林的时候,同样的出身、类似的经历和共同的报国之志,让他们一见如故,他与季羡林已经是好朋友了。1939年9月1日,德军入侵波兰。哥廷根大学能不能继续办下去,一时众说纷纭。季羡林打点行装,准备回国。9月6日,他离开哥廷根深夜到达柏林。第二天,他先去找张维,与张维等几个同学一起去大使馆,见到一位姓许的秘书。那位秘书滔滔不绝讲了一通,几位同学根本不得要领。在街上看看，人群熙熙攘攘，一点没有战争气氛。他们只好连夜赶回哥廷根。回来以后，他按照瓦尔德施密特教授的意见，按部就班继续准备自己的博士论文。不过，环境变得越来越严峻了：瓦尔德施密特教授被征召入伍了，接替他的是早已退休的西克教授；面包的供应开始定量了，而且定量越来越少，饿得每天饥肠辘辘，连刮胡子用的肥皂也要凭票购买了；中国同学越来越少，他与陆士嘉虽然各忙各的功课，还是有些往来。如11月14日，"吃过晚饭，到陆小姐家去拿了一份《大公报》"。12月9日"四点去访陆小姐，她有事要出去，我也就回家来。吃过晚饭，又到陆小姐家去"。这一年的除夕，仍然是与同学在一起，但是比前一年冷清多了。季羡林日记记载："（下午）五点陆同张维来，谈到六点多才走。吃过晚饭，我就提了酒到周家去。雪仍然下着，地上已经很厚了。不久，张去。十点多陆同张维也去，我们就开始喝起酒来。""在新旧交替的一刹那，我们一齐举起了酒杯，祷祝我们的抗战胜利，个人学业进步，身体康乐。"

季羡林的博导瓦尔德施密特虽然参军去了，可他对季羡林的博士论文及其答辩不肯放手，一定要亲力亲为。论文要反复修改，而导师回到哥廷根的时间毫无规律，有时季羡林不得不邮寄论文给他，这无疑增加了季羡林不少工作量。他的那篇博士论文《〈大事〉偈颂中限定动词的变位》可谓费尽周折。1940年12月23日梵文和斯拉夫语考试通过，次年2月19日，英语考试通过，连同博士论文，他得了四个 Sehr gut（优），博士学位到手。他的论文中关于动词词尾 -matha 的论述更是引起了轰动，这是印欧语言学的一项重要发现。

陆士嘉的学业也非一帆风顺。因为她所学的空气动力学专业

属于保密学科,中国学生不允许进实验室。她硬是凭着数学计算推导,得出与实验数据完全吻合的结论。1942年年初,她的博士论文《圆柱射流遇垂直气流时的上卷》获得普朗特教授的赞誉,并荣获洪堡奖学金,取得经济上的独立。她与在柏林高等工业学院担任助教的张维举行了结婚典礼。

张维的工学博士学位是1944年10月获得的。他采用渐近方法与贝塞尔函数,率先解决了圆环壳受任意旋转对称载荷作用下的应力状态求解问题。然而他们的生活环境日益险恶。由于德国承认汪伪政府,国民党政府的公使馆撤出德国,这就直接影响到中国留学生的居留问题。护照到期了,到哪里去请求延长呢?这个护照算哪国政府颁发的?这的确是个必须面对的大问题。季羡林、张维他们几个滞留在哥廷根的中国同学,认真严肃地讨论了一番。他们一致的意见是,决不与汉奸政府有任何瓜葛。他们去德国警察局申明,自己无国籍。即不对任何政府承担义务,也不受任何政府的保护。这当然要冒很大的风险。但是,他们认为,作为一个有骨气的中国人,这个风险是非冒不可的。

纳粹末日

在那天天有轰炸机数次光顾,炸弹随时可能从头上掉落的日子里,中国留学生们每天食不果腹,更让人难以忍受的是大喇叭播放着希特勒等战争狂人的疯狂叫嚣,满大街飘扬着纳粹的旗帜和狂热支持法西斯的党卫军,这种无时不在的精神折磨,几乎要把人逼成精神病。特别是希特勒污蔑"中国人是文明的破坏者"

的谬论,更是引起中国学生的无比愤慨。但是他们寄人篱下,敢怒而不敢言。德国人敢于反对希特勒的为数极少极少,所以即使是对关系很好的朋友,为了安全起见,他们也是"莫谈国是"。就是在这令人窒息的环境里季羡林找到了一处"避秦乡",一个不但可以说说心里话,而且可以吃饭喝茶痛骂希特勒的地方,这就是伯恩克(Boehncke)家。

伯恩克小姐是斯拉夫语研究所的学生,这个研究所与梵文研究所都在高斯-韦伯楼上。斯拉夫语是季羡林选修的副系,这样,他和伯恩克小姐成了同学,他们一起跟着冯·格林博士学习俄文。伯恩克小姐是位高才生,性格有些孤高,同别的同学来往不多。她请季羡林去自己家吃茶,季羡林把好朋友张维和陆士嘉也介绍同她相识。伯恩克小姐的父亲已经去世,家里只有一位老母亲。她父亲是位教授,家里经济条件很好。老母亲热情好客,而且能烧一手好菜。她在当时供应十分短缺的情况下,能像变魔术似的弄出一桌像模像样的饭菜,供几位中国客人狼吞虎咽填充饥肠,实在令人终生难忘。据说伯恩克家与犹太人有点沾着边儿的血缘关系,他们对希特勒的倒行逆施十分反感,但是,平时她们也只能忍气吞声。所以,这对母女和季羡林、张维、陆士嘉他们找到了共同语言。每次茶余饭后,他们都坐在一起,把憋在心里的话一吐为快。他们历数法西斯的种种暴行,交换关于盟国抗击法西斯的小道消息,痛骂和诅咒国社党早日垮台。外面响起了防空警报,他们全不理会,依然高谈阔论,尽兴畅谈,直到深夜。

1942年圣诞节前夕,季羡林去了趟柏林,圣诞节当天在张维家吃馅饼。六天后,张维和陆士嘉的第一个孩子张克群出生,这个孩子在季羡林日记里出现的时候,用的是她的乳名琴琴。此后

盟军对德国的袭炸逐步升级，柏林已经待不下去了，张维遂到哥廷根避难。哥廷根虽然也有空袭，却没有享受到柏林那样"铺地毯"的待遇。所以，来此避难的中国学生曾达到十人左右。1945年4月8日，美军攻占了哥廷根，哥廷根解放了。张维的住所被美军临时占据，带着老婆孩子一起来找季羡林。能够亲眼看到纳粹的崩溃，他们既高兴又兴奋，谈到深夜才挤在一起睡下。季羡林的老师瓦尔德施密特教授家的小楼，也被美国大兵占了。好在不久，美国兵就开拔了。

美国人一来，季羡林、张维他们这些无国籍的流浪汉翻身得解放了，一下子成了胜利者盟国的一分子，占领军的"座上宾"。季羡林和张维找到美军的一位军官，这位军官给他们写了一张纸条，叫拿着去找法国兵的一个头头。让他们没有想到的是，那个法国兵告诉他们，凭此条每天可来领一份新鲜牛肉。新鲜牛肉！他们记不清有多长时间没有见过这东西了。季羡林把自己那份牛肉交给女房东，老太太高兴得不知说什么才好。他们又凭那张条子领来一些大米——那时候德国的老百姓哪有大米吃？能吃上土豆就算不错了。此后一个多月，他们每天到军营从法国人那里领到一份食物。这些都是盟军没收德国的军用物资。季羡林和张维还做了一件冒险的事。4月10日，他们听说外国人可以领到粮食，就到机场附近的军事处去。那里有一个德军的食品仓库，里面堆满了大米和罐头食品。美军进城的时候，俄国和波兰俘虏乘机来此哄抢，美国人派法国兵维持秩序。季羡林和张维发现门前围着不少德国百姓，谁也不敢进去。前门有法国兵站岗，他们转到后面，尾随一队法国兵从栅栏缺口进去，发现里面的罐头堆积如山。维持秩序的法国兵不懂英语，差点发生误会。当查验了他们的护照，确认是中国人后，法国兵两手一摊，表示他们可以随便拿，愿拿多少拿多少。他们用随身携带的皮包，装满牛肉和白糖罐头，满载而归，分享给自己的老师和朋友。最令季羡林他们高兴的并不是生活的改善，而是政治待遇的提高让他们大开了眼界。德国的工业制造业是世界领先的，可是一些与军工关系紧密的行业，对外国人是严格保密的。就是学习航空的陆士嘉，也不能进他们的实验室。德国战败后，情况完全不同了。请看季羡林当年的日记：

九月十九日

"早晨六点半起来，吃过早点，休息了会就到 AVA 去，在门口会到士心同范君，我们进去先同英国军官接洽好，他指定 Dr.Küchemann 陪我们参观。这世界闻名的航空试验所一向对外国人是禁地，现在我们得了英国人的允许才可以参观。先参观了两个 Windkanal（风洞试验），又看工厂。我虽然是门外汉，但对这许多机械也不由得感到惊奇。""（下午）仍然是 Dr.Küchemann 领导，看了许多我莫名其妙的试验所。"

九月二十日

"吃过早点，八点半到 Aerodynamische Versuchsanstalt（工业空气动力研究院）前面会到士心夫妇，进去仍然由 Dr.Küchemann 领导我们参观。今天早晨参观最大的 Windkanal。昨天看了几个小的 Windkanal，心里颇不满足，今天真满足了。这工程真大得惊人。我是门外汉，其中奥妙我不懂，我只是惊奇。

1945年5月8日，盟军攻占柏林，德国法西斯覆灭；8月15日，日本宣布投降，第二次世界大战结束。至此，季羡林已经在德国生活十载，张维夫妇离开祖国和亲人也有八年了。他们巴不得插上翅膀飞回祖国。可是战争刚刚结束，处处打得稀烂，他们一无交通工具，二无路费，只能求助于驻外使馆。中国驻德国公使馆早已撤到瑞士去了，要回国只能先去瑞士。他们打听到当地州府汉诺威有瑞士领事馆，8月30日，季羡林和张维乘公共汽车到了一百多公里外的汉诺威，淋着雨在一片废墟中找到了瑞士领事馆，领事馆的兹维基博士（Dr.Zwicky）了解了情况，说可以入境。回到哥廷根，他们一直没有等到签证，去信询问，没有答复，9月13日，他们再赴汉诺威，那位兹维基博士告诉他们，到边境可以拿到签证。可是没有车，怎么到边境去呢？无奈，他们只好求助于盟国军人。英军上尉瓦特今斯答应帮忙，派了一辆军用吉普，确定了出发时间。10月6日季羡林与张维夫妇带着两岁多的琴琴，还有刘先志、滕婉君夫妇共六个中国人同乘一辆车出发，司机是法国人，随行的还有一位美军少校。有美国军官同行，一路吃喝有人招呼，天黑就到了法兰克福，住进专供美军下榻的四季旅馆。第二天黄昏到达德瑞边境，还是因为手续问题，未能入境，只好在德国边境小城罗拉赫住了一夜。第三天，经过反复交涉，终于进入瑞士。

途经瑞士

1945年10月9日到达瑞士首都伯尔尼当天，季羡林与张维、陆士嘉夫妇,陈先志、滕婉君夫妇到中国公使馆报到,政务参赞王家鸿会见他们,谈了谈国内的情况,季羡林他们介绍了德国的情况,领了 10 月份的救济金,当晚被安排到离伯尔尼不远的弗里堡一家天主教设立的公寓住下。公寓是以基督教一位圣徒的名字命名的,叫圣·朱斯坦公寓。弗里堡城市很小,只有几万人口,是一座典型的山城。市区还算平坦,一出城就是崇山峻岭,悬崖间架着铁索桥,汽车驶过,地动山摇。这让在平原上长大的季羡林看了心惊肉跳。还有,他从来没有接触过天主教,住在圣·朱斯坦公寓,让他有机会领略与天主教相关的民风民俗。首先是每次吃饭之前,都要祷告。食客们肃立餐桌之前,口中念念有词,大概是"感谢上帝,赐我一餐"之类。季羡林不信教,也得入乡随俗,起立奉陪。好在仪式很短,祷告完毕就可以坐下吃饭了。

瑞士是一个多民族、多语言的国家,德语、法语和意大利语为国语。弗里堡是法语区,可是郊区农村的建筑物上,德文雕刻随处可见。公寓的老板沙利爱神甫讲法语,而管理公寓的主任诺伊维尔特说德语,是一位奥地利神甫。这位主任身材奇高,语言幽默。一见面就自我调侃:"自己长身体的时候,一不小心,忘了喊停,结果就长了这么高!"季羡林在弗里堡遇上了梵蒂冈教廷任命的瑞士三省大主教就职典礼。这新任大主教不是别人,正是公寓的老板沙利爱。11 月 21 日,季羡林在日记中写道:"吃过早饭就出去,因为今天是新主教 Charriere(沙利爱)就职的日子,在主教府前站了半天,看到穿红的主教们一个个上汽车走了。到百货店去买了一只小皮箱就回来。同冯、黄谈了谈。十一点一同出去到城里看游行。一直到十二点才听到远处音乐响,不久就看

到兵士和警察，后面跟着学生，一队队过了不知有多久。再后面是神父、政府大员、各省主教。最后是教皇代表、沙主教，穿了奇奇怪怪的衣服，像北平的喇嘛穿了彩色的衣服在跳舞捉鬼。快到一点，典礼才完成。"一个多月后过圣诞节，沙主教主持大弥撒，季羡林又去看热闹，他在12月25日的日记里写道："今天沙主教第一次主持大弥撒，我们到了St.Nicolas（圣尼古拉斯）大教堂，里面的人已经不少了。停了不久，仪式也就开始了。一群神父把沙主教接进去，奏乐，唱歌，磕头，种种花样。后来沙主教下了祭坛，到一个大笼子似的小屋子里向信众讲道。讲完，又上祭坛。大弥撒才真正开始，仍然是鞠躬，唱歌，磕头，种种花样，一直到十一点半才完。"季羡林与天主教接触，一生仅此而已。看了西洋景。依然莫名其妙。

有个与宗教有关的洋节叫"圣尼古拉斯日"，也挺有意思，让季羡林遇上了。他在12月6日的日记里写道："今天是St.Nicolas圣日，Foyer（公寓）也有庆祝。九点我们又回到食堂。椅子都已经排好。音乐室就做了临时舞台。有短剧、音乐，大半都是逗笑。演者都是住在这里的学生，演的真不坏，笑声满堂，想不到这里竟有这许多天才。最后是主任化装St.Nicolas赏善罚恶，我们中国同学也被叫上去，赞美了一顿，每人得一份礼物。完后又把桌椅整理好，大家坐下吃东西，唱歌说笑话，一直快到一点才散会。"次日放假一天，晚上有中学生火炬游行。游行队伍化了妆，高举火炬，拥簇着大白胡子、戴高帽子的圣尼古拉斯。旁边一人牵了头小毛驴，后面跟一个背篓子的，不停地把篓子里的糖果撒给路边的孩子们。圣尼古拉斯教堂附近的广场上灯火通明，搭起了许多棚子，出售各类吃食，大半是卖一种大饼干的。市声不绝于耳，热热闹闹挤满了人，和中国的庙会有点相似。

在瑞士民间，不同教派之间的成见大得令人吃惊。有一次季羡林深夜在火车上遇到一位中年商人，他能讲德语，两个人攀谈起来，季羡林无意间提到沙利爱大主教，谁知那人像被踩了脚鸡眼，立即兴奋起来。原来他是个新教徒，对天主教破口大骂，季羡林根本不知道天主教、新教是怎么一回事儿，无从插嘴。他见季羡林不作声，越发来了情绪，大骂不止。车到了弗里堡，他也跟着下车，找到一家旅馆，非要拉着季羡林去喝酒不可。季羡林盛情难却，陪着喝了几杯。次日一觉醒来，那位不知姓名的朋友已经不见了踪影。在德国留学十年，季羡林已经是一位无神论者了。作为无神论者，来到天主教氛围很浓的环境中，仍保持着冷静客观超脱的心态，他长期探究宗教史，就是持这样的心态，这一点是十分重要的。

弗里堡城市虽小，却有一所颇具规模的天主教大学。大学里的图书馆就成了嗜书如命的季羡林常去的地方。离弗里堡十分钟车程有个小村庄弗鲁瓦德维尔，这里有个研究所，住着几位天主教神甫，他们都是研究人类学的维也纳学派的学者，主要来自奥地利，因为奥地利被德国吞并，他们逃到瑞士，在这里建立了一个研究基地，他们也接待外国学者。研究所里有一个藏书颇丰的图书馆。季羡林人在旅途，许多书籍无法随身携带，这两处图书馆为他在瑞士做学问提供了不少便利。

10月23日中午，公寓主任诺伊维尔特有个饭局，因为他要在报纸上发表一组文章，想请人帮忙。请的客人有季羡林、克恩教授、奥荷教授和科伯斯教授。饭后，克恩教授继续找季羡林谈话，请他把《论语》译成德文，谈话时还有位书店的代表在场。

25 日，季羡林到弗鲁瓦德维尔的研究所，克恩继续与他谈翻译《论语》的事。克恩原来是德国一所大学的历史教授，因为思想进步，反对纳粹，在德国待不下去了，流亡到瑞士。可是他无法在瑞士的大学谋到教席，夫妇二人无法生活，夫人只好去一个乡村神甫家当佣人。那家主人脾气暴躁，极难伺候。但教授夫人为了养家糊口，不得不忍辱吞声。克恩教授虽然年过半百，但精力充沛，为人豪爽，与季羡林一见如故。夫妇俩对这位中国学生十分体贴，教授夫人几次为季羡林缝补衣裳，见季羡林只有一件破旧的小大衣，还亲手给他织了一件毛衣御寒。克恩教授志向高远，他要写一部数十卷的《世界历史》，从比较语言学和比较文化学的角度探讨东西各国的历史，研究中国经典是他这个庞大计划的一部分。他要和季羡林合作，把《论语》和《中庸》译成德语。有一段时间，季羡林和克恩几乎天天一起工作，彼此产生了很深的感情。得知季羡林是研究印度学的，克恩还为他介绍了一位银行家萨拉赞。这位萨拉赞是个百万富豪，很有学问，尤其热爱印度学。他办了一个有相当规模的印度学图书馆，欢迎学者使用他的藏书。只是他住在巴塞尔，离弗里堡较远。11 月 20 日季羡林乘火车前往拜访，克恩在那里等他，他们一起参观了图书馆。季羡林认为，能在此地找到一块研究印度学的园地，实在难能可贵。在巴塞尔，他们还拜访了一位曾在中国传教多年的牧师热尔策。11 月 24 日，季羡林得知克恩教授脚受了伤不能走路，马上前去看望，并把他送进医院。27 日，季羡林在弗里堡见到了仰慕已久的施密特教授，他是维也纳学派的领袖人物。曾在北京辅仁大学教过书，对世界人类语言的分类有一套独到的见解。还有科伯斯教授，季羡林读过他的论文，还在弗里堡大学听过他的演讲。这些人虽然是神职人员，但没有所谓"上帝气"，研究问题态度客观，对其他宗教不存偏见，令人钦佩。在弗鲁瓦德维尔，季羡林还结识了一位日本学者沼泽。这些外国学者的种族、国籍、个人经历、宗教信仰、学术领域、性格爱好各不相同，季羡林可以与之相互沟通交流，有的甚至很快引为知己，说明他有一颗博大包容之心，以学术为天下公器，具有世界眼界。

11月1日，季羡林开始翻译《论语》。他计划每天翻译至少5页，50天可以完成。季羡林高中三年级以前，经学是主课之一，作文也都是文言文；加之他从初中就参加古文学习班，叔父还亲自为他编抄了《课侄文选》，练就了他的古文"童子功"。由于他国学功底深厚，他对儒家经典的掌握和理解没有问题。问题是汉语与西方语言的表达方式有很大的不同，古人对有些概念缺乏一致的定义，内涵和外延通常比较模糊，比如"仁""义""孝""道"等等，要用准确的德语词汇表达出来，绝非易事。季羡林觉得，最难翻译的是那个"德"字。所以他几乎对每一句话都要仔细琢磨、反复推敲，译出初稿，交给克恩教授，克恩阅后，提出意见，两人讨论斟酌，最后由克恩定稿。文字虽然不是很长，但工作量很大，干了三天，季羡林的失眠症复发，头痛头晕，吃点药，咬牙坚持。到12月14日上午11点，用时43天半完成了《论语》的翻译，接着马不停蹄，又翻译《中庸》。

至于季羡林翻译的这两本书出版了没有？是何时由哪家出版社出版的？这个问题笔者无法回答。看日记只能发现蛛丝马迹。11月4日，出版家Stocker（斯托克）请季羡林等人吃饭，表示愿意出版他们的书。季羡林对此人的印象是"这人慷慨淋漓，绝不

忸怩,是个有眼光有理想的商人"。12月2日,克恩教授又约德国出版家Höhne(赫内)来商谈与斯托克合作出版事宜。最终的结果,不得而知。看来季羡林没有白辛苦,出版商是付了劳务费的。否则,他哪里有钱买欧米茄金表?

| 第四章 |

执教北大

滞留江南

1946年5月19日,季羡林抵达上海。他感到这里好像是一片陌生的土地,一点儿温热的感觉都没有。好在,两位朋友热情诚恳的接待使他备感亲切。

第一位朋友是著名诗人臧克家。季羡林与臧克家是山东同乡,在清华读书时他就读过他的诗集《烙印》,并写过评论文章。臧克家在这部诗集中描写洋车夫、贩鱼郎、老哥哥等黑暗里可怜的人群,曾被老舍称为"石山旁的劲竹",真心地"希望它变成一株大松"。而季羡林则认为诗中对洋车夫的真实状况并不了解,对劳动人民的感情也不是站在他们的立场上去理解。因此发表了一篇对《烙印》颇有微词的文章。正如七十一年后,2004年季羡林在《痛悼克家》一文中所说:

> 在他的诗集《烙印》中,有一首写洋车夫的诗,其中有两句话:夜深了不回家,还等什么呢?这种连三岁孩子都能

懂得的道理——无非是想多拉几次，多给家里的老婆孩子带点吃的东西回去。而诗人却浓笔重彩，仿佛手持宝剑追苍蝇，显得有点滑稽而已。因此，我认为这是败笔。

然而，就是这样一场笔墨之争让他们成为终生挚友。季羡林经李长之介绍，这是第一次与臧克家见面。那时，臧克家负责《华声报》副刊的编辑工作，他听说季羡林在德国留学十年，懂许多种语言文字，刚刚受聘到北京大学任教，非常高兴，于是请季羡林与自己住在一起。他后来回忆说，季羡林"带着五六大箱子书，和我热乎乎地挤在一起。我的斗室，仅有一桌一椅，进门脱鞋。我俩在'榻榻密'上，席地而坐，抵足而眠，小灯一盏，照着我们深夜长谈，秋宵凄冷，而心有余温"。

在上海，季羡林还与臧克家、王辛笛一起看望了他的老师郑振铎，吃了老师母亲做的福建菜。郑振铎为他受聘北大、担任梵文讲座而喜形于色，后来在他主编的《文艺复兴·中国文学专号》上著文称："关于梵语文学和中国文学的血脉相通之处，新近的研究呈现了空前的辉煌。北京大学成立了东语系，季羡林先生和金克木先生几位都是对梵语文学有深刻研究的……我们相信，这个工作一定会给国内许多的研究工作者们以相当的感奋的……"季羡林还去拜会了叶圣陶。季羡林听说，国民党警察在南京下关车站肆意毒打进京请愿的进步民主人士，其中有一位前辈学者曹联亚，即后来与他成为同事的北大俄语系主任曹靖华。

第二位朋友是著名学者、文艺批评家李长之，也是季羡林小学、初中、高中和大学四连贯的老同学。尤其在清华读书时，他俩同为清华"四剑客"，过从甚密，交往很深，李长之以文艺批评见长，季羡林怀有当作家的愿望，二人志同道合，感情融洽，颇能谈得来。季羡林与李长之清华一别，已有十余载。当他得知李长之在南京国立编译馆就职，便马上来见他，并在那里待了一些日子。季羡林虽然留过洋，镀过金，但仍然是无钱阶级，住不起旅馆，晚上就住在李长之的办公桌上，白天在风景秀丽的台城游逛，什么鸡鸣寺、胭脂井，不知去了多少次。台城上郁郁葱葱的古柳，使他想起唐代韦庄的诗："江雨霏霏江草齐，六朝如梦鸟空啼。无情最是台城柳，依旧烟笼十里堤。"而此时的季羡林，对台城的柳树却感到十分亲切。他说：

有情最是台城柳，伴我长昼度寂寥。

季羡林在南京还会见了著名作家梁实秋（1903—1987）。他在清华时便读过梁实秋的文章，非常欣赏他的才华和文采，但那时梁先生正在国立青岛大学任外文系主任，无缘结识这位老前辈。这次见面季羡林愈感到梁先生人如其文，朴实无华，马上视之为好友。梁实秋全家在饭店里宴请季羡林，一边品尝美味佳肴，一边促膝长谈。季羡林感到梁先生平易近人、不端架子、真诚对待后学者的作风实为可贵，是他效法和学习的榜样。1948年梁实秋去了台湾，但他一直怀念大陆的亲人，总想回来看看。直到去世前，他还委托女儿文茜和文蔷来北京看望季羡林。季羡林分外感动。

最为重要的是，季羡林与恩师陈寅恪在南京见面了，并通过陈寅恪见到了北大代理校长傅斯年，敲定了北大任教之事。季羡林在离开哥廷根时，给陈先生写了一封信，并附上用德文写的几

篇论文,汇报自己在德国十年的学习情况。陈先生慧眼识人,决定将他介绍到北京大学教书。陈先生是在英国伦敦收到季羡林这封信的。1945年秋他为治疗眼疾,并接受牛津大学再次聘请他为客座教授而去英国,可是眼疾并未治好,陈寅恪于1946年6月经美国纽约乘船回国,几乎与季羡林同时回到上海。季羡林拜谒陈先生是在时任国民党政府交通部长俞大维的官邸(俞大维夫人是陈寅恪的胞妹陈午新——笔者),师生见面分外高兴,季羡林详细地汇报了留学情况,陈先生要他带着自己写好的推荐信到鸡鸣寺下中央研究院会见时任北大代校长的傅斯年,还特别嘱咐他带上用德文写的那几篇论文。1999年季羡林访问台湾归来所作《扫傅斯年先生墓》一文称:

> 我同他最重要的一次接触,就是我进北大时,他正是代校长,是他把我引进北大来的。据说——又是据说,他代表胡适之先生接管北大。当时日寇侵略者刚刚投降。北大,正确说是"伪北大"教员可以说都是为日本服务的。但是每个人情况又各有不同,有少数人认贼作父,觍颜事仇,丧尽了国格和人格。大多数则是不得已而为之。二者应该区别对待。孟真先生说,适之先生为人厚道,经不起别人的恳求与劝说,可能良莠不分,一律留下在北大任教。这个"坏人"必须他做。他于是大刀阔斧,不留情面,把问题严重的教授一律解聘,他说,这是为适之先生扫清道路,清除垃圾,还北大一片净土,让他的老师胡适之先生怡然、安然地打道回校。我就是在这样一个关键时刻到北大来的。我对孟真先生有知遇之感,难道不是很自然的吗?

季羡林在上海和南京滞留了四五个月。在此期间，他无书可读，无处可读，如同"坐宫"的杨四郎，白白消磨光阴。须知，季羡林什么都可以抛弃，唯独抛弃读书和写作就无法生活，他是多么盼望早点儿能有一张哪怕是十分简陋的书桌呀！在这种情况下，季羡林还是分秒必争，写出了几篇文章，如《胭脂井小品序》《东方语文学的重要性》《忆章用》《老子在欧洲》，分别发表在《北平时报》、天津《大公报》、《文学杂志》、南京《中央日报》上，季羡林本想从上海先回山东老家省亲，然后再去北大履职，但当时解放战争异常激烈，津浦铁路中断，有家难归。眼看着同行的几个留学生都各奔东西，他心中更加焦躁不安。1946年9月下旬，他被迫改变计划，从上海乘船到达秦皇岛，21日上午9时许，上了开往北平的火车。沿途各站都修有碉堡，守卫森严。下午9点50分，车到达北平前门火车站，北京大学派阴法鲁和孙衍畊前来接站，把季羡林接到沙滩的红楼。

❧ 初进红楼 ❧

1946年9月21日深夜，季羡林在北大红楼安顿了下来，虽然吃了安眠药，还是没有睡好，第二天一大早就醒了。洗漱以后，阴法鲁和孙衍畊带他去楼前的小饭铺吃了早点。接着，季羡林来到北大图书馆后面的北楼，走进文学院院长汤用彤的办公室，向他报到。这是他与汤先生初次见面，立刻被他那蔼然仁者的风采吸引住了，浑身感到一阵温暖。当晚，汤用彤设家宴为他接风，师母也是慈祥有加，更增加了他的幸福感。季羡林久仰汤用彤大

名,现在竟然来到他的旗下,虽为同事,但正是一个拜师求教的机会,所以认为汤用彤是他的六位恩师之一。汤用彤不仅是中国现代学术史上少数几位能融会中西、贯通华梵、熔铸古今的国学大师,尤其对印度哲学、中国佛教和魏晋玄学的研究造诣颇高,著作等身,而且为人平和宽厚,有海纳百川之度。抗战期间,他在西南联大的生活极其艰苦,并遭受失去长子和爱女的巨大打击,却以继承和弘扬中华民族文化为己任,教学和科研从未间断过,出版了《汉魏两晋南北朝佛教史》《印度哲学史略》等重要著作。同样,在那种环境下,他既对学生教诲不倦,慈祥可亲,又以身示范,关心国事,对贪官污吏、发国难财者深恶痛绝,这些让季羡林十分敬仰。所以,初到北大的时候,每逢汤用彤讲课,季羡林必去旁听,而且认真记笔记。他自称是汤先生的"私淑弟子"。

这第一次见面,按北大的规定,汤用彤当然要向季羡林交代"职称"的问题。季羡林后来回忆这件事说:"我可绝没有想到,过了一个来星期,锡予先生忽然告诉我,我已经被聘为北京大学正教授兼新成立的东方语言文学系主任。""我这个当一周副教授的纪录,大概可以进入吉尼斯世界纪录了吧!"可是他的这个记忆不准确。为什么说不准确呢?请看他1946年9月22日,也就是他到达北平第二天的日记是这样写的:

> 夜里虽然吃了安眠药,但仍没睡好。早晨很早就起来了,洗过脸,到外面澡堂去洗了一个澡。回来,阴同孙在这里等我,我们一同出去到一个小饭馆喝了一碗豆浆,吃了几个烧饼,阴就领我去看汤锡予先生。我把我的论文拿给他看,谈

论半天。临出门的时候,他告诉我,北大向例(其实清华也一样)新回国来的都一律是副教授,所以他以前就这样通知我,但现在他们想破一次例,直接请我做正教授,这可以说喜出望外。(见季羡林《象牙塔日记》第 241 页,浙江人民出版社,2016 年 1 月版)

为什么会记错呢?可能是因为事先通知他要当副教授印象太深的缘故吧。

季羡林走进红楼,映入眼帘的是一片波谲云诡的景象。在中国近现代史上,每当外族入侵,北大这块最能代表中华文化精粹的渊薮之地,总是被视作眼中钉肉中刺,侵略者总是极尽破坏毁灭之能事。例如,1900 年八国联军打进北京,俄军、德军先后侵占了北大的前身——京师大学堂及其周边地区,打砸抢无所不用其极,致使学校停办两年。1937 年"七七事变",日本悍然发动全面侵华战争,伴随中华民族长达数年的浴血奋战,自 1938 年起,由北京大学、清华大学、南开大学组成的国立西南联合大学,在春城昆明巍然挺立,谱写了中国现代教育史上光辉灿烂的篇章。可是,北平沙滩的北大校址,虽然也以北大名义继续办学,但却变成了侵略者和汉奸的天地。

据季羡林回忆,他当时住在红楼的三层,偌大的一座楼房,楼内只住着四五个人,感到人声寥寥,鬼影绰绰。自从 1937 年 7 月 29 日北平沦陷后,红楼便落入日寇之手,成了他们宪兵队的驻地,地下室则变成刽子手行刑杀人的地方。据说,由于冤魂多多,惨相戚戚,深更半夜常常听到从里面传出一阵阵鬼叫声。季羡林有时也下意识地等着那鬼声出现,但又不相信真会有这回事

儿。让他烦恼的还不是什么闹鬼的传说,而是真正的魔鬼,即国民党特务以及由他们纠集来的充当打手的天桥地痞流氓,经常来寻衅滋事。原来,1946年年中,国民党政府撕毁国共两党"双十协定",在美国的支持下,倚仗财力和物力的优势,调动了30万军队,大举进攻中原解放区,将中共的6万军队包围分割,企图歼灭之。同年秋季,国民党公然发动全面内战,中国共产党随即领导了全国解放战争。此时,国共双方矛盾激化,势不两立,北平的国民党当局也正在作垂死挣扎,把号称北平解放区之一的北大民主广场(另一个在清华园)作为镇压民主力量的目标,并把民主广场后面的红楼视作共产党的秘密据点。随着从昆明联大复员的师生陆续返校,住在红楼里的人越来越多,季羡林与他们一起每天都提高警惕,注意动静,用桌椅封锁住楼口,防备敌人闯入。

政治环境险恶,生活环境如何呢?季羡林曾回忆说:

红楼对面有一个小饭铺,极为狭窄,只有四五张桌子。然而老板手艺极高,待客又特别和气。好多北大的教员都到那里去吃饭,我也成了座上常客。马神庙(即北大理学院,又称二院的地址——笔者)则有两个极小但却著名的饭铺,一个叫"菜根香",只有一味主菜:清炖鸡。然而,却是宾客盈门,川流不息,其中颇有些知名人物。我在那里就见到过马连良、杜近芳等著名京剧艺术家。路南有一个四川饭铺,门面更小,然而名声更大,我曾看到过外交官的汽车停在门口。顺便说一句:那时北平汽车是极为稀见的,北大只有胡适校长一辆。这两个饭铺,对我来说是"山川信美非吾土",

价钱较贵。当时通货膨胀骇人听闻,纸币上每天加一个0,也还不够。我吃不起,只是偶尔去一次而已。我有时竟坐在红楼前马路旁的长条板凳上,同"引车卖浆者流"挤在一起,一碗豆腐脑,两个火烧,既廉且美,舒畅难言。当时有所谓"教授架子"这个名词,存在决定意识,在抗日战争前的黄金时期,大学教授社会地位高,工资又极为优厚,于是满腹经纶外化而为"架子"。到了我当教授的时候,已经今非昔比,工资一天毛似一天,虽欲摆"架子",焉可得哉?而我又是天生的"土包子",虽留洋十余年,而"土"性难改。于以大学教授之"尊",而竟在光天化日之下,端坐在街头饭摊的长板凳上,却又怡然自得,旁人谓之斯文扫地,我则称之源于天性。是是非非,由别人去钻研讨论吧。

虎落平川

1946年5月西南联大宣布解散后,返回北平复原后的北大决定成立东方语文学系。1946年10月7日,汤用彤院长召见季羡林,正式通知他担任东方语文学系主任。在国内创建东方语文学,本来就是季羡林的理想,现在把系主任的重担交与他,更使他感到分量不轻。确实,原来北大早有成立东方语文学系的打算,但"巧妇难为无米之炊",只因缺少诸多小语种的师资而未果。而这时的情况却变得略微好一些,招来了几位精通东方语言和文学的学者,初步具备了教学条件。10月中旬,季羡林撰写出《关于北大东方语文学系》一文,在北楼上开设了系办公室,并排出了课

程表,准备为第一学期的梵文班授课。

东语系建系之初共分三个教研组:第一组的语种是蒙文、藏文、满文;第二组的语种是梵文、巴利文、龟兹文(吐火罗文B)、焉耆文(吐火罗文A);第三组的语种是阿拉伯文。教师除季羡林外,还有王森田、马坚、金克木、马学良、于道泉。学生的人数比教师还少,只有梵文班3名,11月,来了11名学习阿拉伯文的学生。11月6日,季羡林给梵文班上第一堂课,只到了一男一女两名学生。面对这种"六七个人,七八条枪"的局面,季羡林晚年回忆说:"我'政务'清闲,天天同一位系秘书在办公室里对面枯坐,既感到极不舒服,又感到百无聊赖。"

再来看看季羡林的另一个理想能否实现,即他在德国十年学习的佛教梵文和吐火罗文是不是派上了用场。应该说,当时对于佛教梵文和吐火罗文的研究国内还是空白,犹如一片原始森林,需要有人蹚出一条路子来。那些与季羡林同辈的学者,印度的或欧美的"海归者",真正学习佛教梵文和巴利文的寥若晨星。尽管由于翻译佛典的关系,梵文语言的研究在中国历史比较悠久。关于梵文语言的书,有唐智广的《悉昙字记》和北宋印度僧人法护、中国僧人惟净合编的《天竺字源》。关于梵文文字的书,有相传为义净所著的《梵语千字文》和龟兹僧人利言所著的《梵语杂名》。但中国古代士大夫对梵文文法重视不够,我国学术界尚无人致力于这方面的研究。季羡林出国前,二十世纪二三十年代,我国与印度的文化学术交流,还只限于对现成汉译佛典的研究和通过第三种语言(英、日文)翻译印度梵语文学著作的层面上,如陈寅恪、汤用彤、鲁迅、闻一多、沈从文、郑振铎等前辈均做出了贡献。而他在德国学习梵文、巴利文、吐火罗文时间之长,用功之勤，环境之险恶，生活之艰苦，到头来如果学非所用，前功尽弃，岂不让他痛彻心扉？但当时国内研究佛教梵文的现状却让他不寒而栗。季羡林之所以能够在德国写出那样几篇有分量的论文，与那里图书资料之丰富密切相关。由于他在哥廷根大学图书馆和梵文研究所图书室查阅了上千种专著和杂志，写起论文来才下笔如神，游刃有余。相比之下，北大乃至北平图书馆的情况却令人失望，季羡林又一次面临尴尬难堪的局面。本来，他所搞的那套玩意儿，即所谓的印度学，如果缺少书刊资料，任凭再有本事，也比登天还难。科学研究毕竟不同于文学创作，光有灵感和想象无济于事。

平心而论，北大给予季羡林工作上的待遇是优越的。除东语系主任外，他还兼任北大教授会成员，北大文科研究所导师，北平图书馆评议会成员。虽然身兼数职，但他仍然有空儿读书，因为当时很少开会，有时偶尔被召集到一起，也只是为大家提供一个见面聊天的机会。为了使季羡林集中精力搞科研，汤用彤院长不但批准他搬到寂静的翠花胡同文科研究所的宿舍去住，而且与北大图书馆馆长毛子水共同特批，专门在北大图书馆为他设立一间研究室，并指派汤先生的研究生马埋小姐做助手。可是，季羡林发现，我国向以典籍之富甲天下，堂堂的北大图书馆曾经被冠以藏书甲大学的美名，于他真正有用的书却如凤毛麟角，微乎其微。北平图书馆的情况又是怎样呢？有一天，图书馆馆长袁同礼把季羡林请来，让他将馆内的梵文藏书清点一下。结果，这里的情况虽然比北大图书馆稍好一些，但除了并不完整的巴利文藏经和寥寥几本梵文书籍外，许多重要的梵文典籍也一概不见，比起哥廷根大学的藏书简直是九牛一毛。季羡

林暗自感叹道:"偌大的一个图书馆,还不如我自己的梵文书多呢。"显然,这是一句实话,总之,红楼六年,他无法与书为伴,纵有天大的本领也难以施展。在这种情况下,视学术研究与生命同等重要的季羡林,真就急了!他必须做出非此即彼的选择。此刻,哈隆教授的影子又重新出现,剑桥大学的聘约还在手上。季羡林想:"赶快回去把家庭问题处理一下,然后返回欧洲,从事我的学术研究吧!"1947年暑假,季羡林回国已经过了一年,他终于回到离别十二年的济南家中。当他看到家中的处境比他想象的还要糟糕得多,自己必须承担起为人子、为人夫、为人父的责任,便毅然决然地给哈隆教授写信,决定辞谢剑桥大学的聘约。

季羡林之所以想重返欧洲,其主要原因是国内没有研究印度古代及中世佛典梵文的条件,这使他在思想上产生了剧烈的波动。用他自己的话说,就好像"虎落平川,龙困浅滩,纵有一身武艺,却无用武之地"。但是,坏事可以变成好事,人非龙虎,具有主观能动性,何况季羡林又是从不使脑筋投闲置散的人,因此他便反复琢磨,绝不能让自己的学术生命就此结束。他说:

> 然而,我心中最大的疙瘩还没有解开:旧业搞不成了,我何去何从?在哥廷根大学汉学研究所图书室阅书时,因为觉得有兴趣,曾随手从《大藏经》中,从那一大套笔记丛刊中,抄录了一些关于中印关系史和德国人称之为"比较文学史"(Vergleichende Literaturgeschichte)的资料。当时我还并没有想毕生从事中印关系史和比较文学史的研究工作,虽然在下意识中觉得这件工作也是十分有意义的,非常值得去做

的。回国以后,尽管中国图书馆中关于印度和比较文学史的书籍极为匮乏,但是中国典籍则浩瀚无量。倘若研究中印文化关系史和比较文学史,至少中国这一边的资料是取之不尽用之不竭的,而且这个课题至少还同印度沾边,不致十年负笈,前功尽弃。我反复思考,掂斤播两,觉得这真是一个极为灵妙的主意。虽然我心中始终没有忘记印度古代语言的研究,但目前也只能顺应时势,有多大碗吃多少饭了。(见季羡林《学海泛槎》第79页,山西人民出版社,2000)

季羡林是这样说的,也是这样做的。季羡林虽已下定决心终生从事研究工作,尤其热衷于研究印度古代和中世佛典梵文,但当时国内缺少这方面的研究条件,主要是资料匮乏。当他处于"马行在夹道内,难以回马"的窘境时,只好采取迂回折中的办法,暂且将佛典梵文的研究搁置起来,转到对中印文化关系史和比较文学史的研究上。这样,既不至于远离本行,多少与印度学沾边儿,又能充分利用国内的现成资料。于是,他就在那种险恶的时局和艰苦的生活环境中,开始了学术研究工作,回国最初三年,他的主要研究成果还是属于比较文学史的范畴。有人说,季羡林是个"杂家",他自己也诙谐地说,是"大大的杂家"。的确,季羡林一生学术研究的范围很广泛,他逝世后新华社发表的消息称,他是"国际著名东方学家、印度学家、梵语语言学家、文学翻译家、教育家",他"在语言学、文化学、历史学、佛教学、印度学和比较文学等诸多领域建树卓著"。但人们哪里知道,这么多"家"戴在他的头上,那是被"逼"出来的。

浮屠与佛

有句俗语:"救人一命胜造七级浮屠。"什么是浮屠呢?《辞海》中"浮屠"是外来语的译音,原来是梵文。梵文中有个字Buddha,按字音翻译成汉语就是浮屠,也可以翻译成佛陀;梵文中还有一个字Buddhastūpa,按字音应该翻译成佛陀悉堵坡,意思是佛塔;汉语称佛塔为浮屠,是佛陀悉堵坡这个词省略后的讹传。1947年,季羡林就写了一篇很有分量的文章,题目是《浮屠与佛》,解决了两个大师级的学者争论不休的一个问题。

季羡林回国后,梵文研究由于缺乏资料,无法继续进行。至于吐火罗文,世界上只有在新疆发现的少量残卷,而这些残卷几乎全部流失海外,见都难得见到,何谈研究?季羡林在思想上已经把它放弃了。他偶然阅读《胡适论学近著》,发现胡适和陈垣这两位大名鼎鼎的学术前辈,为汉译佛典"浮屠"与"佛"字谁先谁后的问题,争论得不可开交,而且双方都动了感情。这引起了季羡林的注意。季羡林用自己掌握的梵文、印度古代俗语和吐火罗文知识追溯这两个字的来源,发现"浮屠"的来源是印度古代俗语,在古代印度俗语中就是两个音节。而"佛"的来源是吐火罗文。在吐火罗文中,表示佛的字是一个发音为"佛"的单音节词根和一个含义为"神"的词尾组成。汉译佛典中的"佛"字,极有可能来自吐火罗文。树有根,水有源,要追根寻源,必须从佛教传入中国作为起点。佛教传入中国始于何时,学术界有争论。史籍记载东汉永平十年,就是公元67年,天竺高僧竺法兰和迦叶摩腾来到中国,从释迦牟尼的经论中摘引了42段,形成了《四十二章经》，这就是中国最早的佛典。季羡林提出了一个大胆的猜想：《四十二章经》有两个译本。第一个译本，是直接译自印度古代俗语。里面凡是"佛"，都翻译成"浮屠"这个词。第二个译本应该是译自某一种中亚语言。至于究竟是哪一种，现在还不能肯定。无论如何，这个译文所根据的原文同第一个译本不同；所以在第一个译本里称"浮屠"，第二个译本里称"佛"。根据上面的假设，对于"佛"与"浮屠"这两个词，季羡林认为可以作以下的推测："浮屠"这名称从印度译过来以后，就为一般人所采用。所以汉代史家记载多半都用"浮屠"。其后西域高僧到中国来译经，才把"佛"这个名词带进来。"佛"这名词在那时候还只限于由吐火罗文译过来的经典中。以后才渐渐传播开来，为一般佛教徒，或与佛教接近的学者所采用。最后终于因为它本身有优越的条件，战胜了"浮屠"，并取而代之。

根据这些分析和推断，他写了一篇论文，题目就是《浮屠与佛》。拿到清华大学求教于自己的老师陈寅恪。陈先生此时眼睛失明已经无法阅读，听季羡林读了这篇文章，认为很好，就推荐给当时最高的学术刊物《中央研究院史语所集刊》，发表在第二十本上。这是1947年10月的事。季羡林的老师吴宓教授当时在武汉大学看到了这篇文章，他做了详细笔记。吴宓写道："晚读唐长孺携借之《历史语言研究所集刊》第二十本……中有季羡林《浮屠与佛》，谓浮屠乃印度梵文Buddha之对音，汉时即入中国，且通用。其后佛之单音自中亚细亚诸国[吐火罗文B（较古）龟兹文Put，吐火罗文A（较近）焉耆文Pat]译语传来，遂替代前名。实则此二字渊源不同，佛非佛陀之简省也。"

古代僧人翻译佛经，讲究"对音"，每个梵文的音节都有个对应的汉字。汉语的音韵学就是在梵文的影响下建立和发展起来的。写这篇文章的时候,关于"佛"字的古音,季羡林特意请教了当时还是副教授的周祖谟先生,并在文尾特意向他致谢。

《浮屠与佛》发表后,过了四十二年,1989年季羡林又写了一篇《再谈"浮屠"与"佛"》。在这样长的时间里,季羡林的研究范围大大扩展了,眼界也开阔了许多。他在第二篇论文中雄辩地证明了"佛"并非"佛陀"的缩写,对佛教传入中国的时间和途径做出明确的判断。关键仍然是"浮屠"与"佛"这两个词。"浮屠"是梵文Buddha的音译,对此学者们毫无意见分歧。至于"佛",则问题颇多。流行的意见是"佛"是Buddha另一个音译"佛陀"的缩写。但是,这个意见是似是而非的。佛教史权威汤用彤先生指出"汉代称佛为浮屠",这应该怎么样来解释呢?季羡林比较了梵文Buddha在古代中亚和新疆不同语言中的表现形式,有大夏文、吐火罗文、巴列维文、安息文、粟特文、回鹘文、达利文等。发现可以明显地分为两组:大夏文为一组;其余的中亚、新疆古代民族语言为一组。第一组大夏文的bodo与汉文音译的"浮屠"完全对应;而其余的则又同汉文音译的"佛"完全对应。可见"佛"字绝不是"佛陀"的缩写,而是另有来源。从梵文Buddha的汉文音译来看,佛教从印度向中国传播,共有两条路径:

(1)印度→大夏(大月支)→中国

Buddha → Bodo,Boddo →浮屠

(2)印度→中亚新疆小国→中国

Buddha → But 等→佛

汉代学者牟融写过一部《理惑论》，书中说，中国派人到大月支去写佛经四十二章，当时的大月支这个游牧民族正居住在位于阿姆河上游大夏国。《理惑论》这一句话是符合历史事实的，汉代之所以称佛为"浮屠"，也完全可以得到满意的解释。总之，印度佛教不是直接传入中国的，途径有两条，时间有先后。最早的是通过大夏，以后是通过中亚、新疆某些古代民族，吐火罗人最有可能。季羡林的这个看法，颇得同行们的赞赏，很好地解决了关于佛教从印度如何传入中国的问题。

胡适先生主张，做学问要"大胆的假设，小心的求证"，季羡林是做到这两点了。关于《四十二章经》，有两个不同的版本，这个假设够大胆；而求证，则是根据各种不同语言中对释迦牟尼的称呼，一一仔细比对，才能得出结论。顺便要告诉大家，称释迦牟尼为"佛"是什么意思呢？释迦牟尼的本名叫悉达多，释迦是他的族名，而牟尼是圣人的意思。因为他创立了佛教，所以被称为"释迦族的圣人"。而"佛"在梵文中的原意是"觉者"，指修行圆满的人。季羡林认为，要抓住一个问题始终不放，才能不断接近真理。1947年用中文和英文写的《浮屠与佛》，由于当时资料有限，国内外对这个问题的研究成果也有限，问题虽然初步得到解决，但季羡林并不满意，此事一直放在他心上。过了四十多年，积累了一些新的材料，将这些材料加以梳理，又写了一篇《再谈"浮屠"与"佛"》，一些原来悬而未决的问题，得以彻底解决。有的学者一段时间集中精力研究一个问题，成果一出，就放在一边，这是不对的。因为学术问题有时一时难下结论，只有抓住不放，持之以恒，才能逐渐得出可靠的结论。季羡林在这方面，为我们树立了榜样。

百年智慧：季羡林的 110 个故事

开学了

从 1946 年回国，到 2009 年去世，季羡林一直担任北京大学教授。作为一名老师，每年秋季开学，都是他最高兴，也是最忙碌的时候。下面，我用几个小镜头，展现一下这位老师的身影。

镜头 1：时间 1949 年 8 月，地点是北京前门火车站。一个面容清瘦的中年人，穿着灰衬衫，手提黑皮包，正在迎接从南京来的客人。客人分批到达，这位中年人冒着酷暑，已从学校到车站往返好几次了。这个中年人就是北大东语系主任季羡林教授。南京来的客人是奉命合并到北大东语系的原东方语专科学校、中央大学边政系和边疆学院的师生。季羡林亲自到前门火车站迎接，安排他们到校后暂住在红楼的教室里。那些南京来的师生看到，季羡林为他们日夜操劳，向他们介绍北大的情况，讲述培养东方语文人才和研究东方问题的重要性和迫切性，鼓励他们努力工作、学习，为新中国教育事业做出贡献。他那朴实无华、谦逊诚恳的作风和态度，给新来的同事和学生留下了深刻印象。教员陈玉龙说："初入都门，人地生疏，季先生亲临前门车站相迎，予以热情接待和妥善安排，感人至深。他给我的第一印象是：朴实、谦逊、平易近人。"新来的师生中有不少穆斯林，当时北大没有清真食堂，这些师生的吃饭问题急坏了季羡林。他多次找学校后勤部门交涉协调，几乎跑细了腿，清真食堂终于办起来了。他们在民主广场东墙边埋锅垒灶，就餐者在灶边蹲在地上用餐，因陋就简解决了穆斯林师生的吃饭问题。他们还给这个有食无堂的食堂起了一个响亮的名字"东方红食堂"。

镜头 2：时间 1964 年 9 月，地点北大学生宿舍 40 斋。季羡林看望刚刚入学的新生。他们大多数来自农村，有一些南方来的同学还赤着脚。季羡林走进洗盥间，发现洗手槽上有几只瓦盆。他问道："尿盆怎么不放在厕所里？"有个学生干部回答："不是尿盆，是脸盆。"季羡林点了点头，他明白了：原来不少同学因为买不起两元一个的白搪瓷脸盆，只好买五毛钱一个的瓦盆洗脸。第二天，东语系学生会发出通知——季羡林先生自掏腰包买了几十个搪瓷脸盆，已经送到学生会，没有脸盆的同学可以来领。

镜头 3：时间 1983 年 9 月，地点是北大南门内新生接待站。季羡林副校长在此迎接报到的新生。你看，东语系来了一位广东籍新生，名叫石广生。不同于别的同学带着大包小包的行李，他随身携带的只有一个挎包。那时候的北大学生宿舍可不是拎包即可入住的，光板床上什么卧具都没有。这引起了在新生报到站的季羡林的注意。石广生讲述说："第二天，一个身材不高的老人骑着单车，来到我们宿舍 32 楼，敲响了我的门。那轻轻的扣门声，怯怯的声音，淡淡的眼神，洗得发白的兰士林中山装，让你以为是一个问路的普通老汉。'广东来的小石是住这里吗？'老人把声音抬高了些。声音惊动了过路的老生，他们有的叫季校长，有的叫季老师，然后跟着进屋来。"此时石广生方知，来人是大名鼎鼎的季羡林教授。季先生向他嘘寒问暖，当得知其家庭经济困难时，告诉他可以申请困难补助，还告诉他该去找谁，如何办理。没有想到一位德高望重的校领导骑车来看自己，石广生感动不已。让他更没有想到的是，有一天他在图书馆晚自习回来，管理宿舍的老职工告诉他，季先生怕他这个南方孩子冬天不好过，特意给他送来了一件旧棉衣。石广生说，这是一件四个兜的蓝色旧棉衣，

左腋下的里子已经破损,袖口也磨得发白。内兜里还装着一枚五分钱的硬币。季羡林的这件旧棉衣陪伴这位南国学子度过了四个北国寒冬,毕业时,石广生把它洗干净缝补好,还给了季先生。季先生的旧棉衣成了石广生大学生活最温暖的回忆。

镜头 4:时间 20 世纪 80 年代一次秋季开学,地点是北大校门内。一个男同学提着大包小包的行李走进了北大校门。突然想起有什么事要办,可是行李怎么办呢?他看见有位头发花白的老人站在路边,一身洗得发白的蓝布裤褂,脚蹬圆口黑布鞋,相貌慈祥,看样子像位老校工。那位同学走过去,对老人说:"老大爷,我要去办点事儿,您能帮我看一下行李吗?"老人回答:"没有问题,你去吧。"大约两个小时之后,那位同学回来,发现老人仍然站在行李旁边,他道过谢,拎着行李走了。让他没有想到的是,第二天开学典礼,他发现昨天给他看行李的老人竟坐在主席台上。他吃惊地问同学,才知道那不是什么校工,而是副校长季羡林教授。

从这样几个镜头,人们不难看出,季羡林用自己的行动,诠释着"学为人师,行为世范"这句话。

隔辈亲

这个故事,是笔者亲耳听当事人张曼菱讲述的。1980 年,北京大学所在的海淀区举行人民代表大会换届选举。许多不甘寂寞的北大学子首次获得选举权和被选举权,一个个兴奋异常,跃跃欲试,竞选海淀区人民代表。北大校园一下子热闹起来了。中文系有位1978级的女生叫张曼菱，她不是校方提名的候选人，是自己跳出来的。她的竞选口号也很吸引人，"东方女性美"，让她一下子成了"名人"。有同学回忆说："例外的是张曼菱，她一出来立即引起轰动。既是一位女士，所以她在政治、经济、社会改革之外还要谈谈女性。张曼菱指出，一场接一场的运动，尤其是'文化大革命'，把男人弄得不像男人（没了骨气，没了男人气概）。女人不像女人（又粗又野，张口就能骂人）。她把这概括为'男性的雌化，女性的雄化'，还提出口号，要恢复'东方女性美'。她说的可是人品方面的内在美，像温柔，女人味，热爱家庭之类的，和相貌没什么关系。"张曼菱崇拜秋瑾、向警予，理了个男孩子样的寸头。大大咧咧，敢于"放炮"，曾经到时任文化部副部长陈荒煤的办公室直陈意见，口气还相当冲："你们老了，经历了这么多，可是现在有谁扶持我们？"她这个初生犊子参加竞选，不知道未名湖水有多深。虽然她在1976年清明节因为悼念周总理被打成"反革命"，但她不知"汲取教训"，此时又如此"出风头"，很快引起了一些同学的非议，招致大字报的轰击和围攻。人民代表没有选上，还陷于孤立，连正在读研的男朋友都离她而去。

时任北大副校长的季羡林知道了此事。他深知挨批、挨整是什么滋味，实在担心张曼菱会想不开，怕发生什么意外，就盼咐身边工作人员注意她，暗中加以保护。一天夜里，下了晚自习，张曼菱独自一人到未名湖边散步，发现有人跟着自己。这个人就是李玉洁，当时是季羡林工作的南亚研究所的行政秘书。张曼菱质问李玉洁为什么跟着自己。李玉洁说是奉季副校长之命，担心发生意外。见张曼菱不相信，她就把张带到十三公寓季家，要她当面问问季先生。张曼菱跟师母打过招呼，就跟季羡林进了书房。

先生没有提竞选的事，也没有提大字报，他们聊人生，聊学问，谈得很融洽。张曼菱回忆说："季羡林总是含笑对我，他从来不提我受到非议的事，而是对我说：'没事可以来。'相见时，我们谈得都是随意和淡淡的。双方都想见面，其实又没有任何实质性的'事情'要办。当我愣头愣脑闯入朗润园那荫庇下的房间时，那份轻松、惬意，是一种享受。"就这样，张曼菱结识了季羡林，找到了自己精神的导师。季羡林一直称张曼菱为"小友"。就这样，一个30年代的清华剑客，一个80年代的北大侠女，成了忘年交。

季羡林一直在默默关注和支持这位敢想敢说敢干的女生。张曼菱也很给力。1981年3月20日，当中国男排冲出亚洲，北大同学欢呼庆祝的时候，她带领同学们率先喊出"团结起来，振兴中华！"的口号。毕业前夕，她的小说《有一个美丽的地方》在《当代》发表，不久，就拍成电影《青春祭》，参加了1986年在美国举办的中国电影新片展。那是张曼菱首次出国，季羡林特意托人交给张曼菱一个大信封，里头装了写给在美国的友人的几封信，并嘱咐张曼菱，一旦遇到困难，可以去找这些朋友帮助。季羡林对"小友"如此呵护，用张曼菱的话来形容，就是"隔辈亲"。为什么说"隔辈亲"呢？因为给张曼菱他们上课的老师是当时的中年教师，例如钱理群教授，在学生看来，季羡林这样的老先生，无疑是老师的老师了。

师生情

季羡林悉心呵护的当然不仅仅是张曼菱。不论是接受他直接授业的弟子，还是广义的学生，只要遇到困难求助求教于季羡林，他都会不遗余力地提供力所能及的帮助。

1979年夏天，季羡林先生应新疆大学之邀西行考察讲学，那时我在新疆部队工作。他在疆的日程安排特别满，季先生就让工作人员通知我去新疆大学一晤。这一晤就是一整天。

1979年招考硕士研究生，四川大学历史系77级学生王邦维报名参加考试，以高分被中国社会科学院录取。当时社科院与北京大学合办的南亚研究所就设在北大六院，季先生兼任所长。王邦维进入该所就读，成为季先生的四位研究生之一。开学不久，季先生与78、79两届四位梵文研究生见面。那是在六院一间办公室内。季先生坐在桌子的一端，四个学生王邦维、葛维钧、段晴和任远分坐桌子两边。先生先问了问每一个学生的一般情况，然后说："你们先上梵文课，争取把梵文学好。有时间，各方面的书，也可以找来看看。"没有料到初次谈话就是如此简单。王邦维有些纳闷，该读些什么书呢？先生已经走出了办公室，他追出去问，也没有得到具体的答复。他真的感到有点失望。后来，他才渐渐明白，先生的话，简单却又不简单。季先生的学问之大，用心之深，超乎自己的想象。从1979年到1982年，王邦维听季先生讲课，向先生请教问题，在先生指导下撰写论文，硕士毕业后留在研究所工作，又和先生在同一个研究室。1983年至1987年王邦维继续在季先生指导下在北大东语系梵语专业读博士。对学生提出的问题，季先生有时作具体答复，更多的时候是启发学生自己思考。读研究生，选什么论文题目，一般也由学生自己提出。先生并不表示肯定或者否定。他先问学生为什么选择这个题目？打算怎样写？其结果往往是学生否定自己原来的想法，重新考虑选

题。在不断的自我否定中,逐渐明白一些道理,论文也就写成了。

1981年,王邦维撰写硕士论文的时候,需要对古代的一些刻本进行校勘,其中包括藏在北京图书馆(现国家图书馆)的《赵城金藏》。这是稀世文物。研究所的老师联系借阅,图书馆方面答复:研究生不行。如果季先生这样的学者要看,是可以的。可是,当时季先生是研究所所长,又是副校长,社会兼职很多,工作繁忙。王邦维感到不好劳动先生。但季先生知道了此事,立即对他说:"那我们找个时间一起去吧。"于是安排了一天,季先生专门带王邦维去北图。结果一切顺利,卷子从书库调出,王邦维立即开始工作。先生站在旁边看了一会儿,便拿出一摞《罗摩衍那》的清样开始阅改。整整用了半天时间,陪在学生身边,直到他校完录完卷子。回学校的路上,王邦维向先生致谢,先生只是说:"今天很好,这件事就算功德圆满了。"

李克强在北大工作的时候,也曾得到季羡林的帮助。据李克强同志回忆,1982年,他翻译英国法律著作《法律的正常程序》一书,书中有一些英文古词语,既难懂更难译。有一天他遇有一词,实在弄不通,恰好参加校外一次会议,与季羡林同住西苑饭店,就向季先生请教。季羡林当即作了回答,但同时又说:"你可以先这样。"李克强当时还不理解他说的意思,当天晚上他发现季先生没住在饭店。次日季先生返回,即向李克强讲述了这个词的由来和多种含义,解释得十分详尽。多年之后,李克强回忆起这件事,仍然感慨不已,他说:"我不敢想象季先生是否因为这件事而返校,但我敢肯定季先生当晚认真地查阅了这个词。也许,季先生并不是一定要向我传授某种知识,他的所作所为实际上是在诠释'吾爱吾师,吾更爱真理'的含义。"

工会主席

读者也许会问:"像季羡林那样的斯文的知识分子,'文革'中又曾被打成'资产阶级教授',当年可能是工会主席吗?"没错,季羡林确实当过北京大学工会主席,而且当得很称职。

季羡林回国后不但被破格聘为教授和东语系主任,而且还身兼三职,一是北大教授会成员,二是北大文科研究所导师,三是北平图书馆评议会成员。用他自己的话说,其成员"皆为饱学宿儒,我一个三十多岁名不见经传的毛头小伙子,竟也滥竽其间,我既感光荣,又感惶恐不安……它对我从那以后一直到今五十多年在北大的工作中,起了而且还在起到激励的作用。"在回忆工会工作的经历时,他说:

> 我平生获得的第一个"积极分子"称号,就是"工会积极分子"。北京刚一解放,我就参加了教授会的组织和领导工作。后来进一步发展,组成了教职员联合会,最后才组成了工会。风闻北大工人认为自己是领导阶级,羞与知识分子为伍组成工会。后来不知什么人解释、疏通,才勉强答应。工会组成后,我先后担任了北大工会组织部长,沙滩分会主席。在沙滩时,曾经学习过美国竞选的办法,到工、农、医学院和国会街北大出版社各分会,去做竞选演说,精神极为振奋。当时初经解放,看一切东西都是玫瑰色的。为了开会布置会场,我曾彻夜不眠,同几个年轻人共同劳动,并且以此为乐。当时我有一个问题,怎么也弄不清楚:我们这些知识分子同

中华人民共和国的领导阶级工人阶级是什么关系呢?这个问题常常萦绕在我脑海中。后来听说一个权威人士解释说:知识分子不是工人,而是工人阶级。我的政治理论水平非常低。我不明白:为什么不是工人而能属于工人阶级?为了调和教授与工人之间的矛盾,我接受了这个说法,但是心里始终是胡里胡涂①的。不管怎样,我仍然兴高采烈地参加工会的工作。一九五二年,北大迁到城郊以后,我仍然是工会积极分子。我被选为北京大学工会主席。北大教授中,只有三四人得到了这个殊荣。

偌大一个北大,教授肯定不少,但享此殊荣者却寥寥无几,真是难得啊!其他几位的情况怎样呢?据季羡林介绍,"钱端升当过工会主席,而后是金岳霖当工会主席"。钱端升(1900—1990),著名政治学家,中国现代政治学奠基人,时任北大法学院院长。尽管他思想上积极要求进步,愿意为人民服务,当上了工会主席,但遗憾的是,正是因为政治学的敏感性,在1955年中国科学院第一次学部委员大会上,他作为原中央研究院院士,竟无缘当选哲学社会科学学部委员。金岳霖(1895—1984),著名哲学家,逻辑学家,时任北大哲学系教授。他1953年加入中国民主同盟,1956年加入中国共产党,季羡林也于同年入党。不管怎样,从季羡林、钱端升、金岳霖当选工会主席这件事上儿,应该看到这是解放初期知识分子要求思想进步的一种表现。还有一位前辈也与季羡林在工会工作过,那就是陈岱孙先生。陈岱孙(1900—1997),著名

---

① 即糊里糊涂。——编者注

经济学家,早年留学英、美、法,在哈佛时与宋子文是同窗,时任北大经济系教授。季羡林在清华时,他是经济系主任兼法学院院长。2007年7月13日,季羡林接受《人民日报》高级记者卞毓方采访时说:"陈老原来是我的师辈,后来在北大一起搞工会,在全国政协,又分在一组——社科组,混得很熟,成了无话不谈的好朋友。有一阵子,陈岱孙和我成了北大的象征,有什么要紧事,总是让我们两人同时出席……"

一般说来,工会工作无非是处理吃喝拉撒之类的事儿,但从中能够潜移默化,培养群众观点和朴实无华的作风。季羡林说:"新中国成立后,我是北大的工会干部,一直当到主席。工会干部穿西服,不伦不类,穿中山装,就显得跟工人靠近,穿着穿着,就成了习惯,习惯成自然,等到全社会都西服化,我就成了守旧落伍分子。"原来,他那招牌式的蓝色卡其布中山装的出处正在这里。诚然,季羡林从未承认过知识分子是工人阶级,认为它既不是某个阶级,也不是某个阶层,但是看看他的表现,难道能说知识分子没有工人阶级的思想感情吗?当然,这是从20世纪50年代季羡林从事工会工作引起的话头儿,至于知识分子是属于工人阶级还是属于资产阶级,新中国成立之后,对这个问题有过很大的争议。笔者在此不作赘述,而知识分子加入工会组织,则是不争的事实。

当时季羡林身兼数职,事务颇多,其中工会工作做得有声有色。在抗美援朝运动中,他曾以工会主席的身份主持欢迎战斗英雄张积慧的大会。那天北大的民主广场人山人海,当击落美国"王牌飞行员"的英雄出现在主席台上时,人群中响起了热烈的掌声。音乐家时乐蒙也前来助兴,唱起了"二呀么二郎山,高呀么

高万丈"的曲子。季羡林还为抗美援朝组织过几次募捐活动,有一回在五道口剧院举办的募捐演唱会上,著名老旦李多奎还表演了精彩节目。

朗润园安家

1962年,季羡林的夫人彭德华和婶母陈绍泽来到了北京。这是季羡林回国后时隔十六年与家人的最终团聚,其时他已届天命之年,终于可以过家庭生活了。北大分给他后湖岸边朗润园十三公寓的一套四居室的房子,季羡林一家人在这里一直住了四十多年。从此,朗润园的家充满了温馨与和谐,成为宁静的港湾,季羡林对此感到很满足。他曾津津乐道地说:"我过单身汉生活数十年,现在总算是有了一个家。这也是德华一生的黄金时期,也是我一生最幸福的时候。我们家里和睦相处,你尊我让,从来没有吵过嘴。"他还如此描述过他的夫人:"德华天资不是太高,只念过小学,大概能认千八百字……她没有给我写过一封信,她根本拿不起笔来。到了晚年,连早年能认的千八百字也都大半还给了老师,剩下的不太多了。因此,她对我这一辈子搞的这一套玩意儿根本不知道是什么东西,有什么意义。她似乎从来也没有想知道过。在这方面,我们俩毫无共同的语言。"然而,说真的,唯其身边有这样一位老伴,才更有利于季羡林成为一位名人,一位著名的学者。季羡林正因为有这样的老伴,才能"饭来张口,衣来伸手",一头扎在书堆里,专心致志、全神贯注地搞他的那套玩意儿。凡是到过季家的人都知道,几近半个世纪,季家从来也没装修过，所有家具一仍旧贯。即使季羡林不是那种追求时髦的人，那他夫人呢？笔者心想：要是搁别人，屋子不知要装修多少次，家具不知要换多少回了！尤其在生死攸关的"文革"中，季羡林的夫人又给他多少精神安慰和生活关心啊！有一次我在某中学讲课，有位十五岁的女生提问："您如何评价您的师母？"我毫不犹豫地回答："我的师母是一位伟大的女性。"

也有人提出这样的问题：既然如此，季羡林为何不早点儿将家人接来北京呢？季羡林迟迟没有将济南的家人接来北京，笔者认为：首先，季羡林回国后雄心勃勃，他的精力完全用在工作上。十年留德，独闯天涯，他已经锻炼出独立生活的能力，习惯于自由自在独来独往地搞学问的环境。他的想法是，只要按时给家里寄钱，假期里回去看看，就算尽到了责任和义务，也心安理得了。季羡林的叔父1955年去世，在此之前他是不可能将叔父接来北京的，因为他与叔父的脾气不相投合，虽有养育之恩，但有龃龉之嫌。还有，1951年和1952年季羡林的女儿和儿子分别考到天津和北京上大学，直到1955年下半年才毕业从事工作。据季承说："那时父亲虽然已经是大学正教授，但工资也不过一百多元。"季羡林从1956年第二次评工资后待遇才提高起来，而在此前负担养家糊口和培养孩子读书，使他在经济上吃紧，生活并非富足，倒不如这样两地生活下去，暂时维持，到时候再说吧。其次，新中国成立后一个接着一个的政治运动，也使季羡林不想让家人跟他一起遭罪。眼不见为净，到时候只要向他们报个平安，就省得让他们太惦记了。那时他还年轻力壮，小时的经历，异邦的磨炼，已锻炼出吃苦的能力，有困难咬咬牙就扛过去了，与其全家吃苦，不如一个人撑着。20世纪50年代，他的儿子、女儿和外

甥女都来京亲眼看见他在中关村一公寓过着那种形单影只的生活,真就是糊弄着过日子,但他仍然坚持着。如果说他们夫妻感情不和,不愿意走到一起去,笔者无权作这种猜测,毋宁相信季羡林自己反复说的,他是一个性情中人,也有七情六欲,甚至感情超过了需要。最后,季羡林在近天命之年把夫人和婶母接来北京,那时他夫人已经五十五岁了,季羡林十八岁结婚,两人已是老夫老妻。在那全国挨饿的时候,理应有难同当,季羡林再不这样做真就说不过去了,已经成人的儿女也不答应。正如季承所说:"我于1961年把叔祖母和母亲接到北京,就住在中关村我的宿舍里,我同时给北大校长陆平写了一封信,请求组织上批准将叔祖母和母亲的户口迁到北京,让她们和父亲团聚。陆平校长非常重视,很快就写报告给北京市委,彭真书记也迅速地批准了北大的报告。于是,叔祖母和母亲就回济南搬家,不久就到北京和父亲团聚了。"儿子替老爸老妈主动办了这件好事,当然是尽孝心,也很正常。季羡林全家团聚后,确实充满了温馨与和睦。正如季承所说:"我们家度过了1962年、1963年两年的平静生活。国家落实知识分子政策,给父亲带来了相对的平静。父亲忙着他的著述和各种社会活动。对他来说,这是一个难得的机会。我和姐姐则开始了为维护这个家庭的默默努力……我们那时的工资只有几十块钱,父亲的工资则是我们的十多倍,我每月都要给叔祖母和母亲一些零用钱,姐姐则给他们添置一些衣物……父亲一家的日子过得还是非常和谐,温暖的。每个星期天中午,总有一顿团聚的午餐……他每逢'五一''十一''春节'总要邀请在北京舞蹈学院工作的五舅、舅妈和我们全家一起郊游,吃大餐……我们几乎玩遍了北京各处景点,如故宫、天坛、颐和园、动物园、大觉寺、樱桃沟、八达岭等,吃遍了多处著名餐馆,如东来顺、全聚德、翠华楼、莫斯科餐厅等……"

忙碌的一天

改革开放以来,季羡林成了一个大忙人。他1978年当选第五届全国政协委员,1983年当选第六届全国人大代表、人大常务委员会委员,参政、议政,参与法律的审议和制定,成了他的一项重要工作。1980年5月他奉命参加充实和加强后的中国文字改革委员会的工作,12月又被任命为国务院学位委员会委员兼外国语言文学评议组负责人。他还受聘担任《中国大百科全书》外国文学卷、语言文字卷编纂和新闻出版署中国图书奖评委、文化部中国文学翻译奖评委,等等。至于接受学校、企业、事业单位的聘请,担任学会、协会各种职务或名誉职务,更是多得不胜枚举。有人统计过,季羡林担任的各种社会职务有五十多个。作为北大东语系主任和南亚研究所所长,他每天必须去外文楼和六院上班,作为副校长,校长办公会他必须参加。人大常委会每年要开几次会,一次就是十天半月,他从未缺席过。其他兼职虽然不是经常开会,可是各种职务太多,有些事务需要他亲自处理,有时还要参加研究生的论文答辩,接受新闻媒体采访,加上时有出国任务,经常参加外事活动。所以,他的日程每天总是排得满满的,甚至排出去一两个月。1984年2月22日,《人民日报》发表了杨匡满的一篇报告文学《季羡林:为了下一个早晨》,向读者展示了季羡林的一日生活,让我们以这篇文章为线索,看看季羡林每天在做些什么吧。

凌晨4点钟左右,黎明还没有到来,北大校园里,楼群、宝塔、湖水、松林,还有长满连翘、丁香和刺梅的路边土坡,统统笼罩在朦胧的夜色里。这时,朗润园最北边一座楼下的灯亮了,一位老人起床了。一二十年来,他都是这个时候起床,简简单单地抹一把脸,便走到靠窗的书桌跟前,准备开始一天的工作。一张不小的书桌,堆满了前一天就摊开的各种中外文书籍、报刊、夹书的纸条、各色的卡片。桌面的空地只能容下两叠稿纸和一个水杯。老人坐在藤椅里,戴上眼镜,时而翻阅那一堆堆书刊,时而抬头凝视开始发白的天幕,时而握笔疾书。这时候,从窗外传来一声公鸡的啼鸣。老人微微一笑,心里说:"你叫什么?你醒得晚啰!"

过了一会儿,他离开了藤椅,坐到一张小马扎上。就在书桌旁边,是两个大木箱,箱盖上同样堆满了各种中外文书籍、杂志、夹书的纸条、各式的卡片……不同的是除此之外几乎没有空地了。……原来,他在写作一篇学术论文的同时,还在进行另一个翻译项目。在另一个房间里还有一张书桌,同样摊开着各种材料。那里还有他的"第三战场"。近年来,他习惯在两三个"战场"辗转作战。他计算着剩下的时间,紧迫啊,每一分钟都不能白白放过。

门被轻轻地推开,老伴出现在房门口。7点了,她来叫他吃早饭。早餐摆在对面房间老伴卧室里的桌子上,有牛奶、炒花生米和烤馒头片——他爱吃烤馒头片。老伴坐在自己的木板床上,静静地看着他用餐。他大概是饿了,吃得很快,只用了10分钟。

7点10分,他走出了门,走上弯弯的湖边小路,走过条石搭起的小桥,微风把水浮莲和青草的气息送到他的鼻孔里,他深深地吸着,不由自主地加快脚步。这并不是他三小时紧张工作后的散步,他是去系里上班。东语系的办公楼是一座仿古宫殿式的建筑,飞檐画梁,巨大的屋顶显得庄重、幽深而神圣。可是,这位老人的办公室在这座楼里相当于传达室的位置,不仅同整座楼的威严极不相称,而且很小,只有一张书桌,一把椅子和一个书架。

他的助手李铮也早早地到了,李铮一面向他汇报,一面把一大堆文件、信件、杂志交到他手里。老人点着头,坐到自己的办公桌前。桌上已经堆放着许多别的书籍、材料。哦,这里是他的另一处战场,他每天要在这里工作三四个小时,处理系里的教务、行政方面大大小小的事情,回答国内外学者的各种询问,指导学生、研究生和教师的各种课程和研究项目。不时有人推门进来向他请教。他中断手头的工作,耐心地解答着。来人一走,他马上又埋头潜心工作……了解他的人,总是把话尽量说得简明扼要,尽量少占他的时间。但即使是一个人几分钟,十个人加起来,也就够可观的了。

11点半,下班了,他沿着来时那条小路往回走。正午的阳光刺得他眼球发胀,浅浅的湖水蒸腾着一股热浪。他不觉得热,在那间阴凉的"传达室"里坐久了,这暖和的阳光,流动的空气恰好能使他放松一下疲惫的身体。这条小路他几十年走过无数次,他熟悉路上的一草一木,路上的花花草草也同他一道经风历雨。他以此为素材,写了一篇散文《幽径悲剧》,此文收入中学语文课本,引得不少中学生来寻访这条小路。回家路上的这十几分钟,是他一天中第二次紧张工作后真正的休息。

老伴准备好了午饭,简单的三两样家常菜。他基本吃素,偶尔吃点牛羊肉。来客人时,才让炒两个肉菜。他从不提什么要求,

至多要一根辣椒、一根葱什么的,山东人嘛。

书房里各色书籍散发着淡淡的气味,清香的或带潮味的,异国的或古旧的。他习惯在这种气息的包围中休息片刻。四周便是浩瀚的书的海洋。经过凌晨以来紧张的脑力劳动之后,他利用中午时间闭上眼睛休息一下,以获得重新去海浪中搏击的力量。他不敢躺在自己的木板床上伸展四肢,怕睡久了误事,只是坐在阳台的旧藤椅里打个盹儿。他刚一坐下,立刻有两只小猫跳上来,趴在他的怀里和大腿上,老人和小猫的鼾声回荡在书房里,轻轻的,甜甜的。

老人醒来了。刚刚两点,不过睡了一个小时。电话铃响过两次了,老伴推门进来。还有人在隔壁房间等他。他看了看书桌和箱子盖上的那两摊东西,走了出去。

采访的记者扛着沉重的摄像器材,找他请示工作或请教学问的拎着大包小包的文件和书本,找他的人得挂号、排队。他的时间总是排得满满的,管事也好,顾问也好,挂名也好,他兼任着大小五十个辞也辞不掉的职务,人们对他实行着"轮番轰炸"。一个下午,如果他不外出参加会议,在家里总要接待三五拨客人。

有一天晚上,他已经躺下了,电话铃响了。"季副校长,我们这楼停水了。""我家里也没水。""那请你赶快反映反映吧!""行行行!"谁让他没有架子?别人什么都愿意找他。

有人在他的桌上发现过这样的纸条:"学生开饭时间有十一点一刻、十一点半、十一点三刻三个方案,据学生反映,倘十一点一刻开饭,晚下课晚去就吃不上好菜……"这是他亲笔记下,准备在校长办公会议上发言用的。他生气地感慨道:"就一个熄灯打铃问题,讨论了几年还没有解决。"

夕阳西下,他走下办公楼的台阶,站在窗前的梧桐树下。那么多年,他竟没有留意这两棵梧桐属于什么品种。他绕着未名湖信步走着,遇到相识的师生或工友,他主动地停下来招呼,聊上几句话。这是他一天中第三次真正的休息。远方落日的余晖衬托着燕山山脉黑色的廓影。上弦月悄悄地走向中天。燕园的黄昏空气格外纯净。他绕着湖滨走了走,又踏上了回家的小路。

朗润园里,静静的后湖边上,那盏橙色的灯又亮了。他又开始伏案工作了。不过,他不会睡得太晚,为了下一个早晨,为了再下一个早晨……

季羡林如此超负荷地运转,怎么能吃得消呢?他一次又一次要求辞去副校长的职务,1984年4月终于得到批准。在这个位子上,他整整干了五年,卸任后改为校务委员会副主任。这一年中共北京市委宣传部编写出版了一本《优秀共产党员事迹选》,其中有北大校刊记者写的一篇通讯《甘为春蚕吐丝尽——记优秀共产党员、副校长季羡林同志》,这是对他工作的评价。

虎子和咪咪

季羡林六七十岁的时候,家里开始养猫。住在北大朗润园的孩子们都知道,十三公寓有个爱猫的爷爷。小猫跟着季老散步,是燕园一道独特的风景。1978年,季老收养了第一只猫,刚来的时候,小得可怜。这是一只最平常的狸猫,身上有虎皮斑纹,季羡林为它起名虎子。虎子虽然是只母猫,却一点都不温顺,很有几分虎气。两眼炯炯有神,脾气暴烈如虎,从不怕人。谁要打它,

不管你是拿着棍子还是鸡毛掸子,它都毫不畏惧,不但不逃走,反而张牙舞爪,坚决应战。季羡林的外孙二泓打过它一次,从此结仇,它一见二泓,就立即号叫着扑过来报仇,又抓又咬。它除了主人,谁都敢咬,"咬"名远播。但它对收养的"女儿"咪咪却呵护备至,疼爱有加。它不仅从来不与咪咪争食,还从院子里捉来小鸟和蚂蚱,送给咪咪吃。

咪咪比虎子小三岁,是一只混种的波斯猫。浑身雪白,毛又厚又长,额头上有一小片黑黄相间的花纹,尾巴则是黄的。这只小猫十分乖巧,善解人意,非常招人喜欢。它夜里睡在季羡林盖腿的毛毯上,早晨蹿上书桌,在台灯下、稿纸上撒娇,逼着老爷子和它玩耍。有一次它忽然失踪了三天三夜,急得老爷子里走外转,茶饭无心。不久咪咪生了两只小猫,却不知道怎样做妈妈,虎子就当起了保姆。它搂着小猫睡觉,还叼着猫崽追着咪咪给它们喂奶。后来咪咪病了,大小便失禁,弄得家里到处是猫屎猫尿。季羡林不顾年高身体不灵便,拿着笤帚、拖把,匍匐在床下、桌下,向纵深的暗处清理猫屎,钻出来后气喘吁吁,不但不抱怨,心里还乐滋滋的。他那九十多岁的婶母笑着说他:"你从来没有给女儿、儿子打扫过屎尿,也没有给孙子、孙女打扫过,现在却心甘情愿服侍一只小猫!"他不但甘心情愿为猫清理屎尿,还拖着疲惫的身子,步行五六里路去肉铺子买来猪肝和牛肉,给猫儿们改善伙食。再后来,咪咪知道自己寿限已到,离开家永远地消失了。季老简直就像失去了一个好友,一个亲人,想起来心里就颤抖不止。

为了填补咪咪离去留下的空白,季羡林又收养了一只和咪咪一模一样的波斯猫,取名咪咪二世。见到它就像见到咪咪一样,季老对它十分钟爱,说它是自己每天不太多的喜悦的源泉。又过了一年,友人送给季老一只纯种的波斯猫,两只眼睛一蓝一黄,像两颗宝石,闪闪发光。这只猫特别顽皮,胆大无边,可爱极了。虎子对这两只小猫,也视如己出,爱护备至。有一天,它还从外边带回一只小公猫,大概是它的重孙,给了季老一个惊喜。季老忙里偷闲,服侍这一群猫,乐此不疲。

此后,季老家还养过几只猫,有抢吃抢喝、霸气十足的"大强盗",有从山东老家来的"少爷"。——有一年春节,笔者来先生家拜年,坐在老师对面的沙发上。"少爷"对着我一个劲地嗥叫,给它吃的,它不理不睬。季老的助手告诉我:"你坐的位置不对。你应该坐在老先生旁边,现在你占了'少爷'的位子!"猫不仅会同客人争位子,还会留客。有一次,一位学生的母亲来访,助手规定的谈话时间是20分钟。谁知老太太刚一落座,一只小猫立即跳进她的怀里。老太太和老先生聊得很开心,不知不觉时间到了。老太太对先生的助手说:"不是我不想走,是它不让我走。"有时候季老家的猫有五六只,原因是养猫的邻居全家外出,小主人就把心爱的猫咪寄养在季爷爷家。小孩子都知道,在爱猫的季爷爷家里,他们的宝贝是绝不会寂寞,绝不会受委屈的。季羡林八十五岁生日的时候,朋友出了一本文集为他贺寿,书名是《人格的魅力》,书中收录一篇小学生王多的文章,题目就是《爱猫的爷爷》。

课堂上

1971年秋季开学,东语系来了一批进修生,多数是本系69

届、70 届的毕业生，也有广播学院和外贸学院毕业的外语系学生。他们都是外交部为国家储备的外语干部，由于专业底子太薄，连丙级翻译水平都达不到，需要"回炉"。因为他们来自唐山解放军某部农场，故被称为"唐山班"。笔者有幸成为这个班的成员。

这批学生来校不久，就发生了几件大事："九一三"林彪死后，周恩来主持中央日常工作，极"左"思潮和无政府主义受到抵制和批判，形势出现了转机；10 月，我国在联合国的合法席位得以恢复；次年 2 月，尼克松访华，中美关系走向正常化。在这样的大背景下，"唐山班"的学生为了适应迫在眉睫的工作需要，渴求学习专业知识，决心把耽误的时间补回来。学校在他们进修的最后一个学期，即 1972 年秋季开学时加开了两门课：与所学语种相关的国家概况和第二外语。

"唐山班"学习印地语和乌尔都语的学生有二十几人，他们加开的是印度概况和英语课。教这两门课的正是季羡林，笔者有幸聆听他的课，成为季羡林的亲炙弟子。当时季羡林头上还戴着"走资派"和"资产阶级反动学术权威"的帽子，身上背着留党察看的处分，政治压力之大超乎想象。上课地点就在外文楼北边的平房，就是季羡林曾经蹲过的"牛棚"，对他来说俨然"左手是天堂，右手是地狱"，刻骨铭心。当时"文革"虽然越来越不得人心，但是"左"的东西还有很大势力，师生要用相当多的时间"学习政治"、参加"运动"，甚至"学工、学农、学军"。学生将有限的学习时间主要用于专业外语的口笔翻译训练，两门副课安排的教学时间少得可怜，印度概况每周一次，英语每周两次。就是在这样的环境和条件下，学生的确感受到季羡林不同凡响的名师风采，听他讲课如同春风化雨，其乐无穷。

印度概况没有教材，季羡林授课实际是讲座式的。他作为一名印度学家，印度学知识已经娴熟于心，没用多长时间就把印度的历史、地理和经济情况简明扼要地介绍出来。他着重讲解印度近代以来的历史事件、主要政治人物、阶级关系和民族、种姓、习俗，使学生在短时间内掌握了从事南亚外交工作必备的基本常识。季羡林的教学显示了一位马克思主义史学家的非凡功力。

英语教材是北大自编的公共英语课本，困难在于要用四个月学完两年的基本内容，而且大多数同学没有英语基础，必须从字母学起。季羡林从小就开始学习英语，英语水平十分了得，教这些初学者实在是小菜一碟。可是，他仍然认真备课，为了弄准一个单词的读音，他有时要请教几名外教。英语是一种世界性语言，同一个单词在不同的地域、不同的国度，不仅读音差距明显，就是拼写和词义有时也不尽相同。季羡林在课堂上旁征博引，使学生知道了一个词牛津音怎么读，美国腔怎么念，还知道印度人是怎么说的。这样，大家就弄懂了为什么说英国和美国是被同一种语言分开的两大民族。另外，初学英语的人又都会遇到这样的问题：一个单词，不但要记拼写，还要记音标，二者往往并不一致，相当麻烦。于是学生问他："英语到底是不是拼音文字？"季羡林耐心解释了英语读音的演变，幽默地说："所以，德国人说，英国人手里写的是 A，嘴里念的是 B。"大家听了哄堂大笑。讲到词义辨析，季羡林在黑板上画了两个部分重合的圆圈，他说："不同语言的词义不是一一对应的，只有重合部分可以相通，所以必须根据上下文的意思分析判断词义，在翻译时才不会出错。"学生一看就明白了，因此戏称其为"季羡林大饼"。季羡林讲课决不照本宣科，而是抓住重点，把两年课程中的"干货"全捞出来，在最短时间内让学生掌握了基本语法和一批基本词汇,还推荐了一本可以用一辈子的工具书——《牛津英汉高级双解词典》。这样,通过这个名副其实的速成班,每个学生都具备了自学英语、继续深造的坚实基础。

事情的发展正如季羡林期望的那样,1972年年底,这批学生毕业之后,有的去了驻外机构,有的进了科研单位,有的以教书为业,英语成了他们工作和交际的重要工具。学生们能够掌握英语基础,全赖季羡林先生之赐。所以,每次他们从国外或者外地回到母校的时候,都必到朗润园十三公寓看望恩师,几十年一直如此。

清塘季荷

1987年中秋,季羡林写了一篇优美的散文《清塘荷韵》,记述他在朗润园池塘里栽种荷花的事。荷花是花中君子,宋人周敦颐的《爱莲说》,赞颂荷花"出淤泥而不染,濯清涟而不妖"的品格,读书人没有不知道的。季羡林是人中君子,君子人爱君子花,君子人种君子花,成就了燕园一段佳话。

朗润园位于北大校园最北端,与昔日皇家园林圆明园仅一路之隔,是燕园风景绝佳之处。湖光潋滟,花木扶疏,杨柳依依,独少了荷花。如果是早些年,"文革"风暴还没有过去,季羡林自顾不暇,他是不可能考虑种什么荷花的。可是,现在情况根本不同了,燕园的第二个春天来临了。一切都变得那样美好,唯有这楼前的池塘,依然是"天光云影共徘徊"。每念及此,季羡林总觉得是一块心病。

于是，季羡林决定栽种荷花。朋友从湖北来，带来了几颗洪湖的莲子，外壳呈黑色，极硬，据说埋在淤泥中千年不烂。细心的季羡林与儿子一道找来铁锤，在莲子上砸开了一条缝，为的是让莲芽能够破壳而出，不致永远埋在泥中。如此，莲芽能不能够长出，还是个极大的未知数。他把五六颗砸开的莲子投入池塘，然后只好听天由命了。莲子种下之后，季羡林心里多了一份牵挂，每天都到池塘边去看上几次，心里总是盼着，忽然有一天，"小荷才露尖尖角"，翠绿的莲叶钻出水面……可是，事与愿违，投下莲子的第一年，一直到秋凉叶落，水面上也没有出现任何东西。经过了寂寞的冬天，第二年春水盈塘，绿柳垂丝，一片旖旎的风光，让人翘盼的水面上仍然没有露出荷叶。此时季羡林完全灰了心，以为那几颗硬壳莲子大概不会再长出荷花了。但是，到了第三年，却出现了奇迹。有一天，他忽然发现，在投莲子的地方长出了几片圆圆的绿叶，颜色极惹人喜爱；只是细弱单薄，可怜兮兮地平卧在水面上，像睡莲的叶子似的。最初仅长出了五六个叶片，季羡林嫌有点儿少，总想能多长出几片来。于是，他盼星星，盼月亮，天天到池塘边去观望。有校外的农民来捞水草，他指着那几片叶子，请求他们手下留情，不要把它们碰断了。经过了漫漫的长夏，凄清的秋天又降临人间，池塘里浮动的仍然是那孤零零的五六个叶片。这又是一个虽微有希望但终究令人丧气的一年。

真正的奇迹出现在第四年。严冬一过，池塘里溢满了春水。到了一般荷花长叶的时候，在往常漂浮着五六个叶片的地方，一夜之间，突然冒出了一大片绿叶。原来，荷花在严冬的冰下并没有停止行动,在离五六个叶片比较远的池塘中心,也长出了叶片。叶片扩张的速度、扩张的范围,都是惊人的。几天之内,池塘的大部分水面已经全为绿色所覆盖。而且,原来平卧在水面上的像是睡莲一样的叶片,不知道从哪儿聚集来了力量,竟然跃出了水面,长成了亭亭的荷叶。季羡林原本还迟迟疑疑,唯恐长出来的不是真正的荷花,此刻心中的疑云一扫而光,那真是洪湖莲花的子孙啊!"长长鸢线慢慢放",季羡林心中暗想,这几年总算耐住性子,没有白等。

楼前池塘里的荷花,自从几个勇敢的叶片跃出水面,许多叶片接踵而上,一夜之间出来了几十枝,而且迅速扩散、蔓延。不过十几天的工夫,荷叶已经遮蔽了半个池塘,从撒种的地方出发,向东西南北四面扩展。季羡林猜测,荷花在深水中淤泥里走动,每天至少要走半尺的距离,才会出现眼前的情景。对于荷花创造的这个奇迹,季羡林慨叹道:"天地萌生万物,对包括人在内的动植物等有生命的东西,总是赋予一种极其惊人的求生存的力量和极其惊人的扩展蔓延的力量,这种力量大到无法抗御。"是呀,季羡林本人又何尝不是如此呢?在经历了"文革"严冬,春回大地之时,生命也在创造奇迹,他的科研和写作正处于第二次井喷状态。

荷叶前行,荷花接踵而至。据了解荷花的行家说,季家门前池塘里的荷花,同燕园其他池塘里的不一样。其他地方的荷花,颜色浅红;而这里的荷花,不但红色浓,而且花瓣多,每一朵能开出十六个复瓣。这些红艳耀目的荷花,高高地凌驾于莲叶之上,迎风弄姿,似乎在睥睨一切。季羡林小时读杨万里的诗:"毕竟西湖六月中,风光不与四时同。接天莲叶无穷碧,映日荷花别样红。"心里生出无限向往。现在自家门前池塘中呈现的不就是一派西湖景象吗？西湖美景从杭州飞来燕园，多么令人高兴呀！朗润园的邻居们无不感谢季羡林为这园子增添了美景，周一良教授把朗润园的荷花命名为"季荷"。

当夏日塘荷盛开时，季羡林每天徘徊在池塘边，坐在石头上，静静地吸吮荷花和荷叶的清香。古诗云："蝉噪林愈静，鸟鸣山更幽。"在一片寂静空幽中，他默默地坐在那里，看着水面上荷叶田田，那样肥壮；荷花明艳，同样肥壮；荷花的倒影映入水中，风乍起，一片莲瓣坠入水中，从上向下落，水中的倒影却从下向上升，霎时接触到水面，二者合为一，像小船似的漂着……他曾在一首诗中读到"池花对影落"，这样的境界能有多少人欣赏到、参悟透呢？夏季异常闷热，荷花则开得特别欢。绿伞擎天，红花映日，把一个不算小的池塘塞得满满当当，几乎连水面都看不到了。一个喜爱荷花的邻居，天天兴致勃勃地数着荷花的朵数，今天告诉季羡林说，有四五百朵；明天又告诉季羡林说，有六七百朵。他数得很细，但未必能数出确切的朵数。那荷叶底下，石头缝里，旮旮旯旯，不知还隐藏着多少骨朵儿呢！粗略估摸大概开了一千朵，真可谓洋洋大观。面对如此美景，岂可无文？季羡林铺开稿纸，写下栽种荷花的经过。不久，一篇优美的散文《清塘荷韵》跃然纸上。在写了荷花盛开的情景后，他又笔锋一转，写道：

> 连日来，天气突然变寒，好像是一下子从夏天转入秋天。池塘里的荷叶虽然仍然是绿油油一片，但是看来变成残荷之日也不会太远了。再过一两个月，池水一结冰，连残荷

也将消逝得无影无踪。那时荷花大概会在冰下冬眠,做着春天的梦。它们的梦一定能够圆的。"既然冬天到了,春天还会远吗?"

这的确是见道之言,点睛之笔。你看,那季荷是美丽的,顽强的,经得起风霜雨雪的考验!

泰戈尔缘

1924年泰戈尔访问中国时到过山东省会济南。那时季羡林十三岁,正在读中学,有缘目睹了这位银须飘拂的印度伟大诗人。虽然当时他对诗歌和印度懂得不多,可他认定泰戈尔是一个伟人。上了高中,季羡林开始阅读泰戈尔的作品,被那些优美的散文诗深深吸引,曾经模仿它的体裁写过一些小诗。进入中年,季羡林研究过泰戈尔的诗歌和短篇小说,1948年6月,在北大筹办过泰戈尔画展。他写过一篇长文《泰戈尔与中国》。数十年来,季羡林对泰戈尔的挚爱和尊敬始终如一。他访问印度时,曾几次去泰戈尔创办的国际大学,并在泰戈尔生前居住过的北楼住过一夜。黎明,他从那所古旧高大的房子里走出来,看到一个小小的池塘里,一朵红色的睡莲赫然冲出水面,迎着初升的朝阳,衬着满天的霞光,仿佛冥冥之中诗人的在天之灵,正在欢迎中国来的客人。

1978年,季羡林第三次访问印度,在加尔各答见到了女作家梅特丽耶·黛维夫人。他们自然而然地谈到了泰戈尔。黛维夫人的父亲达斯古普塔教授是泰戈尔的密友,两家亲如一家,泰戈尔把梅特丽耶当成自己的女儿。泰戈尔去世前的三年中，曾经四次到梅特丽耶在喜马拉雅山麓蒙铺的家中度假，梅特丽耶以优美的文笔记录了诗人日常生活的点点滴滴。一般来说，读者了解泰戈尔主要是通过他本人的作品，给人的感觉总是一位正襟危坐、峨冠博带、仿佛不食人间烟火的圣人。这当然没错，可这只是诗人的一面；诗人的另一面，我们从他的作品中是无法看到的，可是梅特丽耶看到了，而且忠实地记录了下来：泰戈尔处在家人中间，随随便便，不摆架子，一颦一笑，一喜一怒，自然率真，本色天成……看来，这要感谢梅特丽耶，她给读者展现了一个真实的泰戈尔。

1981年，梅特丽耶·黛维夫人来北京访问，季羡林到她下榻的饭店，与她长谈半天。临别时黛维夫人赠给季羡林一本书，这书原文是用孟加拉文写的，后来由她自己译成了英文，书名直译为"炉火旁的泰戈尔"，后来的汉译本即是《家庭中的泰戈尔》。黛维夫人问季羡林是否愿意把它翻译成中文。季羡林虽然没有读过这本书，但有两次同黛维夫人的接触，他相信这书一定是好书，就立刻答应了下来。

季羡林虽然很忙，可他没有忘记对黛维夫人的承诺，在众多会议的夹缝里，开始翻译。顺便说一句，自从翻译完《罗摩衍那》，因为要做的事情实在太多，他已经下决心不再搞翻译了。然而，现在受人之托，马行夹道内难以回头。好在原书文字很美，翻译起来仿佛信手拈来，不费吹灰之力，且又本色天成，宛如行云流水，简直是一种享受。很快，他就把第一章译好了。恰在这时，季羡林遇到了诗人顾子欣，知道他也收到同一本书，而且有意翻译。季羡林认为顾子欣文笔很好，由他翻译肯定精彩，于是

对顾子欣说,自己已经翻译了一章,如果他愿意的话,其余三章由他来译,出版时就算两人合译的。顾子欣以为这个主意不错,就答应了。谁知顾子欣也实在太忙,过了两年多还没有动笔,这时黛维夫人又到中国来了,一见到季羡林就问书译得怎样。季羡林如实相告,黛维夫人听了生气地说:"难道非等到我死了以后,你们译的书才出版吗?"季羡林完全理解黛维夫人的心情,她想尽快看到这本书的汉译本,倒不全是为了自己,而是为了泰戈尔,为了印中友谊啊!

无奈,顾子欣依然很忙,无法指望他能在短期内译完。季羡林只好征得他的同意,独自来译。他把旧稿找出来,重新审查了一遍,接着往下译。开会带着它,出差也带着它,一有时间就翻译。在杭州,招待所楼道里每天晚上都放电视,音量开到最大,季羡林无法睡觉,第二天照样早早起来,潜思凝虑,翻译书稿;在烟台,环境好得多了,他早晨起得更早,面对茫茫海天,点点渔火,心情怡悦,翻译进行得十分顺利。回到北京不久,初译稿便告完成。接下来加工润色,写序言,经过八个月的时间,终于大功告成。1985 年,汉译本《家庭中的泰戈尔》由漓江出版社出版,总算能给黛维夫人一个交代。黛维夫人这一年七十一岁,她自然感觉时不我待,而季羡林比她还要年长三岁呢!

泰戈尔无论在印度还是在中国,都是中印两国人民友谊的象征。黛维夫人和季羡林所做的是为这棵友谊之树施肥浇水的善举,功德无量,值得后人敬仰和称道。

2000 年 5 月 30 日,印度政府赠送北京大学的泰戈尔铜像落成,印度总统纳拉亚南和夫人亲临北大出席揭幕仪式。季羡林发表了热情洋溢的讲话。

季羡林与泰戈尔虽然所处的时代不同，但他们共同培育的中印友谊之树愈加根深叶茂，永远荫庇造福于两国人民。正如印度学者班固志·莫汉教授所说，"季羡林不仅借鉴并且弘扬了泰戈尔的思想和理想，而且赋予它新的境界与意义"，他们"均为加强中印理解做出了巨大贡献"，"根据自己对亚洲与西方哲学和历史的深刻的见解而提出了关于东方文明的优越性的学说"，"现在，需要以泰戈尔与季羡林的强调和谐与综合的'东化'学说克服'文明冲突论'"。

中国文化书院

1984年年底，梁漱溟和北大教授张岱年、冯友兰、季羡林、任继愈、汤一介、李中华、魏常海、王守常等人发起，联合国内外数十位著名学者成立了中国文化书院。汤一介担任院长。这是一家民间学术机构，既研究，又办学。书院的宗旨是：通过对中国传统文化的研究和教学活动，继承和发扬中国的优秀文化遗产；通过对海外文化的介绍、研究以及国际性学术交流活动，提高对中国传统文化的研究水平，促进中国文化的现代化。书院的最高领导机构是由书院导师推举产生的院务委员会，梁漱溟担任院务委员会主席。季羡林作为中国文化书院的发起者之一，是书院各项活动的积极支持者和参与者。20世纪末，他接替梁漱溟担任院务委员会主席职务。名誉院长先后由冯友兰、陈岱孙担任。中国文化书院20世纪80年代的教学和研究工作搞得风生水起，90年代的主要成就是编书。

1999年是中国文化书院创建十五周年，季羡林在《〈中国文化书院十五周年华诞纪念论文集〉序》中写道：

> 普天之下，从来没有完全笔直平坦的道路。一个人，一个学术团体，所能走的道路，都不是完全笔直的，绝对平坦的。我们中国文化书院当然不能例外。回想十五年前，为了认真弘扬中华优秀文化，北京大学哲学系几位老中青教师，振臂一呼，就呼唤出一个中国文化书院。创业维艰，筚路蓝缕，凭着满怀壮志，一腔热血，不畏艰苦，一往无前，时而山重水复，时而柳暗花明，风风雨雨，颠颠簸簸，终于走到了今天，罗致了一批在海内外广有声誉的专家学者，还有了一个优美固定的院址，颇成气候了。这样的十五年是值得庆祝的十五年。

这本论文集由于种种原因没有能够出版。

从中国学术史和教育史上来看，中国的学术和教育几千年来一向是两条腿走路的，一公一私，而又以私为主。私人办的通称书院，历代真正的大学者多出身于书院，或者自己办书院。只是近一百多年以来，欧风东渐，中国才开始官办大中小学，私人办学的那一条腿逐渐萎缩，到了新中国成立以后，私人办学一度被禁止了。改革开放以来，允许私人办学，春风吹拂之下，中国文化书院应时而生。在世纪交替的时候，决策者想把书院办成一所私立大学，但是未能如愿。

中国文化书院是研究和弘扬中国文化的，到20世纪末，书院已有七个分院，分别是绿色文化分院、跨文化研究分院、企业文化研究分院、影视传播研究分院、大众传播分院、杭州分院、岭南分院,还有上海分院筹备处。那些人文社会科学家,到了六十岁的年龄都是如日中天,正是读书写作的大好时候。此时他们书读得越来越多了,知人论事的能力越来越强了,通古今之变的本领越来越高了,究天人之际的愿望越来越旺了,即使退休,也往往是退而不休。中国文化书院礼聘的正是这样的一些学者作为导师。导师不限于国内,也包括国外。这是极可宝贵的一个学术群体,对弘扬中华文化,促进学术交流,增强学者间的了解,加深民族间的友谊,都做出了一些可贵的贡献。

1985年2月,书院面向全国举办以"如何认识中国传统文化"为主题的讲习班,讲稿由书院编辑出版了《论中国传统文化》一书,即中国文化书院讲演录第一集,书中有许多大家的观点发人深省。如梁漱溟先生说:"中国人把文化的重点放在人伦关系上,解决人与人之间怎样相处。"冯友兰先生说:"基督教文化重的是天,讲的是'天学';佛教讲的大部分是人死后的事,如地狱、轮回等,这是'鬼学',讲的是鬼;中国的文化讲的是'人学',注重的是人。"庞朴先生说:"假如说希腊人注意人与物的关系,中东地区则注意人与神的关系,而中国是注意人与人的关系,我们的文化的特点是更多地考虑社会问题,非常重视现实的人生。"

1985年12月举办第二期讲习班,主题是"中外文化比较"。1986年以"文化与科学"为主题,举办第三期讲习班,1987年举办中外文化研究两年制函授班,学员多达12000多人,遍布全国各省市自治区。1988年11月21日晚上,季羡林与张岱年、汤一介为中外比较文化研究班的学员做毕业论文辅导。季羡林在讲话中首先强调创新。他说，没有新意，不要写文章。单篇论文与成本的专著不同，前者的核心是谈自己的看法，自己异于前人的创意，要发前人未发之言。目的不是全面，而在于创新。接着，他讲应对危机问题。他说，老年人的危机是保守，青年人的危机是盲从。对涌入的西方理论首先是了解，但不能盲从。他还讲了不要乱用"新名词"和学术道德、学术良心问题。学员们听得如饥似渴。

书院举办了许多全国范围的培训班、研究班，召开了一些国际学术讨论会，出版了大量论著和学报，团结了大批中外学者，还编纂了《中国文化年鉴》，填补了中国年鉴出版工作的一项空白。1991年，书院由季羡林、汤一介、孙长江担任主编，编纂了《中国文化集成》100册，接着，编纂了《20世纪中国文化论著集要》8册；90年代后半期，组织编纂了《20世纪西方哲学东渐史》《道家文化研究丛书》《国学举要》《中国佛教史》等大型文化丛书。

大钟上的经咒

坐落在北京市海淀区北三环路西段的觉生寺，因为清代乾隆朝把一口铸造于明永乐年间的大钟悬挂在这里，人们都叫它大钟寺，现在是北京市古钟博物馆。永乐大钟是1418年前后铸造的，在15世纪初是世界上最大的佛钟。钟通高5.60米，口径3.30米，青铜钟体重46吨。钟体内外铸有汉文和梵文经咒，总计23万字。汉字铭文为《金刚经》《心经》《法华经》等七部佛典。梵字铭文

5000有余，梵文是印度的古文字，如今能认识这种字的人少之又少。传入中国的梵文，有三种字体，一种是天成体，比较常见，现在印度的官方语言印地语，仍在使用这种字母；第二种是悉昙体，公元7世纪以前盛行于印度，南北朝时期传入中国；第三种就是蓝扎体，比较少见，而大钟上的梵文字体恰恰是罕见的蓝扎体，所以很难读通。这些文字差不多成了"天书"。解读和诠释大钟上梵文经咒，是季羡林生前指导他的入室弟子张保胜教授完成的。20世纪末，季羡林初步研究判定：这些铭文每个字符是一个音节，多字合一联合表达意思。字符共有三种：第一种是种子字，是一种可以派生多种意思的字符，作参禅观想用的；第二种是陀罗尼，从发音和表意看，属于咒语；第三种是曼陀罗，是由种子字和周围的艺术线条组成的小幅"文字画"。"曼陀罗"这个词的本义是一种花的名字，在中国叫洋金花或风茄花，是一味中药，有毒；在佛教中，这个词的含义是"坛场"，就是佛教徒悬挂佛像的地方，在藏传佛教中也指唐卡。2001年夏天，张保胜到北大朗润园看望老师。季羡林拿出一函拓印的《永乐大钟铭文真迹》，问张保胜对蓝扎体梵文有没有兴趣。张保胜看了如获至宝。季羡林命张保胜承担大钟梵字铭文的解读和诠释任务，张保胜欣然领命，并请季羡林担任特约顾问。

张保胜是河北藁城人，1938年生，1960年考入北京大学师从季羡林、金克木学习梵文和巴利文，毕业后留校，从事梵文教学和研究，季羡林兼任北大南亚研究所所长期间，张保胜曾任副所长、党支部书记。在日常生活中，季羡林对张保胜就像慈父，但是治学的时候就是一丝不苟的严师。张保胜当副教授的时候，季羡林让他给研究生出两份考卷，一份是印度史，一份是印度佛教史,张保胜出了两份考卷,自己觉得还是满意的,就送给季羡林过目,希望先生批准,季羡林翻看了两遍,没有表态。张保胜说季先生您看,哪儿需要修改,给我指导一下,我去修改。他不吭声,过了片刻,他说,你拿回去重做,就是不用修改了。这个就是考卷没过关,你重做。张保胜说好,乖乖回去重做。有这样的严师指导,张保胜很快便在业务上独当一面。张保胜在梵文文物的辨读方面很有成就,发表过一些重要的论文,如《敦煌沙符考》《沙符与法颂》《敦煌陀罗尼》《河北宣化辽墓出土的悉昙陀罗尼》等,还为湖北考古所、北京五塔寺石刻博物馆等单位解读过类似文物,是国内少有的梵文专家。季羡林认定他可以胜任这项艰难的任务,解开这座有近600年历史的佛钟的奥秘。

大钟上的梵字铭文总体上属于陀罗尼,即咒语的范畴。佛教密宗强调,凡咒语"但当颂持,勿须强释"。如今国际学术界对佛教密宗的研究很热门,出了不少密宗著作,我国在这方面还比较落后。季羡林认为,对陀罗尼的研究是有价值的。他说:"它是古代的遗存,属于文物。凡文物就有文物价值。作为文物,哪怕是一片纸、一片瓦也应当细心地加以保护和研究。因为它记录着历史,蕴含着文物产生时期的社会、信仰和文化信息,折射着昨天的人类文明。而研究人类的昨天是为了更真切地认识今天,认识昨天和今天是为了更好地预示和规划明天。我们不能没有历史,没有对历史文化的研究和借鉴,就不能有现在和将来的发展。"季羡林的这些主张,不仅对大钟梵字的解读具有重要指导意义,而且对弘扬中华优秀传统文化,建设中华民族共有的精神家园具有重要的意义。

张保胜对铭文的解读和考据分八个步骤:第一步转写,把原文蓝扎体梵文字母转写成拉丁字母，因为要弄懂这些字词的含义，必须查阅梵文工具书，而梵文工具书所用文字都是拉丁字母，所以，首先要完成字母转写；第二步组词，将一个个平列的梵文音节连缀成单词和完整的陀罗尼（经咒）；第三步断句和断咒，大钟上的文字是密密麻麻挤在一起的，要把它们分成句子，类似加上标点符号，即使无法翻译的咒语，也要区分成完整句子；第四步定名，因为每句咒语都有自己的名称，定名就是确定咒语的名称；第五步汉语音译，对照已有的汉译佛经，凡佛经上有的，都采用原有的音译，佛经上没有的要新译；第六步查出典，标出咒语的出处；第七步意译，凡能意译的都译出汉文意思；第八步诠注，把梵字的语法形式、意义，咒语的典故，象征意义等加以注解和说明。这工作做起来困难重重，因为：第一，有的铭文字体细小，密密麻麻挤在一起，加上数百年的风化剥蚀，有的字迹已经模糊不清；第二，梵字铭文为等距离音节铸造，中间没有明显起止标示，断句断咒难度很大；第三，必须熟悉密宗经典，熟悉汉译佛经，而佛教经典汗牛充栋，寻找相关经咒如同大海捞针。好在张保胜治学勤勉细致，季羡林也对此倾注了大量心血。经过几个月的努力，研究初见成果。2001年11月19日，天气阴冷，刮着三四级北风。张保胜在大钟寺现场为部分研究者讲解梵文陀罗尼，九十岁高龄的季羡林不顾众人劝阻，端坐在寒风里，认真听了两个多小时。那时候他已经患病，可是他不动声色，在那里硬撑着，12月9日就被送进301医院。事后有学生埋怨老师说："就是为张保胜站脚助威，也没有必要在那里冻两个多小时呀。"季羡林回答说："有必要。因为他讲的有些新东西，有的我还不了解。"季老对待学问和学生的态度，实在令人感动。

在经咒解读过程中,台湾学者林光明和当时的中国佛教协会副会长雍和宫住持嘉木扬·图布丹法师给予了大力支持,还有季羡林的另外两位弟子,张保胜的学弟王邦维教授和高鸿博士热情襄助,这项艰巨任务历时五年终告圆满完成。2006年《永乐大钟梵字铭文考》一书由北京大学出版社出版,这的确是一件功德无量的事。一册专著在手,即使对梵文一无所知的外行,也可以毫不费力地读出大钟上那些神秘的古代外文,而且能够查到其中的含义,这是一种何等奇妙的享受啊。人们没有理由不敬佩和感激季羡林和他的弟子们。

坐拥书城

季羡林一生的主要活动可以用六个字来概括:读书、教书、写书,总之离不开书。书籍是季羡林生命中不可缺少的组成部分,且听他的"夫子自道":

我是一个最枯燥乏味的人,枯燥到什么嗜好都没有。我自比是一棵只有枝干并无绿叶更无花朵的树。

如果读书也能算是一个嗜好的话,我的唯一嗜好就是读书。

我读的书可谓多而杂,经、史、子、集都涉猎过一点,但极肤浅,小学中学阶段,最爱读的是"闲书"(没有用的书),比如《彭公案》《施公案》《洪公传》《三侠五义》《小五义》《东周列国志》《说岳(全传)》《说唐(全传)》,读得如醉似痴。《红楼梦》等古典小说是以后才读的。读这样的书是好是坏呢？从我叔父眼中来看，是坏。但是，我却认为是好，至少在写作方面是有帮助的。

季羡林三十五岁从海外归来，所带行李唯有六大箱书，如此日积月累，书越来越多。虽然经历十年浩劫，季羡林的藏书并没有受到太大损失。在北大朗润园十三公寓季羡林家中，两套单元房，包括客厅、卧室加上过厅、厨房，封了顶的阳台，大大小小八个房间，从地板到天花板，满满当当堆的全是书。册数从来没有统计过，大概总有几万册，其中一些梵文和西文书籍，堪称海内孤本。在北大教授中，季羡林是公认的"藏书状元"。季羡林说："我的藏书都像是我的朋友，而且是密友。我的书友每一本都蕴涵着无量的智慧。我只读过其中的一小部分。这智慧我是能深深体会到的。"季羡林并非以藏书家自命，然而坐拥如此大的书城，他心里感觉美极了！他在书堆中一坐，便忘记了尘世一切不愉快的事情，怡然自得。世界之广，宇宙之大，仿佛只能容得下他和他的书。窗外潋潋碧水，依依垂柳，阳光照在玉兰花的肥大的绿叶上，他都一概视而不见，连他平常喜欢的鸟鸣声也听而不闻了。季羡林的书斋不仅仅供他本人使用，对朋友和弟子也是开放的。不过门上贴着一张条子"请勿将书携出室外"。孙女季清小时候就因从书房拿走一本童话受到爷爷的批评。季承也曾告诉笔者，在医院听季羡林说过，某某人借走了某书，还没有还。

书籍给季羡林以知识和智慧、快乐和希望，也给他带来麻烦，甚至灾难。先说麻烦，书多了，用起来固然方便，但他没有时间和精力整理和管理，有时用起来反而不便。他并不是一个不爱清

洁和秩序的人,但是,因为事情头绪太多,脑袋里考虑的学术问题和写作问题太多,而且每天都收到大量的书籍、报刊和信件,转瞬之间就摞成一摞。在此情况下,需要看某一本书,往往是遍寻不得,"只在此屋中,书深不知处",急得满头大汗,也是枉然。他只好到图书馆去借,等到把文章写好了,把书送还图书馆,无意之间在一摞书中,竟找到了原来要看的书,可谓"得来全不费工夫",然而晚了,工夫早已费过了,弄得他哭笑不得。等到用另一本书时,又重演一次这出喜剧。再说灾难,在"文化大革命"中,季羡林以收藏"封、资、修"书籍的罪名挨过批斗。因为一本旧书里夹着留学时收到朋友寄来的一张印有蒋介石夫妇照片的明信片,他被打成"反革命",吃尽了苦头。

　　季羡林的藏书虽多,但他进行科学研究,这点儿书远远不够。他搞的专业是冷门中的冷门,全国没有任何图书馆能满足需要,哪怕是最低限度的需要。有些科研项目往往因为缺少必要的书刊而搁浅,他的抽屉里就积压了不少无法写完的稿子。他有时跟朋友开玩笑说:"搞我们这一行,要想有一个满意的图书室简直比搞四化还要难。全国国民收入翻两番的时候,我们也未必真能翻身。"话虽这样说,可是图书馆的藏书对季羡林的科研工作仍然帮助很大,尤其北大图书馆。对季羡林帮助最大的还是北大图书馆。北大图书馆藏书为全国大学之冠,虽然没有多少梵文方面的藏书,但佛教史、中印文化交流史方面的图书还是不少,他需要的资料基本上都能找到。回国之初,他在搞好行政和教学工作外,一有时间就到图书馆潜心默读,不久就写出了几篇有分量的学术论文。北大从红楼迁到燕园,季羡林仍然是图书馆常客,后来"运动"越来越多,图书馆终于被封闭。春回大地之后,季羡林又开始频繁进出图书馆。他认为一个第一流的大学,必须有第一流的设备、第一流的图书、第一流的教师、第一流的学生和第一流的管理,五个第一流缺一不可。而第一流的图书又显得特别突出。他常说,北大图书馆是全国大学图书馆的翘楚,这是北大人的骄傲。这里的藏书一部一册都来之不易,一页一张得之维艰,全体北大人必须十分珍惜爱护,让北大图书馆健康长寿。

有人问季羡林,在中国文学作品中哪些书是他最喜爱的?季羡林回答有十种,并发表了自己的见解:(一)司马迁的《史记》。它既是一部伟大的史籍,又是一部伟大的文学作品。平常所称的《二十四史》,尽管水平参差不齐,但是哪一部也不能望《史记》之项背。(二)《世说新语》。这是一部由许多颇短的小故事编纂而成的奇书,有些篇只有短短几句话,连小故事也算不上,但每一篇几乎都有几句或一句隽语,表面简单淳朴,内容却深奥异常,令人回味无穷。(三)陶渊明的诗。有人称陶渊明为"田园诗人"。从思想内容上来看,他颇近道家,中心是纯任自然,从文体上来看,他的诗简易淳朴,毫无雕饰,与当时流行的镂金错彩的骈文迥异其趣。(四)李白的诗。李白是中国文学史上最伟大的天才之一,在唐代以及以后的一千多年中,对李白的诗几乎只有赞誉,而无批评。(五)杜甫的诗。杜甫也是一个伟大的诗人,千余年来,李杜并称,但是二人的创作风格迥乎不同:李白是飘逸豪放,杜甫是沉郁顿挫,李白没有枷锁跳舞,杜甫带着枷锁跳舞,二人的舞都达到了极高的水平。(六)南唐后主李煜的词。李后主后期词不多,但是篇篇都是杰作,纯用白描,不作雕饰,一个典故也不用,几乎都是平常的白话,老妪能解;然而意境却哀婉凄凉,千百年来打动了千百万人的心,在词史上巍然成一大家。(七)

苏轼的诗文词。中国古代赞誉文人有三绝之说，三绝者，诗、书、画三个方面皆能达到极高水平之谓也，苏轼却至少已达到了五绝：诗、书、画、文、词，因此可以说，苏轼是中国文学史和艺术史上最全面的伟大天才。（八）纳兰性德的词。中国词的创作到了清代又掀起了一个新高潮，名家辈出，在灿若列星的词家中，纳兰性德的词从艺术性方面来看，已经达到了完美的境界。（九）吴敬梓的《儒林外史》。此书的思想内容是反科举制度，它的特点贵在艺术性，吴敬梓惜墨如金，从不作冗长的描述，书中人物众多，各有特性，只讲一个小故事，或用短短几句话，活脱脱一个人就仿佛站在我们眼前，栩栩如生，这种特技极为罕见。（十）曹雪芹的《红楼梦》。在古今中外众多的长篇小说中，《红楼梦》是一颗璀璨的明珠，堪称状元，中国其他长篇小说都没能成为"学"，而"红学"则是显学，读这样一部书，主要是欣赏它的高超的艺术手法，那些把它政治化的无稽之谈，是不可取的。

至于学术著作，哪几部对季羡林影响最大？季羡林认为是两位大师的著作：德国的亨利希·吕德斯，他的老师的老师；中国的陈寅恪，他的业师，他们都是考据大师，方法缜密到神奇的程度。

1997年4月8日，季羡林写了一篇杂文，题目就是《天下第一好事，还是读书》。

布衣泰斗

季羡林出身寒微，尽管他名满天下，却从不忘本，经常说的一句话是"农民的小米养活了我"。他总是把自己当作普通劳动群众的一员,只要别人需要,他就毫不犹豫地伸出援手。因此,民间亲切地称他为"布衣泰斗"。

每天,这位七八十岁的老者身穿旧蓝布中山装,脚蹬圆口黑布鞋,推着一辆破旧的自行车,从公寓楼出出进进,怎么也看不出这是一位学界巨子。再到他家里瞧瞧,水泥地,大白墙,油漆斑驳的旧家具,再简单不过的木板床,盥洗室里的小木凳裂成了八瓣,用绳子捆着还在用,塑料桶里装着洗过衣服和蔬菜的水,留着冲厕所。一日三餐简简单单,素食为主,偶尔吃点儿牛羊肉。20世纪90年代,季羡林的夫人已经过世,儿子也不再回来,经常在家吃饭的是四个人:除了他还有保姆小张、小张上中学的儿子和每天过来帮忙的助手李玉洁。那年月"脑体倒挂"严重,季羡林每月工资扣除房租、水电费、燃气费,才剩下700元左右,一半付给保姆,一半用作生活费。好在他"爬格子"不时有些稿费,自己又非常节省,生活水平还不至于下降。2001年,小张得了肝炎,不宜再做家政工作,离开季家时,季羡林给她1万元钱,那时候1万元是个不小的数目。

季羡林积极支持民间办教育。1994年,民办的北京圆明园学院招收了第一批学生,季羡林担任该院名誉院长,他为学院题词:

> 十年树木,百年树人,教育为立国之本,古有明训。纵观中国教育史,办教育总是两条腿走路。时至今日,民办教育的重要意义决不应再忽视。

第二年,圆明园学院从革命老区招收了一批学生。季羡林记

挂着这些孩子。冬天,他冒着严寒到学院为他们讲课。当时他感冒初愈,不顾医生的劝阻,穿着厚厚的棉大衣来到学院。讲课之后,他还和学生们在校园里合影留念。他说:"这些孩子是从老区来的,能到北京上学很不容易。我要见见他们,多给他们一些鼓励。"又说:"对于青年人来说,学习的目的不是为了个人,是为了建设我们的祖国。首先要把爱国主义摆在前面。一个人不爱国的话,就什么都谈不上。因此我希望受资助的学子们要明确自己的学习目的,要学好知识,做一个爱国、爱家乡的人。学成之后,为祖国、为家乡的建设贡献自己应尽的力量。"中央电视台记者曾就圆明园学院资助老区学生的事采访季羡林。季羡林对记者说:"我们圆明园学院坚持资助老区学生、始终关心革命老区教育事业的发展,为老区培养师资、培育人才,这是顺乎潮流,迎乎时代的。""学院之所以举办资助老区贫困学生的活动,主要道理在于从智力上帮助老区脱贫致富。老区过去在革命时期做出了极大的贡献,但由于历史上的种种原因,他们一直没有脱贫。贫困山区相对我们中国12亿人口来说,教育水平应该得到普遍的提高,提高一部分不行,一部分地区不行,一部分人也不行。要普遍提高的话,必须从年轻一代着手,就必须从老少边区特别是老区的青少年着手。当年他们的父母,或者祖父祖母为我们革命做过贡献,像人家那样的孩子就应该首先得到受教育的机会,通过教育提高他们的素质,进而加快老区科技致富、知识脱贫的步伐。这也正是我们圆明园学院资助老区学生的主要意义所在。"

季羡林当然不仅仅关心对青年一代的培养,下面,再来看看他同老铁匠和掏粪工人交往的故事。

山东省微山县有位盲人老铁匠,名字叫沈恒志。他从小喜欢听书看戏，虽然没有读过书，可是记忆力却很惊人。他在七十多岁的时候，凭记忆把小时候听过的当时流传甚广的民间故事口述出来，由女婿殷昭利、外孙殷亮记录整理成书稿，书名叫"民间佚失故事集"，可惜没有一家出版社愿意出版。1996年，老铁匠托人找到季羡林，想请他帮忙推荐一下。季羡林说："这个忙应该帮，但我不是研究这个的，不能信口开河，最好还是听一听钟敬文先生的意见。"他把书稿转给钟先生。钟先生是北京师范大学教授、民俗学和民间文学专家。他看了书稿很高兴，巴不得有这样的著作出版，立刻写了一篇序。季羡林知道了，说："既然钟先生说好，那肯定错不了。他写了序，我就提个书名吧。"他挥毫写下了"民间佚失故事集"七个大字。有了两位学界巨擘的推荐，老铁匠的书终于出版了。原来他被人讥讽为"老骨头发贱"，现在一下子成了当地的名人。这个二老荐书的故事一时传为文坛佳话。

也是在1996年，北京市评出一位"藏书状元"，此人并非文化人，而是一位掏粪工人，名叫魏林海。季羡林是北大"藏书状元"，两位状元惺惺相惜。季羡林对他甚为钦佩，为他题词"梅花香自苦寒来"。魏林海住在海淀区六郎庄，与北大是近邻。1997年，为庆祝香港回归，他与几位乡间书画之友筹划在自家西屋办一个书画展。他们想请一位名人写几个字，为展览壮声色，他们找到一位小有名气的画家，不料此人瞧不起这些种田的、掏粪的。魏林海一气之下，发誓要找个大名人，他鼓起勇气来见季羡林。季羡林立即欣然命笔，题写了"六郎庄农民书画展"横幅，字迹苍劲有力，韵味高雅古朴，为展览添彩不少。季羡林还为六郎庄的文化活动室题写了"文化乡村"的匾额。从此，他与魏林海结为忘年交。

谈档案

为了抢救和保护珍贵的档案遗产，21世纪初，中央档案馆国家档案局启动中国档案文献遗产工程，聘请季羡林担任中国档案文献遗产工程国家咨询委员会名誉主任委员。季羡林欣然应允，他说，"这事只有你们能做。这是一件功德无量的事，我愿意为你们站脚助威，当一名啦啦队员"。2003年春节刚过，中央档案馆馆长国家档案局局长毛福民与司长梁志刚一起来到北大朗润园十三公寓，代表档案工作者向季老先生祝贺新春，并对他多年来关心支持档案事业表示衷心感谢。

季羡林当时已是九十二岁高龄，不久前才从医院回家。季老先生见到两位昔日的学生十分高兴，十分亲切。他饶有兴趣地翻看了由他亲笔题写书名的《中国档案文献遗产名录》样书，听取中央档案馆和中国第一历史档案馆馆藏情况的介绍，不时关切地询问毛泽东手稿和清代满文老档等珍贵档案的保管情况。季老先生对近年来档案工作逐渐受到重视表示欣慰。他说："你们的工作很有意义、很有成绩。《中国档案报》和它的副刊《档案大观》也办得不错，我常看。"季老回忆他亲身经历的十年浩劫中北大档案损失严重的情况后，语重心长地说："档案是承载历史的，历史是不应该忘记的，档案工作者要对历史负责。不珍惜历史何以创造未来？在人类几千年的历史上，我们的祖先既做过一些聪明的事、有益的事，也做过一些愚蠢的事、有害的事。聪明的事、有益的事，我们应该继承发扬。愚蠢的事、有害的事，是历史的垃圾，我们当起而铲除之。所谓铲除，绝非简单地一笔勾销，而是把它留在我们的记忆中,作为反面教材,时时为我们敲响警钟。"

季老对青年一代寄予无限希望。他说:"我们中国人,特别是青年人要认识到自己对国家和后代子孙的义务。我们都是人类进化无限长河中的一段,承前启后,是跑接力赛中的一棒。我们一定要把自己这一棒跑好,这就是爱国主义。"

女书

2005年1月,中华书局出版了一部5册《中国女书合集》。季羡林为该书写了序言。女书是湖南江永、道县一带瑶族妇女使用的一种文字符号,用以书写湘南汉族人的土语,字形是长菱形,由右上向左下倾斜,有六百多字,其中约半数的形体似从汉字演变而来,可视为音节文字。书写内容多为表述妇女苦难、衷情的歌谣。

20世纪90年代初,相关方面开始对女书进行保护和研究。赵丽明女士及其合作者编辑了《中国女书集成》。全国妇联、清华大学、中央民族学院、湖南文物考古研究所、华中师范大学、湖南省博物馆、中南民族学院和江永县政府共同发起全国女书考察研讨会,著名语言学家季羡林、周有光作书面发言,并担任女书研究专业委员会顾问。季羡林说:

> 我认为,女书实在是中国人民伟大精神的表现。众所周知,在旧社会,劳动人民受到压迫,受到剥削,受到歧视,他们被剥夺了学习文化的权利。大量的文盲就由此产生。而

旧社会的妇女，更是处于被压迫、被剥削、被歧视者的最下层。她们在神权、君权、族权、夫权的四重压迫下，苟延残喘，过着奴隶般的生活，哪里还谈得上什么学习呢？她们几乎统统是文盲，连起一个名字的权利都被剥夺。但是，她们也是人，并不是牲畜。她们有思想，有感情，能知觉，善辨识。她们也想把这种感情表露出来，把自己的痛苦倾诉出来。但因苦于没有文字的工具，于是就运用自己独特的才识，自己创造文字。宛如一棵被压在大石头下的根苗，曲曲折折，艰苦努力，终于爬了出来，见到了天光，见到了太阳。试想，这是多么坚忍不拔的精神，多么伟大的毅力，能不让人们，特别是我们男子汉们，敬佩到五体投地吗？这难道不能够惊天地泣鬼神吗？

2004年4月16日，中国女书展暨中国女书研究会成立大会在清华大学召开。研究会是在彭珮云、季羡林、周有光的指导下，由全国妇联妇女研究所、北京语言大学语言研究所、清华大学一些学者，湖南永州市、江永县的一些学术部门共同发起成立的。4月30日，季羡林为女书申报世界文化遗产写推荐信，信中说：

女书作为一种在旧制度下，被剥夺了学习文化的权利的民间普通劳动妇女，运用自己独特的才识，创造出来的女性专用文字，实在是中国人民伟大精神的表现，足以惊天地，泣鬼神。这种女书文献以及相关的文化，具有语言文字学、人类学、社会学、民俗学、历史学、文学等多学科价值；其社会功能，至今为现代文明所运用。目前只有一个半自然传人（阳焕宜，1909年出生，何艳新，1940年出生），濒临灭绝。这是人类的宝贵遗产，完全符合联合国教科文组织《世界记忆遗产》所要求的各项条件。因敢竭诚推荐。

女书作为珍贵的文化遗产，被收入国家档案局编纂的《中国档案文献遗产名录》首卷。

月是故乡明

季羡林六岁离开官庄，而他的心却一直眷恋着故乡。1989年11月，已届耄耋之年的季羡林在《月是故乡明》一文中写道："每个人都有个故乡，人人的故乡都有个月亮，人人都爱自己故乡的月亮。""我只在故乡待了六年，以后就离乡背井，漂泊天涯。在济南住了十多年，在北京度过四年，又回到济南待了一年，然后在欧洲住了近十一年，重又回到北京，到现在已经四十多年了。在这期间，我曾经到过世界上将近三十个国家。我看过许许多多的月亮。在风光旖旎的瑞士莱芒湖上，在平沙无垠的非洲大沙漠中，在碧波万顷的大海中，在巍峨雄奇的高山上，我都看到过月亮，这些月亮应该说都是美妙绝伦的，我都异常喜欢。但是，看到它们，我立刻就想到我故乡中那个苇坑上面和水中那个小月亮。对比之下，无论如何我也感到，这些广阔世界的大月亮，万万比不上我那故乡的小月亮。不管我离开故乡多少万里，我的心立刻就飞回来了。我的小月亮，我永远忘不掉你！"

20世纪70年代以后，季羡林曾六次回到故乡临清，其中四

次回到官庄。第一次是在 1973 年 8 月上旬,带领夫人和儿子、孙子、孙女一起回的。最后一次是在 2001 年 8 月,受临清市委市政府邀请,回家乡过寿诞的。

季羡林第二次回故乡是在 1982 年 9 月 13 日至 17 日,他与翻译家戈宝权一道应邀参加聊城师范学院的开学典礼并作《从比较文学谈到中印文化交流》的学术报告。当时临清还是聊城市管辖的一个县,这是季羡林首次到临清。季羡林幼年离开故乡的时候,官庄是清平县管辖,后来清平县撤销,划归临清县。在当地领导的陪同下,季羡林在聊城的四个县走走看看,参观了运河畔著名的古建筑群鳌头矶、清真寺、明代的舍利塔、奇特的古树五样松,还抽空回到官庄,看望久别的妹妹和乡亲,走访了小学校。看到改革开放初期家乡的一派生机勃勃,季羡林十分兴奋,写下了饱含深情的散文《回乡十记》。

季羡林第三次回故乡是在 1991 年 9 月,到聊城参加"孙子兵法与企业经营管理国际研讨会"和傅斯年学术讨论会。会议期间,季羡林与其他与会专家学者一道,在聊城各地参观考察。他们到冠县柳林镇参观了武训创办的义学,24 日来到临清,临清已于 1983 年撤县建市,与会者参观了几处古建筑和枣花村书画院。这次到临清虽然行色匆匆,但是意义重要。在临清参观时,是副市长马景瑞作陪。他记得参观舍利宝塔时,专家们对古塔的建筑风格颇感兴趣,又对古塔破损严重感到惋惜。作为主管文物工作的副市长,马景瑞曾多次努力争取修复无果。当时他突发奇想,想请季羡林帮忙呼吁。季羡林慨然允诺,他的呼吁终于引起了有关部门的重视和支持,古塔的修缮不久便取得成功。在鳌头矶,与会者饶有兴趣地观赏了各地名家为张自忠将军百年诞辰提写的碑刻。碑林中有一碑是季羡林抄录的班固《封燕山铭》，洋溢着中华民族英雄的万丈豪情。就是在这一年冬天，《临清市志》初稿完成，请季羡林写序。第二年2月，季羡林便完成了序的文稿。他不无自豪地写道："临清市是山东历史名城。有其得天独厚的历史条件和地理条件。在过去漫长的历史时期内，西倚运河，东连德、济，北通京、津，南达苏、杭，是南北交通的枢纽，人文学艺的渊薮。明代重要诗人谢榛即出生于此。著名的古典小说《金瓶梅》也产于此地。遥想当年运河繁盛时期，航船如梭，帆影入画，文人、学士、武将、巨商，联翩驶过，留下了多少风流余韵。连皇帝老爷子，只要南巡，也必经此地，龙舟十里，嫔从如云。清朝的乾隆是人所共知的例子。"接着，他从弘扬中华文化、进行爱国爱乡教育、推动经济建设几个方面令人信服地说明编纂地方志的重要性，回顾了临清兴衰的千年历史，分析了临清面临的机遇和有利条件，满怀信心地作出判断："当年极盛时期的情景，不但得以重现，而且还将大大超越。"特别令人感动的是序的结尾，季羡林说："我虽已老迈驽钝，'肯将衰朽惜残年'。我还有信心看到我上面所谈的那样的日子的到来，看到梦想变成现实。我愿追随诸君子之后，竭尽绵薄，为自己的桑梓之邑作最后的冲刺。"

1997年10月8日，季羡林在助手李玉洁、学生高鸿陪伴下第四次回到聊城，在聊城师院做学术报告《人文社会科学研究要有中国特色》，并被聘为名誉院长。第二天到临清，在马景瑞陪同下参观了修复得焕然一新的舍利宝塔。10日，回官庄为父母亲扫墓祭拜。之后，季羡林再一次来到官庄小学校。由于季羡林多次捐助，还争取到德国友人的捐款资助，同时得益于"普九"达标的推动，官庄小学面貌发生了很大变化。季羡林高兴地与小学生

合影留念。他对老师们说:"小学教育是基础。基础打好了,就能出人才。希望你们多为官庄、为临清、为祖国培养栋梁之材。"季羡林还参观了康庄镇中心小学和中学。

季羡林第五次回故乡是在1999年9月26日,在李玉洁和高鸿陪伴下,应邀出席聊城师范学院二十五周年校庆的。在庆典仪式上,季羡林回顾了三次来聊师的经历,他说,我们学校发生了翻天覆地的变化。他强调,学校的发展和前途与党和国家密切相关。次日回到临清,参观了新建成的季羡林资料馆,对解说词提出了修改意见,并为资料馆题词"知足知不足,有为有不为"。下午,在资料馆举行了赠书仪式,继向山东大学、聊城师院捐赠《传世藏书》之后,季羡林又将他担任主编的123册《传世藏书》捐赠给家乡人民。市委领导在接受赠书后讲话说:"这不仅仅是给我们带来了丰富的精神食粮,而且也是交给我们的一份沉重的责任、一份殷切的期望,也表现了季老对家乡的一片挚爱之情。"

|第五章|

学术成就

五卷奇书

《五卷书》是一部印度古代寓言故事集。这部书从19世纪开始风靡世界。1959年季羡林将该书从梵文译成汉语，由人民文学出版社出版，广受读者欢迎，半个多世纪曾多次重印，畅销不衰。

季羡林在1963年改写的译者序言中说："按照印度传统说法，《五卷书》是《统治论》的一种。它的目的是通过一些故事，把统治人民的法术传授给皇太子们，好让他们能够继承衣钵，把人民统治得更好。为了达到这个目的，皇帝们就让人把人民大众创造出来的寓言和童话加以改造，加以增删，编纂起来，教给太子们。《五卷书》就是这样产生出来的。"据说印度古代，南方一个国王有三个儿子"笨得要命"，"对经书毫无兴趣"，婆罗门老师采用讲故事的方式，在六个月内把"修身处世的统治论"教会了王子。老师讲的故事共分五卷。第一卷《朋友的分裂》，讲述兽王狮子与牛为友，狮子的两个臣仆豺狼罗吒迦和达摩那迦遭到疏远，于是达摩那迦施离间计唆使狮王杀死了牛；第二卷《朋友的获得》，讲述乌鸦、老鼠、乌龟和鹿结为朋友,互助合作,躲过猎人的追捕;第三卷《乌鸦和猫头鹰从事于和平与战争等等》,讲述乌鸦和猫头鹰结怨,乌鸦族的一位老臣施苦肉计打入猫头鹰巢穴,里应外合,全歼猫头鹰族;第四卷《已经得到的东西的丧失》,讲述猴子与海怪为友,海怪的老婆想吃猴子心,猴子施计脱险;第五卷《不思而行》,讲述理发师贪财,鲁莽行事,犯下死罪。上述五卷讲述的主干故事通过主人公之间的对话,又插入各类故事八十余个,故事讲的虽然多是动物和鬼怪,说的却是为人处世乃至统治、驾驭的道理,借以传授和宣扬印度婆罗门教的"正道论"和"利论",即广义的统治论,同时也不乏明显的伦理道德和为人处世的道理。那么,读这些寓言和童话,有什么实际意义呢?有的。正如译者季羡林所说,"同印度其他一些比较流行的文学作品比较起来,读这些寓言和童话,会让人深刻地感觉到,创造这些故事的人民,对待人生的态度是肯定的,积极的,实事求是的。他们既没有把人生幻想成天堂乐园,也没有把人生看作地狱苦海。人生总难免有一些喜怒哀乐的;他们也就实事求是地严肃地对待这一些喜怒哀乐,没有沉湎于毫无止境的无补于实际的幻想,而是努力找出一些办法,使自己过得更好一点,更愉快一点。"

据季羡林考据,《五卷书》通过波斯文和阿拉伯文的译本传入欧洲后,"在几百年之内,欧洲古今所有的语言几乎都有译本,有的语言前后翻译竟达六七次之多,可见其吸引力之广,受欢迎程度之高。有人甚至说,在世界上所有的著作中,《五卷书》译本数量之多仅次于耶稣教的《圣经》。19世纪德国著名的学者Th.Benfey(本发伊)几乎是穷毕生之力,追踪此书传播发展的轨迹,从而建立了一门新学问叫作'比较文学史',实际上就是后来发展起来的比较文学的前身"。二十世纪三四十年代，中国翻译出版了《五卷书》，但并非由梵文原著译出，而是译自英文译本，内容极为简略。1959年10月，季羡林第一次从梵文译出，译文准确，语言优美，深受读者喜爱。

迦梨陀娑

迦梨陀娑是印度古代首屈一指的伟大剧作家、梵语诗人，可是对他的生卒年月，人们众说纷纭，莫衷一是。这也难怪，正如马克思所说，印度没有历史。公认的说法是迦梨陀娑在世当不晚于5世纪。季羡林根据现有的材料分析推断，迦梨陀娑生活在笈多王朝，可能在公元350年至472年之间。相当于我国东晋、南北朝时期，这也只是一个假设。季羡林在哥廷根大学求学的时候，就接触过他的作品，迦梨陀娑传世的作品有七部：抒情长诗《云使》、抒情短诗集《时令之环》、叙事诗《鸠摩罗出世》和《罗怙世系》、剧本《沙恭达罗》《优哩婆湿》和《罗摩维嘉与火友王》。1956年，世界和平理事会把迦梨陀娑列为世界十大文化名人之一。他名字的含义是"迦梨女神的奴仆"。他的剧作都是以国王为男主角，讲述曲折动人的爱情故事，语言生动优美，充满浪漫色彩，人物性格鲜明，心理刻画细腻，剧情跌宕起伏而又合情合理，不愧为古代文学名著。

1956年季羡林翻译的迦梨陀娑的名剧《沙恭达罗》出版曾经轰动一时，这是中国翻译史上第一次从梵文原著直译的印度古典戏剧，虽然要比我国翻译佛经晚千余年，比西方翻译《沙恭达罗》

也晚百余年,但毕竟是印度古典戏剧第一次与我国的传统戏曲相碰撞,因此意义非同寻常。

《沙恭达罗》是一部诗剧,剧中有散文对白,中间掺杂着一些诗,有点儿像中国的京剧。剧中人国王、婆罗门(丑角除外)、男性神仙都讲梵文,小丑和女性只能使用俗语。从语言可以看出身份的高低,印度古代戏曲都是这样的。剧情取材自印度古代史诗《摩诃婆罗多》,情节并不复杂:国王豆扇陀到山林中游猎,遇到了仙人的养女沙恭达罗,二人一见钟情,私自结了婚。国王回城时,留下一枚戒指做信物。他走后,沙恭达罗朝思暮想,失魂落魄,怠慢了一位脾气极大的仙人。仙人发出诅咒,让国王永远忘记沙恭达罗。后来,沙恭达罗的女友向仙人求情,仙人改口,允许国王在见到信物后想起沙恭达罗。待到养父送沙恭达罗进城,国王却不认她。沙恭达罗想拿出戒指,但戒指在路上洗手时不慎掉进河里了。沙恭达罗没有办法,只能去找母亲——一个仙女,暂时在母亲处躲避。渔夫打鱼正好从鱼肚子里得到一枚戒指,把它献给国王。国王看见戒指,立刻想起了沙恭达罗。沙恭达罗却不见了。后来沙恭达罗生了一个儿子,国王来寻沙恭达罗,先见到儿子,后见到沙恭达罗,结局是大团圆。这个剧本歌颂了纯真的爱情,语言生动流畅,故事曲折感人,深受印度人民喜爱,许多世纪一直上演不衰。印度的许多民族语言也都有《沙恭达罗》的译本。两个多世纪以前,剧本传到欧洲,18世纪末译成英语,后来又有了法语和德语译本,在欧洲产生了巨大影响。德国大诗人歌德曾写诗赞颂这个剧,在创作《浮士德》的时候又有意模仿《沙恭达罗》的结构,在正文前头加了一个序幕。季羡林翻译的《沙恭达罗》在我国出版后,中国青年艺术剧院曾先后两次将该剧搬上舞台，受到观众的欢迎，反响强烈。周恩来总理曾陪同来访的印度副总统拉达克里希南观看演出，季羡林现场向周总理和贵宾介绍了该剧的故事情节。

1962年，迦梨陀娑的另一部名剧《优哩婆湿》由季羡林翻译出版。《优哩婆湿》的故事情节是：国王补卢罗婆娑从恶魔计身手里救出天宫歌伎优哩婆湿，二人一见倾心，彼此产生了强烈的爱情。国王回宫以后，朝思暮想，优哩婆湿回到天上，也是念念不忘。她偷偷地同女友质多罗离迦离开天宫，来到人间，到国王花园里去看他。优哩婆湿施隐身术隐藏起来，偷听国王同丑角的谈话，还写了一首情诗送给他，又派质多罗离迦去和国王见面。最后，她收起隐身术和国王相见。恰在这时，老天爷因陀罗派人找她回天宫演戏。优哩婆湿快快不乐地回到天宫，由于心不在焉，在演出时念错了台词，把剧中人物补罗输陀摩的名字念成了补卢罗婆娑。她的师傅罗多很生气，把她痛骂一顿，赶下天宫。大神因陀罗对她发了慈心，告诉她：她什么时候看到亲生儿子，就能再回到天上。她下凡后同国王住在一起，王后最初有些嫉妒，后来也就无可奈何地容忍了。有一天，国王带优哩婆湿出游，国王老是看一个女妖，优哩婆湿很嫉妒，忘记了一个禁忌，走入了鸠摩罗林里去，她的脚刚一踏入，立刻变成了一株蔓萝。国王见不到她，十分着急，在林子里东找西找，对孔雀、杜鹃、蜜蜂、大象倾诉自己的心情，打听优哩婆湿的下落，可是毫无结果。最后他捡到了一块红宝石，用它一碰那株蔓萝，优哩婆湿立刻恢复原形。他们回到宫中，一只老鹰叼走了那块红宝石。有一个少年用箭射中了老鹰，这个少年就是优哩婆湿的亲生儿子。优哩婆湿不愿意回到天宫，所以她不敢和儿子见面，就把儿子寄养在一个女

苦行者家里。女苦行者把儿子送来，优哩婆湿又悲又喜，悲的是要回到天宫去，喜的是见到了儿子。恰在此时，因陀罗派那罗陀下凡告诉优哩婆湿，她可以和国王白头偕老，不必急着回天宫去，于是皆大欢喜。

据季羡林考证，这个故事不完全是迦梨陀娑创作的。天女优哩婆湿和国王补卢罗婆娑的故事是印欧语系各民族流传很广的古老爱情故事，有一个长期演变的历史；在迦梨陀娑之后，这个故事的演变仍在进行。这就属于比较文学的研究课题了。

翻译《罗摩衍那》

1970年年初，"工农兵学员"进校之后，东语系搬到三十五楼。不知过了多久，季羡林被分配了新的"工作"，当门房。三十五楼是一栋四层楼房，一二层住男生，三四层住女生，系党政办公室在二层。季羡林的具体任务是坐在门口的收发室里，看守门户、传呼电话和分发报纸信件。第一项任务难也不难，"不许闲杂人等入内"，教职员和老学生他都认识，新学员都不认识。谁是闲杂人等？他索性一律不管。第二项任务并不简单，因为全楼只有一部公用电话，而女生电话又特别多，来一次电话爬上三四层，季羡林年逾花甲，腿脚实在受不了，于是他站在楼前使劲儿喊，人家听见了就会下来。第三项任务好说，报纸来了，他先送到办公室，然后把信放在窗台上，让收信人自取。季羡林每天上午八点从朗润园十三公寓走到三十五楼，十二点回家，下午两点再去，六点回家。每天八个小时，步行十几里，权当锻炼身体了。

此时他的工资已经恢复,却没有教学、科研任务,也没有谁敢来拜访他。没有任何干扰,倒是清静多了,过的是神仙般的日子。

可是,季羡林毕竟是一个闲不住的人,这神仙般的日子他过不惯,每天在收发室枯坐,瞪大眼睛看着人们出出进进,时间久了觉得无聊得很。他想起了古人的话:"不为无益之事,何以遣有涯之生?"于是他要利用"有限的活动自由",开辟一块悠闲自得的"桃花源"。

到底做些什么呢?季羡林舞文弄墨惯了,想来想去也出不了这个圈子。但他写文章也没有心情,当时"四人帮"还在台上耀武扬威,他敢写些什么呢?翻译倒是可以尝试,他不想翻译原文短而容易的,想翻译长而难的,即使不能一劳永逸,也能一劳久逸。这也正是"无益之事",因为他的翻译作品,在那个年头儿没有哪一家出版社敢出版,翻译而不能出版,岂非无益?经过再三考虑,他决定翻译蜚声世界文坛的印度两大史诗之一《罗摩衍那》,这部史诗蛮长的,精校本就有两万颂,至少可以翻译成八万多行,够忙活几年了。

季羡林抱着有一搭无一搭的想法,向东语系图书室提出请求,请他们通过国际书店向印度订购精校本《罗摩衍那》。那时订购外国图书是一件十分困难的事,季羡林并不敢抱太大的希望。谁知他的运气不错,过了不到两个月,八大本精装的梵文原著居然摆在了他的面前。季羡林只觉得这几本大书熠熠生辉,这是"文化大革命"折腾了几年后最大的喜事啊!他那久已干涸的心田似乎又充满了绿色的生命,久已失掉的笑容又挂在了脸上。《罗摩衍那》是一部世界名著,对印度、南亚、东南亚,对中国,甚至对欧洲一些国家都有巨大的影响。在印度、南亚和东南亚一些国家可谓家喻户晓，深入人心，历时两千年而不衰。

虽说"托无能之词，遣有涯之日"，但此时季羡林的身份岂止是当门房，头上还顶着那么多的"帽子"，他哪敢明目张胆地搞翻译？如果人家发现他"不务正业"，说不定还会招来什么麻烦呢！最后，他想了一个"妥善"的办法。季羡林认为，《罗摩衍那》原文是诗体，翻译过来也应当是诗体，不是古体诗，也不是白话诗，而是有韵脚的顺口溜；但要找出合适的韵脚，要推敲字句，让每句字数基本一致，不是容易的事。于是，他晚上和清晨在家仔细阅读原文，把梵文诗句译成白话散文，潦潦草草写在纸片上，揣在口袋里，再利用上下班的路上和看守门户、传呼电话、收发报纸信件的间隙，拿出译稿仔细推敲琢磨，改写成诗体译文。你看，坐在收发室里的季羡林，眼望虚空，心悬诗稿，若无其事，大概只有神仙才知道他在干什么。

《罗摩衍那》和《摩诃婆罗多》是印度古代两大史诗，最初是口头创作，由伶人口耳相传。《罗摩衍那》大约流传了几个世纪之后，由一个叫蚁垤的人记录整理出来，内容以英雄美人罗摩和悉多的悲欢离合的故事为主线，中间插入许多神话、童话、寓言和小故事，幻想丰富，文采绚丽，在印度和世界文学史上占有崇高的地位。《罗摩衍那》很早就传到东南亚、中亚和西亚，19世纪传到欧洲，20世纪有了俄文和日文译本，后来又有了意大利文、英文和法文全译本，深受各国人民喜爱。遗憾的是，在季羡林之前，还没有中国人从梵文直接翻译此书。

大约从1973年起，日复一日，年复一年，季羡林用了十年时间，"听过三千多次晨鸡的鸣声，把眼睛熬红过无数次，经过了多次心情的波动"，终于把八大册《罗摩衍那》译完了。这里宕开一笔,加一小段译书的花絮:1974年的早春,时间大约是清晨五点半的样子,工作了约两个小时的季羡林从书本中抬起头来,望了望窗外。台灯照见窗外不远处就是燕园的北墙,墙边有一株老桑树。忽然出现了一个十几岁的男孩,背着书包,小猴子似的迅速爬上桑树,越过围墙,一转眼不见了踪影。季羡林吃了一惊。"这么早就去上学,而且是翻墙,是谁家的孩子啊?"此后每天这个时候,他都要抬起头来朝窗外望望。终于看清楚了,这不是图书馆张老师家的孩子吗?对了,他就是朗润园的"孩子王"张军!后来他悄悄把孩子翻墙的事告诉了孩子的父亲。从此不见孩子来翻墙,他又不大放心。只是过了大约二十年,季羡林编辑《四库全书存目丛书》,成为他的助手的张军有一次和先生谈完正事,闲聊的时候,季羡林突然问道:"别的学生都是7点上学,你怎么去得那么早,还要翻墙?"张军这才知道老先生一直在默默关注着自己。

当"四人帮"像《罗摩衍那》中的十首魔王一样完蛋了的时候,季羡林的诗史翻译工作还没有完成一半。然而,天日重明,振奋了他的精神。人民文学出版社得知季羡林正在翻译《罗摩衍那》,赶忙告诉他准备出版这部书。季羡林十分高兴,他加快速度,译完了全书。1980年第一册出版,到1984年八册全部出齐。季羡林翻译《罗摩衍那》这一浩大的工程,本来以悲剧的形式开始,却以喜剧的形式结束了。1985年,季羡林应邀参加在印度新德里举行的"印度与世界文学讨论会暨蚁垤国际诗歌节",受到与会各国学者的热烈欢迎,并当选印度与亚洲文学分会主席。季羡林为中国翻译史和中印文化交流史树立了一座丰碑。1994年,《罗摩衍那》中译本荣获第一届国家图书奖。

比较文学

比较文学19世纪产生于欧洲,20世纪逐渐发展成有完整理论体系的学科,并形成了四大学派:德国学派、法国学派、西欧学派和美国学派。中国在20世纪初,王国维和鲁迅就发表了比较文学的论文。20年代末30年代初,比较文学成为一门学科,代表人物是吴宓和陈寅恪。当时在清华大学,吴宓开设"中西诗之比较"课,陈寅恪开设"中国文学中的印度故事的研究"课,培养了一批比较文学学者,如李健吾、钱锺书、季羡林等。三四十年代,朱光潜的《文艺心理学》《诗学》和钱锺书的《谈艺录》是比较有影响的比较文学专著。由于两代学者的努力,我国的比较文学有了一定的基础。可惜新中国成立以后,比较文学作为一门学科被取消了,比较文学领域成了一片沙漠。直到改革开放之初,世界各国的大学普遍开设比较文学课程,而绝大多数中国人竟不知比较文学为何物。

20世纪80年代初,季羡林看到了来自国外的一些比较文学书刊,发现我们在这个领域已经大大落后了。当时由于思想不够解放,还有人把比较文学等同于"精神污染",他心里很着急,决心冲破这个禁区。1981年1月,在季羡林的倡导下,北大一批对比较文学感兴趣的学者成立了北京大学比较文学研究会,大家一致推举季羡林为会长。研究会出版了《北京大学比较文学研究丛书》和《北京大学比较文学研究会通讯》。1983年,由南开大学、天津师大发起,召开全国第一次比较文学学术讨论会;同年,中美两国学者在北京召开比较文学讨论会。1984年,季羡林担任主编的《中国比较文学》期刊在上海创刊。1985年10月,由35所高校和研究机构发起的中国比较文学学会在深圳大学成立，第一届学术研讨会在"海上之家"召开，国际比较文学学会会长佛克马以及众多著名学者与会。杨周翰当选会长，季羡林被推举为名誉会长。1987年，国家教委规定比较文学为大学一些学科的必修课。短短几年时间，中国的比较文学学科从重新创建，到蓬勃发展，迅速走向世界。

季羡林是一位杰出的比较文学研究者。新中国成立前，他就曾经写过《老子在欧洲》《"猫名"寓言的演变》《柳宗元〈黔之驴〉取材来源考》等论文。1978年以后，他又写了大量有分量的比较文学论文，如《〈西游记〉里的印度成分》《〈罗摩衍那〉在中国》《吐火罗文A（焉耆文）〈弥勒会见记剧本〉与中国戏剧发展之关系》等，堪称比较文学领域的力作。季羡林是当代中国比较文学研究当之无愧的领军人物，提出了一整套比较文学研究的主张，呼吁建立比较文学中国学派。他说："我们进行比较文学研究，并不是为比较而比较。对我们来说，比较不是目的，而是手段。我们是想通过各国文学之间的比较研究，探讨出规律性的东西，以利于我们的借鉴，更好地继承和发扬我们民族传统中的精华，更好地发展我们的新文艺。"针对西方学者在比较文学领域的"欧洲中心论"，他还指出："研究比较文学必须重视东方文学在世界文学史上的地位，重视中国、印度、伊朗、阿拉伯、日本等东方国家文学对世界文学的巨大影响，其中包括对欧洲文学的影响。"这些看法受到亚洲各国学者的支持，在世界其他国家也受到广泛重视。1986年季羡林在《〈中国比较文学年鉴〉前言》中写道：

> 人们不是常常谈论比较文学的中国学派吗？什么叫"中

国学派"呢？我认为，至少有两个特点，这两个特点都同我上面讲的那几层意思是密切相关的。第一个特点是，以我为主，以中国为主，决定"拿来"或者扬弃。我们决不无端地吸收外国东西，我们决不无端地摒弃外国东西。只要对我们有用，我们就拿来，否则就扬弃。这一点"功利主义"，我看是必须讲的。第二个特点是，把东方文学，特别是中国文学，纳入比较文学的轨道，以纠正过去欧洲中心论的偏颇。没有东方文学，所谓比较文学就是不完整的比较文学。这样比较出来的结果也必然是不完整的，不完全符合实际情况的。比来比去，反正比不出什么名堂来。对本门学科发展起阻滞作用，为我们所不取。

季羡林针对比较文学研究中一度出现的"乱比"的倾向，主张广通声气，博采众长，从而为中国比较文学研究指明了方向，既受到中国学者的一致赞同，也受到许多外国知名学者的支持。季羡林认为，中国和印度这样的多民族东方大国，国家中各民族文学之间的差别不亚于欧洲国与国文学的差别。针对这种特点，应尽快研究中国境内各民族的文化关系，加强国内各民族的了解，探讨中华民族文学的发展规律，这样会大大有助于中国各民族的团结。笔者以为，我国比较文学在不长的时间内出现初步的繁荣，一个中国学派正在形成，其中季羡林的大力推动和引领功不可没。

散文名家

季羡林是当代著名散文家。中学时代，他受胡也频、董秋芳等先生的影响和鼓励,开始文学创作,七十余年从未间断。季羡林的散文文如其人,情真意切而又朴实恬淡,天然本色中呈现繁富绚丽之美,这是匠心独运、惨淡经营的结果。他的《留德十年》《牛棚杂忆》一时洛阳纸贵,他的《赋得永久的悔》《清塘荷韵》脍炙人口,感人至深,《赋得永久的悔》曾获"茅盾文学奖"。1999年,《季羡林散文全编》由中国广播电视出版社出版,钟敬文先生写诗赞曰:"浮花浪蕊岂真芳?语朴情淳是正行。我爱先生文品好,如同野老话家常。"温家宝总理看望季羡林时说,季老的作品"如行云流水,叙事真实,传承精神,非常耐读"。乐黛云教授把季老散文的特点概括为"真情、真思、真美","三真"如同一条红线,贯穿季羡林几十年的散文作品。

细品起来,季羡林散文不同时期的韵味又有所不同,二十世纪三四十年代有晓风残月的沉郁,五六十年代有光风霁月的明朗,70年代以后如晨钟暮鼓般平和而动人心魄,这反映了不同时期他的人生经历和心路历程。季羡林谦逊地说自己是个教书匠,写散文是他的业余爱好,是客串。的确,季羡林的散文不同于许多专业作家,有其独到的特色。其不同之处何在?"庾信文章老更成,凌云健笔意纵横",他的散文是东西方审美情趣兼收并蓄,是以广博学识底蕴为基础返璞归真。正如有人说,他大儒无声,他深水静流,说的固然是他的人格魅力,但文如其人,用以形容他的散文也恰如其分。季羡林曾在《〈赋得永久的悔〉自序》中说:

> 倘若有人要问:"你追求的是一种什么样的文采和风格呢?"这问题问得好。我舞笔弄墨六十多年,对这个问题当然会有所考虑,而且时时都在考虑。但是,说多了话太长,

我只简略地说上几句。我觉得，文章的真髓在于我在上面提到的那个"真"字。有了真情实感，才能有感人的文章。文采和风格都只能在这个前提下来谈。我追求的风格是：淳朴恬淡，本色天然，外表平易，秀色内涵，形式似散，经营惨淡，有节奏性，有韵律感，似谱乐曲，往复回还，万勿率意，切忌颠顶。我认为，这是很高的标准，也是我自己的标准，别人不一定赞成，我也不强求别人赞成。

季羡林的散文深受读者的欢迎，发行量很大。1980年，散文集《季羡林选集》由香港文学研究社出版，同年，散文集《天竺心影》由百花文艺出版社出版。1981年3月，散文集《朗润集》由上海文艺出版社出版。1986年《季羡林散文集》由北京大学出版社出版。进入90年代，1991年中国文联出版公司出版《万泉集》，1992年中国人民大学出版社出版《季羡林小品》、东方出版社出版《留德十年》，1995年百花文艺出版社出版《季羡林散文选集》，1996年人民日报出版社出版《赋得永久的悔》、北京大学出版社出版《怀旧集》、浙江人民出版社出版《人生絮语》。此外他在报刊发表的新作难以统计。90年代后半期，各种各样的季羡林散文作品选本层出不穷，名目繁多，所收文章有新作也有旧文，排列组合，颇多重复。季羡林不赞成这种做法，多次下令"刹车"，但收效甚微。对广大读者来说，阅读季羡林散文是一种美的享受，知识的滋养，性情的陶冶和心灵的净化；对出版社来说，出版季羡林散文是一种光赚不赔的买卖，何乐而不为？

改革开放以来，季羡林在繁忙的公务活动和教学科研之余，创作了大量散文佳作。比如,《梦萦红楼》《梦萦未名湖》《我和北大》《我的书斋》和《两行写在泥土地上的字》等等,记述他在北大半个多世纪的辛勤耕耘,读者可以感受到他人生的大起大落,经历的雨雪风霜,还可以欣赏燕园的四季美景;《二月兰》《园花寂寞红》《怀念西府海棠》《神奇的丝瓜》《幽径悲剧》《老猫》《咪咪》《咪咪二世》《喜鹊窝》等等,从写花草树木到小猫、小狗,读者可以感受到他对生命的关爱和同大自然的水乳交融,欣赏自然万物的春意盎然,生气勃勃;季羡林本来喜静不喜动,可是由于工作的原因,他频繁出差,留下《登黄山》《登庐山》《石林颂》《西双版纳赞》《游小三峡》《富春江上》《虎门炮台》《火焰山下》《洛阳牡丹》《延吉风情》《佛山心影》等作品,读者可以跟随他游历祖国的名山大川,激发爱国主义情怀;季羡林访问过世界上三十多个国家,在访问印度、泰国、缅甸、日本、韩国、尼泊尔以及非洲后创作的散文作品,读者可以随他走一遭,领略异国风情,体验友好情谊;季羡林写了大量情真意切怀念师友的忆旧文字,读者可以结识中国近现代许多文化巨匠,如胡也频、陈寅恪、吴宓、郑振铎、老舍、沈从文、胡适、汤用彤、冯友兰、赵朴初、周培源、臧克家、李广田……大家云集,群星璀璨,如见其人,如闻其声。季羡林写了《寸草心》《一条老狗》,抒发对母亲早逝"树欲静而风不止,子欲养而亲不待"的终天之恨,对祖国母亲至诚至爱始终不渝的赤子感情,读者可以与他一起心动;季羡林写了大量谈论人生感悟的散文和杂文,对漫漫人生苦辣酸甜的真知灼见,对国家、人类未来的思考,读者奉之为真正的人生宝典……

校注《大唐西域记》

《大唐西域记》是一部十分重要的历史地理著作。此书为玄奘归国后奉唐太宗之令而作,由玄奘口述,其弟子辩机执笔,于贞观二十年(646)七月完成。全书分为12卷,记述了玄奘亲身游历或者听自传闻的138个国家或地区,内容涉及国土、都城、地理环境、气候、农业、商业、宗教、民俗、货币、文字语言、国王以及神话传说等诸多方面。

《大唐西域记》是研究印度史不可或缺的珍贵资料。古代印度是一个智慧而伟大的民族,但是没有记载历史的习惯,故而印度著名历史学家阿里在给季羡林先生的信中写道:"如果没有法显、玄奘和马欢等人的著作,重建印度历史是完全不可能的。"《大唐西域记》是研究印度古代史、哲学史、宗教史、文学史、艺术史等的必读文献,也是研究中外关系史、中西交通史等的重要文献资料。季羡林给予此书极高的评价:"经过了一千多年实践的考验,特别是在最近一百多年内的考验,充分证明《大唐西域记》是有其伟大意义的";"从古代一直到中世纪,到过印度的外国人也非常多,他们留下了很多的记载。……但是,它们都无法代替《大唐西域记》,要想了解古代和7世纪以前的印度,仍然只能依靠这本书。"季羡林所提到的"最近一百多年内"是《大唐西域记》研究的井喷期。该书被翻译成多种文字在全世界各地流传,相关研究文章也是恒河沙数,不一而足。但是中国学者关于此书的研究却寥若晨星,与别国相比,遥不可及。再加上《大唐西域记》的流传版本众多,地名、人名不一致,确实需要一本全新校注本来解决面临的研究匮乏和错讹甚多的问题，校勘和注释就显得尤为必要。做这项工作需要通晓古代印度和中亚史地、宗教、语言文字等多方面的知识，还要懂得英文和日文，以便与译本相互参照，因此能胜任者少之又少。

20世纪50年代末，历史学家、北大教授向达拟订了一个《中外交通史籍丛刊》计划，准备整理出版古籍四十二种，其中就有唐代名著《大唐西域记》。向达雄心勃勃，将整理研究此书作为晚年的一件大事。这项工作当然不可能由他一人完成，中华书局委派编辑谢方来请北大学者共同参与此事。1961年1月，北大组成了一个小组，成员有向达、邵循正、季羡林、邓广铭、周一良，由向达提出初步意见，进行集体研究。向达还专程赴广州向陈寅恪汇报此事，陈先生也牵挂着这部书。1962年向达向中华书局提出了一个整理《大唐西域记》的庞大计划，决心以余生的精力完成这个计划。可是由于政治形势的变化，这项工作刚刚有了一点儿眉目就搁浅了。1964年10月，中华书局正式通知向达，影印本不能出版。

1977年底，中华书局旧事重议，重新启动《大唐西域记》的整理工作，并列入出版计划。编辑谢方再一次来到北大，邀请季羡林主持其事。季羡林表示愿意全力支持。他在回忆接受此项任务的心情时说："《大唐西域记》的重要性尽人皆知，但是一千多年以来，我国学者对这一部书的研究，较之日本远远落后，我认为，这是我们学术界之耻，尝思有以雪之。"正是抱着这种发愤雪耻的心态，季羡林邀集张广达、朱杰勤、杨廷福、耿世民、张毅、蒋忠新、王邦维七位专家组成校注班子，在借鉴参考了向达等人已有成果的基础上，重新对《大唐西域记》进行整理。1978年8

月18日，季羡林在北大外文楼召开《大唐西域记》第一次工作会议，会后自掏腰包，请与会者到北京莫斯科餐厅用午餐，工作从此展开。这部书没有设主编，署名季羡林等校注，但季羡林是名副其实的主编，他除了参与注释，还审阅了全部注释稿，提出了许多中肯的意见，对有些重要的条目，甚至亲自重写，如长达三千字的"四吠陀"注释；他还对历代学者的注释进行研究，对一些重要问题提出新解，纠正了前人包括日本学者的一些错误。1985年，中华书局出版了六十三万字的《大唐西域记校注》。这部书借鉴了中外学者的研究成果，纠正了一些错漏之处，解决了一些遗留或者忽略的问题。至此，几代中国学人的艰苦努力终于有了结果。1994年，这部书获得第一届国家图书奖。

为了帮助读者更好地阅读和研究《大唐西域记》，季羡林还花了一年多的时间，查阅了大量资料，写出了十万言的《玄奘与〈大唐西域记〉——校注〈大唐西域记〉前言》。内容之广泛远远超过《大唐西域记》原书。他从以下几个方面进行了详细的论述：（一）唐初的中国，（二）六七世纪的印度，（三）唐初中印交通情况，（四）关于玄奘，（五）关于《大唐西域记》。其实，这篇前言是一部专著，不但对《大唐西域记》提供了导读，而且对研究唐代中印关系史和中亚史、佛教史都具有重要的价值。举一个例子说明：《大唐西域记》中有五处提到"大乘上座部"，而一百多年来关于"大乘上座部"，日本和欧洲的学者众说纷纭，始终没有做出合理的解释。季羡林查阅了大量中外史料，进行了深入研究，指出："大乘本无所谓'上座部'和'大众部'之分。""所谓'大乘上座部'并不是大乘与上座部两种东西，而是接受大乘思想的小乘上座部的一种东西，可是又包含大乘与小乘两方面的内容，因此才形成了'大乘上座部'这种奇怪的教派。"这就解决了佛教史研究中长期争论不休的一个问题。

从始至终参与该书校注的中华书局编审谢方目睹了季羡林的玄奘情结和学者风范。他说:"玄奘情结仅仅是季羡林先生学问海洋中的一小部分,然而由此却可以看出他的理想、追求。季先生对玄奘的眷恋,反映了他数十年如一日锲而不舍地对真理的追求。季先生在他的有关文章中曾不止一次地引用鲁迅先生赞扬古代僧人西行求法的精神,并说这就是中国人的脊梁的话,季先生的玄奘情结,正是出于弘扬这种精神,赞扬了为追求真理,无私、无畏,以致献身。"

佛学研究

1935年,季羡林在德国哥廷根大学学习梵文、巴利文和吐火罗文,应该说,从那时起他就开始研究佛教了。在长达七十多年的漫长岁月里,不管他的研究对象"杂"到什么程度,他对佛教研究始终锲而不舍,兴趣从来没有降低过。

季羡林对于佛学研究造诣很深。一次,有个青年人向他请教佛学方面的问题,他耐心地作了解答,同时告诉那个青年人说:"我从来没有信过任何宗教,对佛教也不例外。而且我还有一条经验:对世界上的任何宗教,只要认真地用科学方法加以探讨,则会发现它的教义与仪规都有一个历史发展过程,都有其产生根源,都是人制造成的,都是破绽百出、自相矛盾的,有的简直是非常可笑的。因此,研究越深入,则信仰越淡薄。"既然不相信,为什

么还要研究呢？季羡林说："我个人研究佛教是从语言现象出发的。我一开始就是以一个语言研究者的身份研究佛教的。我想通过原始佛典的语言现象来探讨最初佛教的传布与发展，找出其中演变的规律。让我来谈佛教教义，有点野狐谈禅的味道。但是，人类思维有一个奇怪的现象：真正的内行视而不见的东西，一个外行反而一眼就能够看出。说自己对佛教完全是外行，那不是谦虚，而是虚伪，为我所不取。说自己对佛教教义也是内行，那就是狂妄，同样为我所不取。我懂一些佛教历史，也曾考虑过佛教在中国发展的问题。"俗话说"旁观者清，当局者迷"，季羡林虽然自称外行，但外行也有外行的好处，他以一位文化学者的身份研究佛学，具有佛家弟子不可比拟的优势。

对于佛学研究，季羡林首先注意解决对佛教评价的问题。他认为，马克思主义对宗教的评价众所周知，但是我国学术界过去对佛教的评价存在简单化、片面化的倾向。个别学者是用谩骂的口吻来谈论佛教的，这不是好的学风，谩骂不等于战斗，也不等于革命性强。他认为，佛教既然是一个宗教，宗教的消极方面必然存在，但中华民族创造了极其卓越的文化，历经千年而没有失去活力，为世界各民族所仅见，其原因当然很多，但重要的是它具有海纳百川的胸怀，随时都在吸收外来的新成分，决不僵化，东汉以来佛教的传入便功不可没。从整个世界文化发展的情况来看，一种文化不管在某一时期内发展得多么辉煌灿烂，如果故步自封，抱残守缺，又没有外来的新成分注入，结果必然会销声匿迹，成为夜空中的流星。佛教作为一个外来的宗教，传入中国以后，抛开消极的方面不讲，积极的方面是无论如何也否定不了的。中国人的思想观念、语言文学、科学技术，乃至音乐、舞蹈、美术、建筑、雕塑、民俗、医药、养生等等无不受到佛教的影响。总之，它影响了中华文化的方方面面，为它增添了新的活力，促其发展，助其成长，这是不可否认的事实。

季羡林反复强调，过去在评价佛教方面，一些史学家、哲学史家确实失之偏颇，不够全面。他们说佛教是唯心主义，同唯心主义做斗争的过程，就是唯物主义发展的过程，一度流行的说法就是佛教只是一个"反面教员"。人们在很长一段时间习惯于这一套貌似辩证的说法，今天已不能再满足于这种认识了，必须对佛教重新估价，对佛教在中国历史上和文化史、哲学史上所起的作用，要细致、具体、实事求是地加以分析，以期做出比较正确的论断。这也是一种拨乱反正，否则我们就无法写中国哲学史、中国思想史、中国文化史，更无法写中国绘画史、中国语言史、中国音韵学史、中国建筑史、中国音乐史、中国舞蹈史等等。总之，弄不清印度文化和印度佛教，就弄不清我们自己的家底；而且，佛教在中国的影响绝不限于汉族，其他兄弟民族特别是藏族、蒙古族和傣族，都受到深刻影响，在这方面我们的研究十分落后，决不能再继续下去。一百年以前，恩格斯已经指出，佛教有辩证思想，可是有一些论者言必称马恩，其实往往是仅取所需的狭隘的实用主义。任何社会现象都是极其复杂的，佛教这个上层建筑更是如此，优点和缺点纠缠在一起，很难立即做出定性分析。因此，季羡林大声疾呼，我们一定要屏除一切先入之见，细致地、客观地、平心静气地就佛教对中国文化的影响进行分析，然后做出结论，只有这样的结论才符合客观事实，真有说服力。

由此看来，正确地分析评价佛教对中国文化的影响，是季羡林对佛学研究的第一个贡献，具体成果包含在他的大量史学著作，

特别是关于中印文化交流史的著作中。

季羡林对佛学研究的第二个贡献是对宗教前途的客观估价，以及在此基础上提出的关于宗教政策的建议。季羡林曾经和哲学家冯定一道探讨过宗教的前途问题。他提出了一个问题：是宗教先消灭呢，还是国家、阶级先消灭？最终他们两人的意见完全一致：国家、阶级先消灭，宗教后消灭，换句话说，即使人类进入大同之域共产主义社会，在一定的时期内，宗教或者类似宗教的想法，还会以某种形式存在着。季羡林注意到恩格斯说过的话："创立宗教的人，他们必须本身感到宗教上的需要，并能体贴群众的宗教需要，而烦琐哲学家照例不是如此。"他认为，所谓群众的需要多种多样，有真正的需要、虚幻的需要、麻醉的需要、安慰的需要，尽管形式不同，其为需要则一也，否认这一点就不是唯物主义者。既然如此，我们是不是就不要宣传唯物主义、宣传无神论了呢？季羡林肯定地回答："我们信仰马克思主义，我们是唯物主义者。宣传、坚持唯物主义是我们的天职，这一点决不能动摇。我们决不能宣传有神论，为宗教张目。但是，唯其因为我们是唯物主义者，我们就必须承认客观实际，一个是历史的客观实际，一个是眼前的客观实际。在历史上确实有宗教消灭的现象，消灭的原因异常复杂。总起来看，小的宗教，比如会道门一类，是容易消灭的。成为燎原之势的大宗教则几乎无法消灭。即使消灭，也必然有其他替代品。举一个具体的例子，佛教原产生于印度和尼泊尔，现在在印度它实际上几乎不存在了。为什么产生这个现象呢？印度史家、思想史家有各种各样的解释，什么伊斯兰教的侵入呀，什么印度教的复活呀。但是根据马克思的意见，我们只能说，真正原因在于印度人民已经不再需要它，他们已经有了代用品。佛教在印度的消逝绝不是由于什么人,什么组织大力宣传,大力打击的结果。在人类历史上,靠行政命令的办法消灭宗教,即使不是绝无仅有,也是十分罕见。"至于眼前的客观实际,季羡林发现,苏联建国几十年,对无神论的宣传可谓不遗余力,对宗教的批评也可谓雷厉风行,然而结果怎样呢?宗教并没有被消灭,反而还有抬头之势,这种经验和教训值得我们借鉴。

因此,季羡林提出的对策是:对任何宗教,佛教当然也包括在内,我们一方面决不能去提倡,另一方面我们也用不着故意去消灭,这样做毫无用处。如果有什么地方宗教势力抬头了,我们一不张皇失措,二不忧心忡忡。宗教是在人类社会发展到某一阶段产生出来的,它也会在人类社会发展到某一阶段消灭。操之过急,徒费气力。我们的职责是对人民进行唯物主义、无神论教育,至于宗教是否因之而逐渐消灭,我们可以不必过分地去考虑。

季羡林对佛学研究的第三个贡献是通过研究佛教与生产力的关系,发现了"天国"门票越卖越便宜的现象,揭示出佛教发展逐步世俗化的规律。宗教会不会成为社会发展、生产力发展的障碍呢?季羡林认为会是这样,但并非决定性的。他研究宗教史发现了一个很有趣的现象:宗教往往会适应社会和生产力的发展而随时改造自己,改变自己。在欧洲,路德的宗教改革是一个例证。在亚洲,通过研究印度和中国佛教部派形成和发展演变的过程,证明从小乘有部到大乘空部,再到大乘有部,修习方式发生了很大的变化。佛教小乘改为大乘,在个别国家,比如日本,和尚可以结婚,成家立业。小乘是"自了汉",想解脱必须出家。出家人既不能生产物质产品,也不能生产人,长此以往社会将无法继续存在,人类也将灭亡。大乘逐渐改变了这个弊端,想解脱——涅槃或者成佛，不必用那样大的力量，只需膜拜或口诵佛号等等，就能达到目的。小乘功德要靠个人积累，甚至累世积累；大乘功德可以转让，这样既能满足宗教需要，又与物质生产不相矛盾。比如，居士改变了过去的情况，他们除了出钱支持僧伽外，自己也想成佛，也来说法，这就是所谓"居士佛教"，是大乘的一大特点。从上述事实季羡林总结出一条宗教发展的规律：用尽可能越来越小的努力或者劳动满足尽可能越来越大的宗教需要，这条规律不但适用于佛教，也适用于其他宗教。

季羡林的研究重点还是中国佛教。他认为，佛教在中国的发展是一个非常有意义的研究课题。佛教传入中国以后，经历了试探、适应、发展、改变、渗透、融合等许多阶段，最终成为中国文化、中国思想的一部分。佛教在中国产生了许多宗派，其中禅宗流传延续的时间最长，原因何在？季羡林认为至少有两条原因：一是禅宗主张"顿悟"，不必累世修行即可成佛；二是提倡生产劳动，"一日不作，一日不食"，与生产力发展不相违背。季羡林从宗教修行与生产力发展之间的矛盾入手，解释顿悟与渐悟的利弊优劣。他认为，顿悟较之渐悟大大有利。渐悟需要的时间多，耗费精力多，这当然会同物质生产发生矛盾，影响生产力的发展；顿悟需要的时间少，甚至可以不用时间和精力，一旦顿悟，洞见真如本性，即可立地成佛；而且，人人皆有佛性，就连十恶不赦的恶人也有佛性，甚至其他生物都有佛性。这样一来，满足宗教信仰的需要与发展生产力之间的矛盾就迎刃而解。季羡林强调解决生产力的发展与宗教信仰之间的矛盾并非没有根据。中国历史上几次大规模的排佛活动，都与经济也就是生产力有关。在所有的佛教宗派中，深知这个道理的只有禅宗一家。它顺应宗教发展的规律,提倡信徒参加生产劳动,借以改变寺院靠庄园收入维持生活的做法,因此寿命最长。最著名的例子是唐代禅宗名僧怀海(720—814)制定的"百丈清规",其中规定禅宗僧徒靠劳作度日。

总之,除了从语言学角度研究佛教传布发展的路径而外,季羡林对佛学研究的主要贡献是上述三点。

蔗糖的历史

20世纪最后二十年,正值季羡林七十至九十岁,当此耄耋之年,他的学术研究却进入冲刺阶段。他的著述颇丰,其中最有代表性的是篇幅最长的专著《糖史》。

季羡林很早就发现,现在世界上流行的几大语言中,"糖"这个词几乎都是转弯抹角地出自印度梵文 Śarkarā 这个字。中国的"糖"字,英文叫"sugar",法文叫"sucre",德文叫"zueker",俄文叫"caxap"。一看便知这个字是一个来源。一般来讲,一个国家接受外来的东西,最初把外来的名字也带来了,后来有的改变了,有的没有改变。糖从一个地方传到另一个地方,如果本地没有,就会把外来词也带进来。英文的"糖"字来自印度,是从梵文 Śarkarā 转借来的,一比较就知道。这说明英语国家原来没有糖,糖是从印度传去的,否则为什么用印度字呢?我们中国原来也没有糖,从前有个"餳"字,不念"易",也不念"阳",念"糖"。糖是甘蔗做的,中国是甘蔗的原产地,《楚辞》中就曾提到。当时人们吃甘蔗,也喝甘蔗浆,而由甘蔗浆变成糖则用了一千多年。季羡林从中领悟到,在糖这种微不足道的日常用品中竟隐含

着一部人类文化交流史。

提起季羡林研究糖的历史,是出自一个偶然的机缘。1981年,一张当年被法国人伯希和带走的敦煌卷子辗转到了北大历史系几位教师手里。他们拿给季羡林看,季羡林发现:卷子两面都有字,正面写的是佛经,背面的内容与制糖有关,是十分罕见的科技资料;但内容并非一目了然,间有错字、漏字,有一些难解之处。关键问题是,其中有一个从未见过的词"煞割令"。"煞割令"是什么呢?季羡林对照上下文反复琢磨,忽然想到梵文 Śarkarā,原来是糖!他一下子豁然开朗,立即写了一篇《一张有关印度制糖法传入中国的敦煌残卷》,从此便开始研究糖史。他想起青年时在德国留学,在汉学研究所翻阅过大量的中国笔记丛刊,里面颇有一些关于糖的资料,可惜当时脑子里还没有这个问题,就视而不见,统统放过了,今天只能从头做起。那时电子计算机还很少见,而且技术也没过关。不可能把所有的古籍或今籍一下子都收入。季羡林只能采取笨办法,自己查书;然而典籍浩如烟海,穷毕生之力也难以查遍。季羡林收集材料历来是"竭泽而渔",不肯放过任何可能有用的材料,于是他利用北大图书馆藏书在高校首屈一指、查阅方便的条件,以善本部和教员阅览室为基地,绞尽脑汁地收集资料。当时季羡林已经八十多岁,老伴又患重病,两度住院,可是他却开始拼老命了。1993年和1994年两年,每天他从家到北大图书馆,走七八里路,除星期日闭馆外,不管冬天还是夏天,不管刮风下雨还是坚冰在地,从未间断过。《糖史》的写作,用去了季羡林十七年的时间。当然,他是同时在几个战场作战,这十七年并非只做一件事。他查阅的资料,除了近人有关著述,还有古代的正史、杂史、辞书、类书、科技书、农书、炼糖专著、本草和医书、包括僧传及音义在内的佛典、敦煌卷子、诗文集、方志、笔记、报纸、中外游记、地理著作、私人日记、各种杂著、外国药典、古代语文（梵文、巴利文、吐火罗文）以及英、德等西语文献。古今中外的典籍中，凡涉及"糖"的，无不千方百计找来读过，穷搜极讨，方可心安。

从海量的资料中，季羡林发现了一些规律：首先，中国最初只饮蔗浆，用甘蔗制糖的时间比较晚；其次，同古代波斯一样，糖最初是用来治病的，不是调味的；再次，从中国医书上来看，使用糖的频率越来越小，以致很少见了；最后，也是重要的一点，把原来红色的蔗汁熬成糖浆，再提炼成洁白如雪的白糖，这项技术是中国发明的。季羡林认为，最为重要的是，制糖技术的相互学习，表明文化交流是双向的，不是什么单行线。《新唐书》里就讲到唐太宗李世民派人去印度学习制糖技术，这是中国正史里的记载。汉字"糖"出现在六朝，说明唐太宗时中国已能制糖，但水平不高，派人去印度学习。这是历史事实，但问题不在这里，问题是印地文中有个字叫"cīnī"，意为"中国的"，并有"白糖"的意思。"中国的"英文叫"Chinese"，"中国"英文叫"China"、法文叫"Chine"、德文叫"China"，都是从梵文"Cina"变来的。印度自称在世界上制糖水平最高，历史最悠久，因此"Śarkarā"这个字传遍世界，但为什么又把"白糖"叫"cīnī"呢？1985年季羡林去印度参加关于《罗摩衍那》的国际讨论会，一次，他当大会主席，问在场的印度学者"cīnī"怎么来的？糖出在印度，为什么"白糖"叫"中国的"？结果没有一位学者答得出来。后来有个丹麦学者，知道季羡林在研究糖的历史，寄来了一篇论文。这篇论文作者名字叫Smith，论文是讲"cīnī"及其来源的。论文说，"cīnī"的意思是"中国的"，而白糖却和中国没关系，因为在中古时期白糖很贵，当药来用，非皇家贵族、大商人是吃不起的。为何"cīnī"叫"白糖"呢？因为，中国有几件东西在世界上很有名，如瓷器，英文"China"既当"中国"讲，也有"瓷器"的意思。中国的瓷器也曾传入印度，但只有印度的阔人才用瓷器。中国瓷器是白色的，于是把中国瓷器的"白"和白糖的"白"连在一起。印地文中的"白糖"应该是"cīnīśarkarā"，后来因为字太长，简为"cīnī"。看来，论文作者认为，无论如何"cīnī"和中国没关系，中国从来没有生产过白糖，也没有向印度输出过白糖。季羡林认为这是无知妄说，不过这篇论文也有可借鉴之处。研究这类问题的方法应该是，首先要确定"cīnī"这个字是什么时候出现的，即上限在何时；其次要确定在什么地方出现"cīnī"这个字，进而确定中国在什么时候生产白糖，又从什么时候、什么地方传入印度。这样研究才比较科学。可是，问题之难在于不知道"cīnī"在印度何时出现。季羡林问过印度学者，他们也答不出来。而 Smith 却做了些工作，他查了印度的文学作品，发现"cīnī"一字出现在公元 13 世纪，这是他的功绩。另外他又基本上把现在印度好多种语言中表示"白糖"这个意思的词追踪清楚，总的情况是，在印度西部语言中都来自梵文的 Śarkarā；在东部语言中都来自 cīnī 或者 cini，孟加拉文就是这样。由此推断，中国白糖是由印度东部进入印度的。再研究中国究竟有没有白糖，出口了没有，到印度了没有，这个问题就好解决了。

我国 7 世纪唐太宗派人向印度学习制糖技术，说明那时我国制糖水平不高，但学习以后制的糖，其颜色、味道都超过印度。《新唐书》说"色味逾西域远甚"，说明一方面引进了，另一方面改进了,这是唐朝的情况。到了宋朝仍然制糖。到了元朝又来了一个变化,13世纪马可·波罗的游记中有一段记载:在福建尤溪有一批外国制糖工人,他们是蒙古大汗忽必烈从巴比伦抓来教中国工人制糖的,炼白糖。巴比伦这个地方有人说是现在的伊拉克,有人说是埃及,埃及开罗的可能性较大。上述记载说明印度制糖传到波斯,从波斯传到埃及。埃及当时很多手工业处于世界领先地位,而蒙古人的文化水平不高,蒙古大汗抓了些制糖工人,送到中国的福建尤溪,尤溪出甘蔗,在那里教中国人炼糖。到了明朝末年,很多书里讲炼糖,其中有一段记载说,原来糖炼不白。有一次遇到一个偶然的机会,倒了一堵墙,墙灰落入糖中,发现制的糖变白了,这在化学上讲得通,灰里有碱,因此糖炼白了。明朝末年中国的白糖在国际市场成了抢手货,而且有根据说,中国的白糖在郑成功时代已经出口了,郑成功家就做白糖生意。从中国运货去日本,在货物中就有白糖,这证明13世纪后,中国的白糖开始出口。那么,中国的白糖是否出口到印度?书上记载印度派船去新加坡买中国的白糖,而没有记载中国直接出口白糖到印度。但有可能是从福建泉州运白糖到孟加拉,泉州当时是世界很大的港口,那里有穆斯林的和印度教的文化遗迹,福建尤溪制的白糖运到泉州,然后泉州有印度船运回印度,上岸的地方是东印度,讲孟加拉语。

季羡林认为,上面这些都是历史事实,从中得出结论是文化交流不是直线的,而是曲折的。"cīnī"这个字的例子便说明文化交流的复杂性。以上介绍的仅是季羡林《糖史》的一小部分内容。这部专著洋洋80万字,分国内编和国际编两部分,1997年由经济日报出版社出版。季羡林从语言切入,以研究文化交流为重点,

得出文化交流促进人类社会进步的科学结论。2000年《糖史》获"长江读书奖"。

《弥勒会见记剧本》

季羡林在耄耋之年学术研究冲刺阶段,完成的另一部巨著是吐火罗文《弥勒会见记剧本》译释。诚然,季羡林是中国学习和精通吐火罗文的第一人,但他从欧洲回国以后,由于资料和其他条件限制,他始终没有把吐火罗文当作主业,几乎三十年没有集中精力和时间接触、研究吐火罗文。20世纪70年代后期,季羡林到新疆讲学,在自治区博物馆见到陈列的吐火罗文残卷,发现由于没有人认识这种婆罗米字母,展品放颠倒了。他指出了这个错误,新疆的同志才知道季先生可以解读这种"天书"。

1981年,新疆博物馆副馆长李遇春来到北大,送来44张88页吐火罗文残卷,请季羡林解读。这批文物是1973年在焉耆七个星断壁残垣中发现的,由于无人能识,已在库房沉睡数年了。当时年逾古稀的季羡林许久没有摸过这种东西了,感到已经生疏,未敢贸然答应。可是,面对这样珍贵的资料,他又焉能不为之心动?最终他硬着头皮,答应一试,于是全力以赴,对付这颗难啃的核桃。他把斜体婆罗米字母转写成拉丁字母,并把残卷的页码理顺,借助工具书大体了解了残卷内容同弥勒有关。他的运气不错,翻译了几页便发现书的名称是:《弥勒会见记剧本》。他大喜过望,因为这不仅是一部佛经,而且是一部文学作品,不仅对研究佛教史有用,而且对研究文学史也是难得的资料。在新疆一带，弥勒信仰曾经十分普遍，发现过好几个焉耆文的《弥勒会见记剧本》，还有回鹘文译本。不过，别的国家研究吐火罗文的学者，还没有谁诠释过这些残卷中的任何一张。一年后，季羡林虽然大体了解了残卷的内容，但还是有不少难以辨认的字，要解决这个问题，只有对照其他语言的译本。1982年，他在正式对残卷进行翻译之前，写了两篇文章，一篇是《吐火罗语A中的三十二相》，另一篇是《谈新疆博物馆吐火罗文A〈弥勒会见记剧本〉》。1983年，季羡林在从事大量行政工作和其他研究工作的同时，开始翻译和诠释《弥勒会见记剧本》。因为我国藏有为数不少的该剧本的回鹘文文本，季羡林试图利用回鹘文《弥勒会见记剧本》校对补足焉耆文残卷残缺的部分，再逐字逐词加以翻译。但他不懂回鹘文，只好请几位回鹘文专家协助，其中有中央民族大学耿世民教授、新疆工学院李经纬教授、新疆博物馆伊斯拉菲尔·玉素甫、多鲁坤·阚白尔等。在他们的帮助下，季羡林选了四页比较有把握的入手，开始翻译和诠释。良好的开端是成功的一半，此后几年季羡林继续扩大战果，每年都有所前进。其间，一度因资料缺乏，不得不向海外朋友求助，其繁其难可以想见。季羡林夜以继日，奋战不息，1987年他写了两篇长文《关于吐火罗文〈弥勒会见记〉》和《吐火罗文A（焉耆语）〈弥勒会见记剧本〉与中国戏剧发展之关系》。前一篇主要讲吐火罗文剧本的情况、印度戏剧的发展、印度戏剧在中国新疆的传播、印度戏剧与希腊戏剧的关系、中国戏剧的发展情况、吐火罗文剧本与中国内地戏剧发展的关系以及中国戏剧与印度戏剧的异同。后一篇先讲吐火罗文本《弥勒会见记剧本》同回鹘文本的异同，接着讲印度戏剧的来源和中国戏剧的起源，最后讲印度古代戏剧与中国古典戏剧，特别是

与京剧的相似点。1989年,季羡林又写了一篇论文《梅坦利耶》,这是专著《吐火罗文A(焉耆文)〈弥勒会见记剧本〉译释》中的一章,有英文译本。"梅坦利耶"是"弥勒"的另外一种译法,季羡林在这篇论文中论述了二者的来源和相互关系。同年季羡林还写了《吐火罗文和回鹘文〈弥勒会见记〉性质浅议》,回答了以下三个问题:是创作还是翻译?内容是什么?体裁是什么?经过十几年的艰苦奋斗,到1997年12月,季羡林对《弥勒会见记剧本》的汉译、英译和注释全部完成了。

1998年,由季羡林转写、翻译和注释,并得到德、法两国吐火罗文学者W.Winter和G.Pinault协助的英译本《新疆博物馆藏甲种吐火罗语弥勒会见记残卷》,由总部分别设在柏林和纽约的跨国出版公司Mouton de Gruyter出版,列入Winter教授主编的《语言学的趋向丛书》(*Trends in Linguistics*),作为其中《研究与专著》(*Studies and Monographs*)系列的第113种。这是一部存世规模最大的吐火罗文文献英译本,它的出版在西方学术界引起了轰动,使他们不得不对中国学者刮目相看。在完成了这个巨大的学术工程之后,季羡林激动地说:"我心里感到了很大的安慰,我可以告慰恩师的在天之灵了!"

参与大百科编纂

《中国大百科全书》是我国进入新时期第一项规模宏大的文化工程,季羡林积极参与其中,在《外国文学卷》和《语言文字卷》的编纂中留下了浓墨重彩的一笔。

1978年6月,中共中央批准国家出版局、中国科学院、中国社会科学院《关于筹备出版〈中国大百科全书〉情况的报告》,成立了以胡乔木为主任的中国大百科全书总编辑委员会。1979年,中国大百科全书总编辑姜椿芳热情邀请季羡林参加大百科的编纂工作。此时,担任北大副校长的季羡林尽管兼职很多,工作繁忙,但他仍然对大百科全书的编纂工作表示全力支持。7月,《外国文学卷》编委会召开第一次会议,确定各分支学科的编写组。季羡林任该卷编委会副主任委员兼南亚文学编写组主编,主任委员由冯至担任。他们二位既是同事又是挚友,心灵相通,合作愉快。季羡林既负责策划、组稿、审稿,还要亲自撰写部分词条。他根据自己多年从事外国文学教学和研究的经验,提出编纂的指导思想和一些具体意见:(1)论述应当客观、全面。就《外国文学卷》来说,应该以发展和联系的观点叙述外国文学在特定环境中的演变和盛衰,不以"政治态度"定优劣论取舍,纠正不注意艺术成就、忽视在历史上的影响和贡献同时又不敢为健在的作家立传的倾向。(2)资料必须准确、丰富,要有最新资料,反对故步自封。(3)东方文学和西方文学,大国文学和小国文学,要正确对待。重视第三世界文学,破除"欧洲中心论",但不轻视西方文学。条目释文中要点明有关国家的文学在中国的影响,与中国的联系。(4)按照在文学上的成就和贡献的大小确定是否立条及条目字数的多少。各个国家的条目和字数要保持相对的平衡。(5)文体力求一致。(6)译名务须统一。实践证明,季羡林的这些意见是正确的,也是可行的。

进入撰稿阶段之后,有一些同志信心不足,推迟编写的意见时有所闻。1980年7月,编委会在浙江莫干山召开第一次词条

编写审稿会,季羡林在会上鼓励大家抓紧有利时机,克服一些不切合实际的想法,相信我们有条件有能力完成好大百科全书的编写任务。事实证明,季羡林的意见是颇有远见的,因为这一卷的作者主要是社科院外国文学研究所和北京大学从事外国文学教学科研的专家学者,"文革"后他们承担的教学科研任务越来越重,如果当时不抓紧大百科全书的编纂工作,稍一松劲儿就可能半途而废。会议休息时,季羡林与冯至、朱光潜一起在山间散步,但见满山翠竹,一派生机。一向很少写诗的季羡林诗兴大发,赋诗一首:

莫干竹世界,遍山绿琅玕。
仰观添个个,俯视惟团团。

《中国大百科全书·外国文学卷》两大册360余万字,仅用了三年多一点时间就完成了,1982年9月正式出版。季羡林参加了从策划到成书的整个过程。他在该书的评介中写道:"在本书的形成过程中,每一个工作步骤我都参加了。我同大百科全书的同志们,以及编辑与写作的同志一起,既走过阳关大道,也走过独木小桥;既尝到了顺利的欢乐,也尝到了挫折的痛苦;这部书的优点和缺点,我知之悉而感之切。"他不无自豪地说:"出版这样一部巨著,这件事本身就是对我国外国文学研究的一个重大贡献。称之为煌煌巨著,是当之无愧的。"

编纂《中国大百科全书·外国文学卷》的任务完成之后,季羡林又马不停蹄,转战于《中国大百科全书·语言文字卷》的筹备和编纂工作。季羡林和吕叔湘共同负责筹划。1984年2月20

日至 24 日，语言文字卷编委会在北京举行第一次会议，编委会正式组成，成员有：顾问王力、吕叔湘，主任季羡林，副主任周祖谟、许国璋，委员王宗炎、刘涌泉、朱德熙、许宝华、陈原、张志公、张斌、周有光、胡裕树、俞敏、傅懋勣等。同年季羡林还被聘为中国大百科全书总编辑委员会委员。季羡林曾经回忆说：

> 最难忘的是当我受命担任"语言卷"主编时的情景。这样一部能够而且必须代表有几千年研究语言学传统的世界大国语言学研究水平的巨著，编纂责任竟落到了我的肩上，我真是诚惶诚恐，如履薄冰。我考虑再三，外国语言部分必须请（许）国璋先生出马负责。中国研究外国语言的学者不是太多，而造诣精深，中外兼通又能随时吸收当代语言新理论的学者就更少。在这样的考虑之下，我就约了李鸿简同志，在一个风大天寒的日子里，从北大乘公共汽车，到魏公村下车，穿过北京外院的东校园，越过马路，走到西校园的国璋先生的家中，恳切陈词，请他负起这个重任。他二话没说，立刻答应了下来。我刚才受的寒风冷气之苦和心里面忐忑不安的心情，为之一扫。

据李鸿简回忆，那是在 1985 年 12 月，正遇上阴冷大风天气，季羡林没有穿大衣，只穿一身中山装，戴着鸭舌帽。临时要不到车子，也没有找到出租车，公共汽车上很拥挤，他一直站着，在北外谈完工作，还是许先生向学校要了一辆车，送他回北大。

如同编纂《中国大百科全书·外国文学卷》一样，季羡林不

遗余力，精心策划、细心组织，既拿指挥棒，又拉小提琴。就笔者所知，《吐火罗语》《梵文》《窣利文（粟特文）》《佉卢字母》《婆罗米字母》《翻译》等词条，都出自季羡林的手笔。季羡林在学术上远见卓识，为人又谦和宽容，颇具影响力和号召力。在他的领导下，经过大家的共同努力，《中国大百科全书·语言文字卷》的编纂工程进展很顺利。1985年10月在烟台召开中国大百科全书语言文字卷定稿会议，会后季羡林与朱德熙、吕叔湘、姜椿芳、周祖谟一起登蓬莱阁观海，感受到如果没有大海般的胸怀和力量，怎能坚持用四年时间，把《中国大百科全书·语言文字卷》编纂成功。事实证明，《中国大百科全书·外国文学卷》和《中国大百科全书·语言文字卷》在整个大百科全书编纂中进度快，质量高，深受读者欢迎。

古籍整理

1991年，季羡林担任《传世藏书》主编，这是国家"八五"计划出版重点项目。该书精选从先秦到清末的文化典籍1000种，3万卷，约3亿字，编为123巨册，分为经、史、子、集四库，每库又分若干类，包括清代编纂的《四库全书》和其他所有大型古籍中的一流经典和重要著作。这样浩大的一项文化工程，要在几年时间内完成，其难度可想而知。北京大学、复旦大学、中国社会科学院等26所大学和科研单位的2700多位专家参加编纂和校点，依靠全国协作，历时六年圆满成功。《传世藏书》出版以后，季羡林来到济南，向山东大学等单位捐赠这部倾注大量心血的古籍。他在捐赠仪式上发表讲话,对流行一时的"文化搭台,经济唱戏"的口号提出批评,认为这种提法不妥,应该是"经济搭台,文化唱戏","经济和文化最好是互相搭台,互相唱戏。否则,经济和文化单独发展都发展不起来"。

季羡林不仅为古籍的整理出版日夜操劳,而且对古籍的流转和使用也十分热心,经常借各种机会呼吁对古旧书业予以支持。1992年1月中国书店成立四十周年,他书写了一段相当长的题词,大声疾呼"要重视古旧书业":

> 当今世界上各种科技文化繁荣的国家,古旧书业都是非常兴盛的。日本的东京和法国的巴黎是众所周知的。在我们中国,由于历史特别悠久,文化水平又高,古旧书业有悠久而光辉的历史。在清代的许多笔记中,我们常常能够读到当时的文坛祭酒同古旧书店亲密交往的佳话,王渔洋是其中最著名的一个。近代中国许多著名的学者往往也同琉璃厂的古旧书店有亲密的关系,鲁迅、郑振铎、向达都是如此。在最近几十年内,由于一些原因,古旧书业相当不振。这对弘扬中华文化是非常不利的。我现在借祝贺中国书店40岁生日的方便,呼吁有关人士:要重视古旧书业。我再说一句:要重视古旧书业。

就在《传世藏书》正在紧张编纂的时候,季羡林又把"战线"拉长了,1994年5月,国家又一项大型古籍整理工程——编纂《四库全书存目丛书》开始上马,胡绳担任总顾问,顾问有任继愈、张岱年、周一良、杨向奎、胡道静、程千帆、饶宗颐等,总编纂

仍然由季羡林挂帅,刘文俊具体负责编委会的工作。全国五十多所大学和研究机构以及中国台湾、日本、美国的近百位古籍整理专家、版本学者参加了编纂工作。该丛书历时三年,于1997年全部出齐,受到海内外学术界的热烈欢迎和广泛利用。

《四库全书存目丛书》是由《四库全书》派生出来的一套大型丛书。清朝乾隆年间编纂的《四库全书》,根据文渊阁藏书共收录历代典籍3761种,号称中国文化的渊薮。其实全书不全,所收书籍中有不少内容经过篡改和抽毁,还有大量典籍被摒弃在外,有的予以禁毁,有的列为存目。其中列为存目的有6793种。为什么有些图书列为存目?根据乾隆三十八年(1773)五月十七日上谕,这些图书"止存书名,汇为总目",而不收其书。原因大体有以下四种:其一,"有悖谬之言",即有批评清王朝统治的言论;其二,"非圣无法",即含有反礼教、反传统的倾向;其三,著作时代切近者;其四,"寻常""琐碎"之作。这些存目的图书,数量比《四库全书》本身要大得多,内容异常丰富,有许多著作对研究古代哲学思想和政治思想文化很有价值。其中史类著述最为可观,对史学研究颇有裨益,有价值的文学类书籍更是不胜枚举,还有大量地理、文字学、医学、天文历算、农家、刑法、杂家、释家的珍贵典籍。编委会本着"尊重历史,保存文献"的总方针,第一步的工作就是普遍调查,尽数收集。从乾隆年间确定存目到现今,时间已经过去220年,中间经历了长期战乱和许多自然的人为的灾害,这些书到哪里去找?经过在全世界二百多家图书馆、博物馆和高等学校大规模查访,找到了存目所列的图书4000余种,6万余卷,有许多珍贵稀见古籍,甚至被认为已经失传的古籍也被找了出来。《四库全书存目丛书》分为经、史、子、集四部,以及目录、索引共1200册,每册800页,所收书籍八成是宋、元、明、清历代善本,三成是孤本,到1997年全部出齐。

评价胡适

2003年9月18日,北京大学和安徽教育出版社联合召开《胡适全集》出版暨胡适学术思想研讨会,季羡林是该书的主编,他从医院请假直接来到会场,足见对这次会议的重视。应该说,重新认识和评价胡适,季羡林是一个扛旗的人物。

胡适(1891—1962)是中国现代史上的风云人物,是中国现代思想史、文化史、学术史和教育史上一个举足轻重的人物。早年在上海中国公学求学,胡适参加过学潮,1910年到美国康奈尔大学留学,毕业后到哥伦比亚大学研究院师从杜威学习实用主义哲学,1917年获哲学博士学位,同年初在《新青年》撰文《文学改良刍议》,反对文言文,提倡白话文,主张文学革命,7月回国任北大文科教授,和陈独秀、李大钊等共同编辑《新青年》,创办《每周评论》,大力提倡"新文化""新思潮",是新文化运动的重要领导者之一。"五四运动"后期,新文化运动发生分化,胡适主张"多研究些问题,少谈些主义";在学术上倡导"大胆的假设,小心的求证"的治学方法,对后来的学术界有重大影响。1922年胡适创办《努力周报》,鼓吹"好人政府"和"省自治联邦制",1925年参加段祺瑞策划的"善后会议",1926年去欧美、日本游学,1927年回国后担任中华教育文化基金会董事,1928年发起人权运动,反对国民党独裁与文化专制主义。1931年胡适任北大

文学院院长,"九一八"后创办《独立评论》,主张"全盘西化"。"七七事变"爆发后,胡适参加国防参议会,赴美、英、加拿大宣传中国抗战,后任驻美大使,1942年任行政院最高政治顾问。1945年,胡适作为中国代表团成员,参加了联合国的成立,回国后任北大校长,1946年当选"国民大会"主席,带头提出《戡乱条例》,1948年任中央研究院院长,1949年去台湾,不久去美国,先后担任"中华教育文化基金会"干事长、国民党"光复大陆设计委员会"副主任、台湾"中央研究院"院长等职务,1962年2月在台北病逝。从以上的介绍中可以看出,胡适一生的经历相当复杂。20世纪50年代大陆发起对胡适思想的批判,其中许多是非难以说清楚,公正客观地评价胡适,绝非一件容易的事。

胡适比季羡林整整大二十岁,经历也大相径庭,他们在北大共事只有不到三年,是工作中的上下级,而且这段时间胡适经常去南京,并非朝夕相处,论说是扯不上多少关系的。可是偏偏不然,他们有很好的私谊,留下许多难以忘却的回忆。季羡林回顾自己的一生,认为对他影响最大的有六位恩师,胡适就是其中之一。他从德国回来后被北大聘为教授、东语系主任,胡适校长起了决定性的作用,对他有知遇之恩。1954年,从批判俞平伯《红楼梦研究》的资产阶级唯心论开始,批判之火逐渐烧到了胡适身上。这是一场缺席批判,胡适远在重洋之外。大陆学界人士个个义形于色,争先恐后,万箭齐发,胡适的名字仿佛成了一个稻草人,浑身是箭。可是,季羡林没有凑这个热闹,一直保持沉默。

1987年11月,他写了一篇文章《为胡适说几句话》,起因是他在报刊上看到一篇文章,说胡适"一生追随国民党和蒋介石"。

季羡林以为不然,他的意见是"胡适是一位非常复杂的人物,他反对共产主义,但是拿他那一把美国尺子来衡量,他也不见得赞成国民党。在政治上,他有时想下水,但又怕湿了衣裳。他一生就是在这种矛盾中度过的。他晚年决心回国定居,说明他还是热爱我们祖国大地的。因此,说他是美帝国主义的走狗,说他'一生追随国民党和蒋介石',都不符合实际情况。"这样的话无疑有为胡适翻案的嫌疑。搞了多年政治运动,许多人心有余悸,有人劝季羡林不要急着发表,可他不听,发表了,结果还不错,没有挨批。自从改革开放之风吹绿了中华大地,人们的思想得到空前的解放。1996年安徽教育出版社决定出版一套超过2000万字的《胡适全集》。主编这一重要职位,出版社选定季羡林担任。季羡林自认为不是胡适研究专家,力辞不允。但是出版社说,现在北大曾经同胡适共过事且过从比较频繁的人,只剩下他一人了。这是实情,季羡林只好应允,也想借此报知遇之恩。他为《胡适全集》写了一篇长达17000字的序,副标题是"还胡适以本来面目",目的在于拨乱反正,以正视听。这篇序文从胡适在中国近百年来学术史、思想史上的地位,作为学者、思想家、政治家和社会活动家的胡适,以及作为人、朋友的胡适等方面谈起,多角度、全方位地评价了胡适极其矛盾、极其复杂的一生。在文章的结尾,季羡林写道:"有一点我们都是应该肯定的:胡适是一个有深远影响的大人物,他是推动中国'文艺复兴'的中流砥柱,尽管崇美,他还是一个爱国者。多少年来泼到他身上的污泥浊水必须清洗掉。我们对人,对事,都要实事求是,这是我们从事学术研究的人起码的准则。"后来,又有人邀请季羡林在《学林往事》上写一篇关于胡适的文章,那是他刚刚从台湾访问回来抱病写成的,副标题

是"毕竟一书生",原因是前一篇序文的副标题说得太满,借此副标题谈自己对胡适的看法比较实事求是。

在这篇文章中,季羡林又回忆了新中国成立前夕他亲眼看到的两件事。一件是,在"沈崇事件"和"反饥饿、反迫害"抗议活动中,北平学生经常示威游行,背后都有中共地下党指挥,胡适对此当然心知肚明。但是,每次北平国民党的宪兵和警察逮捕了学生,他都乘坐他那辆当时北平还极少见的汽车,奔走于各大衙门之间,逼迫国民党当局释放学生。为了同样的目的,他还亲笔给南京驻北平的要人写信,据说这些信至今犹存。另一件是,有一天,季羡林正在校长办公室与胡适谈话,一个学生走进来对胡适说:昨夜延安广播电台曾对他专线广播,希望他不要走,北平解放后将任命他为北大校长兼北京图书馆馆长。他听了以后,含笑对那个学生说:"人家信任我吗?"这个学生的身份他肯定明白,但他并没有拍案而起,态度依然亲切和蔼。

季羡林认为,胡适尽管以青年暴得大名,誉满士林,经历了光芒万丈的时期,但他一生处在一个矛盾中,一个怪圈中——一方面从事学术研究,一方面又进行政治活动和社会活动。他一生忙忙碌碌,侄偬奔波,如同"过河卒子",却不知道自己身陷怪圈中。当局者迷,旁观者清,季羡林却深知胡适本质上是一位学者,一介书生,一个好人。他是思想家,却没有独立的体系,没有既定的目的,一辈子都在匆匆忙忙地行动。他不是政治家,却热衷政治活动,被蒋介石玩弄于股掌之中而至死不悟。由此看来,胡适的确是一个"书呆子"。季羡林对胡适的评价,打破了长期禁锢人们思想的坚冰,开了实事求是的先河。

|第五章| 学术成就

治印度史

季羡林研究"印度学"的重要内容之一是治印度史。20世纪50年代,他与曹葆华合作翻译出版有关马克思论印度的著作之后,又有几部印度史学著作问世:如《印度简史》《中印文化关系史论丛》《1857年—1859年印度民族起义》等。众所周知,印度史是印度学研究的难点。马克思说过:"印度社会根本没有历史,至少是没有为人所知的历史。"季羡林在1988年接受《电影艺术》杂志采访时说过这样的话,说明治印度史的难度非同一般:

> 我说印度人思想很深刻,可没有条理,也表现在他们的时间观念上。印度人的时间观念是很有意思的,与我们的大不一样。我们可以为玄奘西天取经启程的年代争得不亦乐乎,是贞观元年,还是贞观三年?我们争得津津有味,但印度人却十分不理解,不就是两三年的事嘛。就是一两千年,印度人也不放在眼中。关于世界名剧《沙恭达罗》的作者出生年代,在印度有两种意见,这两种意见之间,相差了1000年。在他们心目中,差个1000年又有什么关系呢?因此,马克思说,印度没有历史。这是很深刻的。

长期以来,西方和印度本国的一些历史学家对印度历史提出这样或那样一些学说和理论,可是重视考据、主张无证不信的季羡林,对此产生了质疑;他独辟蹊径,从印度古代的非史学典籍中寻找证据,用马克思主义历史唯物主义的观点进行审视,从而

取得崭新的创见。

1985年,季羡林的亲传弟子蒋忠新从梵文翻译了《摩奴法论》一书。印度古代关于"法"的书籍特别多,其作者都是婆罗门,他们为了维护以婆罗门为中心的社会秩序,创制律条,规定风习,为社会各阶层制定行为规范。这一部法论产生年代大约是公元前2世纪至公元2世纪之间,其中约四分之一的内容讲法律,其余部分讲宗教伦理。近代英国人统治印度制定法律就参考了这部法论。《摩奴法论》虽然在某种程度上反映了婆罗门的主观意愿,有悖于社会的真实情况,但在论及印度封建社会起源仍有一定的合理性。因此,季羡林为该书的汉译本作序,副标题即是"兼论印度封建社会起源问题"。

关于印度封建社会起源于何时,这是一个十分关键的问题,印度国内外的学者对此分歧很大。唯心主义史学家一般不重视这个问题,试图以历史唯物主义解释印度古代史的史学家的意见也不一致。季羡林在《〈罗摩衍那〉初探》中提出,印度封建社会开始于公元前五六世纪,其他中国学者也有不同的意见。印度唯物主义史学家多半认为印度封建社会兴起较晚,如高善必主张自上而下的封建主义从4世纪笈多王朝(320年—550年)到7世纪玄奘访印,自下而上的封建主义大约在十三四世纪。印度史学家夏尔马也认为封建主义出现较晚。季羡林以为,这种观点不够全面,是受了西欧封建主义起源的影响。根据《摩奴法论》的资料,他认为这部书的成书时间远早于笈多王朝。季羡林指出,《摩奴法论》说:国王任命一、十、二十、百、千村之长,十村之长享有一个家庭占有的土地,二十村之长享有五个家庭的田赋,百村之长享有一个村庄的田赋,千村之长享有一个城镇的税收,这同中国封建社会的食邑制度几乎完全一样，高善必称之为原始封建制度；《摩奴法论》规定工匠每月为国王无偿劳动一日，高善必称之为封建徭役制度。这同他主张封建社会从笈多王朝或其以后开始的主张自相矛盾。季羡林认为，上述《摩奴法论》的说法，是封建主义生产关系的明显证据，表明封建主义已进入成熟发展阶段。

1985年8月，第十六届国际历史科学大会在德意志联邦共和国斯图加特召开，中国代表团团长是刘大年，季羡林作为中国代表团顾问参会，并作大会发言。他提交的论文是《商人与佛教》，揭示了商人在早期佛教的传播中所起的独特作用。

20世纪90年代初，季羡林相继出版了《佛教与中印文化交流》《中印文化交流史》《印度古代文学史》等史学专著，对印度史一些长期争论不休的重大问题，如印度的种姓问题、印度历史分期问题等提出了自己的见解。季羡林说："生产力和生产关系的矛盾、经济基础同上层建筑的矛盾是推动历史前进的动力，也是确定历史分期的重要标准。封建主义和资产阶级的历史学家不懂这些标准，他们大都以王朝作为历史分期的标准。"

季羡林还提倡把比较研究作为史学研究的重要方法。他说：

> 研究中国历史，具体地说研究中国历史上奴隶社会向封建社会过渡的问题，争论已经进行了几十年，到现在还没有为大家所承认的看法，其原因当然很多，但重要的原因之一，我认为就是缺少比较方法。如果把其他文明古国，比如印度，由奴隶社会到封建社会的过渡细致地加以分析，加以对比，会大大扩大我们的视野，会提供给我们很多灵感，会大大有助于讨论的推进与深入。其他学科也有类似的问题。……想

要前进,想要有所突破,除了努力学习马克思主义之外,利用比较的方法是关键之一。

笔者以为,季羡林对20世纪中国学术的重要贡献之一,是他跨越国界、跨越民族、跨越时空、跨越学科的研究方法。他的比较绝不限于文学的比较、语言的比较,还有历史的比较、哲学的比较、宗教的比较、艺术的比较、民俗的比较、美学的比较等等,是广义的文化比较,由此大大地开拓了研究者的思路和视野。当然,要进行比较研究,知识面窄了是不行的;季羡林恰好主张知识面要宽,要掌握各方面的知识,诸如历史、哲学、文学、经济、政治等等。他说:"研究印度不能只限于印度,不懂中国,不懂外国,就什么成绩也做不出来。"

《东方文化集成》

2006年10月31日,北京大学东方学研究院在民主楼隆重召开"季羡林与东方学"学术研讨会,庆祝《东方文化集成》100部出版。学术界、教育界、文化界专家学者一百多人到会,围绕季羡林对东方学的贡献、已经出版的100部东方文化专著以及未来《东方文化集成》的筹划与编撰进行了深入的研讨。

《东方文化集成》1994年启动,季羡林担任总主编,这是他晚年主持的最重要的大型文化工程之一。《东方文化集成》旨在发掘和整理东方文化遗产,弘扬东方优秀文化,将东方文化全面系统地编撰成书,介绍给全世界,以增进中国人民与东方各国人民之间的相互了解与文化交流。1996年,季羡林为《东方文化集成》写了总序,简要阐述了他对文化及相关问题的主要观点:文化多元论、文化交流论、东西方文化论、河东河西论、拿来主义与送去主义,总之就是一句话:"只有东方文化能够拯救人类。"总序指出,我们反对"西方中心主义",而不张扬"东方中心主义",目的是推动人类不同文化间的相互学习、相互了解、维护世界和平、促进世界大同。

为了保证《东方文化集成》的质量,季羡林亲自写信,聘请20多位国内外知名学者专家担任名誉顾问或顾问。为了反映东方各国文化发展的全貌,使每一个东方国家都在其中占有一席之地,真正集东方文化之大成,经过精心设计,《东方文化集成》分为《东方文化综合研究编》《中华文化编》《日本文化编》《朝鲜、韩国、蒙古文化编》《东南亚文化编》《南亚文化编》《伊朗、阿富汗文化编》《西亚、北非文化编》《中亚文化编》《古代东方文化编》等十大部分,预计出500册。同时,组成了总编委员会和十个分编委员会,成立编辑部。数十名主编和编委大多是季羡林的弟子和再传弟子、东方学科的专家学者,通过他们联系一大批国内外的作者,形成了一支老中青结合的东方学研究队伍,其人数之多、力量之强、水平之高,是史无前例的。以《中华文化编》为例,十年间出版的专著占《东方文化集成》已出版总量的20%以上,撰稿人朱伯崑、汤一介、乐黛云、王永兴、方广锠都是当今学术界的名流大家。

自从1997年《东方文化集成》第一部书出版,经过十年艰苦奋斗,到2006年,已出版百部图书。这一百部图书虽然选题各异,水平有别,但大多数是成功的,约有三十部在国内外获得各

种奖励,有些将成为传世之作。

在当今市场经济大环境下,学术专著出版之难,是人所共知的。况且,如此浩大的工程,完全依靠这些年逾七旬的教书匠,借助民间力量,显然举步维艰,自有苦衷。但是,季羡林总是以乐观的态度鼓励编委会和编辑人员,他说:"《东方文化集成》是一项事业,为了事业应在所不惜,我们付出了不少代价,碰到很多钉子,成了碰钉子'老手'、'专业户',我一生碰钉子最多的事要算《东方文化集成》了,但我不在乎。一个人活在世界上不碰钉子是不可能的,困难是客观存在的,人活着就是为克服困难的。认定我们干的事对国家对民族有好处,就要锲而不舍地干下去,为后人留些实实在在的东西。"他还说:"要办一件事不容易,办成更不容易。总是要付出代价的,古今中外,无一例外。我们要有一个艰苦奋斗的长期思想准备,坎坎坷坷是正常规律。今后的路还长着呢!我们一定要排除干扰,干我们应该干的事,把书编好,真正干些实事,造福后人。"季羡林坚信,"编辑、出版《东方文化集成》益世利民,能加强中国人民对东方文化的理解,达到增进东方各民族和国家之间的友谊","只有以中国文化为基础的东方文化能够拯救人类,东方文化必将普照世界"。同时,他还清醒地看到,"就国情而言,研究东方文化底子薄,整体水平不是很高。通过抓《东方文化集成》的工程,培养人才,促进人才成长,提高研究水平,这是个基本建设。弘扬东方文化,就像赛跑的接力棒,要持之以恒"。

季羡林为《东方文化集成》工程倾注了大量心血。从组班子、拟课题到聘顾问、写聘函,他都一一亲自动手。他约见各分部主编,布置任务,提出要求;他主持编委会,研究决定重大问题;

为了筹集出版资金，他不断约见国内外客人，给有关方面负责同志写信，还不顾年高病弱，千里迢迢去国外"化缘"，终于从泰国的谢慧如先生处募集到一笔启动资金；他还先后约见十几家出版社的同志，进行宣传，争取支持，经济日报出版社、光明日报出版社、天津人民出版社和昆仑出版社先后参与了这一工程。季羡林最关心的是图书质量。他说："《东方文化集成》是传世之作，一定要保证质量，要经得起历史的检验。做学问，偷懒不行，要勤跑图书馆，要查古籍，急于求成不行。"为了搞好图书设计，他亲自给丛书的美术设计朱虹讲解说，东方文化最根本的精神就是"天人合一"。围绕这四个字，他侃侃而谈，讲了两个多小时。朱虹心领神会，将"天人合一"的哲学思想贯穿图书设计的全过程，做到贴近大自然，以近似水墨画的风格表达东方文化的深沉、博大、宏伟、绚丽的神韵。

著名学者刘梦溪说："这是一套具有战略眼光的丛书，既是一百年来对东方文化讨论的总结，也是对21世纪东方文化可能作用的期待，对于新的世纪而言，这是一套奠基之作，同时也是对上一个一百年东西方文化交流不平等以及欧洲中心主义的一个回应。"

2002年4月17日，在北大民主楼召开的《东方文化集成》丛书出版与21世纪东方文化座谈会上，季羡林说："中国古老的'天人合一'思想是符合世界发展趋势的，东方文化在21世纪必将得以弘扬。"

季羡林看到了《东方文化集成》第100部出版，遗憾的是，他没看到第200部出版。这个巨大的文化工程是季老的未竟之业，后面的路还很长，很艰辛。编辑部负责人告诉笔者：季老逝世之

后,这项工程在刘延东、柳斌杰等领导同志的关心和支持下,被列为国家重点支持的出版项目之一。2018年夏天,《东方文化集成》出版已逾200册。但愿季老的弟子和再传弟子,以及所有热爱东方文化的人们继续努力,让季老的遗愿早日实现。

翻译大家

人所共知,季羡林是中国当代翻译大家,他从事翻译的历史甚至比他从事教学、科研和散文创作的时间更长些。用他自己的话说,数十年"研究、创作与翻译并举"。这是季羡林的一大"特色",因为这样干的人极少。总之,翻译工作是季羡林终生从事的事业之一。2006年9月26日,中国翻译协会授予季羡林"翻译文化终身成就奖",他因健康原因没有参加表彰大会。在书面发言中,他说:

> 我一生都在从事与促进中外文化交流相关的工作,我深刻体会到翻译在促进不同民族、语言和文化交流中的重要作用。自从人类有了语言,翻译便应运而生。在世界文明发展的历史长河中,在中华民族伟大复兴的进程中,翻译,始终都是不可或缺的先导力量。中华几千年的文化之所以能永盛不衰,就是因为,通过翻译外来典籍使原有文化中随时能注入新鲜血液。可以说,没有翻译,就没有社会的进步;没有翻译,世界一天也不能生存。

季羡林对翻译的认识如此之高,绝不同于把翻译看作"传声筒"、看作简单的技术工作的世俗之见,这就是他在翻译领域取得非凡成就的思想基础。

1930年,当季羡林还是一名中学生的时候,他就在山东《国民新闻》旳突周刊和天津《益世报》上发表译作;在清华求学期间,他又有多篇译作发表;1935年他到德国留学,学习佛教梵语,即梵语、巴利语和俗语形成的一种混合语言,并用德语撰写了几篇关于印度佛教梵语的论文,发表在《哥廷根科学院院刊》上;1946年回国后,他开始从事中印文化交流史方面的研究工作,建国初期从德文翻译了《马克思论印度》和德国女作家安娜·西格斯的短篇小说集,后来将印度古典戏剧《沙恭达罗》和《优哩婆湿》、寓言集《五卷书》以及《佛本生故事》等名著从梵文和巴利文译成中文。季羡林的所有这些翻译作品都受到了中国读者的欢迎和喜爱,《沙恭达罗》还被数度搬上中国舞台。不仅如此,季羡林在20世纪50年代和60年代前半叶,还经常执行政治任务,在一些重要场合担任高级翻译,其中有中共"八大"文件的翻译工作。周恩来总理会见外宾时,季羡林也多次充当译员。据季羡林回忆,外宾走后,周总理有时会把参加接待的中国同志留下来,谈一谈有什么问题或纰漏,其实是总结经验教训,这时候刚才还很严肃的场面一下子变得轻松活泼起来,大家都争着发言,谈笑风生,有时候一直谈到深夜。有一次,总理发言时使用了中国常见的"倚老卖老"这个词儿,翻译一时有点迟疑,不知道怎样恰如其分地译成英文,总理注意到了,客人走后就把中国同志留下来,讨论如何翻译好这个词儿。

在"文革"期间,季羡林从"牛棚"出来之后,奉命在学生宿舍楼看守门户,他不甘寂寞,偷偷翻译了印度古代伟大史诗《罗摩衍那》,20世纪80年代他又在繁忙的工作之余翻译了《家庭中的泰戈尔》。更为艰巨的是,他在耄耋之年整理和翻译的新博本吐火罗文残卷《弥勒会见记剧本》,这是一部存世篇幅最长的吐火罗文献,从20世纪80年代初开始到1998年最后完成,克服了无数难以想象的困难,不仅译成现代汉语,而且译成英文在德国发表,可谓旷世奇功。

季羡林多年从事翻译,备尝了其中的艰辛。他说:"翻译比创作难。创作可以随心所欲,翻译却囿于对既成的不同语言文本和文化的转换。要想做好翻译,懂外语,会几个外语单词,拿本字典翻翻是不行的,必须下真功夫,下大功夫。"他举了个很有意思的例子:把"孝"这个词翻译为英语,用一个词翻译不出来,得用两个词,因为虽然不能说外国没有孝,但是孝并非作为一个很重要的概念,所以译过去就得用两个词。英文里面的两个词是儿女的"虔诚"与"尊敬",而在中文中光一个"孝"就够了,这说明"孝"这个词有中国的特点。由此看来,季羡林在从事翻译工作中,既注意研究语言,又注意研究文化。他还发现,汉语本身还具备一些其他语言所不具备的优点。20世纪50年代他参加中共"八大"翻译处的工作长达几个月,发现一个从来没有人提到过的现象,即汉语是世界上最短的语言,使用汉语能达到花费最少的劳动、传递最多信息的目的。他感叹道,真应该感谢我们的祖先给我们留下了这一瑰宝,十几亿使用汉语言文字的人,在交流思想、传递信息方面所省出来的时间应以天文数字来计算,汉语之为功可谓大矣!

归纳起来,季羡林在翻译方面的成就有三个特点:一是数量多，仅一部《罗摩衍那》就有七卷，200万字；二是难度大，相当多的作品是从稀见的古代语言译出，具有很大的历史地理跨度，必须具有广博的背景知识；三是质量高，许多作品均为脍炙人口的精品，如汉译《五卷书》，尽管一版、再版，多次重印，依旧一册难求。

季羡林一直关心翻译学术研究和学科建设。2004年11月4日至7日，中国翻译工作者协会第五届全国理事会会议在北京召开，季羡林作为中国译协名誉会长从医院发来贺信，向大会表示热烈祝贺，他说：

> 尽管我不能到会，但作为学界的一名老兵，想到翻译，我感慨良多。在人类历史发展的长河中，在世界多元文化的交流、融会与碰撞中，翻译始终都起着不可或缺的先导作用。
>
> 对外开放二十多年来中国的翻译事业更是取得了世人瞩目的成就，中国的翻译学术研究和翻译学科建设也有了长足的发展。翻译使中国融入世界，也使世界走近中国。学翻译、教翻译、研究翻译、评论翻译、从事翻译职业工作已经成为与对外开放同步前行的社会文化热点之一。中国译协作为全国性的翻译学术团体，在其中发挥了不可替代的组织协调作用，中国翻译工作者的努力和成果有目共睹。
>
> 新世纪是你们的世纪，在面临众多机遇的同时，也许会碰到更严峻的挑战。衷心希望大家能够继往开来，与时俱进，为促进中外交流、为中国的兴旺、为人类的发展多作贡献。

|第六章|

游历天下

首次出访

1951年金秋时节,中国政府派出建国后第一个大型代表团——中国文化代表团访问印度和缅甸。这次访问是新中国开展全面外交工作的一部分,目的在于和两个周边国家建立和发展友好关系,宣传新中国的崭新面貌,加强彼此了解和文化交流。代表团成员一共15人,均为精心挑选的文化界、学术界有代表性的学者、教授。季羡林是代表团成员之一。

代表团9月20日从北京出发,在广州停留了个把月时间,完成最后的准备工作。代表团又转道香港,然后乘船途经新加坡,到达缅甸首都仰光①。当船驶进伊洛瓦底江时,只见远处的云霭缥缈中,一座高塔耸立于蔚蓝的晴空,闪烁着耀眼的金光,那便是举世闻名的大金塔。次日,季羡林和代表团其他成员便去参观大金塔,他们赤着脚走过长长的两旁摆满了花摊的走廊,一步步地

---

① 2005年缅甸首都迁至内比都。——编者注

走到了大金塔跟前。这真是一个奇妙的地方,殿堂林立,佛像成排,许多善男信女长跪在佛像前,闭目合掌,虔心祷祝……

10月28日乘飞机抵达加尔各答。天空格外晴朗,代表团来到第一个与中国建交的非社会主义国家,大家的心情格外激动。季羡林在《到达印度》一文中写道:

> 我终于走下了飞机,踏上了印度的土地。飞机场上挤满了人,大概总有两三千吧。站在最前列的人是从印度首都新德里飞来的印度政府的代表、加尔各答市政府的代表和各人民团体的代表。稍远的地方,不知道是在木栅栏以内,还是木栅栏以外,有许多人排队站在那里,里面有华侨,也有印度人民,他们手中高举着五星红旗和别的旗子。一阵热烈的握手之后,我们每个人的脖子上都套上了四五个或更多的浓香扑鼻、又重又大又长的花环,仿佛要把我们整个的脸都埋在花堆里似的。……在激昂的呼声中,我们渐渐被人潮涌出飞机场。我们前后左右全是人,每个人都有一张笑脸对着我们。在不远的地方,大概是在木栅栏以外吧,有一队衣服穿得不太好的印度人,手中举着旗子一类的东西,拼命对着我们摇晃。我们走过他们面前的时候,蓦地一声"毛泽东万岁",破空而下,这声音沉郁、热烈,而又雄壮,仿佛是内心深处喊出来的,里面充满了火热的爱。……是他领导我们站了起来的,我今天非常具体地有了站了起来的感觉。

代表团的下一站是印度首都新德里,季羡林作为先遣队成员先期抵达，住进中国驻印度大使馆，后来又与冯友兰、丁西林、李一氓等人被特邀下榻在印度总统府。代表团先后访问了德里大学、阿里加大学，参观了德里红堡、泰姬陵、阿格拉红堡、圣雄甘地墓。在离开新德里时，代表团受到印度总统普拉萨德、印度总理尼赫鲁和教育部长阿萨德的接见，并出席印度外交秘书梅农和印中友协举办的招待会。

代表团离开新德里到达孟买，乘印度空军的飞机飞抵阿旃陀石窟和爱里梵陀（象岛）石窟参观。这两座佛教石窟规模宏大，阿旃陀石窟堪与中国的敦煌石窟相媲美。代表团还访问了印度安得拉邦首府海德拉巴、西南角的柯钦和最南端的科摩林海角。然后，代表团折向西北行，瞻仰了举世闻名的位于中央邦的桑其大佛塔，以及比哈尔邦境内的多处佛教圣地，如大菩提寺、那烂陀遗址、灵鹫山等。季羡林还特意来到印度诗圣泰戈尔1921年创办的国际大学，并在那里住了两夜，参观了泰戈尔故居和泰戈尔展览馆。

12月9日，代表团告别印度，又回到缅甸，在东枝等地参观访问后，于1952年1月24日回到北京。

这真是一次名副其实的远游，因为它耗时多，行程长，所到之处洋溢着浓浓的友好气氛。直到晚年，季羡林还在回忆这次印缅之行。

季羡林一生四次访问印度，六次访问或途经缅甸。作为著名学者和社会活动家，在长达半个多世纪中，他的足迹踏遍世界上三十多个国家，而且都留下朗朗上口的散文游记名篇。他把中国人民的友好情谊带给世界人民，又把世界各国人民的友好情谊带回中国，堪称"友好使者"。

三访泰姬陵

阿格拉在德里东南200公里,是印度北方邦的一座历史文化名城。公元16、17世纪,莫卧儿王朝在此地建都,留下许多伊斯兰风格的美丽建筑,最有名的是红堡和泰姬陵。后者1983年列入《世界遗产名录》,被誉为世界七大奇迹之一。泰姬陵建于1648年,是莫卧儿皇帝沙·贾汗为他的爱妻泰姬所建。动用两万工匠,历时十六年之久。陵墓用纯白大理石砌成,饰以五彩宝石,建在一个高高的四角平台上,由四座尖塔护卫着一个硕大的穹顶,光滑洁白、庄严美丽。

沙·贾汗与泰姬的爱情故事,可以与李隆基和杨玉环的《长生殿》相比美。当然其中不乏杜撰或传说的成分。据说,泰姬不但花容月貌,而且聪明能干,深受沙·贾汗宠爱。1630年,她随丈夫出征打仗,因为生育第八个孩子而死于途中,时年三十六岁。沙·贾汗为她修建了举世无双的陵墓,并打算在阎牟那河对岸用黑色大理石为自己建造一座陵墓。可是,他的儿子发动宫廷政变,把他囚禁在红堡,使他在孤寂和怀念中度过余生,郁郁而死。不过,这位皇帝决非明君,他心狠手辣,仇恨兄弟,放逐母亲,放老虎吃掉"囚犯"取乐,是个名副其实的暴君。所以,尽管人们编造了关于沙·贾汗与泰姬美丽凄婉的爱情故事,可是季羡林对此不感兴趣,在他看来,这位老皇帝并不值得同情。

季羡林曾经三访泰姬陵,对泰姬陵的美他从来不吝啬赞誉之词。认为它把阴柔之美与阳刚之美结合得浑然一体,此美只应天上有。请看他第三次造访留下的文字:

这陵墓是用一块块白色大理石堆砌起来的。但是，无论从远处看，还是从近处看，却丝毫也看不出堆砌的痕迹，它浑然一体，好像是一块完整的大理石。多少年来，我看过无数的泰姬陵的照片和绘画；但是却没有看到有任何一幅真正照出、画出泰姬陵的气势来的。只有你到了泰姬陵跟前，站在白色大理石铺的地上，眼里看到的是纯白的大理石，脚下踩的是纯白的大理石，陵墓是纯白的大理石，栏杆是纯白的大理石，四个高塔也是纯白的大理石，你被裹在一片纯白的光辉中，翘首仰望，纯白的大理石墙壁有几十米高，仿佛上达苍穹。在这时候，你会有什么样的感觉，我不知道。反正我自己仿佛给这个白色的奇迹压住了，给这纯白的光辉网牢了，我想到了苏东坡的词："琼楼玉宇，高处不胜寒。"我自己仿佛已经离开了人间，置身于琼楼玉宇之中。

作为世界建筑奇迹的泰姬陵，具有无与伦比的美。而季羡林更加看重的，是一粒看似微不足道的大米，这究竟是怎么回事呢？原来1951年首次访印时来到阿格拉，季羡林在旅馆里观看獴和眼镜蛇决斗表演，正在看得入神的时候，他瞥见一个印度青年在外面探头探脑。他的衣着不像一个学生，而像一个学徒工。他没有多加注意，仍然继续观战。又过了不知多少时候，季羡林一抬头，看到那个青年仍然站在那里，他立刻走出去。那个青年猛跑过来，紧紧地抓住季羡林的手，季羡林感觉到他的手在颤抖。他递给季羡林一个极小的小盒，透过玻璃罩可以看到，里面铺的棉花上有一粒大米。季羡林有点吃惊。这一粒大米有什么意义呢？青年打开小盒，把大米送到季羡林眼前，借助放大镜，季羡

林看到大米上刻着"印中友谊万岁"几个字。他告诉季羡林,他是一个学徒工,最热爱新中国,但却从来没有机会接触一个中国人。听说中国客人来了,他便带了大米来等候。从早晨等到现在,中午早已过了;他几次被人撵走。现在终于见到中国朋友了,他是多么兴奋啊!季羡林接过了小盒,深深地被这个淳朴的青年感动了。握着他的手,心里思绪万千,半天没有说出话来。这种真挚的情谊,千金难买啊!无怪季羡林把它看得这样重。季羡林设问:"泰姬陵是美的,是不朽的。然而,人们心里的真挚感情不是比泰姬陵更美,更不朽吗?"他自问自答:"据我看,这才是真正的美,真正的不朽;是美的、不朽的泰姬陵无法比拟的美,无法比拟的不朽。"粒米为重、崇陵为轻,这就是季羡林告诉我们的切身感受。

在塔什干

1958年10月4日,季羡林作为中国作家代表团成员,前往苏联乌兹别克加盟共和国首府塔什干参加亚非作家会议。茅盾任代表团团长,周扬、巴金任副团长,7日至12日,会议在纳沃伊剧场召开。其后去哈萨克斯坦共和国阿拉木图访问5天,再回塔什干,17日乘飞机去莫斯科。季羡林回国后写下《歌唱塔什干》和《塔什干的一个男孩》,记述了在塔什干参会期间的所见、所闻、所思、所感,赞美塔什干的美丽富饶和塔什干人民的热情友好。

塔什干是中亚最大的城市,是一座历史文化名城,丝绸之路上的重镇。其名称突厥语意思是"石头城",有2500多年的建城史。到达塔什干之前，季羡林对塔什干的"熟悉"，来自地理教科书、风景图片和玄奘的《大唐西域记》，他想象中塔什干的模样：沙漠里的绿洲、葡萄和西瓜、清真寺的圆顶、颓毁的古建筑，都并非凭空想象。可是"百闻不如一见"，这些与真实的、现实的塔什干之间，仍有很大差距。他未曾想到的是现代化的机场，热情的欢迎群众，高楼林立的大街，披上节日盛装的城市。他就在"熟悉"与"陌生"的矛盾中，来到了这座城市。

塔什干地处中亚，远离海洋，降水稀少，日照充足，素有"阳光之城"的美誉。淡蓝的天空，万里无云，浅色的屋宇，把阳光衬托得更加明亮。"你一走进塔什干，只需待上那么一两个钟头，你就会感觉到，这里的太阳永远是这样亮；你会感觉到，一年四季，阳光普照；百年千年，也会是这样。"

玫瑰花，到处都是，特点是大：植株像小树，花朵堪比牡丹和芍药。

葡萄，正是葡萄成熟的季节，塔什干简直成了一座葡萄城。宴会、餐厅、旅馆房间、参观农庄，到处是葡萄，似乎"取之不尽，用之不竭"，品种繁多，五光十色，味道鲜美，有趣的是，他用多种名品水果与之比较，如肥城蜜桃、南丰蜜橘、沙田柚子、增城荔枝，说像又不像，令人垂涎。他还特意写了葡萄从中亚传入中国内地的历史，讲到丝路贸易带给各国人民的福祉，为这种甜美增添了厚重。

当然，季羡林印象最深的还是塔什干热情友好的人民。塔什干人民把亚非作家会议的召开作为节日的盛典。而旅馆与纳沃伊剧场之间的广场，就是这场盛典的舞台。这是一座披上节日盛装的城市，挂满用各种文字书写的红色布标，红色彩灯宛如满天的

繁星。广场更是盛装的舞台，巨大红色布标上的汉字，给人一种回到祖国的亲切感。

在文章中，季羡林如同打开了"摄像机"对广场上的人群进行了全方位的拍摄：

有在饭店阳台拍摄的俯瞰广场全景：早晨满天星斗似的市民，代表通过广场时的两条人龙，群众把代表团团围住形成的花朵。有平视的近镜头：与一群朝鲜族小学生握手、拍照，代表们为市民签名留念。还有特写镜头：他与带着孙女赶来的老太太交谈；隔着车窗与举着小孩的中年男子交流……一幅幅画面把塔什干人民的友好热情表现得淋漓尽致。会议结束已经5天，当代表团从阿拉木图回到塔什干，仍有一些小朋友挤在旅馆门口，朝里张望。

这次会议形成了一个塔什干精神，什么是塔什干精神？季羡林没有特意介绍。不过从广场悬挂的巨幅标语，读者已经知晓："所有国家的文学都应该为人民，为和平，为先进事业，为各民族之间的友谊而服务。"

在非洲采红豆

唐朝大诗人王维有一首写红豆的诗，非常有名。

红豆生南国，春来发几枝。
愿君多采撷，此物最相思。

这里说的红豆，可不是我们煮粥、蒸豆沙包用的那种红豆哦。王维诗里所说的红豆,植物学名称是海红豆(Adenanthera pavonina),也叫"相思格""相思树""孔雀豆",是一种豆科落叶乔木。花小,白色或淡黄色,成狭窄的总状花序。荚果成熟时弯曲旋卷,种子是凸镜形,鲜红色。产于我国南方的广东、广西、海南、云南、和藏南地区。在国外,菲律宾、越南、马来西亚、印度尼西亚、印度、斯里兰卡也有出产。红豆种子晶莹如珊瑚,南方人常用来镶嵌饰物。

这里讲一讲季羡林老先生在非洲采集红豆的故事。那是1964年,季羡林参加中国教育代表团应邀访问非洲四国,5月初到达最后一站,地处西非的几内亚。这里虽然与中国相距数万里远,但这里的人民对中国人民十分友好,代表团所到之处,都受到热烈的欢迎。在首都科纳克里,中国客人应邀同塞古·杜尔等几内亚国家领导人一起参加盛大的五一游行观礼。几内亚于1958年摆脱法国殖民统治宣告独立,穆罕默德·塞古·杜尔出任政府主席,1961年当选几内亚共和国首任总统,在人民群众中享有很高的威望。塞古·杜尔曾经于1960年首次来华访问,受到毛泽东主席的亲切接见,是中国人民的老朋友。

每个读过王维诗句的人,对红豆都会有一种美妙的联想。当季羡林他们听说,在科纳克里植物园可以捡拾红豆时,他们怎么肯错过机会?一个星期天的傍晚,他们来到了植物园。他们看到,在红豆树下,枯黄的叶子中,干瘪的豆荚上,一星星火焰似的鲜红,像撒上了朱砂,像踏碎了珊瑚,闪闪射出诱人的光芒。他们如同寻找宝物,在落叶中仔细搜寻。正当他们全神贯注地捡着红豆的时候,蓦地听到有人搓着拇指和中指在他们耳旁发出了清脆的"榧子"声。抬头一看,只见一位穿着黑色西服、身体魁

梧的几内亚朋友微笑着站在他们眼前。这个人好生面熟,好像在哪里见过。仔细一看,立刻恍然大悟:他就是塞古·杜尔总统。原来总统独自一人开着一部车子来到植物园,看到有中国朋友在这里,立刻走下车来,同每个人握手问好。经过几句亲切的交谈,杜尔总统又开着车走了。

这难道不是一场奇遇吗?在这样一个未曾想到的时候,在这样一个未曾想到地方,竟遇到了中国人民的朋友几内亚人民爱戴的领袖塞古·杜尔总统。季羡林觉得手里的红豆仿佛立刻增加了分量,增添了鲜艳。回国不久,他就写了一篇优美的散文《科纳克里的红豆》,寄托对非洲友人的思念。

重返哥廷根

1980年冬天,季羡林回到阔别三十五年的德国小城哥廷根。这次,季羡林是率领中国社会科学代表团访问联邦德国的,哥廷根是代表团行程中的一站,在这里停留3天。他坐在从汉堡到哥廷根的火车上,脑海里面影纷呈,多少旧事涌上心头。过去三十多年来没有想到的人,想到了;过去三十多年来没有想到的事,想到了。那些尊敬的老师,那像母亲一般的女房东欧朴尔太太,那美丽温柔的女友伊姆嘉德,他们的音容笑貌都呈现在眼前。还有,那窄窄的街道、街道两旁的铺子、城东小山上的橡树林、密林深处的小咖啡馆、黄叶丛中的小鹿、冬末春初从白雪中钻出来的白色小花雪钟,也都一齐争先恐后地呈现在眼前。

在季羡林的心灵深处,哥廷根这座异域小城早已成为第二故乡了。他曾在这里度过风华正茂的整整十年,足迹印遍了全城的每一寸土地。他曾在这里快乐过,苦恼过,追求过,幻灭过,动摇过,坚持过。这一座小城决定了他一生要走的路,是他学者生涯的起点。

小城几乎没有变。市政厅前广场上矗立的那尊牧鹅女郎的铜像,同三十五年前一模一样。教堂的尖顶直插蓝天,一群鸽子仍然像从前一样,悠然自得地在铜像周围飞翔。广场周围的大小铺子也几乎都没有变,那著名的餐馆"少爷""黑熊"正在招揽着食客。他索性来到地下餐厅,里面陈设如旧,座位如旧,灯光如旧,气氛如旧,连那年轻漂亮的服务小姐也似曾相识。他仿佛昨天晚上在这里吃过饭,今天又回来了。

环境虽然没有改变,然而人却大大地改变了。季羡林意识到,毕竟过去了这样长时间,他在火车上回忆起的那些人,有的如果还活着的话,年龄已经过了一百岁。这些人的生死存亡就用不着去打听了;那些计算起来还没有这样老的人,他也不敢贸然去问,怕的是听到他不愿意听的消息。他的心里感觉到一种莫名其妙的压力,压得他喘不过气来。他怀着这样沉重的心情去访旧,首先去看他住过整整十年的房子。欧朴尔太太早已离开了人世,但房子还在。他走到那所房子外面,抬头向上看,只见三楼那间他住过的屋子的窗户,仍然同以前一样摆满红红绿绿的花草。他推开大门,大步流星地跑上三楼。当他下意识地要掏钥匙开门的时候,忽然意识到现在里面住的是另外一家人了。从前房子的女主人早已安息在墓地里了。自从离开哥廷根,季羡林经常梦见这所房子,梦见房子的女主人。他在这里度过的日日夜夜,有愉快,有痛苦,经历过轰炸,忍受过饥饿。男房东逝世后,他多次陪着女房东去

扫墓。他这个异邦青年成了她身边唯一的亲人,无怪他离开时她号啕痛哭。而今,季羡林回来了,然而她却再也见不到,永远见不到了。他又去寻访伊姆嘉德,敲开那熟悉的房门,开门的是一位陌生的中年妇女。她不知道谁是伊姆嘉德,季羡林只好悻悻地离开。

那年哥廷根的冬天来得早。10月间就下了一场雪。白雪、绿草、红花,相映成趣。季羡林不由得回忆起当年的冬天,日暮天阴,雪光照眼,他搀扶着年逾古稀的西克教授,慢慢地走过十里长街。心里感到凄清,但又感到温暖。这位像祖父一样慈祥的老人,如今不知在哪个墓地里长眠呢!

幸好,几十年来季羡林昼思夜想最希望见到的人,最希望还能活着的人——他的"博士父亲"瓦尔德施密特教授和夫人居然还健在。教授已经八十三岁高龄,夫人比他年龄更大,八十六岁。一别三十五年,如今真有"相见翻疑梦"之感。老教授夫妇万分激动,季羡林心里也如波涛翻滚,一时说不出话来。

四十五年前季羡林来到哥廷根,同瓦尔德施密特教授第一次见面,以及以后长达十年相处的情景,历历展现在眼前。那是剧烈动荡的十年,中间经历了第二次世界大战,他们没有过上几天好日子。大战一爆发,教授唯一的儿子就被征从军,阵亡在北欧战场。不久,教授也被征从军。他预定了剧院的年票,每周一次陪师母看戏的差事就落到季羡林肩上。深夜,演出结束后,季羡林把师母送到山脚下那座漂亮的三层楼房里,然后再摸黑走回自己的住处……

老师的处境如此,作为学生的季羡林处境更糟。烽火连年,家书亿金。祖国在受难,他的全家老小在受难,他自己当然也在受难。夜晚思绪翻腾,往往彻夜不眠,白天头上有飞机轰炸,肚子里没有食物充饥,连做梦都梦到家乡的花生米。大概有六七年之久,季羡林就是在这样的境况中学习、写论文、参加答辩、获得学位。教授每次回家度假,都要听季羡林的汇报,看他的论文,提出意见。正是恩师呕心沥血,耳提面命,季羡林才有今天。

现在师生又会面了,不是在季羡林所熟悉的那座楼房,而是在一所豪华的养老院里。教授已经把房子捐赠给了哥廷根大学印度学和佛教研究所,把汽车卖掉,搬到养老院来了。养老院富丽堂皇,健身房、游泳池,应有尽有。但是,到这里来的人都是七老八十的人,一个人生活在这样的环境中,心情如何,可想而知。可是,教授夫妇孤苦伶仃,不到这里来,又能到哪里去呢?

那天,季羡林一下汽车就看到在高大明亮的玻璃门里面,教授端端正正地坐在圈椅上,看样子已经等了很久。他瞪着慈祥昏花的双眼,仿佛想用目光把学生吞下去。握手时,他的手有点儿颤抖。他的夫人更是老态龙钟,耳朵聋,头不停地摇摆,同三十多年前判若两人。就是这样一位老人,却为季羡林烹制了当年在她家常吃的食品。两位老人异口同声地说:"让我们好好地聊一聊老哥廷根的老生活吧!"这"老"字折射出几许悲凉。是呀,他们现在只能用回忆来填充日常生活的空间了。季羡林问教授正在写什么东西,教授说:"我想整理一下以前的旧稿,不久就要打住了!"看来,这相依为命的两位老人的生活是阴沉的、郁闷的。

季羡林心里陡然凄凉起来。教授毕生勤奋,著作等身,名扬四海,受人尊敬,难道他晚年就该这样度过吗?季羡林的到来显然给他们带来了极大的快乐;一旦他离开这里,他们又将会怎样呢?季羡林真有点儿依依难舍,想尽量多待些时候。中间,季羡林几次站起来告辞,教授却带着乞求的口吻说:"才10点多,时

间还早嘛!"他只好又坐下来。夜深了,季羡林狠了狠心说了声:"夜安!"站起来告辞出门。教授一直把他送下楼,送到汽车旁边。此时,季羡林心潮翻滚,明确地意识到,这是与恩师最后一面了。但是,为了安慰老人,也为了安慰自己,他脱口说了一句:"过一两年,我再回来看您!"这句话感动了教授,他脸上显出了笑容,说:"你可是答应了我了,过一两年再回来!"季羡林噙着泪水,钻进汽车。汽车开走时,他回头看老人还站在那里,一动也不动,活像是一座塑像。

三下瀛洲

20世纪80年代,为了同日本佛教学术界进行交流,季羡林曾三次访问日本。1980年7月他首次访问,是应室伏佑厚邀请参加"日本国际佛教讨论会"。室伏先生是中国人民的老朋友,曾任石桥湛山首相的私人秘书,随石桥湛山访问中国受到周恩来总理的亲切接见。室伏先生后来多次访问中国。1978年,他的大女婿三友量顺博士和二女儿法子到北大拜会季羡林,三友是研究梵文佛典的。两个年轻人请季羡林到北海仿膳饭庄参加宴会,季羡林在那里和室伏先生第一次见面。季羡林见室伏先生精明敦厚,对他印象颇好,于是就成了朋友。季羡林访问日本时,下榻在新大谷饭店,有幸结识了日本梵文和佛学界的泰斗、东京大学教授中村元博士。中村先生比季羡林小一岁,据说他除了做学问,对别的事情全无兴趣。他们一起在箱根笔谈时,中村先生为季羡林写了四个汉字"以兄事之"。他们一起在京都参加日本国际佛教讨论会，一起参观考察佛教寺院，还拜访了一百多岁的日本高僧。季羡林发现，在世界上所有的国家中，解决宗教需要与生产力发展之间的矛盾最成功的是日本，他们把佛教的一些清规戒律加以改造，既满足了宗教需要，又促进生产力的发展。季羡林同中村先生讨论了这个问题，中村先生说："在日本，佛教的世俗性或社会性是十分显著的。"

季羡林访问日本的情景，他的学生、日本学者辛岛静志博士曾撰文说："1980年先生第一次访问日本时，日本学者们举行了招待会。到会者都知道先生是北京大学副校长、著名敦煌学者，而先生在印度学方面的成就却无人知晓。宴会进入高潮时，原实先生借着酒意问先生：'听说您在德国学习过梵文，教授是哪一位？'先生答道：'在哥廷根，教授是瓦尔德施密特。'原实先生又接着问：'您或许就是那位研究梵语不定过去式的Dschi Hianlin先生？'异地遇知音，或者换句话说，自己的成绩得到了他人的肯定，常人至此，便会欢喜至极。先生则淡淡地说：'是的。'事后，原实先生告诉我，他简直不能相信，40年代发表了两部德文论著、推动佛教混合梵语研究的学者，三十多年后竟坐在他面前。若不是被原实先生问道，先生必是不会自己提起的。先生是真正做到了'淡泊以明志，宁静以致远。'"

1986年，季羡林两次访问日本。6月，他率领中国教育国际交流协会代表团访问日本，应邀在早稻田大学作题为"东洋之心"的讲演，然后又应日本学界和经济界人士要求作题为"和平与文化""经济与文化"的讲演。三友和法子陪同季羡林参观诗仙堂。在箱根，季羡林再次和室伏先生一家相聚，没有想到的是，极少参加应酬的中村先生也来了。季羡林感觉他一身儒雅，兼有几分

佛气,确是一位可交的朋友。因为有许多共同的语言,他们交谈甚欢。同年秋天,季羡林又率领中国教育国际交流协会访日赠书代表团访问日本。

1987年10月,北大召开中日比较文化研讨会,中村先生是日方代表团团长,季羡林在北大临湖轩接待他和其他日本朋友,并在未名湖畔合影留念。两位印度学的世界级权威,掺杂着中、英、德文的对话,引起了后辈学者的极大兴趣。1996年,季羡林主编大型丛书《东方文化集成》,聘请中村先生担任名誉顾问。正因为季羡林为中日文化学术交流做出了重要贡献,以及在中日佛学界、印度学界享有崇高的威望,2008年5月,日本学士院正式聘任他为客座院士。因此,季羡林成为百年来第一位获得日本学士院客座院士身份的中国籍会员,也是国际印度学领域获此殊荣的第三人。

两次到新疆

1979年暑期,季羡林应新疆大学之邀到天山南北考察讲学。这是他第一次来到新疆。当时笔者在乌鲁木齐军区工作,季先生的日程虽然安排得满满的,但他仍然惦记着自己的学生,特意让工作人员通知笔者到新疆大学一晤。

那天,笔者一早便赶到新大,发现几年不见,季先生仿佛显得更年轻了,头发虽已全白,脸色却很红润,只见他步履矫健,双目有神,精神状态非常好。显然,"文革"风雨过后他又焕发了第二次青春。笔者问他的身体状况,他说:"很好。解放了,心情舒畅,全身仿佛有使不完的劲儿。"简单谈了谈东语系的情况,先生说:"今天的活动全排满了。这样吧,你就跟在我身边。有时间咱们就说说话。"接着他问主人:"他是我的老学生,我们好几年没见了。让他待在这儿,不会影响我们谈工作吧?"新大领导笑着说:"完全没有问题。"这样,笔者就有机会在恩师身旁度过了愉快的一天。季先生先是和新大领导讨论教学问题,接着到学校图书馆去鉴定善本古籍。在从会议室去图书馆的路上,先生关切地询问笔者的工作和生活情况。他特别勉励笔者好好工作,不要丢掉专业。在新大图书馆,他还不忘对那里的负责人说:"这是我的学生,在军区工作,搞中亚情况调研。如果来你们这里查阅资料,请提供方便。"当时笔者正在搞一个中亚历史和地理情况的课题,在先生的鼓励和支持下,笔者找了几家图书馆,终于找齐了所需的资料,其中一本巴尔托里德的专著对我颇有帮助。

季羡林同新疆是有缘分的。早在青年时代,他在德国学习吐火罗文,研读的文献《福力太子因缘经》就是从新疆出土的。所谓吐火罗语,就是曾经流行于库车、焉耆一带的古代语言。库车古称龟兹,是丝绸之路的重镇。这次他来新疆,库车是必去的地方,在那里考察了千佛洞。若干年后,他译释的吐火罗文《弥勒会见记剧本》,则是出土于焉耆。季羡林还有一个非去不可的地方,就是吐鲁番。吐鲁番有交河和高昌两座历史古城,如今虽然只是两处遗址,依然像磁石一样吸引着他。吐鲁番是全国最低洼的地方,八月骄阳如火,小小的盆地如同一口大锅把太阳光的热量聚集起来,大地晒得滚烫,每一粒沙子都在闪闪发光;火焰山上赭红色的岩石如同跳动的火焰,空气中翻滚着炙人热浪,天地之间仿佛都在燃烧……就在这样的天气里,季羡林来到不长一棵树、没有一棵草的高昌古城,在黄土堆砌的残垣断壁间仔细辨认

古代城门、街道、王宫、佛塔、厅堂、民居。他一边看一边对照脑子里的《大唐三藏法师传》中的记载，思绪回到一千多年以前，想象当年玄奘同高昌国王鞠文泰母子的交往、王宫旁边香火鼎盛的道场、月色朦胧中远来的商旅进城的情景……交河古城离吐鲁番县城不远，从外表看同高昌古城几乎毫无二致，同样是黄土堆砌的残垣断壁，同样是寸草不生一片荒凉。此时，季羡林脑子里回响起幼年习读李颀的诗句："白日登山望烽火，黄昏饮马傍交河。行人刁斗风沙暗，公主琵琶幽怨多……"他登上残存的城墙极目远望，但见平畴沃野，绿浪翻滚；脚下是千仞危崖，矗立河心，清流夹岸，居高临下。好一座险要的城池！他心中豁然开朗：原来交河这个地名是这样来的。

好客的主人还安排季羡林一行忙中偷闲，游览博格达雪峰下的天池。这是一个形成于冰川时代的高山湖泊，湖面海拔1980米。冰山映碧水，美丽而壮观。就在这风景绝佳之地，季羡林竟看见了大煞风景的一幕：有人在湖边宰羊，当场做手抓羊肉吃，弄得石头上血迹斑斑。他不由得锁紧了眉头。

新疆是令人魂牵梦绕的地方。这里不仅有壮丽的风景，好客的朋友，更为重要的，这是欧亚大陆的腹地，世界上唯一的四大文化圈交汇处。季羡林曾经多次指出，世界上绝没有第二个这样的地方，古老的丝绸之路穿过这里，留下许多珍贵的历史遗存，是从事文化交流史研究的一块不可多得的宝地；异域文化包括佛教和伊斯兰教从这里传入，为中国文化注入新鲜血液；中华民族光辉灿烂的文化从这里传出去，对世界文化做出了不可磨灭的贡献。西方和中亚同中国的陆路交通几乎全部通过新疆，也是由于新疆的地理位置决定的。新疆受到各种文化的浸染，东有中国汉族文化，南有印度文化，西有闪族伊斯兰文化和欧洲文化，甚至古代希腊的雕塑艺术，都通过形成于阿富汗、巴基斯坦、印度一带的犍陀罗艺术流派传入新疆，再传入中国内地；新疆最早接受中国文化，然后是印度文化，再后是伊斯兰文化，三者之间对峙、并存、汇合的现象逐步形成。目前，虽然从宗教方面来看，伊斯兰教统一了新疆，但从深层文化来看，几大文化体系的痕迹依然隐约存在。新疆依然是研究世界文化交流的最好场地。1985年夏季，季羡林第二次来到新疆，主持敦煌吐鲁番学会的一次重要国际学术会议，他在会议的总结发言中，明确提出了四大文化圈和东西文化两大体系的主张。这对认清人类文化的发展趋势，无疑具有重要的意义。

新疆是个好地方，季羡林晚年仍然挂记着它，在病榻上还不时地同笔者谈起那里的情况。

把心留在敦煌

敦煌是古代中国的西陲重镇，毗邻西域，是吸收外来文化的最后一站。公元4世纪到14世纪形成的敦煌莫高窟绘画和雕塑，是举世闻名的佛教艺术瑰宝。无数工匠在这里不舍昼夜，画了1000年，塑了1000年，在400多座洞窟——大的如同一座宫殿，小的只是一个佛龛——都布满了精美绝伦的绘画和雕塑，都是价如拱璧的国宝。千佛洞每日迎来送往无数游客。俗话说："外行看热闹，内行看门道。"季羡林1979年第一次来到敦煌，他在这里看出了什么门道呢？

莫高窟既是佛教洞窟，里面最多的壁画以佛本生故事为题材。释迦牟尼来到世间，到长大结婚、出外游历、出家修行、得道成佛、广收徒众、讲经说法、涅槃解脱的全部经历，都用绘画的形式表现出来，人物众多，形象生动。季羡林最感兴趣的还是那些描绘涅槃的壁画：释迦牟尼逝世后，右胁向下躺在那里，许多人围在他的身边，已经得道的脸上毫无表情，没有参透生死的捶胸顿足、号啕大哭，而外道六师看见敌手已死，一个个兴高采烈、手舞足蹈。好一幅人生哀乐的画卷！季羡林说，这虽然是一幅宗教画，却把世间的人生百态栩栩如生地搬进了画中。

许多表现西方极乐世界的壁画，把本来虚无缥缈的神话世界，刻画得如此形象逼真，生动活泼。原本荒诞不经的东西，比如过去的人或人生，借助现实人生中的模特再现出来，我们不得不佩服古代工匠的惊人技艺。最令季羡林吃惊的是，在圣洁的"天堂"琼楼玉宇中间，画师竟别出心裁地画了一只小老鼠，用意何在，引人深思，这简直是一种石破天惊的创造！绘画和雕塑不仅有表现佛经的内容，而且有数量不少的变文的内容。所谓变文，是唐代说唱艺术的一种，可能类似后来的"拉洋片"，艺人一边展示图画，一边说唱，其中既有佛经故事，又有世俗的民间故事和历史传说。季羡林在洞子里看到了法华经变、楞伽经变、金光明经变等内容的壁画，其中维摩诘经变最为常见。如第 103 窟中《维摩诘说教》壁画，画的是维摩诘生病在家，佛祖派文殊菩萨来探视维摩诘，向他宣说大乘教法。维摩诘侧坐在床上，眉峰微挑，正好辩到激烈处，他那矍铄的神情，激昂的活力，表现出善于辩论以词锋战胜对手。可见在唐代，能言善辩的维摩诘是一个家喻户晓的人物。季羡林一边看着，一边回忆起大乘佛典中的《维摩诘经》，其中浓烈的文学趣味和个性鲜明的居士菩萨的形象曾对他产生较大影响。

壁画中还有一些表现世俗生活，或者与世俗生活相关的内容。季羡林在《张义潮出游图》前驻足观看，只见这位唐代大官僚、大军阀那副威风八面的样子；又见《五台山图》画的是从正定到太原绵延数百里的旅途和人民的生活情景，画面中不仅有来自波斯的骆驼商队，还有航行在大海上的商船验证了他的关于商人在佛教的传播和发展中起到重要作用的论断。总之，在这些壁画中既有佛祖、菩萨、罗汉、天王，又有僧侣、居士、农夫、商人、百工、优伶、牧人、学者、官僚、地主、流民、娼妓，五行八作，应有尽有。从他们的长相及服装判断，有的来自中国境内的各个民族，有的来自丝路沿线的各国人民，是他们共同创造了灿烂的古代文明。而莫高窟本身，也绝不是一个民族的工匠所能完成的，它为研究中西文化交流史提供了丰富而形象的资料。

在敦煌的这些日子，季羡林每天都很兴奋。他说：

> 我们就在这样一个仿佛远离尘世的弥漫着古代和异域气氛的沙漠中的绿洲中生活了六天。天天忙于到洞子里去观看，天天脑海里塞满了丰富多彩五光十色的印象，塞得是这样满，似乎连透气的空隙都没有。我虽居处于斗室之中，却神驰于万里之外；虽局限于眼前的时刻之内，却恍若回到千年之前。浮想联翩，幻影沓来，是我生平思想最活跃的几天。

季羡林甚至突发奇想，在此度过余生。季羡林把心留在了敦煌。对敦煌吐鲁番学的研究，是他一生十大学术研究工程之一，不仅对敦煌吐鲁番出土文书的研究成就骄人，而且从人类文化交流的视角，对敦煌和西域独特地位的科学论断，高屋建瓴，俯察全局，为这门学科研究提供了更加广阔的视野。

在此，笔者不妨追忆一下敦煌学的研究历史。一百多年前，由于敦煌藏经洞的发现，中国学坛以及世界学坛上出现了一门新学科"敦煌学"。可惜的是，大量敦煌文献流失海外，影响和制约了敦煌学的研究。国学大师王国维先生在《最近二三十年中国新发现之学问》一文中说："当时粟特、吐火罗人多出入于我新疆，故今日犹有遗物。惜我国人尚未有研究此种古代语言者，而欲研究之，势不可不求之英法德诸国。"陈寅恪先生在《敦煌劫余录》序中写道，有人认为"敦煌者，吾国学术之伤心史也"，又说："寅恪有以知其不然。"他列举了许多没有被外人盗走的敦煌卷子，说我们还大有可为。这种说法颇为鼓舞人心，然而。建国前的半个世纪以及建国后的三十年中，我国除了少数学者对敦煌学的研究有所贡献外，敦煌学几乎是一片荒漠；而在国外，一代又一代汉学家研究敦煌学，取得了可观的成果，1957年，英国出版了著名汉学家翟理斯用八年时间编成的《大英博物馆藏敦煌汉文写本目录》，就是一个典型的例子。这种墙里开花墙外香的状况显然极不正常。无怪外国某敦煌学者口吐狂言："敦煌在中国，敦煌学在日本。"中共十一届三中全会以后，改革开放的春风吹绿神州大地，敦煌学也同别的学科一样，从悠长的寒夜中苏醒过来。季羡林到新疆和甘肃考察回来不久，1983年，中国敦煌吐鲁番学会应时而成立，一批中青年敦煌学者，踔厉风发，脱颖而出，在不长的时间内出版了大量有较高学术水平的著作。季羡林作为学会会长，更是身先士卒。为中国争得了在敦煌吐鲁番学研究领域的话语权，外国同行不得不刮目相看。1988年在北京召开的中国敦煌吐鲁番学会年会上，季羡林提出了一个响亮的口号："敦煌在中国，敦煌学在世界。"得到了与会中外学者的同声赞成。时至今日，世界以及中国敦煌学蓬勃发展的事实证明，这个口号是准确而适宜的，有利于国内外敦煌学者的团结协作，共同促进敦煌学的繁荣。

去洛阳

1986年4月，季羡林和时任北大副校长张学书应洛阳北大校友会之邀去参观访问，他们带了两位年轻的工作人员，一位是校办副主任杨永庚，一位是时任北大外事办主任的郝平。二十四年后，任教育部副部长的郝平撰文纪念季羡林先生，回顾了当时的情况。他说，这是季羡林先生从副校长岗位上退下来之后第一次外出，洛阳有许多佛教圣地，他们参观了中国最早的佛教寺院白马寺、禅宗的祖庭少林寺、开凿于北魏的龙门石窟。季羡林是研究佛教的大师，他兴致很高，谈笑风生，一路谈论着白马驮经、达摩弘法和大佛雕像的种种有趣的故事。每到一处佛教大殿，季老都严肃地立正站好，脱帽鞠躬，并同方丈亲切交谈，解答他们提出的各种学术问题，充分展现了佛学大师的风采。这是一次愉快的旅行。可是，在返回北京的火车上，却发生了令人未曾想到的一幕。

当时坐软卧有级别要求，列车长看到客人是位七十多岁的老者，为了便于照顾，就临时调整了铺位，把季羡林、张学书和两位随行干部安排在第一间包厢。谁知后来上来一位司局级官员，见自己的铺位被调换了，大发雷霆。他拒绝去另外安排的铺位，在通道跺着脚，大声嚷嚷，说："有人级别不够，也坐软卧。车长滥用职权，调换铺位。我要向铁道部反映，撤了他的职！"年轻的列车长被"训"得直掉眼泪。郝平和杨永庚担心列车长为难，又担心自己级别不够被撵出软卧，此时一声不吭。季羡林则充分肯定了列车长尊老爱老的行为，而对那位官员的骄横十分反感。他悄悄对郝平说："你去找这个人，贴近他的耳朵告诉他两个意思：第一，你这种做法实在太过分了。第二，如果你去铁道部告状，撤列车长的职，包厢里那位老人就以人大常委的身份去找总理，要求撤你的职。说完你就回来，不必和他吵架。"郝平领会了季老的意图，立即照办。说来也怪，刚才还大吵大闹的那位官员听罢，立刻安静下来，悄悄离开了软卧车厢。过了不久，有人来到包厢，说那位官员主动要求安排在硬卧车厢了。让郝平印象深刻的是，一向慈眉善目的季羡林，也有怒目金刚的一面。

访问尼泊尔

1986 年 11 月 24 日至 30 日，季羡林参加中国全国人大代表团赴尼泊尔，参加在加德满都德什拉特体育场举办的世界佛教联谊会第十五届大会并访问尼泊尔，应邀在特里布文大学发表演讲，题目是《中国的南亚研究——中国史籍中的尼泊尔史料》。代表团团长是班禅副委员长，中国佛教协会会长赵朴初和夫人陈邦织是主要陪同人员，季羡林作为全国人大常委也在其中。这是一次愉快的行程。代表团下飞机，受到隆重热烈的夹道欢迎，虔诚的佛教信众排起了数百米的长龙,等待班禅大师摸顶赐福。

在加德满都,季羡林见到与国内迥异的自然、人文环境,他心有所思,利用每天凌晨的时间,写了六篇小品文,组成《尼泊尔随笔》。它虽没有华丽的语言,但从平实无华的叙述中,透露出许多深刻的人生哲理。作品构思精巧,语言幽默,文笔精妙,读来可以领略欣赏季羡林先生为人处事的原则,对待人生的态度。

到尼泊尔第二天,一向早起的季羡林在宾馆写下飞越珠峰的经历以后,天还未亮,他又开始写《加德满都的狗》。狗是季羡林喜欢的动物,这与他早年的经历有关,母亲去世以后,一条老狗天天守护在家门前,不肯离去,给季羡林留下了终生不忘的记忆。2001年,九十岁的季羡林写了一篇《一条老狗》。他满怀深情地写道:"母亲的丧事处理完,又是我离开故乡的时候了。临离开那一座破房子时,我一眼就看见那一条老狗仍然忠诚地趴在篱笆门口。见了我,它似乎预感到我要离开了,它站了起来。走到我跟前,在我腿上擦来擦去,对着我尾巴直摇。我一下子泪流满面。我知道这是我们的永别,我俯下身,抱住了它的头,亲了一口。我很想把它抱回济南,但那是绝对办不到的。我只好一步三回头地离开了那里,眼泪向肚子里流。"爱屋及乌,季羡林喜欢所有的狗。

《乌鸦与鸽子》是到达尼泊尔第三天的凌晨写成的。来到加德满都,他意外地发现,这里有大群的乌鸦。由此,他想到当年在缅甸见过的更大群的乌鸦。反观我国,在北京乌鸦几乎绝迹。乌鸦本不是讨人喜欢的鸟,可是,物以稀为贵,随着乌鸦的急剧减少,它们的叫声似乎也不那么令人不快了。鸽子嘛,北京也有,不过都是人饲养的,数量也不多。而尼泊尔的鸽群要大得多,还有野鸽子。而印度的鸽子更是毫不怕人,对人毫无戒备。我国鸟类和其他野生动物迅速减少,引起了作者的忧虑。南亚国家如印度、缅甸、尼泊尔人们普遍信仰印度教和佛教,提倡不杀生,所以,那里的野生动物能够安全繁衍。而我国相当长时间滥捕滥猎,所以环境日益恶化。季羡林一向主张人应与大自然和谐相处、天人合一;反对与大自然为敌、"征服自然"。主张对滥捕滥猎严加制止。写到此处,他提出了一个更深层次的问题:视种草养花为"修正主义"道理何在?是何居心?这无疑击中了问题的要害。环境之所以不断恶化,恰恰是"战天斗地"的指导思想导致的恶果,是长期以来"左"的贻害。写罢《乌鸦与鸽子》,季羡林对着窗外弥漫的浓雾出神,进入遐思。冬季的加德满都,由于空气湿度大,昼夜温差大,早晨和上午经常大雾弥天。雾天能见度低,许多东西看不真切,于是有"雾里看花"之说。来到加德满都,看到自己喜爱的狗和鸽子,而犬吠、鸽鸣都是从雾中传来的。"难道这浓雾竟成了我在这美丽山城学会欣赏的第三件东西吗?"季羡林问自己。于是,他挥笔写下了又一篇小品文《雾》。其实他是借题发挥,借"雾"说理。说什么理呢?他说的是混沌学,或者说是模糊学。季羡林从一种方兴未艾的新学说——混沌学受到启发。美国学者格莱克写了一本书:《混沌:开创新科学》。混沌学是关于系统的整体性质的科学。它扭转了科学中简化论的倾向,即只从系统的组成零件夸克、染色体或神经元来作分析的倾向,而努力寻求整体,寻求复杂系统的普遍行为。它把相距甚远的各方面的科学家带到了一起,使以往的那种分工过细的研究方法发生了戏剧性的倒转,亦使整个数理科学开始改变自己的航向。有学者断言,20世纪的科学只有三件事将被记住:相对论、量子力学和混沌学。他们认为,混沌学是20世纪物理科学的第三次大革命。为什么20世纪末,西方文化正在如日中天光芒万丈的时候,西方有识之士竟然开创了与西方文化整个背道而驰的混沌学呢?答案只有一个,这就是:这些有识之士已经痛感,西方的哲学思维是,只见树木,不见森林;只从个别细节上穷极分析,而对这些细节之间的联系则缺乏宏观的把握;认为一切事物都是一清如水。而实际情况并非如此。照目前这样分析是分析不下去的。必须改弦更张,另求出路,人类文化才能重新洋溢着活力,继续向前。季羡林是相信唯物辩证法的。他认为,中国的东方的思维方式从整体着眼,从事物之间的联系着眼,更合乎辩证法的精神。季羡林赞美的其实不是雾,而是一种新的思维方式。

第四天凌晨,写了一篇《神牛》。神牛在印度和尼泊尔是一种奇特的景观。在城市里,在车水马龙的大街上,成群结队的神牛悠然自得地闲逛,甚至卧地酣睡,无人惊扰。这是怎么回事呢?"无神牛不印度"这句话道出了神牛在印度的崇高地位,走在印度的大街小巷,你随时都有可能和自由自在的神牛不期而遇。

印度神牛

在印度，全国 80% 的人口信奉印度教。印度教的主神之一，破坏神湿婆的坐骑就是一头神牛，所以印度教徒看到神牛都会想象到湿婆。在印度无论大小寺庙大多会在庙宇的宽阔之地塑造一尊神牛雕塑。印度教认为神灵活在母牛之中，神学家们把一头母牛身体内的男神和女神的数量确认为三亿三千万。所以，印度人相信从母牛（或公牛）身体中出来的一切都是神圣的。在印度教的教义中，牛是不可缺少的。首先，母牛与印度神学中的转回转生教义有关。从一个恶鬼轮回到一头母牛要经历 86 次转生的过程，再多一次转生的话，灵魂便可托生为人形。而一个杀了母牛的人的灵魂将要轮回到全程的最低一级，重新开始轮回。为了帮助一个所爱之人的灵魂走向拯救之旅，亲人们捐献钱财用于饲养印度神庙中的牛群。他们相信死者必须穿越一条火焰河，而他们的捐助会给予死者抓住一头母牛尾的权利，以使他顺利地游过火焰河。因此，正统的印度教徒在临终之前会要求得到一条牛尾巴。印度教徒普遍对牛怀有一种敬仰心理，为了表示对牛的敬意，除了在向大神祈祷时，将神牛列于宗教场所并加以朝拜外，印度还有专门为牛祈福的节日，每年举行一次盛大的敬牛节——"波高"，以表示对牛的珍爱和崇拜。而禁止屠宰奶牛则是印度宪法的明文规定。只养不杀的做法使得印度不仅拥有全世界数量最多的牛，大约一亿八千万头牛（包括 5000 万水牛），而且还拥有世界上最多的生病的、绝产的、无奶的、衰老的和残弱的牛。印度的确是一个牛的天堂！尼泊尔也是如此。无怪季羡林感叹："神牛们有福了！"

《游兽主大庙》是季羡林《尼泊尔随笔》中的最后一篇。加德满都寺庙林立，不仅有佛教寺院，还有印度教寺庙。著名的兽主大庙供奉的是印度教三大主神之一的湿婆神。每年都有大批印度教信众前来朝拜。湿婆为印度教三大主神之一,是毁灭之神,在《梵书》《奥义书》及往世书中都载有他的神话。据说他有极大的降魔能力,额上的第三只眼能喷毁灭一切的神火,印度教认为"毁灭"有"再生"的含义,故表示生殖能力的男性生殖器——林伽是他创造力的象征,受到性力派和湿婆派教徒的崇拜。湿婆是苦行之神,终年在喜马拉雅山上的吉婆娑山修炼苦行,通过最严格的苦行和最彻底的沉思,获得最深奥的知识和神奇力量。他还是舞蹈之神,创造刚柔两种舞蹈,被誉为舞王。他的形象被描绘成三眼四手,手中分执三股叉、神螺、水罐、鼓等;身着兽皮衣,浑身涂灰,头上有一弯新月作为装饰,头发盘成犄角形,上有恒河的象征物。传说恒河下凡时曾先落在他的头上,分七路流向大地。颈上绕着一条蛇,坐骑是一头大白牛。他的故事散见于各种文献中。他的教派信徒奉其为最高的神,有地、水、火、风、空、日、月、祭祀八种化身,除毁灭外还可创造。佛教文献称他为大自在天,住色界之顶,为三千界之主。该庙不对非印度教徒开放,季羡林只能在门口走走看看,他写下了此庙的周围环境,来此朝拜或观光以及做生意的各色人等,栖息在高阁上的鸽子、跳跃在屋顶上的猴群,宛如一幅色彩明丽的风景画,展现在读者面前。他的着力点,在于记述友好、和善的尼泊尔人民,表达自己对尼泊尔人民美好的祝愿。他说:"我们也是凡夫俗子,从来没有想超凡入圣,或者转生成什么贵人,什么天神,什么菩萨等等,等等。对神庙也并不那么虔敬。可是尼泊尔人对我们这些'洋鬼子'还是非常友好,他们一不围观,二不嘲弄。小孩子见了我们,也都和蔼地一笑,然后腼腼腆腆地躲在母亲身后,露出两只大眼睛瞅

着我们。我们觉得十分可爱,十分好玩。我们知道,我们是处在朋友们中间。

季羡林此行最主要的任务是在特里布文大学发表演讲。这所以 20 世纪 50 年代在位的老国王名字命名的大学,是尼泊尔的最高学府。季羡林作为历史学家,对中尼两国人民一千多年的友好交往已然烂熟于心。演讲那天,全校数万师生悉数到场,还有不少听众从校外赶来,场面友好热烈。季羡林讲完,还对听众提出的问题一一做了解答。他感到,在自己心里蕴涵着一种感情,是在任何别的地方都难以产生的。原因是在尼泊尔流传着一个神话传说:文殊菩萨预知释迦牟尼佛将在伦比尼园出世,而当时尼泊尔加德满都还是一片荒凉沼泽地,于是文殊菩萨慈悲为怀,不避艰辛,提前二十余年,率领弟子数十人,由五台山至尼泊尔,移山填沼建造城池,以迎接伟大佛陀降临人间。显然,这个美丽的传说,成为一种感情的纽带,把加德满都与五台山,把尼泊尔人民与中国人民紧紧联系在一起。

中国和尼泊尔,自古以来就是好邻居,好伙伴。两国山水相连,巍巍喜马拉雅山,隔不断中尼两国人民源远流长的友谊;因为世代都有如同季羡林这样不辞辛劳的架桥铺路之人。

延吉行

1992 年 7 月底至 8 月 6 日,季羡林在助手李铮陪同下,应邀到延边大学讲学,并在延吉市参观访问,他在那里过了八十六岁生日。延吉出租车的服务热情便利、卡拉 OK 的繁华热闹还有当地人喝啤酒的豪气，都给季羡林留下了深刻的印象。他们还驱车230公里，登上长白山的主峰，眺望了天池的美景。回到北京以后，季羡林有几篇优美的散文记述这次延吉之行，如《观天池》《延吉风情》《美人松》，有一篇《我在延吉吃的第一顿饭》风格却与别的散文迥然不同。这篇在他生日当天写成的散文，记录季羡林到达延吉那当天晚上，好客的主人在一家餐馆请他吃晚饭的情景。在几道平平常常的饭菜端上来后，服务员端来一条鲜活的大鱼，主人用筷子指着鱼对季羡林连声说"请"，面对摇着尾巴、摆动双鳍、嘴巴一张一合、两眼炯炯有神的大鱼，季羡林不知如何是好。原来这就是当地风行的活吃生鱼片。这种吃法过于怪异和残忍，令季羡林心情迷离，神志恍惚，怵然、悚然、怆然、怂然、悻然、惘然无所措手足，一下子陷入梦幻之中。

季羡林不愧是研究童话和寓言的大家，接下来，季羡林便借"梦幻"中"听"来的大鱼的话，层层递进，鞭挞人们的自私、无聊和残忍。这是一篇难得一见的奇文，感兴趣的读者不妨找来一读为快。让我们来看看，在季羡林的笔下，这条鱼对食客最后的拷问：

在延吉这里，你们这些人不知道从哪里来了这样一股邪劲，非要让我们完全活着，神志完全清醒，把我们的鳞皮揭开，把我们身上正面反面的肉都切成一片一片的，再把鳞皮盖上，宛然是一条活而整的鱼，端到饭桌上来，先让你们这些外地来的乡巴佬，瞪大了眼睛，大大地吃上一惊，然后再怀着胆怯、兴奋、好奇而又愉快的心情，在主人的'请！请！请！'的催促下，一齐伸出了筷子。我瞪着眼，摇着尾巴，摆动双鳍，以示抗议，可我发不出声音。难道只有看到我瞪眼、尾摇、嘴巴张，你们咀嚼着我的肉才觉得香吗？你们这是一种什么心理呀！你要告诉我！否则，即使你把我的残骸做成了酸辣汤，我也是不能瞑目的！

这的确是振聋发聩的问话呀，任何一个热爱生命的人是无法回答的。季羡林怎么回答的呢？他只能从佛家的学说里寻找答案了。他祝祷大鱼投胎做人，"20年后又是一条好汉！"

曼谷十日

1994年3月22日至31日，季羡林应泰国侨领郑午楼博士之邀，赴泰国访问。时间虽然不长，但所见极多，可以说闻所未闻，见所未见。回国后，在众多会议夹缝中，写成短文十篇，集中表现泰国华侨华人自强不息，广结善缘，在曼谷艰苦创业，努力弘扬华泰文化和炎黄文化，造福中泰两国人民的光辉业绩。

郑午楼祖籍广东汕头市潮阳区陇田镇东仙村，生于泰国曼谷。精通中、英、泰文，喜爱中国经书诗文，擅长中国书法。1950年与好友在曼谷创办京华银行，任该行董事长。青年时任泰国报德堂董事长，建成大型华侨医院，历任泰国银行公会主席，潮州会馆永远名誉会长，泰国公益金委员会主席等职。报德善堂是郑午楼先生管理的华人慈善机构，也是潮汕善堂在海外的一个代表者。1910年，由泰国著名侨领郑智勇（即二哥丰）等人发起，在曼谷拍抛猜路购地修盖颇具规模的大峰祖师庙，名为"报德堂"。大峰祖师是宋代僧人，虽然名不见《高僧传》，但在潮州声誉极高。他生前广行善事，造福乡民，圆寂以后，被尊为神灵，数百年香火不绝。更为重要的是，粤东人民广建善堂，为民造福，而且随着华侨出国谋生，把这种信仰和风俗带到泰国。1936年，报德堂改称为"暹罗华侨报德善堂"。早年来暹罗的潮州华人，生活贫困，经常有人死了却无人认领尸首的事，善堂最早的善事便是收敛无名尸。后在敛尸的基础上，善堂再做善生的事，比如开设华侨医院。郑智勇去世后，善堂重新选举，22岁的郑午楼在会上陈述理由，坚持将善堂注册为公司式的慈善机构。郑午楼的改革思路得到一致认可。郑午楼被推举为善堂副董事长。报德善堂从初期注册资金只有2000铢，到后来名下拥有几十亿铢的资产。郑午楼用自己在经营工商企业的丰富经验来管理报德善堂，使善堂善事越做越大，在百姓中的位置越来越高。九十余年来，报德堂为社会做了大量的施医义葬，扶贫济幼等慈善工作。社会大众沐大峰祖师之恩，反过来以自己的钱财或人力支持慈善事业。报德堂又利用所捐的钱做更多的善事，受益者又感恩捐款，如此循环不已，慈善事业不断扩大发展。1937年，报德堂创建华侨助产院，1939年，扩大为华侨医院，1979年再扩建为二十二层楼大厦。1992年，由报德堂发动，得到泰华社会的支持，报德堂成立了华侨崇圣大学，并在该校开办中文系，教授华文。1997年，始建新义山庄和万人墓。2000年，华侨中医院七层楼大厦奠基。经过长期的不断善举，大峰祖师崇拜得到了泰国社会的认可，为泰国各族人民赞赏，也为泰国王室和官府所支持。郑午楼致力于慈善事业，可谓大峰祖师事业与精神的继承和践行者。季羡林看到的祖师庙庙宇既不宏伟，金身也不高大，可是庙内挤满了善男信女和从事慈善

事业的义工,虔诚肃穆而又热气腾腾,令人感动。

泰国华侨崇圣大学是报德堂发起,受到广大华侨华人支持的高等教育机构。季羡林等赴泰主要活动就是参加该校的开学典礼。1992年,郑午楼倡导建立"华侨崇圣大学",号召华人踊跃捐资建设。5月11日,"华侨崇圣大学"获泰国普密蓬国王赐校名,这是泰国第一所,也是至今为止的唯一一所私立大学获此殊荣。1994年3月24日,普密蓬国王御驾亲临学校主持开学典礼。大学位于曼谷附近的北榄府,有学生约9000人,教师和工作人员约800人。校内图书馆藏书约17万册,其中中文藏书4万册。学校至今已培养了13000余毕业生服务于社会。

季羡林访泰最后一天的行程是到东方文化书院演讲、参观大皇宫、法政大学和朱拉隆功大学。泰国与中国和印度都是近邻,中印两国都是文明古国,两大文明在这里交汇,给泰国文化打上了明显的烙印。曼谷东方文化书院是泰国最大的一所汉语补习学校,成立于1993年6月。学校设有中国语文中心、中国留学中心、东方文化中心等。教师人数近百名,学生总数约4000名,设有汉语成人班、儿童班、书法国画班、古筝班、汉语水平考试辅导班等。季羡林造访时该书院尚处于新创阶段,这无疑是为中泰文化交流,乃至整个东方学研究搭建了一个平台。季羡林在这里讲解"天人合一",是他研究中国、印度、朝鲜、日本等国古代先哲对待人与自然关系的主流哲学思想得出的结论,对人类的生存与发展具有重要的现实意义。听众都是侨界精英,他的观点得到广泛认同。参观大皇宫的过程中,让作者印象深刻的是皇宫中关于《罗摩衍那》的壁画。季羡林在十年浩劫期间,偷偷翻译印度古代伟大史诗《罗摩衍那》,所以对罗摩故事非常熟悉,见了感到格外亲切。现在的泰国王室,通常称为"拉玛王朝",其实,"拉玛"是"罗摩"的另一种译法。王族自称为印度大神罗摩后裔。

陈贞煜是法政大学教授,曾任该校校长。而朱拉隆功大学是泰国最高学府,又是北京大学的合作办学单位。季羡林作为学者、教育家,虽然走马观花,这两个学校是必去的。在以学潮著称的法政大学,他见到的景象却是一派和谐,其乐融融。

宝岛行

1999年3月26日,季羡林由北大副校长郝斌和助手李玉洁陪同,应圣严法师邀请,赴台湾参加法鼓人文社会学院举办的"人文关怀与社会实践系列——人的素质学术研讨会"。27日晨,季羡林来到台北故宫博物院山溪堂,与同来参会的国家图书馆馆长任继愈在青山绿水间游览,当日还参观了法鼓山。29日至31日在台北图书馆开会,季羡林在会上发表演讲《关于人的素质的几点思考》,提出把人文关怀分为人与自然、人与人以及人自身的思想感情处理三个层次,这三种关系处理好了,人就幸福愉快,否则人就痛苦。这就是季羡林的"和谐观"的基本观点,引起中央高层和广大群众的关注,后来成为全党和全国人民的共识和奋斗目标。

在台期间,季羡林访问了台湾"中央研究院"、台湾大学、"中央图书馆"、圆山大酒店和张大千的摩耶精舍,出席了台湾北大校友会等团体举办的多次欢迎宴会,还专程到胡适和傅斯年的墓地祭扫。季老在胡适墓前三鞠躬,然后对身后的郝斌说:"鞠躬!"

郝斌鞠躬如仪。胡适是北大的老校长，傅斯年曾任代理校长。今朝两位北大副校长为老校长扫墓，成为文坛一段佳话。

十天之内，季羡林一行走马看花，马不停蹄，行色匆匆。这次台湾之行给季羡林留下了深刻而美好的记忆。返回以后，5月上旬，他把所见、所闻、所想，以《台游随笔》为题，写成了一组散文。

出发之前，季羡林的脑子里是有一个问号的，这就是台湾人对大陆人的看法究竟怎样？因为毕竟分离了半个世纪，这中间发生了许多不愉快的事情。季羡林担心，台湾人对大陆人恐怕不会有好感的。这种担心也事出有因，不久前他从台湾东吴大学林聪明教授那里得知，台湾一家出版社翻印了他翻译的《五卷书》，竟把他的名字改为"季宪林"，以此来逃避当局的检查，让他觉得啼笑皆非。可是，当他在香港机场登上台湾的班机，一进机舱门，笑容可掬的空中小姐立刻过来搀扶，服务温馨而得体。她们一路上送饮料、送饭菜、送报纸忙个不停，脸上始终挂着亲切真诚的微笑。这微笑把季羡林心里的惴惴不安一扫而光。季羡林完全没有想到，一走出机场大厅，就看见十几位北大东语系的校友高举着大红横幅在迎接他。台北的校友几乎是全体出动，他们都在七十岁上下，一个个白发苍苍。季羡林感受到了浓浓的友情、亲情、手足之情。从机场前往下榻的富都大饭店，季羡林透过车窗观看台北的街市，好像回到了五十年前的老家一样，没有一点儿陌生感。满街的招牌都是繁体汉字，人们的衣着打扮和大陆一模一样，有些地段很像香港，可是行人操的不是难懂的粤语，而是类似普通话的国语，距离一下子就拉近了。

北大同学会设宴欢迎大陆来的校友。这是一次老年人的聚会，他们几乎都是20世纪40年代后期到台湾来的,会长杨西昆已经九十二岁高龄,其他校友也在耄耋之年。早年曾在经济系就读的包德明女士站起来致辞,她两眼含泪,大声说:"我有一句话,已经在心里憋了几年。今天,看到大陆来的亲人,忍不住非说出来不行了。常言道'血浓于水',台湾和大陆的人都是炎黄子孙,为什么竟不能统一起来?台湾富,大陆强,合起来就是一个既富且强的大国,岿然立于世界民族之林中,谁也不敢小看,谁也不敢欺负。这是中华民族绝大的好事,为什么竟不能实现?"她说着,激动得不能自持。全体校友无不为之鼓掌动容。季羡林在台湾,不止一次听到台湾朋友说"血浓于水"四个字。由于此次来访是一次学术交流,所以他们不主动谈及政治话题,可是两岸同胞盼望祖国统一的共同心声,可谓心有灵犀,是任何人也隔不断的。

季羡林已是一位望九老人,经不起旅途劳顿和气候的剧烈变化,他患了感冒,发烧接近40℃,校友们知道后都十分关切。台大图书馆馆长林光美女士最积极,她又是通知杨西昆先生,又是陪季羡林到台大医院请专家诊治。杨西昆派自己的私人医生前来看病,包德明在深夜里亲自送来祖传的治疗哮喘灵药。同这些不是亲人,胜似亲人的朋友相处,季羡林怎么能不感动呢?在此期间,有两个女孩儿形影不离地陪着季羡林一行,一个叫李美宽,一个叫陈修平。她们张罗大家上车下车,就餐住宿,充当导游,服务的热情和细致感动了每一个人。一开始,大家还以为她们是旅行社的导游,时间长了才知道,她们原来是义工,是在法鼓大学开会期间专门提供义务服务的,不取分文报酬。她们都有自己的工作,出来做义工耽误的时间,回去要用休息时间补回来,真正是无私奉献。台湾义工很多,在法鼓山上也有很多义工,多是

青年女子，一个个温文尔雅，待人彬彬有礼，说话轻声细语，干活却麻利干练，尽心竭力，从搞卫生到烧饭菜，全靠她们。她们烹制的素斋，色、香、味都不同凡响。看到这么多的义工，为了信仰甘于奉献，季羡林感到心灵的震撼；同行的季老助手李玉洁无疑也受到感动。2003年，季老在医院住院，七十多岁的李玉洁衣不解带地照顾先生，我们这些做弟子的着实为之感动。当我们向她致谢的时候，她却说："谢什么？我就是季老身边的一个义工。"

|第七章|

人中麟凤

奥运会抬出孔子

2007年,北京奥运会筹备进入倒计时。7月27日,《人民日报》刊登记者卞毓方对奥运会筹委会文化顾问季羡林的采访记,题目是《一个文化老人的和谐观》。其中有季老谈奥运一段话,小标题是《通过奥运会展示和谐形象》:

"这是一个扩大中国文化影响的绝好机会。办好人文奥运,不是建几座模仿外国的大楼,而是对中华民族文化的传承和发扬。"季老说,他是奥运会文化艺术顾问,这个顾问,一定要当好。我问:"奥运会的一个重点就是开幕式和闭幕式。关于这,您有什么具体考虑吗?""我建议在开幕式上将孔子'抬出来',因为他是中国传统文化的典型代表。"他说,当今世界并不太平,到处都是你争我夺。而中国向来是一个追求和平、和谐的国度,奥运会正是一个展示我们国家和民族伟大形象的机遇。季老还强调,要办文化奥运,在弘扬中

国文化的同时,也要注意吸收外来的优秀文化。"中国人向来强调海纳百川有容乃大。奥林匹克文化的内核就体现了中国文化包容、融合的特点。因此,届时表现其地域文化的独特魅力也是应有之义。""应该通过奥运会,让世界了解中国文化、了解中国人民、了解中国特色社会主义精神文明成果",季老认为,要让2008年奥运会成为歌颂人、尊重人、追求高尚文化精神的过程,使2008年奥运会以自己独特的魅力体现"和谐、交流与发展"的文化主题。

7月28日,中评社发文《季羡林建议张艺谋奥运开幕式"抬孔子"》,文章的内容与下文大同小异,所不同的是突出强调了季羡林对奥运会开幕式"抬出孔子"的建议。季羡林的建议会不会被采纳?这个建议如何变成张艺谋的创意?当时确实引起了公众极大的兴趣。

2008年8月8日,第29届奥林匹克运动会开幕式吸引了全世界的目光。在开幕式的文艺演出中,孔门弟子诵读《论语》的宏大场景和活字印刷突出的"和"字,给全世界留下了深刻的印象。人们自然不会忘记,奥运会文化顾问季羡林在此创意中发挥的作用。8月15日韩国文学评论家、延世大学教授柳中夏在韩国《中央日报》上撰文称:中国通过本届奥运会实现东西方文化交融,更加彰显自信。北京人文奥运负责人张艺谋曾拜访元老学者季羡林,听取他对人文奥运的意见。季羡林告诉他:"怎样才能诠释好人文奥运这个理念呢?怎样才能让孔子再现人间?仅仅围绕秦始皇做文章是不行的。"

看来,张艺谋导演和他的团队采纳了季羡林的意见,创意

"抬"出了孔子,而且是为突出"和为贵"而"抬"出来的,不仅仅是一个穿古代服装的卡通小老头儿,可谓得其精要,恰到好处。需要说明的是,季羡林先生并非儒家,他是一位杂家,在思想感情上更接近道家。可是他十分欣赏孔子的"礼之用,和为贵"这句话,认为是解决中国乃至世界问题的良方。善于从古代圣贤那里汲取智慧和营养,解决人类面临的问题,这就是季羡林先生的独特贡献。

天人合一

季羡林是一位具有大智慧的学人,他经常考虑的是人类的前途和命运问题。那么,21世纪我们所面临的最重要的问题是什么?是环境问题、资源问题。诸如:环境污染,臭氧出洞,人口爆炸,疾病丛生,淡水匮乏,生态失衡,如此等等,不一而足。此皆大自然对人类征服之报复所致。要解决这些问题,首先必须弄清楚这些问题产生的根源。季羡林通过长期研究和观察,发现问题的根源是把人与自然的关系搞错了,是人类与自然为敌的后果,是以分析思维为基础的西方文化风靡世界的结果。西方科学技术无疑为人类创造福利,但同时也产生了诸多问题。西方以为自然是个奴隶,可以征服,这种想法和事实不符,事实证明自然是不能征服的。出路何在?需要到以综合思维为基础的东方文化,特别是中国古代思想宝库中寻求解决之道,"天人合一"便提供了解决问题的思路,即人类必须改弦易辙,和大自然交朋友。于是,季羡林早在1992年就写了一篇重要文章《"天人合一"新解》,其主

要内容如下:

"天人合一"这个命题,大多数学者的解释都是源于儒家的思孟学派,其实这是一个相当狭隘的理解。广义的理解是"主张'天人合一',强调天与人的和谐一致是中国古代哲学的主要基调"。这个代表中国古代哲学主要基调的思想,是一个非常伟大的、含义异常深远的思想。儒家经典《周易》说:"大人者与天地合其德,与日月合其明,与四时合其序,与鬼神合吉凶,先天而天弗违,后天而奉天时。"这里阐述的就是"天人合一"的思想,是人生的最高的理想境界。到了汉代,汉武帝独尊儒术,董仲舒是当时儒家的代表,明确地提出了"天人之际,合而为一"的思想。宋代出了不少大儒,尽管学说在某一些方面有所不同,但在"天人合一"上几乎都是相同的,大哲学家张载有两句非常著名的话,"民吾同胞,物吾与也",简称"民胞物与","与"就是"伙伴"的意思,这两句话言简意赅,含义深远;理学领袖程颐也说:"天、地、人,只一道也。"道家、墨家和杂家等也都有类似的思想。老子说:"人法地,地法天,天法道,道法自然。"《庄子·齐物论》说:"天地与我并生,而万物与我为一。"看来,道家在主张"天人合一"方面,比儒家更明确得多。虽然中国古代也有征服自然的想法,如荀子想制天、胜天,想征服自然,不过这种观点不是主流,而事实证明,你想征服自然,你想制天必为天所制。

印度古代思想派系繁多,但是其中影响比较大、根底比较雄厚的仍然是人与自然合一的思想。《奥义书》中论述梵我关系常使用一个词是"梵我一如"(Brahmatmaikyām)。吠檀多派大师商羯罗主张不二一元论,大体的意思是:真正实在的唯有最高本体梵,而作为现象界的我(小我)在本质上就是梵,二者本来是同一个东西。这一套理论无非是说梵我合一,也就是天人合一,由此看来中印两国的思想基本上是一致的。

中国古代思想和印度古代思想的表述,虽然使用的名词不同,但内容则是相同的。换句话说,"天人合一"的思想是一种普遍而又基本的东方思想,是东方综合思维模式的最高最完整的体现,它讲人与大自然合一,是有别于西方分析思维模式的。这种思想非常值得注意,值得研究,值得发扬光大,因为它关系到人类发展的前途命运。人同其他动物一样,本来包括在大自然之内,但是自从人变成了"万物之灵"以后,顿觉自己的身价高了起来,要闹一点儿"独立性",想同自然对立,想平起平坐,于是产生了人与自然的关系。处理好这种关系至关重要。因为人类的一切生活必需品,包括衣、食、住、行,都必须取自于大自然,人离开大自然一刻也活不下去。那么,怎样来处理好人与自然的关系呢?在此问题上,东方文化与西方文化是截然不同的。西方的主导思想是征服自然;东方的主导思想是与自然万物浑然一体。西方人向大自然穷追猛打,暴力索取,在一段时间内看似很成功,大自然被迫勉强满足了人类生活的物质需求,他们的日子越过越红火。于是,他们忘乎所以,飘飘然自命为"地球的主宰"了。东方人对大自然的态度是同自然交朋友,了解自然,认识自然,在此基础上再向自然有所索取。"天人合一"这个命题,就是这种态度在哲学上的表述。况且,东方文化其中包括"天人合一"思想,曾在人类历史上占过上风,起过导向作用,后来由于种种原因,时移势迁,被西方文化取而代之。这是值得认真总结的。东方文化的综合思维模式,恰恰承认整体概念和普遍联系,认为人与自然是一个整体,人与其他动物都包括在这个整体之中。人不

能把其他动物都视为敌人,征服它们。人吃一些动物的肉,实在是不得已而为之,但不能将它们赶尽杀绝。从古至今,东方的一些宗教,比如佛教即反对杀生,反对肉食;中国固有的思想中,表现对鸟兽的同情,比比皆是,最著名的两句诗"劝君莫打三春鸟,子在巢中待母归"人人皆知,非常感人,但在西方诗中是难以找到的。东西方的区别就是如此突出。在西方文化风靡世界的几百年中,在尖刻的分析思维模式指导下,西方人贯彻了征服自然的方针。结果怎样呢?有目共睹,十分严重。他们对大自然的得寸进尺永不餍足的需求,已使大自然忍无可忍。须知,大自然的忍耐程度并非无限,而是有限,在限度以内,它能够满足人类的某一些索取;过了这个限度,则会对人类加以惩罚,有时甚至是残酷的惩罚。有没有挽救的办法呢?当然有的,就是以东方文化的综合思维模式济西方文化的分析思维模式之穷。首先要按照中国人、东方人的哲学思维,其中最主要的就是"天人合一"的思想,同大自然交朋友,彻底改恶向善,彻底改弦更张。只有这样,人类才能继续幸福地生存下去。这样做并非要铲除或消灭西方文化,西方文化迄今所获得的光辉成就,决不能抹杀,而是在西方文化已经达到的基础上更上一层楼,把人类文化提高到一个前所未有的高度。总之,中国文化和东方文化中有不少好东西,等待我们去研究,去探讨,去发扬光大。"天人合一"就属于这个范畴。

　　季羡林的《"天人合一"新解》一经发表,如同"河东河西"论一样,立即引发了一场激烈的争论。支持者有之,反对者也不少。代表人物之一就是中国社会科学院原副院长李慎之先生。反对者认为,只有发展科学,发展技术,发展经济,才有可能最后解决环境问题,决不能为保护环境而抑制发展,否则将两俱无成。

季羡林则认为，为了保护环境决不能抑制科学的发展、技术的发展和经济的发展，这个大前提绝对是正确的。但是，处理这个问题，脑筋里必须先有一个必不可缺的指导思想，这个指导思想只能是东方的"天人合一"的思想。从发展的最初一刻起，就应当在这种思想的指引下，念念不忘过去的惨痛教训，想方设法，挖空心思，尽最大的努力对弊害加以抑制，决不允许空喊："发展！发展！发展！"高枕无忧，掉以轻心，梦想有朝一日科学会自己找出办法，挫败弊害。常言道："道高一尺，魔高一丈。"到了那时，魔已经无法控制，而人类前途危矣。中国旧小说中讲到龙虎山张天师打开魔罐，放出群魔，到了后来群魔乱舞，张天师也束手无策了。最聪明最有远见的办法是向观音菩萨学习，放手让本领通天的孙悟空去帮助唐僧取经。但同时又把一个箍套在猴子头上，把紧箍咒教给唐僧，这样可以两全其美，真无愧是大慈大悲。西方科学家们决不能望其项背。他们那一套"科学主义"是绝对靠不住的。事实早已证明了：科学决非万能。

力倡和谐

2006年11月29日《人民日报》刊登了温家宝总理同文艺工作者的谈话。温家宝说："这两年，季羡林先生因病住在301医院，我每年都去看他。他非常博学，每次谈起来，对我都有很大教益。中国像他这样的大师，可谓人中麟凤，所以我非常尊重他。在今年的谈话中，他对我说，和谐社会除了讲社会的和谐、人与自然的和谐，还应该讲人的自我和谐。我说，先生，您讲得对。

人能够做到正确处理自我与社会的关系,正确对待荣誉、挫折和困难,这就是自我和谐。后来,我们谈话的大意,写进了十六届六中全会文件。"麟是麒麟,凤是凤凰,是传说中的神兽、神鸟。温家宝用"人中麟凤"四个字形容季羡林,足见他对季羡林先生的崇敬之情。

季羡林非常重视和谐社会建设,他提出,和谐有三个层次,要实现和谐,需要处理好三个关系:人与自然、人与人和个人的自我和谐。2001年季羡林在《漫谈伦理道德》一文中写道:"近若干年以来,我一直在考虑一个问题。人生一世,必须处理好三个关系:第一,人与大自然的关系,也就是天人关系;第二,人与人的关系,也就是社会关系;第三,个人身、口、意中正确与错误的关系,也就是修身问题。这三个关系紧密联系,互为因果,缺一不可。"关于人与大自然的关系,他主张"天人合一",对于人与人的关系,大至国与国的关系,季羡林主张全球一村,和平相处,和衷共济,反对称王称霸。也就是今天所说的"构建人类命运共同体"。1999年12月他在给《世界遗产大典》写的序言里说:"今天的地球已经小到成为一个'地球村',村中住着将近二百个国家,成千上万个民族。不管你想到没有,我们这一大批国家和民族,同处在地球这一艘诺亚方舟上,我们只能同呼吸,共命运;我们只能同舟共济,决不能鹬蚌相争;我们需要的是相互的理解和友谊,我们拒绝的是相互的仇恨和伤害。对待大自然,我们决不能像西方那样'征服自然',对自然诛求无餍,以致受到了大自然的报复和惩罚。中国宋代大哲学家主张'天人合一'学说的张载说过几句话:'民,吾同胞,物,吾与也',这是至理名言,我们都要认真遵行,不允许丝毫阳奉阴违。能做到上面说的这一些事情,是万分困难的。我们应该从各个方面下手,分工合作,细大不捐。各个方面的组织和人物也应该通力合作,达到同一个目的。"

2003年5月,季羡林在为《中国少林寺碑刻卷》作序时一针见血地指出:"目前谈中国文化者侈谈弘扬者多,而具体指出哪一方面应首先弘扬者尚未之见。我个人的意见,首先应该弘扬的是中华精神的精髓'和为贵'。事实上许多哲学家的学说,比如什么天人合一、民胞物与等等,体现的都是'和为贵'精神。连人工修建的长城,体现的也是这种精神。一个侵略者决不会修筑长城的。这是我对修筑长城意义的新解,自谓已得其神髓,决无可疑。"

还有一件事让季羡林忧心忡忡,这就是:中国公民中一些人素质不高,道德滑坡的现象。1999年11月季羡林在《千禧感言》中说:谁也无法否认,中华民族是一个伟大的民族。但是,在伟大的后面也确有不够伟大的地方,对此熟视无睹是有害无益的。只举一个随地吐痰的坏习惯为例,这样做是一切文明国家所没有的。然而在中国却是司空见惯,屡禁不止。在庆祝建国五十年的时候,北京市政府和各界人士,费了九牛二虎之力,把北京打扮得花团锦簇,净无纤尘,谁看了谁爱。然而,国庆后不到一个月,许多地方又故态复萌,花坛和草地遭到破坏践踏,烟头随处乱丢,随地吐痰也不稀见。还有一些破坏公共设施的现象,连风光旖旎的燕园内也不例外。这种破坏对肇事者本人一点好处也没有,对群众则带来莫大的不方便。真不知道这些人是何居心。这样的人,如果只有几个,则世界任何文明国家都难以避免。可惜竟不是这样子,看来人数并不太少。这一批害群之马,实在配不上是伟大民族的一部分。救之方法何在?季羡林认为,过去主要靠说教,

事实证明,用处不大。因而必须加以严惩。捉到你一次,罚得你长久不能翻身。只有这样才能奏效,新加坡就是一个例子。在此万象更新之际,希望在 21 世纪某一个时候,这种现象能够绝迹,至少是能够减少。伟大的中华民族方能真正能显出伟大的本色。

季羡林是一个言行一致的人,朗润园的老住户,至今记得,这位耄耋老人在 2003 年住院之前,经常在湖边佝偻着身子,左手提一只塑料袋,右手持一把竹夹,拣拾垃圾的情景,有时还蹲在地上,把人家踩进泥土里的瓜子皮,一个个抠出来,拣走。

季羡林主张靠道德更要靠法律维系人与人的关系,要靠自律和他律。他说:道德讲善恶,讲好坏,讲是非。那么,什么是善,是好,是是呢?可以说:自己生存,也让别的人或动植物生存,这就是善。只考虑自己生存不考虑别人生存,这就是恶。《三国演义》中说曹操有言:"只教我负天下人,不教天下人负我。"这是典型的恶。要一个人不为自己的生存考虑,是不可能的,是违反人性的。只要能做到既考虑自己也考虑别人,这一个人就算及格了,考虑别人的百分比愈高,则这个人的道德水平也就愈高。百分之百考虑别人,所谓"毫不利己,专门利人",一般人是做不到的。只有人类这个"万物之灵"才能做到既为自己考虑,也能考虑到别人的利益。一切动植物是绝对做不到的,它们根本没有思维能力。它们没有自律,只有他律,而这他律就来自大自然。人类能够自律,但也必须辅之以他律。德国哲学家康德所说的"消极义务",多来自他律。他讲的"积极义务",多来自自律。他律的内容很多,比如社会舆论、道德教条等等都是。而最明显的则是公安局、检察机构、法院。他还说:自从人成为人以后,就逐渐形成了一些群体,也就是我们现在所说的社会组织。这些群体形形色色，组织形式不同，组织原则也不同。但其为群体则一也。人与人之间，有时候利益一致，有时候也难免产生矛盾。举一个极其简单的例子，比如讲民主，讲自由，都是好东西；但又都必须加以限制。就拿大城市交通来说吧，绝对的自由是行不通的，必须有红绿灯，这就是限制。如果没有这个限制，大城市一天也存在不下去。这里撞车，那里撞人，弄得人人自危，不敢出门，社会活动会完全停止，这还能算是一个社会吗？这只是一个小例子，类似的大小例子还能举出一大堆来。因此，我们必须依靠自律和他律，就是道德和法律，处理好社会关系。

讲到个人的自我和谐，季羡林认为是人的修身问题。一个人，对大自然来讲，是它的对立面；对社会来讲，是它的最基本的组成部分，是它的细胞。因此，在宇宙间，在社会上，人所处的地位是十分关键的。一个人在思想、语言和行动方面的正确或错误是非常重要的，修身的重要性也就昭然可见了。2007年7月季羡林在接受《人民日报》记者卞毓方采访时说："有个问题，我考虑很久，我们讲和谐，不仅要人与人和谐，人与自然和谐，还要人内心和谐。中国现在正大力提倡构建和谐社会，可以说是适逢其时。我活了将近100年了，从未看到过这么好的一个时代。要想达到个人和谐的境界，需要具备两个条件：良知和良能。知是认识，能是本领。良知是基础，良能是保障，两者缺一不可。知行合一，天人合一，方能和谐。良知是什么？概括起来就是八个字：爱国、孝亲、尊师、重友，这在中国传统文化中都有。一个人如果做到了这一点，那就可以说他是个人和谐了，而每一个人都和谐了，那整个社会也就和谐了。"季羡林曾多次强调这八个字，认为是"人之四要"，对人际关系囊括无遗。

"河东河西"论

20世纪80年代,中国掀起了一股前所未有的文化热。随着我们国家的社会主义建设日益发展,在接受几十年来的经验和教训的基础上,文化建设的任务已经提到议事日程上来。人类历史上任何社会,都不能专靠科技来支撑,物质文明必须与精神文明同步建设,我们今天的社会当然也不例外。随着国门的打开,一些人产生了近乎病态的崇洋心理,全盘西化的主张一时间甚嚣尘上。他们在严重地甚至病态地贬低自己文化的氛围中,有意无意地抬高西方文化,认为自己一无是处,只有外来的和尚才会念经。这样,怎么能够客观而公允地评价中国文化呢?对此,季羡林感到深深的忧虑,经过慎重思考,1989年他写了一篇重要文章《从宏观上看中国文化》,文中说:

> 探讨中国文化问题,不能只局限于我们生活于其中的这几十年近百年,也不能局限于我们居住于其中的九百六十万平方公里。我们必须上下数千年,纵横数万里,目光远大,胸襟开阔,才能更清晰地看到问题的全貌,而不至于陷入井蛙的地步,不能自拔。总之,我们要从历史上和地理上扩大我们的视野,才能探骊得珠。

这篇文章的核心观点是:人类文化产生是多元的,绝不是哪一个国家或民族单独创造出来的。从人类几千年的历史来看,民族和国家,不论大小,都或多或少地对人类文化宝库做出了自己的贡献。但是，每一个民族或国家的贡献又不完全一样。有的民族或国家的文化对周围的民族或国家产生了比较大的影响，积之既久，形成了一个文化圈或文化体系。有史以来，人类总共形成了四个文化圈：从古希腊、罗马一直到近代欧美的文化圈、从古希伯来一直到伊斯兰国家的闪族文化圈、印度文化圈和中国文化圈。在这四个文化圈内有一个主导的影响大的文化，同时各个民族或国家又是互相学习的，各个文化圈之间也是互相学习的。这种相互学习就是文化交流，文化交流促进了人类文化的发展，推动了社会前进。倘若从更大的宏观上来探讨，这四个文化圈又可以分成两大文化体系：第一个文化圈构成了西方大文化体系；第二、三、四个文化圈构成了东方大文化体系。"东方"在这里既是地理概念，又是政治概念，即所谓第三世界。这两大文化体系之间的关系也是互相学习的。仅就目前来看，统治世界的是西方文化，但是从历史上来看，二者的关系可以用一句俗语来概括，这就是"三十年河东，三十年河西"。

其实，季羡林关于四个文化圈的观点并不是1989年才形成的。早在1985年，在乌鲁木齐召开第二届敦煌吐鲁番学学术讨论会时，他就有过明确的表述，得到了国际学术界的普遍认同；1987年，他发表《中国文化发展战略问题》，进一步阐述了这个观点，1990年，他担任中国亚非学会会长后曾主持召开东西文化座谈会，也阐述过"三十年河东，三十年河西"的观点。总之，在东方文化与西方文化的关系上，季羡林认为，东方文化在历史上曾经辉煌过，引领过世界潮流。自工业革命以后，西方文化逐渐占了上风。中国从清末到现在，中间经历了许多惊涛骇浪，封建统治、辛亥革命、洪宪窃国、军阀混战、国民党统治、抗日战

争、解放战争,一直到中华人民共和国成立后的社会主义初级阶段,我们西化的程度日趋深入。到了今天,除了我们的一部分思想感情以外,真可以说是"全盘西化"了。无论如何,这不是一件坏事,而是一件天大的好事,是一件不可抗御的事。有几千年古老文明的中国,如果还想存在下去,就必须跟上世界潮流,决不能让时代潮流甩在后面。但是,季羡林严肃指出,事情还有另外一面,它也带来了不良后果,最突出地表现在一些人的心理上,认为凡是外国的东西都好,凡是外国人都值得尊敬,这是一种反常的心理状态。确实,西方不仅是船坚炮利,而且在精神文明和物质文明方面,有许多令人惊异的东西,要想振兴中华,必须学习西方,这是毫无疑问的。20世纪20年代就有人提出"全盘西化"的口号,今天还有不少人有过这种提法或者类似的提法,其用心良苦可以理解。我们必须向西方学习,今天要学习,明天仍然要学习,这是决不能改变的。如果我们故步自封,回到老祖宗走的道路上去,那将是非常危险的;但是,应当指出的是:人类历史证明,全盘西化理论上讲不通,事实上办不到,但这并不影响我们向西方学习。季羡林接着介绍了英国历史学家汤因比关于任何一种文明都不可能万岁的观点,特别介绍了汤因比同池田大作谈话中对中国文化寄予的希望,并介绍了德国伟大诗人歌德对中国文化的看法。他一针见血地指出:"我们自己应该避免两个极端:一不能躺在光荣的历史上,成为今天的阿Q;二不能只看目前的情况,成为今天的贾桂。"

季羡林认为,从人类全部历史上来看,东方文化和西方文化的关系是"三十年河东,三十年河西",目前流行全世界的西方文化并非从来如此,也决不可永远如此,到了21世纪,"三十年河西"的西方文化就将逐步让位于"三十年河东"的东方文化,人类文化的发展将进入一个新时期。为什么呢?他是从一种比较流行的、基本上为大家接受的看法出发的:从总体上来看,东方的思维方式、东方文化的特点是综合;西方的思维方式、西方文化的特点是分析。在西方,从伽利略以来四百年中,自然科学走的是一条分析的道路。越分越细,现在已经分析到层子(夸克);但有人却说,分析还没有到底,还能分析下去。对此,我国的自然科学界和哲学界也发生了一场争论:物质真是无限可分吗?持肯定观点的人占绝大多数,他们相信庄子的话:"一尺之棰,日取其半,万世不竭。"如果真是这样的话,西方的思维方式,西方的分析方法,乃至西方的文化就能永远存在下去。越分析越琐细,西方文化的光芒也就越辉煌,以至无穷。"三十年河东,三十年河西"这一条人类历史发展的规律,就要被扬弃。可是,季羡林认为庄子说的是一个数学概念,不是物理学概念。在极少数反对这种物质无限可分观点的人中,金吾伦的新著《物质可分析新论》可以作为代表,他认为"物质无限可分论"无论在哲学上还是科学上都缺乏根据。当代物理学和自然科学的新进展表明,宇宙是一个不可分割的整体,而无限分割的方法与整体论是相悖的,无限可分论是机械论的一种表现。季羡林无疑是赞成金吾伦的这个看法的。同时,季羡林又从一种方兴未艾的新学说——混沌学受到启发,获得支持。美国学者格莱克写了一本书《混沌:开创新科学》,认为混沌学是关于系统的整体性质的科学,它扭转了科学中简化论的倾向,即只从系统的组成零件夸克、染色体或神经元来作分析的倾向,而努力寻求整体,寻求复杂系统的普遍行为;它把相距甚远的各方面的科学家带到了一起,使以往的那种分工

过细的研究方法发生了戏剧性的倒转,亦使整个数理科学开始改变自己的航向;它揭示了有序与无序的统一,确定性与随机性的统一,是过程的科学而不是状态的科学,是演化的科学而不是存在的科学;它覆盖面之广,几乎涉及自然科学与社会科学的各个领域。混沌学是20世纪物理科学的第三次大革命。为什么20世纪末,西方文化正在如日中天的时候,西方有识之士竟然开创了与整个西方文化背道而驰的混沌学呢?季羡林认为,答案只有一个,就是他们已经痛感到,照目前这样分析是行不通的,必须改弦更张,另求出路,人类文化才能重新洋溢出活力,继续向前。西方的哲学思维是只见树木,不见森林,只从个别细节上穷极分析,而对这些细节之间的联系则缺乏宏观的把握,并把一切事物都看成一清如水,但实际情况并非如此。中国的东方思维方式从整体着眼,从事物之间的联系着眼,更合乎唯物辩证法的精神。

因此,季羡林得出的结论是,西方形而上学的分析已经快走到穷途末路了,它的对立面东方的寻求整体的综合,必将取而代之。换言之,以分析为基础的西方文化也将随之衰微,代之而起的必然是以综合为基础的东方文化。这种取代在21世纪中就将看出分晓,是不以人们的主观愿望为转移的文化发展的客观规律。但是,季羡林强调,这里所说的"取代"并不是"消灭",而是继承西方文化之精华,在此基础上再把人类文化的发展推向一个更高的阶段。

"拿来"与"送去"

季羡林非常重视文化交流,认为文化交流能够促进社会发展和人类进步。他说:"对西方的文化,鲁迅先生曾主张'拿来主义',这个主义至今也没有过时。过去我们拿来,今天我们仍然拿来,只要拿得不过头,不把西方文化的糟粕和垃圾一并拿来,就是好事,就会对我们国家的建设有利……我觉得,今天,在拿来主义的同时,我们应该提倡'送去主义',而且应该定为重点。为了全体人类的福利,为了全体人类的未来,我们有义务要送去。"

季羡林是如何强调文化交流对于促进社会发展和人类进步的呢?他说:"我认为,文化一旦产生,其交流就是必然的。没有文化交流,就没有文化发展。交流是不可避免的,无论谁都挡不住。从古代到现在,在世界上还找不到一种文化是不受外来影响的。交流也有坏的,但坏的交流对人类没有益处,不能叫文化。对人类有好处的、有用的、物质、精神两方面的东西交流,才叫'文化交流'。文化不论大小,一旦出现,就会向外流布。全人类都蒙受文化交流之利。如果没有文化交流,我们简直无法想象,人类会是什么样子。"季羡林认为,文化既有其民族性,又有其时代性。一个民族自己创造文化,并不断发展,成为传统文化,这是文化的民族性;一个民族创造了文化,同时在发展过程中它又必然接受别的民族的文化,要进行文化交流,这就是文化的时代性。民族性与时代性有矛盾,但又统一,缺一不可。继承传统文化,就是保持文化的民族性;吸收外国文化,进行文化交流,就是保持文化的时代性。所以,文化的民族性与时代性这个问题是贯彻始终的。所有文化都是以民族性为纬线、以时代性为经线交织在一起的,因而呈现五光十色的特点。文化是随着时代不断前进的,自 20 世纪以来,出现了一种提倡"全盘西化"的观点。现在,整个人类社会,不独中国,而是全世界,都是西方文化占垄断地位。

眼前哪一样东西不是西方文化？电灯电话，楼上楼下，就连我们穿的，从帽子到鞋子，全都西方化了。这个西化不是坏事，"西化"要化，不"化"不行，创新、引进就是"化"，但"全盘西化"却不行，不能只有经线，没有纬线。"全盘西化"在理论上讲不通，在事实上更办不到。

在文化交流方面，中国几乎是从一有文化开始，就有外来文化的成分。中国人向来强调"有容乃大"，不管是物质的，还是精神的，只要有利就吸收。海纳百川，成就了中国文化之大。中外文化的交流，一直没有中断过，最大的两次是佛教的传入和西学东渐。佛教传入的结果形成了中国佛教，成为中华传统文化的一部分；而明末清初以来西方文化在我国广泛传播，则是"西学东渐"，从此我们才有了"中学"和"西学"这样的名称，才有了"东方文化"和"西方文化"这样的说法。"西学"的先遣部队是天主教。就目前来说，我们对西方文化和外国文化，当然要重视"拿来"，就是把外国的好东西"拿来"。拿来的无非三个方面：物的部分、心物结合的部分、心的部分。物的部分，如咖啡、沙发、啤酒、牛仔裤、喇叭裤，这一系列东西，只要是好的都拿。我们吃的、喝的、穿的、戴的、乘的、坐的、住的、用的，有哪一件完完全全是中国土生土长的呢？汽车、火车、飞机、轮船，我们古代有吗？可可、咖啡、纸烟、可口可乐、啤酒、香槟、牛排、面包，我们过去有吗？我们吃的土豆、玉米、菠菜、葡萄，以及许许多多的水果、蔬菜，都是外来的。我们用的乐器，胡琴、钢琴、小提琴、琵琶，也都是外来的。将这些东西拿来，完全正确。现在，我们确实又拿来了许多东西。心物结合的部分，比方说制度，也可以学习。最重要的还是心的部分，即价值观念、民族性格。因为我们的价值观念、思想方式，不能马马虎虎，必须把弱点克服掉，否则，我们的生产力发展不了。一个非常可贵的经验是：在我国国力兴盛，文化昌明，经济繁荣，科技先进的时期，比如汉唐时期，我们就大胆吸收外来文化，从而促进了文化的发展和生产力的提高；到了见到外国东西就害怕，这也不敢吸收，那也不敢接受，往往是我们国势衰微、文化低落的时代。

中华文化不仅有海纳百川的气概，而且有天下为公的胸怀。对于我们的好东西，向来主张与其他民族分享，决不保守，决不吝啬。汉唐的时候，世界的经济中心、文化中心在中国；明末清初以前确实有过"东学西渐"，根据历史事实，在中西文化交流史上，"东学西渐"从来也没有中断过。中华文化的博大精深吸引了西方传教士、外籍华人、留学生、商人等，他们纷纷来中国"猎宝"，并将其广泛传播到世界各地。人类文明之所以能发展到今天这个样子，中国人做出了巨大的贡献。中华民族是伟大的民族，在过去几千年的历史上有过许多重要的发明创造，四大发明是尽人皆知的，无须赘言。至于无数的看来似乎是细微的发明，也出自中国人之手，但其意义决非细微。有一部书是阿里·玛扎海里的《丝绸之路》，还有李约瑟的那一部名著，都有详细的介绍。如果没有中国的四大发明，人类社会的进步和文化的发展，将会推迟几百年，这是世人的共识。

季羡林所以反复强调在坚持"拿来"的同时，重点提倡"送去"，显然又与他主张的"三十年河西，三十年河东"论有关。前文已提到，季羡林认为近几百年以来，西方文化产生的弊端颇多，如不纠正，人类前途岌岌可危。弊端产生的根源，与西方文化分析的思维方式有紧密联系。西方对为人类提供生存所需的大自然穷追不息,提出了"征服自然"的口号。然而大自然却是能惩罚的,惩罚的结果就产生了诸多弊端。拯救之方就是改弦更张、改恶向善,而这一点只有东方文化能够做到。东方文化的基本思维方式是综合,表现在哲学上就是"天人合一",张载的《西铭》是一篇表现"天人合一"思想最为精辟的文章:"乾称父,坤称母,予兹藐焉,乃混然中处。故天地之塞吾其体,天地之帅吾其性。民吾同胞,物吾与也。"印度哲学中的"梵我一如"也表达了同样的思想。总之,东方文化主张人与大自然是朋友,不是敌人,不能讲什么"征服"。只有在了解大自然、热爱大自然的条件下,才能伸手向大自然索取人类衣、食、住、行所需要的一切。也只有这样,人类的前途才有保障。我们要送给西方的就是这种文化中的精华,或者说,"天人合一"就是我们"送去主义"的重要内容。

  对于"送去主义",季羡林不仅大声疾呼,而且身体力行。2001年10月,季羡林等76位中华文化学者,发表了《中华文化复兴宣言》,声称亚洲四小龙的崛起和日本的高速发展,都吸收了中华文化思想的智慧;当前西方一些有远见之士都在尽力研究中华文化,并提出"西方的病,东方的药来医"的做法,这说明中华文化在当今世界仍有无穷的价值。从20世纪90年代开始,季羡林主编了一套《东方文化集成》大型丛书,内容包括东方各国的重要文献典籍。季羡林还和王宁主编了一套《东学西渐丛书》,1999年由河北人民出版社出版,共7部,包括朱谦之的《中国哲学对欧洲的影响》,王宁的《中国文化对欧洲的影响》、王兆春等的《中国军事科学的西传及其影响》、韩琦的《中国科学技术的西传及其影响》、刘岩的《中国文化对美国文学的影响》、史彤彪的《中国法律文化对西方的影响》、孙津的《中国现代化对西方的影响》。从这套丛书可以清楚地看到，公元十六七世纪以前的欧洲，文明的发展与中国有多么大的差距。他们向中国文明的学习，先从科学技术开始，不仅包括造纸、印刷、火药、指南针"四大发明"，还包括陶瓷、冶金、纺织等，以及军事技术和兵法；之后又逐步深入到文化，即价值观、思想和道德，再就是哲学，进而对中国社会制度的理性思考。这与后来中国人接受欧洲文明的顺序是相似的。有人发表评论说，这套丛书可以增强我们变革和发展的信心。

季羡林主张，首先要送去的就是汉语。"射人先射马，擒贼先擒王"，汉语即是"王"。因为，中华民族的优秀文化以及中国人民的智慧大部分保留在汉语言文字中，中国人要想弘扬中华民族的优秀文化，外国人要想学习中华民族的优秀文化，都必须首先掌握汉语。作为一位语言学家，季羡林深知汉语本身具备一些其他语言所不具备的优点，它是世界上最短的语言，使用汉语能花费最少的劳动，传递最多的信息，我们必须感谢祖先，给我们留下了汉语言文字这一瑰宝。仅就十几亿人使用汉语言文字来说，在与外国人交流思想、传递信息方面，所节省的时间可用天文数字来计算。汉语之功可谓大矣。主张"拿来"、提倡"送去"，季羡林为我们树立了榜样。他在治学方面身体力行，拿来了"德国的彻底性"，抓住一个问题终生不放，达到了常人难以企及的高度；他极力发掘中国的和东方的"天人合一"思想、"和为贵"理念，主张送去，用以济西方的"征服自然""物竞天择"之穷，乃至创造更高层次的人类文明，表现出一位学术大师拯世救人的情怀。

提倡"大国学"

自从二十世纪八九十年代"国学热"在燕园兴起，季羡林的名字就被频繁地和"国学"联系在一起，或者说，他便被称为令他"浑身起鸡皮疙瘩的国学大师"了。然而，对于国学，季老倒有自己的一套独特的见解。什么是国学？国学的内涵是什么？学术界一直是有争论的。一种意见是，国学即中国文化的同义语，中国文化应该包括56个民族的文化，各民族文化之间应该是相互尊重和平等存在的关系；另一种意见认为，国学是传统意义上的中国文化，就是以汉文化为主、以其他民族文化为辅的中国文化。季羡林是主张前一种意见的，为了与后一种意见即狭义的国学相区别，他在国学前边加了一个"大"字，称为"大国学"。他认为，中国文化的博大精深，海纳百川，表现在多元化和开放性、包容性上。国学包括中国境内各民族的文化，诸如汉文化、蒙古文化、西藏文化、维吾尔文化、满文化、壮文化、傣家文化、朝鲜文化等等，总之，有多少民族，就有多少文化。单就汉文化而言，包括许多不同的地域文化，诸如河洛文化、齐鲁文化、燕赵文化、三晋文化、吴越文化、岭南文化、湖湘文化、荆楚文化、闽南文化、巴蜀文化、红山文化等等。汉民族在发展过程中，融入了中国历史上许多少数民族的成分，而汉文化中也逐渐融入了历史上许多少数民族的文化成分。中国文化还包括历史上传入的外来文化，例如佛教文化。佛教传入中国两千年，已成为中华文化不可分割的组成部分，逐渐发展成为汉传佛教、藏传佛教、南传佛教三大流派，仅汉传佛教就包括法性宗、天台宗、瑜伽宗、律宗、密宗、禅宗、华严宗、净土宗八大宗派。由此可见，中华文化百花齐放，异彩纷呈。2007年3月，季羡林在一次谈话中说：

> 现在对传统文化的理解歧义很大。按我的观点，国学应该是"大国学"的范围，不是狭义的国学。既然这样，那么国内各地域文化和五十六个民族的文化，就都包括在"国学"的范围之内。地域文化和民族文化有各种不同的表现形式，但又共同构成中国文化这一文化共同体。举个例子，比如齐文化和鲁文化，也不一样。"孝悌忠信"是鲁文化，"礼义廉耻"是齐文化。就是说鲁文化着重讲内心，内在的；齐文化讲外在的，约束人的地方多。"孝悌忠信"是个人伦理的修养；礼义廉耻，就必须用法律来规定，用法律来约束了。鲁国是农业发达，鲁国人就是很本分地在务农。齐国商业化，因为它靠海，所以姜太公到齐国就是以商业来治国。具体的例子，如刻舟求剑，这种提法就是沿海文化的。而"日出而作，日落而息"，恐怕就代表鲁文化了。齐鲁文化互补，是中国传统文化的重要组成部分。但是齐鲁文化以外，还有其他地域文化也很重要。过去光讲黄河是中国文化的中心，我是不同意的，长江文化、其他地域文化其实都应该包括在国学里边。敦煌学也包括在国学里边。咱们讲文化交流，文化交流有两种形式，一个是输出的，一个是进来的。敦煌是进来的代表，很多文明程度很高的国家文化都到过敦煌。佛教从国外进来，经过很长时间的演变，形成了有中国特色的中国佛教。敦煌里边有很多内容是佛教的，也有其他文化的，是古代中国吸收外来文化的最后一站，再往下就没了。吐火罗语的《弥勒

会见记剧本》，是不是也算国学？当然算，因为吐火罗文最早是在中国新疆发现的。吐火罗文是中国古代的一种语言，是别的地方没有的。另外，很多人以为国学就是汉族文化。我说中国文化，中国所有的民族都有一份。中国文化是中国五十六个民族共同创造的，这五十六个民族创造的文化都属于国学的范围。而且后来融入到中国文化的外来文化，也都属于国学的范围。

季羡林认为，中华民族拥有五千年光辉灿烂的文化，对人类做出了卓越的贡献，因此，弘扬中华优秀文化乃是当今国内外炎黄子孙的重要任务。弘扬什么呢？怎样弘扬呢？对此问题，季羡林强调需要认真地研究，因为我们的文化五色杂陈，头绪万端，要像韩愈说的那样"沉浸浓郁，含英咀华"，经过这样细细品味，认真分析的工作，把其中的精华寻找出来，然后结合具体情况，发扬光大之，如此才有利于中国人民和世界人民的前进与发展。"国学"就是专门做这项工作的一门学问，并日益显示出它的重要作用。国学研究的任务应该为现实服务，为未来着想。国学绝不是"发思古之幽情"，表面上它是研究过去的文化，有一些学者也曾使用"国故"这个词，但是实际上它既与过去有密切联系，又与现在甚至将来有密切联系。现在我们建设中国特色社会主义，其特色表现在什么地方？科技对我们国家建设来说，对发展生产力来说，固然非常重要，万万不能缺少，但是却很难表现出什么特色。即使在原子能、电脑、宇宙飞船等尖端科技方面有突出的成就，超过了世界先进国家，也只能是程度的差别，水平的差别，谈不到什么特色。这些东西为"硬件"，硬件的本质都是一样的，没有什么特色可言。特色最容易表现在精神文化方面，称之为"软件"，哲学、宗教、文学、艺术、伦理、道德、经营、管理等等都属于这个范畴，都保留在我们所说的"国学"中，其中有不少是中华文化、中华智慧的结晶，直至今日不但对中国人发挥影响，它的光辉也照到了国外去。中华文化、中华智慧已深入世界人民心中，这是我们中国人应该感到骄傲的。

南饶北季

当今中国学界有"南饶北季"的说法，是说国务院参事、香港学者饶宗颐和北大教授季羡林是双峰并峙的两座学术高峰。饶宗颐，1917年生于广东潮州市潮安区，字固庵，号选堂，是我国当代著名历史学家、考古学家、文学家、经学家、教育家和书画家，是集学术、艺术于一身的大学者，又是杰出的翻译家。饶宗颐曾任香港大学教授，笔耕七十年，治学领域遍及十大门类：敦煌学、甲骨学、考古学、金石学、史学、目录学、词学、楚辞学、宗教学及华侨史料等诸多学科。仅他的《20世纪饶宗颐学术文集》即浩浩12卷，洋洋1000多万字。饶先生通晓英语、法语、日语、德语、古梵文、巴比伦古楔形文字等六国语言文字，出版图书70余种，学术论文500余篇，艺术方面于绘画、书法造诣尤深。

季羡林曾对饶宗颐的学术成就十分赞赏，称其在中国文、史、哲和艺术界，乃至在世界汉学界都是一个极高的标尺。1993年上海古籍出版社推出《饶宗颐史学论著选》，季羡林写了一篇热情洋溢的序言，向内地学界详细介绍了饶宗颐的学术成就。饶宗颐的

学术著作，并非大多数人可以读懂，要向社会作全面介绍，唯有季羡林这样的大家方能胜任。2000年季羡林的学术自传《学海泛槎》出版，他在该书中谈到"在这一篇序言中，我首先介绍了饶宗颐先生的生平，然后介绍他的著作。饶先生学富五车，著作等身，研究范围极广，儒、释、道皆有所涉猎，常发过去学者未发之覆。我在这里提出来了一个大家所熟知，而实践者却不算太多的观点，这就是：'进行学术探讨，决不能故步自封，抱残守缺，而是必须随时应用新观点，使用新材料，提出新问题，探索新方法。只有这样，学术研究这一条长河才能流动不息，永远奔流向前。'我认为，这个意见很值得我们大家都来深思，而且付诸实施，任何时候也不应忘记。饶先生是做到了这一点的。"足见这篇序言之用意，并非仅仅介绍饶宗颐及其著作，而更重要的是阐述学术研究的新观点，新方法。

2008年10月28日，来京办画展的饶宗颐先生到301医院看望季羡林先生。下午2时45分，饶老来到医院门口，径直通过安检来到四楼的病房。媒体记者抢先走进季老的房间，只见他身着浅灰色中装，满面红光，如孩童般期待的神情，双手合十，翘首盼望。记者向季老问好之后，迅速占领拍照的最佳位置。这时，饶老出现在门口，双手抱拳，兴高采烈地向季老走来，两位老先生紧紧握手。饶老对季老说："您是全中国最高的老师。"此时，两位老人一个合十，一个作揖，都是内心感情的自然流露，表现了既不同又相通的南北风范，双峰并峙，风景独特。数十年来，他们曾多次相见，亲切交谈，但这却是最后的一次。

饶老来访的前一天，蔡德贵来为季老做口述历史，季老告诉蔡德贵，饶老多才多艺，能书善画，香港没有人能和他相比。饶宗颐与季羡林相交数十年，两人在语言学、中西文化交流等方面的研究颇有交集，惺惺相惜。"南饶北季"已成学界佳话。季羡林是最早向内地学术界撰文评价饶宗颐的。他盛赞饶宗颐："近年来，国内出现各式各样的大师，而我季羡林心目中的大师就是饶宗颐。"1993年，两人共同创办《华学》杂志，传播中华传统文化。饶宗颐形容季老"笃实敦厚"，并称"季先生是中国唯一的"。正如他为蔡德贵所著《季羡林传》作序时说：

> 我所认识的季先生，是一位笃实敦厚，人们乐于亲近的博大长者，摇起笔来却娓娓动听，光华四射。他具有褒衣博带从容不迫的齐鲁风格和涵盖气象，从来不矜奇、不炫博，脚踏实地，做起学问来，一定要"竭泽而渔"，这四个字正是表现他上下求索的精神，如果用来作为度人的金针，亦是再好没有的。
>
> 要能够"竭泽而渔"，必须具备许多条件：第一要有超越的语文条件，第二是多彩多姿的丰富生活经验，第三是能拥有或有机会使用的实物或图籍，各种参考资料。这样不是任何一个人可以随便做到的，而季老皆具备之，故能无一物不知，复一丝不苟，为一般人所望尘莫及。

成功三要素

20世纪最后二十年，季羡林声名远扬，是一位社会公认的成功人士。他撰写的谈人生经验或经历的文章频繁出现在平面媒体

上,编辑而成的书籍在市场上也很热销。他写过一篇短文,标题是《成功》。文章开宗明义,写道:"积七八十年之经验,我得到了下面这个公式:天资+勤奋+机遇=成功。"他解释说:"这个公式实在是过分简单化了,但其中的含义是清楚的。搞得太烦琐,反而不容易说清楚。"

谈到"天资",季羡林说本来想用"天才"这个词,但天才是个稀见现象,其中不少是"偏才",可惜古今中外参透这一点的人极少极少,更多的是自命"天才"。他们仿佛是从菩提树下金刚台上走下来的如来佛,开口便昭告天下:"天上天下,唯我独尊。"这种人最多是在某一方面稍有成就,便自命不凡起来,看不起所有的人,一副"天才气"催人欲呕。这样的人在社会上并不少见,他们是社会上不安定的因素。所以,他弃"天才"用"天资"。所谓"天资",首先必须承认,人与人之间天资是不相同的,这是一个事实,谁也否认不了。

谈到勤奋,季羡林自有亲身感受,但他一个字也没讲,只是举一向为古人所赞扬的例子,如囊萤、映雪、悬梁、刺股等,流传千百年,家喻户晓。韩愈的"焚膏油以继晷,恒兀兀以穷年",更为读书人所向往。如果不勤奋,天资再高也毫无用处。

谈到机遇,季羡林说,它往往为人所忽视,其实是存在的,而且有时影响极大。他以自己为例,六岁离开故乡到济南求学是一次机遇,1935年清华大学派他到德国留学又是一次机遇,如果没有这些机遇,他的一生完全不会像现在这个样子。

接着,季羡林具体分析以上三个要素中的"勤奋"。他说,天资是由"天"来决定的,我们无能为力。机遇是不期而来的,我们也无能为力。只有勤奋我们完全可以自己决定,我们必须狠下功夫。在这里,古人的教诲也多得很,"业精于勤荒于嬉,行成于思毁于随"。这两句话大家都很熟悉。季羡林又引用王国维《人间词话》中的那一段名言:"古今之成大事业大学问者必经过三种之境界。'昨夜西风凋碧树,独上高楼,望尽天涯路。'此第一境也。'衣带渐宽终不悔,为伊消得人憔悴。'此第二境也。'众里寻他千百度,蓦然回首,那人却在,灯火阑珊处。'此第三境也。"季羡林非常欣赏这一段话,早在四十多年前,他就在《研究学问的三个境界》一文里引用了这一段话,并进行详细的讲解。他认为,第二境即是勤奋,最为关键。所谓"勤奋",既有人的躯体之苦乏,亦有心志之锤炼。就拿从事教育和科学研究的人来说,其中搞自然科学的,既要进行细致深入的实验,又要积累资料;搞社会科学的必须积累极其丰富的资料,并加以细致的分析和研究。在工作中,每个人都会遇到层出不穷意想不到的困难,一定要坚忍不拔,百折不回,决不允许有任何侥幸求成的想法,也不容许徘徊犹豫,只有这样才能得到最后的成功。他说:"我希望,大家都能拿出'衣带渐宽终不悔'的精神来做学问或干事业,这是成功的必由之路。"

对于终身从事教育工作的季羡林来说,拿出"衣带渐宽终不悔"的精神来做学问或干事业,这不仅是他的言教,更是他的身教。他以自己的实际行动为青年一代树立了光辉的榜样。1988年他在《季羡林自传》中写道:"我记得,鲁迅先生在一篇文章中讲了一个笑话:一个江湖郎中在市集上大声吆喝,叫卖治臭虫的妙方。有人出钱买了一个纸卷,层层用纸严密裹住。打开一看,妙方只有两个字:勤捉。你说它不对吗?不行,它是完全对的。但是说了等于不说。我的经验压缩成两个字是勤奋。再多说两句就

是:争分夺秒,念念不忘。灵感这东西不能说没有,但是,它不是从天上掉下来的,而是勤奋出灵感。"他认为,时间就是生命,而且时间是一个常数,对谁都一样,谁每天也不会多出一秒半秒。对于研究学问的人来说,时间尤其珍贵,更要争分夺秒。他在《如何利用时间》一文中介绍如何"利用时间的边角废料"。因为要参加各种各样的会议和社会活动,没有完整的时间可用,他就挖空心思,在会前、会后,甚至在会中构思或动笔写文章;他的大量时间用在开会上,人们常见他边听会边用手指在大腿上划,原来他在默写外语生词。在飞机上、火车上、汽车上,甚至自行车上,特别是在步行时更是思考不停,他说:"行必有思,思必有得。"

季羡林即使每天再忙,也要挤出一点时间读一点青年学生的作品。《北大校刊》上发表的文学作品,他几乎都要看。他对青年一代寄予无限的希望,希望他们成为一个成功者,他教育学生既要自己钻研,又要谦虚认真地向老师学习。他说,老师和学生一教一学,就好像是接力赛跑,一棒传一棒,老师是跑前一棒的人,学生要从老师手里接棒,一定会比老师跑得更快、更远,这就是"青出于蓝,而胜于蓝"。他又告诫学生天下万事万物,发展永无穷期,人外有人,天外有天,"老子天下第一"的想法是绝对错误的。他要求学生对老祖宗遗留下来的浩如烟海的文学作品,必须有深刻的了解,最好能背诵几百首旧诗词和几十篇古文,涵蕴于心中,低吟于口头,这对于文学创作和人文素质的提高都有极大好处,不管将来是教书、研究、经商、从政,还是从事文学创作,都是如此。对外国优秀文学作品,也必须下一番功夫,简练揣摩,对于提高文学修养决不可少。如果能做到这一步,则必然能融会中西，贯通古今，创造出更新更美的作品。他还经常引用宋代大儒朱熹的一首诗：

> 少年易老学难成，一寸光阴不可轻。
> 未觉池塘春草梦，阶前梧叶已秋声。

季羡林认为，这首诗不但对青年有教育意义，对老年人也同样有教育意义。光阴，对青年和老年都是转瞬即逝，必须倍加爱惜。"一寸光阴一寸金，寸金难买寸光阴"，这是古人留给我们意义深刻的话，必须牢记在心。季羡林成功的秘诀除了勤奋之外，还在于终生学习。他在1990年11月为《学者论大学生的知识结构与智能》一书作序时说：

> 人的一生是一个学习过程。大学或研究院毕业，只是这个过程的一个阶段的结果，而决不是学习的终结。我们还要继续学习下去的，一直到不能学习的那一天。我们终生的座右铭应该是：锲而不舍，持之以恒，老而不已，学习终生。

辞三顶桂冠

季羡林在2007年出版的散文集《病榻杂记》中郑重地昭告天下：坚决辞去加在他头上的"国学大师""学界泰斗"和"国宝"三顶桂冠。他的"三辞"态度是认真的，绝不是"哪里、哪里""过奖、过奖"之类的谦辞和应付，更不是如某些人所说的"作秀"。

在季羡林看来,真正的大师少之又少;可是实际上,各种各样假冒的、伪劣的、自封的大师却多得不得了。他不愿意同这些"大师"为伍,曾经对人说过:"如果我会画画,我就画一幅漫画:一群鸭子,伸长脖子,争一顶帽子。帽子上写'大师'二字。"季羡林安身立命,靠实实在在地做学问,而不是靠别人吹捧或自吹自擂。他讨厌虚名,是因为充满自信,他在这篇文章里说:"露出了真面目,自己是不是就成了原来蒙着华丽的绸罩的朽木架子而今却完全塌了架了呢?也不是的。我自己是喜欢而且习惯于讲点实话的人。讲别人,讲自己,我都希望能够讲得实事求是,水分越少越好。我自己觉得,桂冠摘掉,里面还不是一堆朽木,还是有颇为坚实的东西的。"他还回顾了自己的"功业":在德国时对佛教梵文的研究,回国后对佛教史的研究,以《糖史》为代表的文化交流史研究,以《弥勒会见记剧本》为代表的吐火罗语研究,散文创作,以汉译《罗摩衍那》为代表的翻译工作,关于"天人合一"的呼吁,对敦煌学、比较文学的研究,以及把印度学引进中国。他说:"我就是通过这些'功业'获得了名声,大都是不虞之誉。政府、人民,以及学校给予我的待遇,同我对人民和学校所做的贡献,相差不可以道里计。我心里始终感到疚愧不安。现在有了病,又以一个文职的教书匠硬是挤进了部队军长以上的高干疗养的病房,冒充了四十五天的'首长',政府和人民待我可谓厚矣。扪心自问,我何德何才,获此殊遇!"笔者以为,季羡林一方面实事求是地总结了一生所做的工作,这都是坚实的东西,学界一般人难以企及,即与比肩者亦寥若晨星;另一方面他又非常谦虚,总觉得国家和人民给予的荣誉问心有愧。正因为如此,他虽力辞"桂冠",却很难如愿。

早在 2006 年 12 月,《病榻杂记》还未摆上书店的柜台,媒体就对季老的"三辞"表现出浓厚的兴趣。12 月 19 日,《新京报》发表消息《季羡林新书辞"国宝"》,12 月 20 日,《文汇报》发文《季羡林自谈"真面目",想辞"国宝"等称号》。新书出版之后,各种评论就更多了。2007 年 1 月 8 日和 10 日,《燕赵都市报》接连发表署名张敬伟的文章《季羡林自动摘去高帽是对谁的棒喝》和《季羡林的清醒折射了谁的颠顶》。1 月 11 日新华社发表时评《季羡林"摘冠"是一面镜子》,这在对季羡林"三辞"的各种评论中无疑是最权威的。评论说:

> 北大教授季羡林先生在最近出版的《病榻杂记》中称,他希望摘去民间封给他的"国学大师""学界泰斗"和"国宝"三项桂冠,还自己"一个自由自在身"。此事引发了学术界和社会各界的广泛关注和议论。这种现象,既是出于人们对季先生高尚学术品格的钦佩,也是公众对当前充斥于学术界的一股追慕虚名、浮躁功利风气的不满,更是全社会对纯净学术环境、讲求学术品格的深切呼唤。
>
> 以季先生的学术造诣,民间封之"国学大师"等称号可谓实至名归,季先生却三呼"摘冠",意味深长。当前的学术界,不少人为自己能"加冠"奔走呼号。为了求得这样那样的"桂冠",学术造假者有之,道德失范者有之,不务正业热衷做官者有之。风气弥漫所至,玷污了学术殿堂的圣洁,侵蚀着学术界的肌体,毒化着社会道德和风气,引起了公众和大多数学者的深切忧虑和强烈不满。
>
> 学术成果是推动社会进步的巨大力量。对那些以自己

的辛勤钻研造福社会的学者,社会理应给予相应的回报。但那种不择手段地追逐名利,不曾付出艰辛的研究和探索却想靠投机取巧博得种种好处的行为,是学术道德和品格的沦丧。当一个学者整日抛头露面风光无限,忙于在这"讲座"那"论坛"之间飞来飞去,他有什么时间和沉静之心研究学问呢?他能够给社会奉献什么样的研究成果呢?特别是某些"著名学者",头上顶着这"家"那"家"的重重光环,肩上扛着这样那样的官衔品序,满足于级别职称带来的种种荣耀和应酬之中,端酒杯的时间多于端燃烧杯,这样的学者除了吃吃老本,还能拿得出什么像样的学术成果呢?

"总上电视的科学家,他的科学生涯就快结束了。"发明了汉字激光照排技术的王选教授生前说过的这句话,与季羡林先生大呼摘掉"三顶桂冠"其实异曲同工。愿学术界能够因他们的言行而有所触动,洗掉虚华浮躁的泡沫,像季先生那样"还了我一个自由自在身",踏踏实实搞学问,为国家和民族奉上真正的研究成果。

中国人讲究"盖棺论定"。季老去世之后,北大教授龙协涛写了一副挽联挂在遗体告别大厅门前:

文望起齐鲁通华梵通中西通古今至道有道心育英才光北大
德誉贻天地辞大师辞泰斗辞国宝大名无名性存淡泊归未名

笔者认为,这副挽联概括了季羡林的一生。上联的"三通",集中代表他的学问和事业,下联的"三辞",代表他的品德和人格魅力。

第七章 人中麟凤

长寿之道

中国历代文人,寿命达到六七十岁的不多,活过九十岁的更是凤毛麟角。季羡林1962年查出冠心病,后来又患肺气肿、白内障等,但他从未被病魔吓倒,竟然活到九十八岁,可谓长寿矣。因此,季老进入耄耋之年经常有人向他询问长寿之道,养生之术。他回答说:"我没有什么长寿秘诀,我父母只活到四十多岁,我原本也没对自己寿命抱什么奢望,可不知怎么就不知不觉地活到了八十多,像做梦一样。"当进一步追问他时,他竟说了这样一句话:"养生无术是有术。"

这话听起来好像很深奥,其实极为简单明了。说白了,就是季老独创的"三不"主义:不锻炼,不挑食,不嘀咕。

他的"三不"主义,容易招来误会,需要加以解释。第一,不锻炼。季羡林并不绝对反对适当的体育锻炼,但不要过头。他年轻的时候,曾经是狂热的球迷。由于体质较弱,上清华时经常感冒,于是他下决心锻炼身体,爱上了手球和网球,经常在球场上打得大汗淋漓,身体逐渐壮实起来,感冒之类的小病不治自愈,也为后来的苦读和治学打下了很坚实的基础。中年以后他不刻意锻炼身体,主要是因为没有时间,只能"吃老本"。他算了一笔账:如果一天用去两个小时锻炼身体,几十年下来要用去多少时间?这些时间能做多少事情?他有两位朋友,天天锻炼身体,用去许多时间,结果如何?一个经常闹病,另一个先他而去。季羡林认为,这种靠锻炼求长寿的做法不足取。他说,一个人如果天天望长寿如大旱之望云霓,而又绝对相信体育锻炼,则此人心态

恐怕有点儿失常,反不如顺其自然为佳。

第二,不挑食。季羡林常见有人刚入中年,就开始挑食,蛋黄不吃,动物内脏不吃,每到吃饭,计算卡路里,核算胆固醇,战战兢兢,如履薄冰,窘态可掬,令人失笑。他说,以这种心态而欲求长寿,岂非南辕而北辙!季羡林认为,五谷杂粮、瓜果蔬菜只要有营养的东西,都可以吃。鸡鸭鱼肉,当然也可以吃一些,只是不要贪食,不可偏食,不要挑肥拣瘦。

第三,不嘀咕。季羡林认为这一点最重要。对什么事情都不嘀嘀咕咕,豁达开朗,乐观愉快,吃也吃得下,睡也睡得着,有问题则设法解决之,有困难则努力克服之,决不为芝麻绿豆大的事情大伤脑筋,也决不毫无原则地随遇而安,决不玩世不恭,更不庸人自扰。理想状态是如同陶渊明所说,"纵浪大化中,不喜亦不惧"。"心净自然寿",有这样的心境,焉能不健康长寿?

笔者认为,单就"不嘀咕",季羡林是名副其实的实践者。他一生为人坦荡,光明磊落,不追名,不逐利,不打小算盘,不赶时髦,拿得起,放得下,一向以真面目、真性情示人,可谓真潇洒。古人曰"仁者寿",俗语说"德高者寿高",真正做到"不嘀咕"的,唯有仁者、德者,"心底无私天地宽",当然就高寿嘛!又如北大老校长马寅初先生,活了一百零一岁,一生可谓大起大落,可他铁骨铮铮,一生追求真理,无私无畏。解放前在南京当过立法委员和财政委员会、经济委员会委员长,也坐过国民党的监狱;解放初任中央人民政府委员、政务院财政经济委员会副主任、华东军政委员会副主席、浙江大学和北京大学校长等职。1955年提出控制人口的理论,1957年发表《新人口论》。观点非常正确,利国利民,结果挨批,搞得遍体鳞伤,这真是天大的冤屈。可是人家什么事都没有，回到家中书写了一副对联："宠辱不惊闲看庭前花开花落，去留无意漫观天外云卷云舒"。事实证明，马老是真正的德者、仁者，终于迎来了十一届三中全会以后的平反。综观季羡林的一生，难道不也属于这样的前辈楷模吗？

季羡林积数十年之经验，对长寿之道还有很重要的一点补充：人决不能让自己的脑筋投闲置散，要经常让脑筋活动着。根据外国科学家的实验结果，"用脑伤神"的旧说法已经不能成立，应改为"用脑长寿"。人的衰老主要是脑细胞的死亡，中老年人的脑细胞虽然天天死亡，但人一生中所启用的脑细胞只占细胞总量的四分之一，而且在活动的情况下，每天还有新的脑细胞产生，只要脑筋的活动不停止，新生细胞比死亡细胞的数目还要多。因此，勤于动脑筋，则能经常保持脑中血液的流通状态，而且能通过大脑协调控制全身的功能。

感动中国

2007年2月26日19时54分，中央电视台一套节目隆重推出2006年度"感动中国"人物颁奖盛典。著名学者季羡林和独臂英雄丁晓兵、蓝领专家孔祥瑞、排爆专家王百姓、气象学家叶笃正、好军医华益慰、爱心大姐林秀贞、阳光少年黄舸、青岛爱心群体微尘、慈善家霍英东一道，被全国观众评选为"感动中国"十大人物。颁奖典礼隆重、热烈，这是一次精神盛宴，全国广大电视观众又一次深受感动。组委会给季羡林的评语是：

智者乐,仁者寿,长者随心所欲。曾经的红衣少年,如今的白发先生,留德十年寒窗苦,牛棚杂忆密辛多。心有良知璞玉,笔下道德文章。一介布衣,言有物,行有格,贫贱不移,宠辱不惊。学问铸成大地的风景,他把心汇入传统,把心留在东方。

评委的评价是:

季羡林创建了东方语文系,开拓中国东方学术园地,是享誉海内外的东方学大师。季老不仅学贯中西,融汇古今,而且在道德品格上同样融合了中外知识分子的优秀传统。中国传统士大夫的仁爱和恕道,强烈的忧患意识和责任感,坚毅的气节和情操;西方人文主义知识分子的自由独立精神,尊重个性和人格平等的观念,开发创新的意识;这些优秀传统都凝聚和融汇在季老身上。所以,他能够做大学问,成大事业,有大贡献,他是中国现代知识分子的一面旗帜和榜样。

季羡林身在医院,没有亲临颁奖大会,大会现场只能播放对他的采访录像。尽管如此,场面依然令人感动:画面上,当记者采访季老时,他说:"我这一生没什么优点,如果非让我说一条那就是勤奋。"多么朴实的话语!当记者小心翼翼地颁给季老奖杯时,他一直重复着四个字:"受之有愧。"又是多么谦逊的话语!

话再说回来,自从北大百年校庆以来,季羡林大红大紫,各种不虞之誉纷至沓来,难以招架。季羡林挣扎着要摘掉头顶上的桂冠尚未遂愿,又被戴上了一束光环。这着实耐人寻味。季羡林似乎也被神化。

季羡林的入选引起了一场争论。支持者认为：九十六岁的季羡林先生长年任教北京大学，在语言学、文化学、历史学、佛教学、印度学和比较文学等方面都有很深的造诣，研究翻译了梵文著作和德、英等国的多部经典名著，其著作已汇编成24卷的《季羡林文集》，现在即使身居病房，每天还坚持读书写作。季羡林先生为人所敬仰，不仅是因为他的学识，还因为他的品格。他说：即使在最困难的时候，也没有丢掉自己的良知。他在"文革"期间偷偷地翻译印度史诗《罗摩衍那》，又完成了《牛棚杂忆》一书，凝结了很多人性的思考。他的书，不仅是个人一生的写照，也是近百年来中国知识分子历程的反映。讲真话，是他奉信一生的原则，而讲真话的人在当今社会显得那么弥足珍贵。因此，季先生留给我们的不只是学术上的遗产，更重要的是怎样做人，怎样对人，怎样对自己，怎样对他人，这些在季羡林先生的《牛棚杂忆》《我的人生感悟》《病榻杂记》《季羡林谈人生》等作品中都有很好的诠释。一个人能够如此长时间地感动中国，世间尚存几人？他一直让我们每一个有良知的人心里流淌着一丝丝的温存，而让这个物欲横流的世界也显现出一些净明，他的谦逊、博爱，让我们每一个人的心里颤动不已。季羡林先生入选2006年度感动中国人物，实在是一种迟来的荣誉。反对者则认为：社会给予季羡林先生的荣誉已经非常高了，并不需要所谓感动中国人物去给予他一生的肯定，这种评选应该更多地给予那些默默无闻的人。他不需要2006年感动中国，他在很多人没有出生的时候就已经感动了中国。季羡林的学者身份在一定程度上和评选感动中国人物是不搭调的。一时间，互联网上感动中国的贴吧里十分热闹，两

种观点争论得不亦乐乎。不过，即使反对者也不否认，季羡林先生的事迹和精神足以感动中国。

请听一听季羡林当年的直接领导对他的评价吧。2006年10月20日，北京大学党委书记闵维方对国际合作部学生记者说："北大最受尊重的是季羡林、王选、厉以宁这些学者，而不是我们这些管理干部。"在另外的场合，他还说："季老心中装载的不仅仅是中国，而是整个东方，乃至整个世界。他是为传播整个人类的文化和精神毕生耕耘、无私奉献、闪闪发光。季老的人生原本就是一部书，一部启迪人智慧的书，一部净化人心灵的书，一部永远激励人奋进的书，一部令人回味无穷的书。"亲爱的小读者，世间有这样的好书，我们要好好读哦！

本文献给季羡林先生诞辰110周年